古典文獻研究輯刊

十八編

曾永義 主編

第12冊

清代組劇研究

金 雯 著

國家圖書館出版品預行編目資料

清代組劇研究／金雯 著 — 初版 — 新北市：花木蘭文化事業
有限公司，2018〔民107〕
目 2+292 面：19×26 公分
（古典文學研究輯刊 十八編；第 12 冊）
ISBN 978-986-485-513-1（精裝）
1. 清代雜劇 2. 戲曲評論
820.8   107011643

ISBN-978-986-485-513-1

9 789864 855131

古典文學研究輯刊
十八編　第十二冊　　　　　　ISBN：978-986-485-513-1

清代組劇研究

作　　者　金雯
主　　編　曾永義
總 編 輯　杜潔祥
副總編輯　楊嘉樂
編　　輯　許郁翎、王筑　美術編輯　陳逸婷
出　　版　花木蘭文化事業有限公司
發 行 人　高小娟
聯絡地址　235 新北市中和區中安街七二號十三樓
　　　　　電話：02-2923-1455／傳眞：02-2923-1452
網　　址　http://www.huamulan.tw 信箱 hml810518@gmail.com
印　　刷　普羅文化出版廣告事業
初　　版　2018 年 9 月
全書字數　224367 字
定　　價　十八編 15 冊（精裝）新台幣 29,000 元

清代組劇研究

金雯　著

作者簡介

金雯，世新大學中文博士，專長爲戲曲與俗文學，曾任世新大學兼任講師。撰有孟稱舜《節義
鴛鴦塚嬌紅記》研究（碩士論文）、清代組劇研究（博士論文）；並曾陸續發表〈孟稱舜劇作對
明末社會的反映〉、〈孟稱舜《貞文記》傳奇成書年代考〉、〈綜論自述劇組劇〉等論文。

提　　要

　　「組劇爲戲曲作家刻意創作之合集形式，具有共通主題性，並冠以一個總名」。最初的雛型
階段始於元雜劇時期，已見「組」的概念；至明代成化、弘治間方可稱得上正式出現「組劇」
一形式，爾後自清初至雍正年間，體製規律統一成熟，歷經諸多變革後，終沒於民國初年新文
化運動前後，歷經元、明、清、民國四代，其存在之價值與意義不可小覷。其不但爲南雜劇及
短劇盛行的主要推手之一，在內容上更是時代的映鏡，從組劇當中可以依序看到清初文人多半
遭受到麥秀黍離之痛，但在異族高壓懷柔的政策下，只能無奈接受，轉而面臨出仕或出世的艱
難抉擇；康、雍時期，帝王皆醉心於宮廷戲曲，編制了不少節慶劇本。但在文字獄的鉅變環
境下，此時期的劇作家轉而怒罵對社會及科舉制度之不公、朝廷奸佞當道，且多以嘻笑怒罵之
筆觸來呈現出內心之不平，同時也對於女性的認知和觀點開始有所改變，並開始出現自我抒發
情懷之作；清中葉後期魏長生等人攜秦腔進京後，花部完全獲得了壓倒性的勝利，故此時期文
風轉向俚鄙、通俗，缺乏個人特色及文采，成就不高；清末爲大變革時代，舊有體制規範近乎
崩壞；內容轉以陳述、反映現實爲主。思想上亦呈現出新舊之間相互推移的現象。

　　故據以體製和內容風格爲基準，可將組劇分爲（1）孕育期（元代）。（2）初始期（明中葉
至末年）。（3）成熟期（清初順治、康熙、雍正年間）。（4）轉變期（自乾隆至道光年間）。（5）
衰落期（自咸豐年間至民國初年）五個階段來歸納呈現。

誌　謝

　　人們常說博士班歷程是孤單漫長的，但細細回憶，個人在這段旅程中其實充滿了老師、長輩們的無數關懷、指導；朋友們的陪伴、笑鬧，是彌足充實且珍貴的。

　　在博班的生涯中，首先要感謝指導老師曾師永義的諄諄教誨，除了學術的傳遞外，更是時時提倡「人間愉快」，讓我能敞開心胸以寬容和善意面對人生；以及蔡師欣欣的指導，總是適時給予我一盞明燈，引領我正確的方向。同時也要感謝汪師天成以及侯淑娟老師、游宗蓉老師遠道而來給予指導，使我的博論能夠更加充實完備。更重要的是要感謝我的父母、家人以及在博班期間所結識的人生伴侶，感謝你們總是在背後默默的支持與擔憂。我還要感謝所有曾經相遇的老師、朋友們，因為有你們的陪伴，我才能擁有如此豐富美好的生活。最後也期許自己畢業後能夠永遠莫忘初衷‧傳承‧敦厚。

金　雯　於世新大學中文研究所

一○六年元月

哈佛大學漢和圖書館藏鄒世金《雜劇新編》

雜劇新編序

造化氤氳之氣分陰分陽貞淫

各出其貞氣所感則爲忠孝節

烈之事其淫氣所感則爲放蕩

邪慝之事二氣並行宇宙間光

哈佛燕京圖書館藏鄭振鐸編《清人雜劇初集》

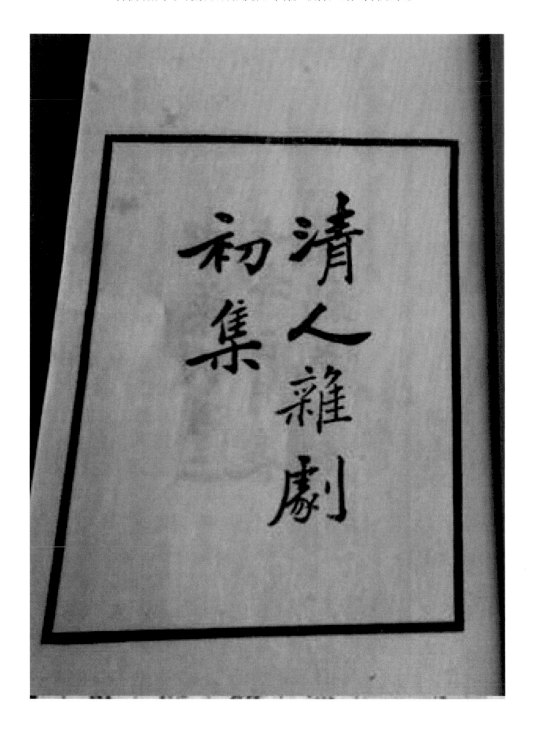

哈佛燕京圖書館藏鄭振鐸編《清人雜劇二集》

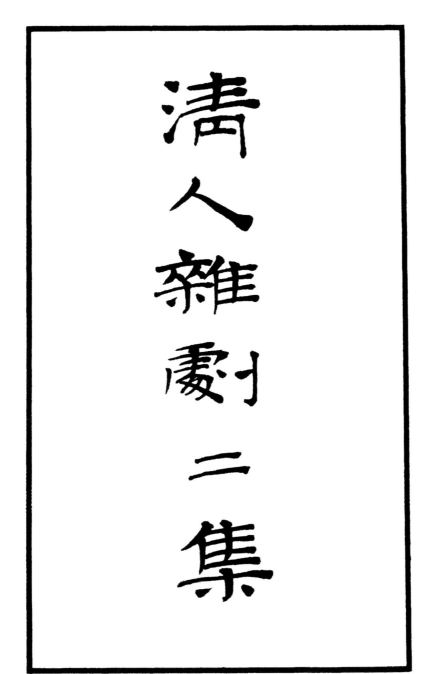

龍門書店印鄭振鐸編《清人雜劇初集》

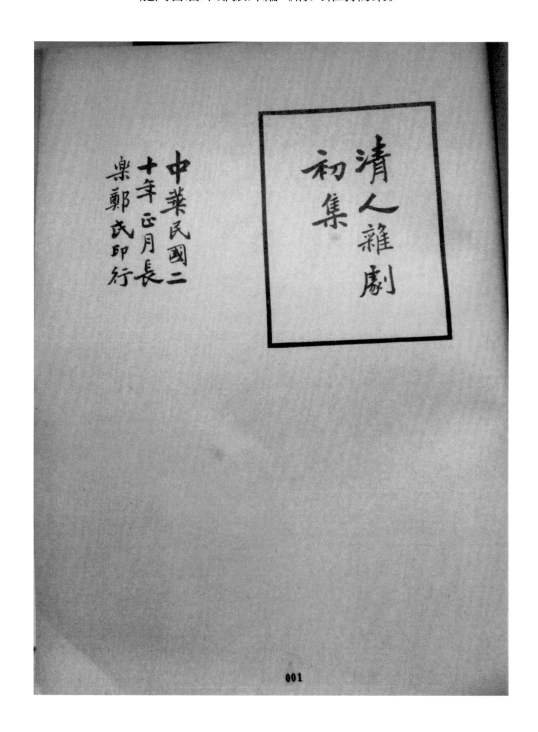

清人雜劇
初集

中華民國二
十年正月長
樂鄭氏印行

龍門書店印鄭振鐸編《清人雜劇二集》

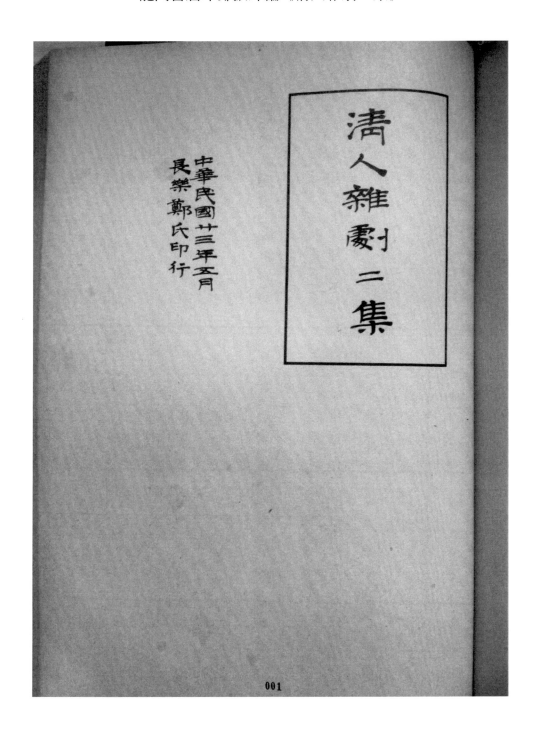

清人雜劇二集

中華民國廿三年五月
長樂鄭氏印行

《砥石齋二種曲・附刻》之《賞心幽品》乾隆松月軒刊本

賞心幽品四種　　　　袁浦鐵林汪　桂撰

　正目　楚正則採蘭紉佩　　陶淵明玩菊傾樽

　　　　江采蘋愛梅錫號　　蘇子瞻畫竹傳神

採蘭紉佩

生扮屈平上場淅淅愁千處秋風冷洞庭波涵三
楚白嶺接九嶷青靉矢帳眉妒傷哉怱腹腥此
情何以寄宜欲托相靈下官屈平字原楚之同
姓仕懷王爲左徒入則圖議國事以出號令出

梅魂綽約閨中秀　　鶴姿俠窟物外身
眠果是香宜然炎　　種能如玉自神視
等閒一闋傳優孟　　長嘯山人色笑新
六

目
次

表目錄

圖目錄

緒　論

　　清代組劇與明代組劇同樣多是以南雜劇與短劇爲其主要創作體製,而曾師永義在〈也談戲曲的淵源、形成與發展〉中提到南雜劇與短劇形成之因爲:

　　　　「南雜劇」和「短劇」便是以「北劇」爲母體,經「南戲」或「傳
　　　　奇」的「南曲化」,又通過「文士化」和「崑腔化」的產物。「傳奇」、
　　　　「南雜劇」、「短劇」,其實都是南戲、北劇的混血兒。〔註1〕

可知南雜劇和短劇,乃南戲、北劇之交互融合,通過「南曲化」、「文士化」、「崑腔化」而成,而兩者之定義也可分爲廣義與狹義兩種:

　　　　狹義的「南雜劇」,是指每本四折,全用南曲……其體製格律正與元
　　　　人北劇北曲相反。廣義的「南雜劇」,則指凡用南曲填詞,或以南曲
　　　　爲主而偶雜北曲或合套,折數在《遠山堂劇品》所限的十一折之內
　　　　任取長短的劇體。〔註2〕

　　　　廣義的「短劇」是與長篇的傳奇相對而言的。……狹義的「短劇」,
　　　　則專指折數在三折以下的雜劇,可用南曲、北曲或合腔、合套,因
　　　　爲它比起一般觀念中四折的雜劇是更爲短小的了。〔註3〕

其中廣義的「南雜劇」,是指以南曲或以南曲爲主而參雜北曲或南北合套來填詞,且折數在十一折以內的劇體;而狹義的「短劇」則是指以南曲、北曲或南北合腔、南北合套來填詞,且折數在一至三折的劇體。又據盧前《明清戲曲史》言:

〔註1〕　曾永義:《戲曲源流新論》(台北:立緒文化事業有限公司,2000年),頁96。
〔註2〕　曾永義:《戲曲源流新論》,頁97。
〔註3〕　曾永義:《戲曲源流新論》,頁98。

> 曲有場上之曲，有案頭之曲，短劇雖未必盡能登諸場上，然置諸案
> 頭，亦足供文士吟詠。無論何種文體之興，其作簡，其畢也鉅。雜
> 劇之起為四折，終而至於有數十齣之傳奇；物極必反，繁者亦必日
> 益就簡；短劇之作，良有以也。〔註4〕

短劇並非皆為可搬演之作，更有一部份為文士於宴席之間的吟詠案頭之作。
而短劇的興起，正因為明代傳奇體製規模愈趨浩大，動輒幾十甚至上百出，
難以在短時間內演出完畢，終致物極必反。然而單折（出）的短劇雖然演出
便利，但在寫志抒懷方面又不免有未竟之憾，故文人往往在寫完一部短劇後
又再以相似主題續寫之，以全其意。因此「組劇」便是在此一背景下所產生
的南雜劇或短劇之「合集」或「綜合體」，也是促使南雜劇和短劇於明、清兩
代興盛的主要推手之一。

　　再談到清代「組劇」之結構，此時期雖為組劇全盛時期，然而若與元代
雜劇或是明代傳奇相較，無論是在排場、曲牌格律或是關目設置上皆大不如
前；其導因在於明代戲曲的文士化促使著戲曲作品開始逐漸走向案頭化，而
明代的組劇中大部分作品如《四節記》、《太和記》、《四聲猿》、《大雅堂樂府》、
《風教編》、《十孝記》、《博笑記》、《小雅四紀》、《四豔紀》等九種，皆曾有
搬演紀錄，因此對於戲曲的內、外在結構要求仍有一定水平；然清代組劇則
幾乎全面淪為文人抒懷案頭之作，僅有極少數的作品曾搬演於舞台，且此時
期劇作家多數未曉音律，自然在排場、曲牌格律及關目設置方面相對薄弱，
而這也正是組劇自清中葉以降逐漸開始走向衰敗之主因。至於清代「組劇」
之內容則是深受政治、社會及文化的影響而多元富變化，更發展出「承應
戲」、「翻案補恨劇」、「自述劇」……等各類組劇；風格上則是受到通俗小說
的普及、崑曲的沒落及花部的興起，遂出現雅俗交替的現象，並逐漸由雅轉
俗，直至晚清的詩界革命及民初的白話文學運動，徹底的將戲曲轉向淺白通
俗的面向。

　　而關於「組劇」形成的年代，截至目前，所有的研究者都將組劇的形成
年代定於明代成化、弘治間沈采的《四節記》。然而任何文體的形成，皆無可
能一蹴可及，必當如同嬰兒之有胚胎，再孕育成形，故筆者將其源頭上推至
元代來做歸納探討。總歸而論，戲曲至明代方正式出現「組劇」一形式，自
清初至雍正年間，體製規律統一成熟，歷經諸多變革後，沒於民國初年新文

〔註4〕　盧前《明清戲曲史》：臺北：商務印書館，1994年，頁88。

化運動前後，歷經元、明、清、民國四代，雖非戲曲之主流，但在戲曲發展中仍佔有一席之地，值得探討。

第一節　研究動機方法與文獻回顧

一、動　機

　　關於「組劇」，早在 1933 年已有學者發現，卻始終乏人問津，直至 1983 年方有學者深入研究，繼而於 2011 年出版《明代組劇研究》〔註5〕專著。然綜觀元、明、清、民國四代，組劇存在於劇壇長達五百年之久，乃發現明代「組劇」僅只是「組劇」之「初始期」，真正的蓬勃成熟實為清初以後，然時至今日，清代組劇卻仍猶如蔽箒，乏人重視。有鑑於此，筆者望能夠於此將「組劇」一戲曲特殊形式自元以來至民國初年做一完整的研究與梳理，並以「清代組劇」為主軸，承上啓下，貫串其脈絡，通盤歸納整理，研討各劇之內容題材、體製、版本、作家作品、思想旨趣及風格、藝術特色，並透過時代背景，細探其長達數百年來之流變與特色。

二、方　法

（一）組劇之定義

　　關於組劇之定義，筆者主要透過前輩先進對明代組劇之研究，並參酌清代與民國之組劇劇作，將其重新定義為「組劇為戲曲作家刻意創作之合集形式，具有共通主題性，並冠以一個總名」，另外再從體製和內容上細分成「戲曲之合集」、「組成數量」、「內容題材類型」及「體製規律」四大類，歸納探討組劇當中之多元性及變化性。

（二）文本蒐羅

　　在文本蒐羅的部分，筆者主要是以《清人雜劇初集》、《清人雜劇二集》、《清代雜劇全目》、《傅惜華藏古典戲曲珍本叢刊》、《海外孤本晚明戲劇選集三種》、阿英《晚清文學叢鈔》、《叢書集成續編》、《中國古代雜劇文獻輯錄》及《北京大學藏程硯秋玉霜簃戲曲珍本叢刊》……等叢書中之劇本為主。再

〔註5〕　游宗蓉：《明代組劇研究》（台北：國家出版社，2011 年）。

參以莊一拂《古典戲曲存目匯考》、《日本所藏稀見中國戲曲文獻叢刊》、《元明清三代小說戲曲禁毀史料》、《不登大雅文庫珍本戲曲叢刊》、《古本戲曲劇目提要》、羅錦堂《中國戲曲總目彙編》、《明清抄本孤本戲曲叢刊》、黃仕忠《天理圖書館所藏中國古代戲曲目錄》、王利器《元明清三代禁毀小說戲曲史料（增訂本）》、李修生《古本戲曲劇碼提要》、邵曾祺《元明北雜劇總目考略》、阿英《晚清戲曲小說目》……等書，找尋出自清初以來的各類組劇。同時再透過傅惜華《元代雜劇全目》、楊家駱主編的《全元雜劇初編》、《全元雜劇二編》、《全元雜劇三編》、《全元雜劇外編》、臧懋循《元曲選》、《脈望館鈔校本古今雜劇》、徐征等人所主編的《全元曲》、鍾嗣成《錄鬼簿》及朱權《太和正音譜》……等書歸納統計雜劇體製的改變以及找尋組劇的源頭。

（三）資料分析

　　至於在資料分析的部分，首先，通過歸納明、清、民國三代組劇之共性及前人之研究，給予「組劇」定義，並將其歸類整理。以縱向方式，將清代組劇分為清初、清中葉前、後期及清末四個部分來詳細考證與歸納整理其作家、作品、版本收錄及分期，並探討整個組劇由元代萌芽至民初結束，當中的變革和分期。另外，再就橫向方式，打破斷代的限制，從政治、社會……等各個層面來探究清代組劇之風格特色、題材內容及思想旨趣。其中思想旨趣部分，分成寄寓麥秀黍離之無奈、表現對社會之不平、對女德觀念之改變、發憤抒懷與仕隱出處及翻案與歷史補恨五個小節詳細論述；至於風格特色的部分，因清乾隆以降，花部、雅部相互爭勝，終使文風由雅轉俗，再加上承應戲大興，其內容多為歌功頌德、普世太平或神佛祝壽之類，使戲曲之辭采大不如前，然而在內容上卻更加多元，同時開始針對中下階層平民為主題創作。最末於餘論當中探討民國初年組劇之餘響，以求徹底了解其長達數百年之久的歷程。

三、文獻回顧

　　關於前人對「組劇」之研究，據筆者所知，「組劇」之概念最早在明中葉沈自晉《南詞新譜》眉批中即已提到：「《十孝記》，係先詞隱作，如雜劇體十段。〔註6〕」，又1930年鄭振鐸於〈雜劇的轉變〉一文中提出：

〔註6〕 沈自晉：《南詞新譜》（收錄於《善本戲曲叢刊》第三輯），卷一，第十八頁上

像《十孝》這種體裁，以略相類似的故事數篇或數十篇合爲一帙，
而題以一個總名者，在前一個時期及這個時期都有；而以這個時期
爲最盛。其作俑似當始於前期沈采的《四節記》。〔註7〕

當中提到明代組劇最興盛的時間爲萬曆年間，然實際上明中葉僅僅是初始
罷，其眞正興盛年代應爲清代；又 1937 年張全恭在〈明代的南雜劇〉論文中
提及：

所謂套劇，就是合數劇而冠以一個名稱。〔註8〕

又曾師永義亦於 1971 年《明雜劇概論》一書中提到沈璟之《十孝》、《博笑》
二記乃「雜劇的合集」；又 2009 年李黎〈明清短劇淵源探析〉〔註9〕；及 2011
年石豔梅、丁海珠〈明代佚本戲劇《泰和記》考釋〉，〔註10〕兩篇論文，對
於「組劇」亦皆以「短劇合集」稱之；又 2000 年戚世雋於〈明代雜劇界說〉
〔註11〕中則是以「合劇」稱之，前後大抵相差無幾。直到 2003 年游宗蓉才
於《東華人文學報》之〈明代組劇初探——以組劇界定與內涵分析爲討論核
心〉〔註12〕一篇論文中正式提出「組劇」一詞，後於 2011 年出版《明代組
劇研究》一書。其對「組劇」一詞的定義，以一句「組合爲一整體」來說解，
其概念相當簡單清晰扼要。而關於「組劇」一說，依序尙有 1989 年易怡玲
《徐渭之曲學及劇作研究》〔註13〕以及李惠綿〈汪道昆「大雅堂樂府」在明
雜劇史上的意義〉〔註14〕兩人各自針對《四聲猿》和「大雅堂樂府」提出了
對「組劇」的定義。又 2005 年王瓊玲在其《晚明清初戲曲之審美構思與其
藝術呈現》〔註15〕一書中〈明清抒懷寫憤雜劇之劇構特質與審美形態〉部分，

（臺北：學生書局，1984 年 8 月）。

〔註7〕　鄭振鐸：《雜劇的轉變》，原載《小說月報》，第 21 卷第 1 號，1930 年。

〔註8〕　張全恭：〈明代的南雜劇〉，《嶺南學報》，第 6 卷第 1 期，1937 年 5 月。

〔註9〕　李黎：〈明清短劇淵源探析〉，《戲劇藝術》，第 6 期，2009 年，頁 99～105。

〔註10〕　石豔梅、丁海珠：〈明代佚本戲劇《泰和記》考釋〉，《吉林廣播電視大學學報》，
　　　　　第 12 期，2011 年，頁 69～70。

〔註11〕　戚世雋：〈明代雜劇界說〉，《文藝研究》，2000 年 01 期。

〔註12〕　游宗蓉：〈明代組劇初探——以組劇界定與內涵分析爲討論核心〉，《東華人文
　　　　　學報》，第 5 期，2003 年 7 月。

〔註13〕　易怡玲：《徐渭之曲學及劇作研究》（臺北：國立台灣師範大學中國文學研究
　　　　　所碩士論文，1989 年）。

〔註14〕　李惠綿：〈汪道昆「大雅堂樂府」在明雜劇史上的意義〉，《幼獅學誌》，20 卷
　　　　　4 期，1989 年 10 月，頁 61～78。

〔註15〕　王瓊玲：《晚明清初戲曲之審美構思與其藝術呈現》（臺北：中研院文哲所，

同樣也對此有所論述。又 2008 年陳嫣《明代組劇簡論》〔註16〕，對於「組劇」之定義與研究可說是與游宗蓉先生如出一轍，與前者幾乎無所差異；又 2011 年瞿慧於《明嘉靖至萬曆時期雜劇研究》〔註17〕論文中採用「組劇」一詞，足見自 1983 年游宗蓉首言「組劇」一詞，是受到大多數學者所認同的，故筆者對於此類合集劇作亦以「組劇」稱之。

　　而游宗蓉於 1983 年開始陸續發表與「明代組劇」相關之論文，累至 2011 年 2 月出版《明代組劇研究》一書，可說是目前對「明代組劇」研究最為完整且深入的著作，其對於組劇的篩選可說是相當嚴謹，首先將纂集他人之作屏除於組劇之外；同時辨析組劇中之劇種體製、考察個別作品之聯繫關係而後篩選出明代組劇共十五種，分別為《博笑記》、《四豔記》、《漁陽三弄》、《陌花軒雜劇》、《兩紗》、《小雅四紀》、《四夢記》、《十孝記》、《風教篇》、《四友記》、《蘇門嘯》、《太和記》、《四聲猿》、《大雅堂樂府》、《四節記》，包含一百本作品，存五十九本，殘存二十三本，分析其精神內涵、美感型態、傳播與接受、藝術特質、發展歷程、歷史定位各方面。最末將明代組劇的發展分為始創（成化、弘治年間）、發展（嘉靖至萬曆初年）和勃興（萬曆中葉至崇禎）三階段。其中始創階段只有一本《四節記》，而游先生於此解釋因《四節記》與發展階段諸作品頗有差距，故獨立分期，但其中所言之合四劇為一及四季搭配文人的選材方式在往後明、清作品中皆有出現，似乎難以自圓其說；發展期共三部作品，以憤世和閒賞兩方面來創作；勃興階段作品量最多，大抵承襲前期風格略有改變。總體來說，三個階段皆算是「組劇」的初始階段，至於成熟期則有待於清代，全書可說是將明代組劇做了相當周延的研究。因此筆者將在其基礎上延伸，並以清代戲曲為主，針對組劇部分做後續的研究與探討。

　　依據上述所列之論文可見，在清代組劇的部分並未出現直接針對此一主題之綜合性研究，但卻有不少專書或論文關涉清代組劇之劇作研究。以下將分為台灣和大陸地區兩部分來歸納整理與「組劇」相關的專書和論文：

2005 年）。

〔註16〕陳嫣：《明代組劇簡論》（北京：北京大學中國文學研究所碩士論文，2008 年 5 月）。

〔註17〕瞿慧：《明嘉靖至萬曆時期雜劇研究》（四川：重慶工商大學中國古代文學研究所碩士論文，2011 年 4 月）。

（一）台灣地區（以組劇作品及主題來分）

1、洪昇《四嬋娟》

探討洪昇《四嬋娟》的相關論文有：曾永義《洪昇及其長生殿》〔註18〕、陳萬鼐《洪昇研究》〔註19〕、徐照華〈由四嬋娟論洪昇的婦女觀與婚姻觀〉〔註20〕、廖柏榕〈論洪昇《四嬋娟》的創造特色〉〔註21〕：兩者皆著重於《長生殿》的研究，於《四嬋娟》著墨甚少，但卻對洪昇之生平探究相當透徹，尤其是首篇更是將其生平整理歸納為年譜。後兩篇主要詳論洪昇之生平及針對《四嬋娟》作評析，探討其婚姻、婦女觀，認為洪昇在《四嬋娟》作品當中展現了其對於女性才華的褒揚與肯定；以及批判世俗認定在思想上女不如男的觀念。除此之外，也點出了洪昇在感情中對於真情的重視。

2、尤侗《西堂樂府》

探討尤侗《西堂樂府》的相關論文有：沈惠如〈尤侗「西堂樂府」的演出紀錄〉〔註22〕、沈惠如《尤侗西堂樂府研究》〔註23〕、沈惠如〈談尤侗的戲曲觀〉〔註24〕：此三篇專以《西堂樂府》為研究，並將其分為雜劇、傳奇兩部分來討論，包括主題、結構、文詞、腳色、音律和景觀，同時探討其戲曲觀、翻案補恨思想、題材的時代性、情節的鋪排以及實際演出的情形。陳佳音《尤侗及其五種雜劇研究》〔註25〕：內容皆是以研究尤侗為主，範圍從生平、作品、戲曲觀皆有涉獵，包含探討其文學觀、社會民生的關懷、功名觀及作品中之人物性格、辭采、賓白以及宮調調性的應用，其中對於尤侗在

〔註18〕曾永義：《洪昇及其長生殿》（臺北：國家出版社，2009年）。此書為再版，原為《洪昇及其長生殿研究》，臺大中研所碩士論文，1966年；《長生殿研究》「人人文庫」，臺北：臺灣商務印書館，1969年。

〔註19〕陳萬鼐：《洪昇研究》（臺北：臺灣學生書局，1970年4月）。

〔註20〕徐照華：〈由四嬋娟論洪昇的婦女觀與婚姻觀〉，《文史學報》，第26期，頁71～90。

〔註21〕廖柏榕：〈論洪昇《四嬋娟》的創造特色〉，《東吳中文研究集刊》，第13期，2006年6月，頁203～218。

〔註22〕沈惠如：〈尤侗「西堂樂府」的演出紀錄〉，《中華文化復興月刊》，21：2，1988年2月，頁50～55。

〔註23〕沈惠如：《尤侗西堂樂府研究》（台北縣永和市：花木蘭文化出版社，2007年）。

〔註24〕沈惠如：〈談尤侗的戲曲觀〉，臺北：《中華文化復興月刊》，22卷1期，1989年。

〔註25〕陳佳音：《尤侗及其五種雜劇研究》（臺北：國立中興大學中國文學系碩士論文，2001年）。

曲律部分多給予肯定，認爲其能登台演出，非案頭之作。又以《閒情偶寄》詞曲部眉評和《閒情偶寄》演習部眉評來探究尤侗之戲曲觀。高美華〈由李漁、尤侗的詞曲觀，看清初詞、曲的趨勢〉：以李漁、尤侗的詞曲觀，來看清初詞、曲的發展趨勢，然此處內容與組劇較無關聯性，唯文中提到尤侗對詞曲的要求爲聲色雙美、注重格律及用韻遵守宮調韻譜，可借此與其劇作相呼應。丁昌援《尤侗之生平暨作品》〔註26〕：同樣是以研究尤侗之生平及其作品爲主，思想上仍是以時代交替及隱喻、翻案思想爲主要論述。王瓊玲〈亂離與歸屬——清初文人劇作家之意識變遷與跨界想像〉〔註27〕：主要針對清初之劇作家在面對朝代更替下的意識變遷與價值危機，在劇作中便會出現抗爭、隱居與出仕三種思想內容的反映，同時出現以游代隱地書寫模式，然其所舉之例證，如：丁耀亢《化人遊》、周樂星《人天樂》皆非組劇作品，僅尤侗作品屬之，可做爲參考。

3、廖燕《柴舟別集》

探討廖燕《柴舟別集》的相關論文有：張政偉〈以經爲法：廖燕文學觀的另一個面向〉〔註28〕、王煜〈清初哲人廖燕〉〔註29〕：主要針對廖燕生平、思想及文學主張作探討，其中前者特別提出了廖氏之文學觀，包含了「以我告我」和「以經爲法」兩種面向的說法，此處筆者認爲其所提出之「以我告我」的寫作手法，即是自述劇的初始。

4、周樂清《補天石傳奇》

探討周樂清《補天石傳奇》的相關論文有：鄭素惠《補天石傳奇研究》〔註30〕：共分九章，詳盡描述周樂清生平、故事內容、結構及翻案之承襲與創新、社會文化意蘊、藝術特色……各個層面，尤其在翻案部分，對於史實和改編部分細膩對照，詳列其更動處。然卻未特意提及《補天石傳奇》爲組劇體例及強調八部劇作間的共通主題性。

〔註26〕丁昌援：《尤侗之生平暨作品》（政治大學中文研究所碩士論文，1978 年 6 月）。
〔註27〕王瓊玲：〈亂離與歸屬——清初文人劇作家之意識變遷與跨界想像〉，《文與哲》，第 14 期，2009 年，頁 159～226。
〔註28〕張政偉：〈以經爲法：廖燕文學觀的另一個面向〉，《靜宜中文學報》，第 1 期，2012 年 6 月。
〔註29〕王煜：〈清初哲人廖燕〉，《新亞學報》，第 19 期，1999 年 6 月，頁 123～157。
〔註30〕鄭素惠：《補天石傳奇研究》（臺北：文化大學碩士論文，2010 年六月）。

5、王季烈《人獸鑑》

探討王季烈《人獸鑑》的相關論文有：蔡孟珍《近代曲學二家研究：吳梅、王季烈》〔註31〕、楊振良〈近代曲學大師王季烈年譜〉〔註32〕：此二篇對於《人獸鑑》劇作探討不多，主要是以王季烈之生平及其曲學理論爲主要研究，並未提及其共通主題性部分。

6、張韜《續四聲猿》及桂馥《後四聲猿》

探討《四聲猿》系列的相關論文有：沈惠如〈「四聲猿」、「續四聲猿」與「後四聲猿」研究〉〔註33〕：此篇主要針對《四聲猿》系列的劇作異同來作比較，透過寫作動機與主題意識、關目布置與結構體製、舞台藝術與曲譜分析來探討三部作品特色及彼此間之承襲與創新，強調後二者皆深受徐渭影響，具有欲與之一較高下之心態，也因此《後四聲猿》的文采高妙，然因彼此生活背景差異，以致其內容風格有所差異。

7、宮廷承應戲

探討宮廷承應戲的相關論文有：吳昶和《清乾隆間劇壇暨劇學研究》〔註34〕、陳芳〈清宮月令承應戲初探〉〔註35〕：兩篇皆以探究清代之宮廷承應戲爲主，以其文藝成就以及其特殊功用性來作爲論述，自乾隆初期，論至道光年間之月令承應戲，探究清宮月令承應戲的演出種類、現存劇目、表演排場及音樂結構等內涵特色，認爲此類劇目內容多荒誕無稽，旨在月令承應，故特重形式排場，多運用吉祥曲牌與藻飾曲文載歌載舞，描繪出綺麗繁華的演出畫面，目的即是爲封建統治者服務，政治色彩非常鮮明；同時，於劇套結構上多不依循常規，爲其主要特色，然二篇同樣未涉及論述其共同主題性問題。

〔註31〕蔡孟珍：《近代曲學二家研究：吳梅、王季烈》（臺北：臺灣學生書局，1992年9月）。

〔註32〕楊振良：〈近代曲學大師王季烈年譜〉，《國際人文年刊》，第2期，1993年，頁268～278。

〔註33〕沈惠如：〈「四聲猿」、續四聲猿」與「後四聲猿」研究〉，《德育學報》，第5期，1990年，頁67～82。

〔註34〕吳昶和：《清乾隆間劇壇暨劇學研究》（臺北：國立台灣師範大學中國文學研究所博士論文，1990年）。

〔註35〕陳芳：〈清宮月令承應戲初探〉，《中國學術年刊》，第28期，2006年3月春季號。

（二）大陸地區（以組劇作品及主題來分）

1、洪昇《四嬋娟》

探討《四嬋娟》的相關論文有：章培恆《洪昇年譜研究》〔註 36〕、劉蔭柏《洪昇研究》〔註 37〕：此二書主要著重在對洪昇生平及長生殿的研究為主，對於《四嬋娟》的探究不深。至於高益榮〈稱心而出，如題所止——從《四嬋娟》看洪昇的女性意識及其晚年的創作心理〉〔註 38〕、王永健〈才女和愛情的贊歌——略談洪昇的《四嬋娟》雜劇〉〔註 39〕、浦漢明〈漫唱心曲譜嬋娟——洪昇雜劇《四嬋娟》評介〉〔註 40〕、徐沁君〈《四嬋娟》校記〉〔註 41〕、浦漢明〈從《四嬋娟》看洪昇的眞情觀〉〔註 42〕、任月瑞〈論洪昇四嬋娟中的女性形象〉〔註 43〕、傅湘龍〈追憶、困擾、突圍——從四嬋娟看明末清初文人的婚姻理想〉〔註 44〕、王永恩〈明末清初戲曲作品中的才女形象初探〉〔註 45〕、李祥林〈性別問題與戲曲創作〉〔註 46〕：七篇論文則是專門探討《四嬋娟》，內容多以強調其劇作中所表達之愛情觀和婚姻觀為主，讚揚洪昇對於女性的觀點是進步且具有現代性的，能打破女子無才便是德的觀念，強調女子除了有才情外，更重視夫妻眞情及婚姻美滿，大抵論述皆大同小異。

〔註 36〕 章培恆：《洪昇年譜研究》（上海：上海古籍出版社，1979 年 2 月）。

〔註 37〕 劉蔭柏：《洪昇研究》（廣州：花山文藝出版社，1997 年）。

〔註 38〕 高益榮：〈稱心而出，如題所止——從《四嬋娟》看洪昇的女性意識及其晚年的創作心理〉，《陝西師範大學學報》（哲學社會科學版），第 5 期，2012 年。

〔註 39〕 王永健〈才女和愛情的贊歌——略談洪昇的《四嬋娟》雜劇〉，《蘇州大學學報》（哲學社會科學版），第 2 期，1983 年。

〔註 40〕 浦漢明：〈漫唱心曲譜嬋娟——洪昇雜劇《四嬋娟》評介〉，《青海社會科學》，第 5 期，1988 年。

〔註 41〕 徐沁君：〈《四嬋娟》校記〉，《揚州大學學報》（人文社會科學版），第 4 期，1993 年。

〔註 42〕 浦漢明：〈從《四嬋娟》看洪昇的眞情觀〉，《文學遺產》，第 2 期，1989 年。

〔註 43〕 任月瑞：〈論洪昇四嬋娟中的女性形象〉，《名作欣賞》，第 9 期，2015 年，頁 40、41。

〔註 44〕 傅湘龍：〈追憶、困擾、突圍——從四嬋娟看明末清初文人的婚姻理想〉，《華南理工大學學報》（社會科學版），第 12 卷，第 5 期，2010 年 10 月，頁 108～113。

〔註 45〕 王永恩：〈明末清初戲曲作品中的才女形象初探〉，《戲劇藝術》，第 3 期，2006 年。

〔註 46〕 李祥林：〈性別問題與戲曲創作〉，《黃梅戲藝術》，第 1 期，2003 年，頁 10～14。

2、尤侗《西堂樂府》

探討《西堂樂府》的相關論文有：徐坤《尤侗研究》〔註47〕、徐坤〈論尤侗的戲曲寄託觀念〉〔註48〕、文志華《尤侗事蹟征略》〔註49〕、韓莉《論尤侗及其戲曲創作》〔註50〕、杜桂萍〈才子情結與尤侗的雜劇創作〉〔註51〕、王曉靖〈論古代戲曲批判科舉制度的藝術特征〉〔註52〕四篇，主要描寫尤侗生平、交遊，作品中之寄寓內涵、藝術特色，並點出尤侗所重視的並非亡國之痛，而是懷才不遇的才子情節。

3、廖燕《柴舟別集》

探討《柴舟別集》的相關論文有：李永賢《廖燕研究》〔註53〕：對現存《二十七松堂集》版本以復旦書藏的日本柏閱堂刻本和乾隆二十二卷本，以及筆者複印的中山大學圖書館藏民國十七年印本校勘，同時還附有《廖燕研究資料彙編》，收錄了清代以來廖燕的傳說資料、年譜、版本及作品介紹、今人重要研究文章等則參校。林子雄《廖燕全集》〔註54〕：當中同樣收錄廖燕所有的作品及文章，然當中僅限於收錄，並無評點及註解。以及喬寬寬〈廖燕雜劇創作論略〉〔註55〕、蔡升奕〈廖燕與李復修交往考〉〔註56〕、魏娜《廖燕及其文學創作研究》〔註57〕、許祥麟〈擬劇本：未走通的文體演變之路——兼評廖燕《柴舟別集》雜劇四種〉〔註58〕四篇論文，以探討廖燕之生平、交遊及創作背景、劇作內容和特色為主，並言其《柴舟別集》為

〔註47〕 徐坤：《尤侗研究》（上海：上海文化出版社，2008 年）。

〔註48〕 徐坤：〈論尤侗的戲曲寄託觀念〉，《陰山學刊》，第 18 卷，第 1 期，2005 年 2月，頁 29～32。

〔註49〕 文志華：《尤侗事蹟征略》（廣西：廣西師範大學碩論，2004 年）。

〔註50〕 韓莉：《論尤侗及其戲曲創作》（蘭州：西北師範大學碩論，2007 年）。

〔註51〕 杜桂萍：〈才子情結與尤侗的雜劇創作〉，《學習與探索》，第 4 期，2004 年 4 月。

〔註52〕 王曉靖：〈論古代戲曲批判科舉制度的藝術特征〉，《連雲港職業技術學院學報（綜合版）》，第 1 期，2004 年。

〔註53〕 李永賢：《廖燕研究》（四川：巴蜀書社出版，2006 年 6 月）。

〔註54〕 林子雄：《廖燕全集》（上海：上海古籍出版社，2005 年 12 月）。

〔註55〕 喬寬寬：〈廖燕雜劇創作論略〉，《韶關學院學報》（社會科學版），第 34 卷，第 3 期，2013 年 3 月，頁 20～24。

〔註56〕 蔡升奕：〈廖燕與李復修交往考〉，《韶關學院學報》（社會科學版），第 31 卷，第四期，2010 年 4 月，頁 9～12。

〔註57〕 魏娜：《廖燕及其文學創作研究》（蘭州：西北師範大學碩論，2012 年）。

〔註58〕 許祥麟：〈擬劇本：未走通的文體演變之路——兼評廖燕《柴舟別集》雜劇四種〉，《文學評論》，第 6 期，1998 年，頁 141～146。

擬劇本形式，爲刻意爲之的案頭劇，深深影響《寫心雜劇》。

4、嵇永仁《續離騷》

探討《續離騷》的相關論文有：張芳〈嵇永仁雜劇續離騷對徐渭四聲猿的繼承與創新〉〔註59〕、曹嵐〈清初戲曲家嵇永仁生平初探〉〔註60〕、杜桂萍〈鬼佛仙儒渾作戲哭歌笑罵漫成聲──論嵇永仁續離騷雜劇〉〔註61〕、李梅《嵇永仁及其戲曲創作研究》〔註62〕、陸林〈清初戲曲家嵇永仁事跡探微〉〔註63〕、朱文廣、賈慶軍〈《扯淡歌》中的民眾意識傾向和民眾歷史觀〉〔註64〕六篇：其內容包含描寫嵇永仁之生平，透過籍貫、家世及入閩督幕府前，兩個階段來探究，以鬼佛仙儒爲載體，探討嵇永仁《續離騷》雜劇。同時也透過民眾的立場來分析《扯淡歌》中的歷史觀，尤其多著墨於民亂部分。

5、裘璉《四韻事》

探討《四韻事》的相關論文有：毋丹《裘璉研究》〔註65〕、楊溢《裘璉戲曲研究》〔註66〕兩篇，皆針對裘璉生平、詩文及戲曲作品之考述、思想內涵及藝術特點探析，並點出《四韻事》乃案頭清賞劇，思想上多嘆科場不公，具出世思想；文采具佳。後者則是特意提及《四韻事》具南雜劇中南、北曲混用的形式，然並未著墨於組劇部分，強調其主題共通性。

6、鄭瑜《郢中四雪》

探討《郢中四雪》的相關論文有：何光濤〈清初戲曲家鄭瑜生平及其著述獻疑〉〔註67〕：其內容主要是探究鄭瑜生平及其相關文獻資料的考證，並

〔註59〕張芳：〈嵇永仁雜劇續離騷對徐渭四聲猿的繼承與創新〉，《四川戲劇》，第二期，總期 134 期，2010 年，頁 78～80。

〔註60〕曹嵐：〈清初戲曲家嵇永仁生平初探〉，《甘肅聯合大學學報》（社會科學版），第 27 卷，第 2 期，2011 年 3 月，頁 58～60。

〔註61〕杜桂萍：〈鬼佛仙儒渾作戲哭歌笑罵漫成聲──論嵇永仁續離騷雜劇〉，《黑龍江社會科學》，第五期，總期 122，2010 年，頁 76～82。

〔註62〕李梅：《嵇永仁及其戲曲創作研究》（上海：華東師範大學碩論，2007 年）。

〔註63〕陸林：〈清初戲曲家嵇永仁事跡探微〉，《戲曲藝術》，第 2 期，2015 年。

〔註64〕朱文廣、賈慶軍：〈《扯淡歌》中的民眾意識傾向和民眾歷史觀〉，《天中學刊》，第 26 卷，第 1 期，2011 年 2 月，頁 104～108。

〔註65〕毋丹：《裘璉研究》（浙江：浙江大學碩論，2012 年）。

〔註66〕楊溢：《裘璉戲曲研究》（上海：華東師範大學碩論，2013 年）。

〔註67〕何光濤：〈清初戲曲家鄭瑜生平及其著述獻疑〉，《古籍整理研究學刊》，第五

未論及其劇作部分。

7、葉承宗《四嘯》

探討《四嘯》的相關論文有：王君《葉承宗灤涵研究》〔註 68〕：當中詳盡的探究了葉承宗之生平，認爲其戲曲創作中，以遊戲立場來停止古體學漢魏、近體學盛唐的創作，表示出與詩文創作判然不同的立場。並透過其所創作的女性抽象、文人抽象、仙人抽象來看，說明其戲曲風格以汪洋肆意、劇烈飛揚的藝術作風爲主。

8、《四奇觀》

孫俊士〈論朱佐朝劇作的時代主題〉〔註 69〕、朱萬曙〈明清兩代包公戲略論〉〔註 70〕，前篇論及朱佐朝處於兩代交替的時代背景，故其劇作呈現出褒忠斥奸、勸懲教化和道德宣教的三重涵義。後篇論明清兩代包公戲，認爲明代由於受程朱理學提倡的倫理道德影響，包公身上的倫理色彩逐漸濃厚，常進行三綱五常說教。而至清代無論是京劇還是地方戲，包公戲都是常演的曲目。此時的包公在大多數劇中並不是主角，但作用突出。特別是京劇，不但繼承和改革前代包公戲的思想和藝術形式，還借鑒吸取其它劇種的特色，最終走上宮廷舞臺。

9、梁廷楠《小四夢》

探討《小四夢》的相關論文有：趙義山〈小四夢中的壓卷之作——斷緣夢〉〔註 71〕、劉蔭柏〈梁廷楠劇作淺探〉〔註 72〕兩篇，探討梁廷楠劇作中的虛實，即其所欲表達之社會不平與有所感憶之事。

10、徐燨《寫心雜劇》

探討《寫心雜劇》的相關論文有：杜桂萍〈寫心之旨、自傳之意、小品

期，2013 年 9 月，頁 69～72。

〔註 68〕王君：《葉承宗灤涵研究》（南京：南京師範大學碩論，2011 年）。

〔註 69〕孫俊士：〈論朱佐朝劇作的時代主題〉，《中華戲曲》，第 31 期，2004 年 12 月，頁 293～308。

〔註 70〕朱萬曙：〈明清兩代包公戲略論〉，《戲曲研究》（第 52 輯）（北京：文化藝術出版社，1995 年 12 月）。

〔註 71〕趙義山：〈小四夢中的壓卷之作——斷緣夢〉，《佛山科學技術學院學報》（社會科學版），第 20 卷，第 1 期，2002 年 1 月，頁 38～41。

〔註 72〕劉蔭柏：〈梁廷楠劇作淺探〉，《戲曲研究》，第 41 輯，1998 年 5 月。

之格——徐爔寫心雜劇的轉型特征及其戲曲史意義〉〔註73〕、杜桂萍〈戲曲家徐爔生平及創作新考〉〔註74〕、張筱梅〈論清代的寫心雜劇〉〔註75〕、徐大軍〈明清戲曲創作中的「擬劇本」現象〉〔註76〕（同時提及尤侗《西堂樂府》、廖燕《柴舟別集》、嵇永仁《續離騷》）三篇，以研究徐爔之生平即其《寫心雜劇》之特殊自我抒懷的體例，首篇提出徐氏以「代人立言」到「自我登場」的轉變爲契機，通過雜劇創作進行了一種自傳性的藝術演述，在文體形態和審美追求上則都崇尚「小品之格」，充分體現出晚明藝術精神對清代雜劇創作的深刻浸染和潛在影響。末篇則是探討尤侗《西堂樂府》、廖燕《柴舟別集》、嵇永仁《續離騷》及徐爔《寫心雜劇》在創作中的「擬劇本」現象，認爲此爲刻意爲之的案頭劇，意在抒發自我內心。

11、周埱《廣陵勝跡傳奇》

探討《廣陵勝跡傳奇》的相關論文有：蔣國江《清代戲曲家周埱生平及創作考論》〔註77〕、李勝利、王漢民〈清周埱劇作考〉〔註78〕兩篇，考證周埱之生平、交遊及其作品之版本、著錄、內容大要，兩篇主要皆以考證爲主，對於內容部分著墨甚少。

12、舒位《瓶笙館修簫譜》

探討《瓶笙館修簫譜》的相關論文有：官桂銓〈關於舒位雜劇《瓶笙館修簫譜》與《琵琶賺》〉〔註79〕、蘭會雁《舒位研究》〔註80〕、肖阿如、王昊〈論舒位的詠劇詩〉〔註81〕三篇，探討《瓶笙館修簫譜》版本及著錄和舒位

〔註73〕 杜桂萍：〈寫心之旨、自傳之意、小品之格——徐爔寫心雜劇的轉型特征及其戲曲史意義〉，《南京師大學報》（社會科學版），第 6 期，2006 年 11 月，頁 130～141。

〔註74〕 杜桂萍：〈戲曲家徐爔生平及創作新考〉，《蘇州大學學報》（哲學社會科學版），2007 年 5 月。

〔註75〕 張筱梅：〈論清代的寫心雜劇〉，《藝術百家》，第 4 期，2001 年，頁 50～54。

〔註76〕 徐大軍：〈明清戲曲創作中的「擬劇本」現象〉，《藝術百家》，第 1 期，2008 年。

〔註77〕 蔣國江：《清代戲曲家周埱生平及創作考論》，江西省藝術研究院《影劇新作》（省級刊物），第 2 期，2014 年。

〔註78〕 李勝利、王漢民：〈清周埱劇作考〉，《藝術百家》，第 1 期，2012 年。

〔註79〕 官桂銓：〈關於舒位雜劇《瓶笙館修簫譜》與《琵琶賺》〉，《文獻》，第 4 期，1987 年，頁 63～67。

〔註80〕 蘭會雁：《舒位研究》（河南：河南師範大學，碩士論文，2011 年）。

〔註81〕 肖阿如、王昊：〈論舒位的詠劇詩〉，《古籍研究》，第 2 期，2015 年。

之生平與其針對劇作之關目、人物形象、創作題旨所撰寫之詠劇詩。

13、戴全德《紅牙小譜》

探討《紅牙小譜》的相關論文有：黃斌藝〈不分滿漢曲中兼雅俗──戴全德散曲創作賞析〉〔註82〕、趙興勤〈曲家戴全德小考〉〔註83〕、陸勇強〈清代曲家叢考四題〉〔註84〕兩篇，分別考述戴全德生平並針對其散曲作品賞析，對劇曲幾無著墨。

14、陳棟《北涇草堂外集三種》

探討《北涇草堂外集三種》的相關論文有：孫燁《陳棟戲曲作品及戲曲理論研究》〔註85〕，以探討陳棟的戲曲創作和戲曲理論為主要研究對象，以清中葉政治、文化背景及陳棟的身世經歷，對其作品進行審視，發現其思想多是借曲寫情，抒發自己不平的人生際遇。同時將其戲曲理論《論曲十二則》與李漁等前代學者的理論進行比較，並簡要的梳理了前人對陳棟作品及其理論的評價與研究，凸顯他在戲曲理論史上的重要地位。

15、桂馥《後四聲猿》

探討《後四聲猿》的相關論文有：孫雅芬《桂馥研究》〔註86〕、孫雅芬〈桂馥後四聲猿與清代中期雜劇〉〔註87〕、杜桂萍〈詩性人格與桂馥《後四聲猿》雜劇〉〔註88〕、王傳明〈那堪哀猿又四聲──試論桂馥《后四聲猿》的抒情方式〉〔註89〕、杜桂萍〈桂馥及其《後四聲猿》〉〔註90〕、張毅巍《桂

〔註82〕黃斌藝：〈不分滿漢曲中兼雅俗──戴全德散曲創作賞析〉，《滿族研究》，第2期，2012年。

〔註83〕趙興勤：〈曲家戴全德小考〉，《藝術百家》，第4期，2001年。

〔註84〕陸勇強：〈清代曲家叢考四題〉，《暨南學報》（哲學社會科學版），第4期，2006年。

〔註85〕孫燁：《陳棟戲曲作品及戲曲理論研究》（南京：南京師範大學，碩士論文，2014年）。

〔註86〕孫雅芬：《桂馥研究》（北京：人民出版社，2010年9月）。

〔註87〕孫雅芬：〈桂馥後四聲猿與清代中期雜劇〉，《貴州大學學報》（社會科學版），第26卷，第5期，2008年9月，頁78～81。

〔註88〕杜桂萍：〈詩性人格與桂馥《後四聲猿》雜劇〉，《齊魯學刊》，第1期，總期220期，2011年，頁124～130。

〔註89〕王傳明：〈那堪哀猿又四聲──試論桂馥《后四聲猿》的抒情方式〉，《青年文學家》，第20期，2009年，頁20、21。

〔註90〕杜桂萍：〈桂馥及其《後四聲猿》〉，《求是學刊》，第2期，1989年，頁67～70。

馥年譜》〔註91〕五篇，談論桂馥之生平、《後四聲猿》之繼承與開展和其劇作背後之寓意、影射及對清雜劇中抒憤寫懷的敘事範式的影響，並探討其與徐渭《四聲猿》在創作背景及個人際遇上的不同，導致二人作品內容情感展現程度上的深淺差異。

16、醉筠外史《味蘭榭傳奇》

探討《味蘭榭傳奇》的相關論文有：黃義樞〈《味蘭榭傳奇》作者考辨〉〔註92〕，針對《味蘭榭傳奇》之作者醉筠外史考證，並未涉及作品部分。

17、顧佛影《四聲雷》

探討《四聲雷》的相關論文有：左鵬軍〈最後的吶喊和堅守──論抗日戰爭時期的傳奇雜劇〉〔註93〕，認為抗日戰爭時期的傳奇雜劇是民族危難之中、新舊文學交替之際的一個值得注意的創作現象，此時期作品從多個角度反映了中華民族面臨的空前危機，表現了抗日戰爭戰爭的某些側面，反映了敵氛侮的時代主題和民族精神，它以適度變革的方式努力實現護持傳奇雜劇體制、延續戲曲傳統的願望，對於最後階段的傳奇雜劇來說具有特殊意義。

18、王季烈《人獸鑒》

探討《人獸鑒》的相關論文有：張慧《王季烈研究》〔註94〕，透過《人獸鑒》之作者王季烈生平、作品來作研究，以文史互證和文本細讀為主要方法，對王季烈的曲學生涯和曲論思路進行探討。同時替其編寫年譜，透過分析《螾廬曲談》和《度曲要旨》兩部曲論來闡釋前人曲論，並將其作曲理論與同時代曲家許之衡互參互見，以瞭解王氏對音樂性和表演性的重視。在劇作部分，認為王氏曲作均為文辭工雅之作，主題不脫前朝之思。

19、宮廷承應戲

探討宮廷承應戲的相關論文有：王漢民、郭曉彤〈乾隆南巡視域下的江南文人承應戲〉〔註95〕、林葉青〈承應戲中的白眉──論西江祝嘏〉〔註96〕

〔註91〕張毅巍：《桂馥年譜》（哈爾濱：哈爾濱師範大學碩士論文，2011年）。

〔註92〕黃義樞：〈《味蘭榭傳奇》作者考辨〉，《戲曲研究》，第1期，2010年，頁372～378。

〔註93〕左鵬軍：〈最後的吶喊和堅守──論抗日戰爭時期的傳奇雜劇〉，《文學遺產》，第2期，2009年，頁39～49。

〔註94〕張慧：《王季烈研究》（蘇州：蘇州大學碩士論文，2009年5月）。

〔註95〕王漢民、郭曉彤：〈乾隆南巡視域下的江南文人承應戲〉，《浙江藝術職業學院學報》，第13卷第1期，2015年，頁6～23。

（蔣士銓《西江祝嘏》）兩篇，除了論述乾隆下江南時所演出的承應戲外，同時將《西江祝嘏》曲文結合既有的評點，深入文本分析年蔣士銓的思想追求及其戲曲創作的審美趣味。

　　總體來說，組劇在清代雜劇的部分佔有相當的比重，但就上述所列出之台灣、大陸兩岸相關論文可看出，目前學者們對於清代各別劇作雖多有關注，然多著墨於作品本身之內容、思想或藝術風格……等等，對於其本身「組劇」的體製及概念並無深入探究、強調其主題之共同性，對於「組劇」的「整體」研究更是相當欠缺，這也是筆者認爲其具有值得繼續明代組劇之後續做研究的價值所在。

第二節　組劇之定義及體製

一、前輩先賢對組劇之定義

　　「組劇」一名詞稱乃近代學者所提出，而對於「組劇」一體例的界說，近代學者說法各有異同。如：張全恭〈明代的南雜劇〉：

> 所謂套劇，就是合數劇而冠以一個名稱。〔註97〕

此一說法非常廣義，僅以「合數劇而冠以一個名稱」定義，並未詳細說明數劇之間的關聯性，如此就連劇作家之戲劇合集亦可納入其所謂「套劇」之範疇，而非單指組劇部分。

　　又游宗蓉〈明代組劇初探——以組劇界定與內涵分析爲討論核心〉：

> 組劇爲雜劇創作之特殊合集形式，由數本劇作組成而冠以一個總名。個別劇作既各自獨立完整，彼此間又於取材、內容或主題上有所關聯，以之貫串爲一整體。〔註98〕

此說明顯較前人詳細許多，特別強調出組劇當中各劇作是獨立且完整的，且其關聯性不單單是在思想上，而是包含「取材、內容、主題」三方面。但卻

〔註96〕林葉青：〈承應戲中的白眉——論西江祝嘏〉，《藝術百家》，第 2 期，1998 年，頁 17～21。

〔註97〕張全恭：〈明代的南雜劇〉，《嶺南學報》，第 6 卷第 1 期，1937 年 5 月。

〔註98〕游宗蓉：〈明代組劇初探——以組劇界定與內涵分析爲討論核心〉，《東華人文學報》，第 5 期，1981 年 7 月，頁 261。

未明確說出是多少部不同劇組的組合。此外，由於游宗蓉對「組劇」之界定主要以明代爲主，故忽略了清代組劇中類似「章回體」般前後連貫的形式。

又易怡玲《徐渭之曲學及劇作研究》：

> 《四聲猿》可說是我國戲劇史上第一個最成功的「組劇」，四個相對
> 獨立的小劇在一個總名統攝下，形成一組在主題思想上渾然一貫的
> 整體。〔註99〕

此說以《四聲猿》爲例，認爲「組劇」是「四個相對獨立的小劇在一個總名統攝下，形成一組在主題思想上渾然一貫的整體」，此一說法完全是就《四聲猿》而論，但「組劇」初始之形式並非全由「四個小劇」所組成，如此以小見大的方式，自是有所缺失。

又李惠綿〈汪道昆「大雅堂樂府」在明雜劇史上的意義〉：

> 合數個完整獨立又兼具共同性之劇而冠以一個名稱者。雖然劇本是
> 各自完整獨立的，但彼此間又有結構體製及內容題材的關聯性和相
> 似性，表示作者刻意以特殊體例完成的劇作。〔註100〕

此說與前文之說大抵相同，但明顯較游宗蓉之用詞更爲精確，除了強調劇作之間的完整獨立外，更加強其「共同性」之規範。同時前人研究對於組劇之關聯性均僅著重在取材或內容題材上，但此說則是提出了「結構體製」的部分。除此之外，此處特別表示此一創作形式乃是「作者刻意」創作的，而非是無意間的巧合，這亦是相當重要的一環。

又王瓊玲〈明清抒懷寫憤雜劇之劇構特質與審美形態〉：

> 劇作家運用不同劇作的組合，建構出一整體組劇的意義表達結構，
> 來鋪陳一連續性的主題，或貫串全套組劇的總主旨。〔註101〕

此說法亦屬於較爲廣義簡略的說法。其一，當中特別提到了「結構」部分，卻未針對「結構」作出具體的規範與定義；其二，此處開始強調組劇具有「連續性」以及「總主旨」，然若與前人之說相論，確實是較爲簡略了。

又陳嫣《明代組劇簡論》：

〔註99〕易怡玲：《徐渭之曲學及劇作研究》，師大國文研究集刊，1989年，頁817～818。

〔註100〕李惠綿：〈汪道昆「大雅堂樂府」在明雜劇史上的意義〉，《幼獅學誌》，第4期，1989年10月，頁68。

〔註101〕王瓊玲：〈明清抒懷寫憤雜劇之劇構特質與審美形態〉《晚明清初戲曲之審美構思與其藝術呈現》）（臺北：中央研究院文哲研究所，2005年12月），頁352。

　　　　組劇即以數本劇作冠以一總名而成。構成組劇的各個單劇，在情節
　　　　上必須獨立完整，彼此之間則有結構體制、內容題材以及主題意蘊
　　　　等方面的關聯性，並且是作者刻意以特殊體例完成的劇作。〔註102〕
此說大抵已是前文諸家所說定義之總結，未脫前人之窠臼，因此筆者於前文
所述之優缺點於此皆可見之。然其自身於論文本文中曾提及「構成組劇的各
單劇，必須出自同一作者之手」，有別於前人之說，雖其正確性有待爭議，但
既提出，卻未置入自身對組劇之定義當中，實爲遺憾。

　　　總結上述各家說法，對「組劇」的定義就是「合數本劇作組成而冠以一
個總名，各劇作均爲獨立且完整之故事，彼此之間則有結構體制、內容題材
以及主題思想等方面的關聯性及連續性，並有總主旨，是作者刻意以特殊體
例完成之劇作」。

二、筆者對組劇之定義

　　　綜合上述諸家對明代組劇之觀點，筆者再進一步加入清代及民國之組
劇，將「組劇」重新定義爲「組劇爲戲曲作家刻意創作之合集形式，具有共
通主題性，並冠以一個總名」，此爲狹義之說法。而組劇包含基本定義，共可
分爲下列三大類項：

（一）為戲曲之合集

　　　戲曲合集之概念最早由沈自晉於《南詞新譜》眉批中提出：

　　　　《十孝記》，係先詞隱作，如雜劇體十段。〔註103〕

後有鄭振鐸針對此論表示：

　　　　像《十孝》這種體裁，以略相類似的故事數篇或數十篇合爲一帙，
　　　　而題以一個總名者，在前一個時期及這個時期都有；而以這個時
　　　　期爲最盛。其作俑似當始於前期沈采的《四節記》。《四節》係以
　　　　敘寫四時景節的四劇，合而爲一者。其每一劇實即一個雜劇……
　　　　〔註104〕

〔註102〕陳嫣：《明代組劇簡論》（北京：北京大學中國文學研究所碩士論文，2008 年
　　　　5 月）。
〔註103〕沈自晉：《南詞新譜》（收錄於《善本戲曲叢刊》第三輯），卷一，第十八頁上
　　　　（臺北：學生書局，1984 年 8 月）。
〔註104〕鄭振鐸：《中國文學史》，第五十九章（吉林人民出版社，2013 年 3 月）。

認為「組劇」之基本概念即是諸劇「合而為一者」、「題以一個總名者」。其後亦有張恭全、曾師永義、李黎、石豔梅、丁海珠、戚世雋等學者正式以「合集」或「短劇合集」來指稱「組劇」之形式。（詳見前論）

（二）組成數量

關於組劇劇目的組成數量，由最初沈采的《四節記》和沈璟的《博笑記》、《十孝記》來看，前者為「四劇」之合集；後兩者為「十劇」之合集，彼此間便毫無規律可循。但將明代至民國初年之組劇一一排列對照，便可歸納出組劇劇目之組成數量至少由兩個劇目組成，至多可達十數劇，但整體而言以四劇的形式最為普遍。尤其至康、雍時期，更是整齊畫一，全為「四劇一組」。以下筆者將就組劇劇目數量的組成概況分成十類來作一簡單之呈現：

1、二劇合集

目前所知有《兩紗》、《迎鑾新曲》、《紅牙小譜》、《味蘭簃傳奇》、《桃花聖解盦樂府》、《二奇合傳》六種，其中《迎鑾新曲》並非由單一作者創作，而是吳城、厲鶚兩人劇作之集結。

2、三劇合集

目前所知有《漁陽三弄》、《北涇草堂外集三種》、《秋聲譜》、《華封三祝》四種。

3、四劇合集

目前所知有《四豔記》、《小雅四紀》、《四夢記》、《四友記》、《四聲猿》、《大雅堂樂府》、《四節記》、《四大痴》、《郢中四雪》、《續離騷》、《柴舟別集》、《四韻事》、《四嬋娟》、《四名家傳奇摘齣》、《續四聲猿》、《四才子》、《四嘯》、《後四嘯》、朱素臣等四人《四大慶》、《四奇觀》、《書齋四種藥》、《西江祝嘏》、《四色石》、《後四聲猿》、《賞心幽品四種》、《瓶笙館修簫譜》、《小四夢》、《破愁四劇》、《四愁吟》、《四聲雷雜劇》共三十種，為組劇當中最為普遍的形式，其中《四大慶》則是由朱佐朝、朱素臣、葉時章和邱園四人劇作之集結，而此四人都是蘇州人，時人稱之為「吳門戲劇家」。

4、五劇合集

目前所知有《西堂樂府》、《飲虹五種》兩種。

5、六劇合集

目前所知有《異豔堂六種曲》、《玉田樂府》兩種。

6、七劇合集

目前所知有《陌花軒雜劇》、《七種爭奇》兩種。

7、八劇合集

目前所知有《續青溪笑》、《南枝鶯囀》、《補天石傳奇》、《廣陵勝跡傳奇》、《萬國麟儀八種》、《人獸鑒傳奇》六種。

8、九劇合集

目前所知有《迎鑾新曲雜劇》、《花間九奏》、《吉祥戲九種》三種。

9、十劇合集

目前所知有《博笑記》、《十孝記》二種。

10、十劇以上之合集

目前所知有《寫心雜劇》（共十六或十八劇）、《太和記》（共十七劇）、《青溪笑》（共十六劇）、《蘇門嘯》（共十二劇）、《靈媧石》（共十二劇）五種是超過十劇以上之組劇。

筆者據上述組劇統計，二劇合集共六種；三劇合集共四種；四劇合集共三十種；五劇合集共二種；六劇合集共兩種；七劇合集共兩種；八劇合集共七種；九劇合集共三種；十劇合集共二種；十劇以上之合集共五種，可見自明、清到民國三代以來組劇之組成數量以四劇、八劇及二劇是最為普遍的。

（三）主題及內容規律

在主題規律上，依照組劇劇作內容上是否有連續性，可分為獨立完整之組劇及連貫性組劇兩類；其中在獨立完整之組劇部分，同組各劇之間劇情無連續性，且各劇間之主角、情節皆不相同，皆是獨立完整的一個故事，其唯一的必要條件僅皆各劇之間須有一共同主題，而就共同主題來說，又可分為（1）故事地點相同（2）人物特質相同（3）故事類型相同（4）思想理念相同（5）取材出處相同（6）類群組合相同六大類型。而連貫性組劇則是同組各劇之間彼此皆圍繞同一主人翁描寫，以二部以上之雜劇集結成如章回體般可分可合之組劇。（以上詳見第三章第一節）

而就內容部分來說，據曾師永義〈戲曲劇目之題材內容概論〉中，綜合施德玉《中國地方小戲及其音樂之研究》和林逢源〈民間小戲題材及其特色〉〔註105〕兩篇文章來做歸納，提出關於地方小戲劇目之題材共有「婚姻戀愛」、

〔註105〕林逢源：〈民間小戲題材及其特色〉，《兩岸小戲學術研討會論文集》（臺北：

「家庭生活」、「農村生活」及「史事神怪公案」四大類，其中「婚姻戀愛類」
又分為男女風情、未婚相遇、婚配有宜、婚姻自主、買賣婚姻、怨婦戀情、
傳世愛情、寡婦情感、方外神仙、思夫思春十類。「家庭生活類」分為夫妻、
婆媳、父子兄弟、親族四類。「農村生活類」分為勞動生活、民間百業、鄉里
野趣、節日風習、主僱關係、惡德劣習六類。大抵以平日生活見聞為主題居
多。

　　至於元人北曲雜劇劇目之題材類型，最初可見於《太和正音譜・雜劇十
二科》：

> 一曰神仙道化；二曰隱居樂道（又曰林泉丘壑）；三曰披袍秉笏（即
> 君臣雜劇）；四曰忠臣烈士；五曰孝義廉節；六曰叱奸罵讒；七曰逐
> 臣孤子；八曰鏺刀趕棒（即脫膊雜劇）；九曰風花雪月；十曰悲歡離
> 合；十一曰烟花粉黛（即花旦雜劇）；十二曰神頭鬼面（即神佛雜劇）。

〔註106〕

當中朱權將北劇分為十二類項，但其分類過細，甚至有重疊之處，如第三、
四、七便皆屬君臣類，因此羅錦堂在《現存元人雜劇本事考》中，將元雜劇
統合後分為歷史、社會、家庭、戀愛、風情、仕隱、道釋、神怪八類。而曾
師永義又針對此八類做合併，認為：

> 可以將「戀愛劇」和「風情劇」合為「戀愛風情劇」，因為皆關涉男
> 女間情感之事；其「神怪劇」亦可併入「道釋劇」為一類，因為誠
> 如羅氏所言，「神怪劇」不過為「道釋劇」之枝蔓。〔註107〕

將羅氏所分之八類，濃縮為歷史、社會、家庭、戀愛風情、仕隱、道釋六類。
顯然元代劇目題材種類較地方小戲增加許多。

　　而宋元南曲戲文之劇目題材類型，則可根據錢南揚《戲文概論》分為七
類：其一，敘述愛情、婚姻、家庭生活。其二，反映戰爭動亂、社會黑暗給
人民帶來的苦難。其三，敷衍歷史故實，或表彰忠臣義士叱奸罵讒。其四，
表彰忠孝節義以獎勵風俗。其五，以道釋為內容或為迷信思想。其六，寫文
人發跡變泰。其七，寫家庭之悲歡離合。種類之多不雅於元劇。

國立傳統藝術中心籌備處，2001年）。

〔註106〕明朱權：《太和正音譜》，《中國古典戲曲論著集成》第三冊，（北京：中國戲
　　　　劇出版社，1959年），頁24。

〔註107〕曾永義：〈戲曲劇目之題材內容概論〉，《文與哲》，第二十七期，2015年12
　　　　月，頁27。

　　至於明清時期傳奇、雜劇劇目之題材類型，據呂天成《曲品》卷下：

　　　傳奇品定……括其門類，大約有六：一曰忠孝，一曰節義，一曰仙
　　　佛，一曰功名，一曰豪俠，一曰風情。元劇之門類甚多，而南戲止
　　　此矣。〔註108〕

認爲明清時期的劇目之題材類型遠不如元劇及南戲。透過上述文獻資料可看
出戲曲劇目題材類型由少至多，再由多而少的變化曲線，其中又以明清時期
縮減幅度最多，僅存忠孝、節義、仙佛、功名、豪俠、風情六類。然而就「清
代組劇」來看，實爲不然。據筆者統計，「清代組劇」之劇目題材類型共可分
爲歷史、家庭、道釋、抒懷、仕隱、風情戀愛、社會七類，不但保存了北曲
雜劇劇目題材之所有類型外，還加入了「抒懷劇」一類，且以「歷史劇」、「社
會劇」爲多，大大突破了明清以來「十部傳奇九相思」的既有觀念，而這也
是「清代組劇」特殊之處。

〔註108〕（明）呂天成：《曲品》，《中國古典戲曲論著集成》第六冊，（北京：中國戲
　　　　劇出版社，1959 年），頁 223。

第一章　清代組劇之先聲與分期

第一節　元明之組劇

　　「組劇」的形成年代，爲明代成化、弘治間沈采的《四節記》。然而任何文體在成形前，必有一段很長的孕育期，故筆者據此上溯，從《錄鬼簿》、《太和正音譜》、《元曲選》、《中國古典戲曲存目彙考》等文獻資料中，歸納統計出元雜劇中有四位劇作家，其部分作品是如同組劇般，具有共同之故事類型或取材的，可說是明清兩代組劇的先例或雛形。故依筆者所見，「組劇」最初的孕育階段應始於元雜劇時期，其相關例證如下：

一、高文秀

　　其生平劇作共四十三劇，其中有三組劇作（共十四劇，約佔 32%），從劇目名稱可見其具有共同主題，包含〈黑旋風雙獻功〉、〈黑旋風大鬧牡丹園〉、〈黑旋風借屍還魂〉、〈黑旋風詩酒麗春園〉、〈黑旋風敷演劉耍和〉、〈黑旋風窮風月〉（〈黑秀才窮風月〉）、〈黑旋風鬥雞會〉、〈黑旋風喬教學〉八劇內容皆與水滸黑旋風李逵相關。其中〈黑旋風雙獻功〉全劇見於《元曲選》，題目正名爲「孫孔目上東岳，黑旋風雙獻頭」又「及時雨單責狀，黑旋風雙獻功」。〈黑旋風詩酒麗春園〉雖已亡佚，但可見其題目正名爲「宋公明伙伴梁山泊，黑旋風詩酒麗春園」，兩劇皆與黑旋風李逵相關。此外〈黑旋風大鬧牡丹園〉、〈黑旋風借屍還魂〉、〈黑旋風詩酒麗春園〉、〈黑旋風敷演劉耍和〉、〈黑旋風窮風月〉五劇則是未見於《水滸》故事當中，然〈黑旋風詩酒麗春園〉一劇，

今存題目正名，由此判定此劇即描寫《水滸》故事中黑旋風李逵，因此另外四劇當中所提到之「黑旋風」應當也是指「李逵」。故上述八劇皆是以「黑旋風」為主題所創作，即「故事類型」相同，皆演綠林故事。同時亦似「連貫性組劇」般有共同主角。以及〈風月害夫人〉、〈風月七真堂〉、〈風月郎君雙教化〉三劇內容皆與歌妓相關。其中〈風月害夫人〉當中之題目正名為「狠鴇兒厭宅眷，妝旦色害夫人」，可見劇名中之「風月」即指歌妓酒樓之事，而上述三劇皆是以「風月」為主題所創作，即「人物特質」相同，皆演歌妓之事，似蓉歐漫叟之《青溪笑》。此外尚有〈豹子秀才不當差〉（〈朝子秀才不當事〉）、〈豹子令史乾請俸〉、〈豹子尚書謊秀才〉三劇內容皆言偽假之人。在元曲曲詞當中「豹子」乃指「偽假」之意，因此上述三劇皆是以描寫虛偽之人之行事為共同主題，即「人物特質」相同。

二、庾天錫

其生平劇作共十五劇，其中有二組劇作（約佔 26%）從劇目名稱可見其具有共同主題，包含〈秋夜凌波夢〉、〈秋夜蕊珠宮〉二劇內容皆描寫秋夜之事以及〈楊太真霓裳怨〉、〈楊太真華清宮〉二劇內容皆與楊貴妃相關，且後者皆以「楊貴妃」為主角，似「連貫性組劇」。

三、李直夫

其生平劇作共十一劇，其中僅有一組劇作（約佔 36%）從劇目名稱可見其具有共同主題，包含〈俏郎君占斷風光〉、〈謊郎君壞盡風光〉、〈風月郎君怕媳婦〉、〈歹鬪娘子勸丈夫〉四劇內容皆為夫妻之事，其中〈風月郎君怕媳婦〉之題目正名為「歹鬪娘子斷丈夫，風月郎君怕媳婦」與四劇當中之〈歹鬪娘子勸丈夫〉一致，兩者不知是否為同劇。然上述至少有三劇皆是以「某郎君」為主題所創作。單就劇目來看，三劇皆屬「家庭劇」，即「故事類型」相同，皆演夫婦間之事。

四、李壽卿

其生平劇作共七劇，其中僅有一組劇作（約佔 42%）從劇目名稱可見其具有共同主題，包含〈呂太后祭濟水〉、〈呂太后定計斬韓信〉、〈呂太后夜鎮鑑湖亭〉三劇內容皆與呂太后相關。就劇目來看，三劇皆演「宮廷中所發生

之事」，且皆以「呂太后」爲主角，似「連貫性組劇」可分可合的形式。

　　然而上述七組劇作，幾乎全數亡佚，僅一劇尚存，而存有題目正名者亦只有四劇，所以僅能就目前所見資料來做分析。然無論內容如何，單就劇目的相關性而言，此時期同一劇作家同類型的劇作僅只是未收納至一部劇集當中，但確實已有「組」的概念，只是是否爲劇作家所刻意創作，尚未可知，然當時劇作家多爲書會才人，在創作上以「娛樂搬演」即「餬口求生」爲主，且元代出版刊刻規範嚴苛，僅有官刻和私刻兩種，實爲不易，必不如明中葉高度商業化的坊刻行銷，故未曾出現有集結成合集的情況，且上述作家成「組」的劇作，皆佔其生平著作之三分之一左右，因此不能完全認定當時劇作家毫無「組」的概念，興許只是與明代之「組劇」相較，尚未成熟罷了。

　　及至明代，組劇形式已逐漸成形，四劇一組的形式約佔一半，然多半仍參差未齊，屬磨合階段，尚未完全固定形式，但可以確知的是此時期的作家已有「組」的概念，且是「有意識的」創作「組劇」，而眞正的成熟時期則有待於清初以後。

　　至於明代組劇主要共有十四種，其劇名及主題概述如下：

1、《博笑記》

　　由《巫舉人》、《乜縣佐》、《邪心婦》、《起復官》、《惡少年》、《諸蕩子》、《安處善》、《穿窬人》、《賣臉客》、《英雄將》，共十劇組成。皆取材《耳談》，以詼諧諷寓爲主。存。

2、《四豔記》

　　由《夭桃紈扇》、《碧蓮繡符》、《丹桂鈿合》、《素梅玉蟾》四劇組成。以春夏秋冬四季名花爲主旨，各作一才子佳人故事。存。

3、《漁陽三弄》

　　由《鞭歌妓》、《簪花髻》、《霸亭秋》三劇組成。皆寫文人懷才不遇之感。存。

4、《四節記》

　　由《杜子美曲江記》、《謝安石東山記》、《蘇子瞻赤壁記》、《陶秀實郵亭記》四劇組成。按春、夏、秋、冬四景配四名公。殘存。

5、《兩紗》

　　由《女紅紗》、《碧紗籠》二劇組成。皆反映科場弊端之事。存。

6、《小雅四紀》

由《幸上苑帝妃春遊》、《泛西湖蘇秦夏賞》、《醉學士韓陶月宴》、《憶故人戴王雪訪》四劇組成。按春、夏、秋、冬四時，言遊宴之事。殘存。

7、《四夢記》

由《蕉鹿夢》、《高唐夢》、《邯鄲夢》、《南柯夢》四劇組成。皆言夢中虛幻之事。僅存《蕉鹿夢》。

8、《十孝記》

由《黃香扇枕》、《兄弟爭死》、《緹縈救父》、《伯俞泣杖》、《郭巨瘞兒》、《衣蘆御車》、《王祥臥冰》、《張氏免死》、《薛包被逐》、《徐庶見母》十劇組成。皆言孝道之事。殘存。

9、《風教篇》

皆言風俗教化之事。佚。

10、《四友記》

由《羅疇老》、《周茂叔》、《陶淵明》、《林和靖》四劇組成。按春、夏、秋、冬四季之花，言四位文人之掌故。佚。

11、《蘇門嘯》

由《買笑局金》、《賣情紮囤》、《沒頭疑案》、《截舌公招》、《賢翁激婿》、《死生冤報》、《錯調合璧》、《人鬼夫妻》、《蟾蜍佳偶》、《鈿合奇姻》、《智賺還珠》、《義妾存孤》十二劇組成。皆取材自宋明筆記雜談，然各劇題材並非完全一致。存。

12、《太和記》

由《武陵春》、《蘭亭會》、《寫風情》、《午日吟》、《赤壁遊》、《南樓月》、《龍山宴》、《同甲會》、《公孫丑東郭息忿爭》、《東方朔割肉遺細君》、《張季鷹因風憶故鄉》、《陶處士栗里致交情》、《謝東山雪朝試兒女》、《衛將軍元宵會友》、《元微之重訪蒲東寺》、《漢相如晝錦歸蜀里》、《裴晉公綠野堂祝壽》十七劇組成。據明‧沈德符《顧曲雜言》云：「向年曾見刻本《太和記》，按二十四節氣，每季填詞六折，用六古人事。〔註1〕」，知其皆依二十四節氣序，言古人之事。《南樓月》、《龍山宴》、《同甲會》、《衛將軍元宵會友》、《漢相如

〔註1〕 （明）沈德符：《顧曲雜言》（《中國古典戲曲論著集成》第四集）（北京：中國戲劇出版社，1959年），頁207。

畫錦歸蜀里》、《裴晉公綠野堂祝壽》存，其餘殘存。

13、《四聲猿》

由《狂鼓史》、《翠鄉夢》、《雌木蘭》、《女狀元》四劇組成。皆反映諷刺社會現實。存。

14、《大雅堂樂府》

由《高堂夢》、《五湖遊》、《遠山戲》、《洛水悲》四劇組成。皆言文人之雅性與情調。存。

而明代組劇之主要精神內涵在於表達文人不遇之慨，可見於《四聲猿》、《漁陽三弄》、《兩紗》之中；揭露社會之陳腐及亂象，可見於《四聲猿》、《博笑記》、《陌花軒雜劇》、《蘇門嘯》之中；或是單純營造閒淡情韻，可見於《小雅四紀》、《大雅堂樂府》、《太和記》、《四節記》之中。其中前兩者更是深深影響了清代初期組劇的思想。尤其是徐渭《四聲猿》，其雖非組劇之始，地位卻十分崇高，明、清兩代劇作家皆爭相仿效其體製，可謂「組劇之祖」。如：尤侗《西堂樂府・題詞》：

> 樂府元人擅殊絕，臨用近代，尤超越悲壯，重將北調翻，四聲猿出田水月……

又張韜《續四聲猿・題詞》云：

> 猿啼三聲腸已寸斷，豈更有第四聲，況續以四聲哉。但物不得其平則鳴，胸中無限牢騷，恐巴江巫峽間應有兩岸猿聲啼不住耳。徐生莫道我饒舌也。〔註2〕

又桂馥《後四聲猿・序》云：

> 徐青藤以不世才，侘際不偶，作四聲猿雜劇寓哀聲也。……巫山三峽巫峽長，猿啼三聲淚沾裳，況四聲耶！況又後四聲耶！〔註3〕

透過上面三段引文可看出《四聲猿》對後代文人騷士影響最大，舉凡心中不平或滿腹牢騷之人，皆以徐氏之作爲仿效對象，一吐不快。其餘如：《四艷記》、《小雅四記》、《四友記》、《四節記》，皆透過春、夏、秋、冬四季來撰述，此一創作形式亦影響到清代《四奇觀》、《四大慶》及《書齋四種藥》。又《四友記》與《四節記》二種，除了以四季爲主題外，亦分別以四位文人之掌故爲撰寫內容，在清代組劇當中時有所見，如：《郢中四雪》、《四韻事》、

〔註2〕　張韜：《續四聲猿・題詞》（收錄於鄭振鐸《清人雜劇初集》），第一頁上。
〔註3〕　桂馥：《後四聲猿》（收錄於鄭振鐸《清人雜劇初集》），第一頁上下。

《四才子》、《四名家傳奇摘齣》之類。又《四夢記》之虛幻思想亦影響清代《小四夢》；又《十孝記》當中以孝爲共同主題之形式亦影響清代《青溪笑》、《續青溪笑》及《靈媧石》之類作品。

　　總歸而論，明代組劇雖然僅有十四種，遠不如清代組劇的數量，但無論在精神內涵或是形式上，對於後代組劇的創作都具有相當的深刻的影響。

第二節　組劇之分期

　　關於明清戲曲的分期，由於此時期體製、劇種、腔調的多樣化導致其各家分期之標準、斷點不一，如：

　　一、青木正兒《中國近世戲曲史》便是以崑曲的發展來做分期，因此時間上以明中葉至乾隆爲主，分爲（1）崑曲之興隆（嘉靖以前）。（2）崑曲勃興時代（嘉靖至萬曆初年）。（3）崑曲極盛時代前期（萬曆年間）。（4）崑曲極盛時代後期（天啓至康熙初年）。（5）崑曲餘勢時代（康熙中葉至乾隆末期）共五個階段〔註4〕。

　　二、周貽白《中國戲劇史長編》則是以戲曲之劇種、腔調來分期，以（1）清初的戲劇（1644～1735）；崑弋兩腔的爭勝。（2）清代戲劇的轉變（1736～1820）花部的勃興、京腔、秦腔、四大徽班。（3）皮黃劇（1821～1911）共分做三個階段〔註5〕。

　　此兩類無論是根據戲曲之劇種或是腔調來分期，於清初及乾隆兩個時期皆是重要斷點。前者爲崑曲極盛期，後者則因花部的勃興和四大徽班的入京，使戲曲在各方面出現了轉變，而此一現象亦可見於後述組劇之分期當中。

　　除此之外，絕大多數的學者仍是依照作家作品來做分期，在清代可分爲傳奇及雜劇兩種，分別有：

　　一、郭英德《明清傳奇史》，以傳奇來做分期，透過時代背景、創作質量及搬演狀態……等各方面，將其分爲（1）從戲文到傳奇（明成化初到萬曆十四年）。（2）傳奇的風行（明萬曆十五年到清順治八年）。（3）傳奇的繁盛（清順治九年至康熙五十七年）。（4）強弩之末的傳奇（清康熙五十八年

〔註4〕　青木正兒著，王古魯譯：《中國近世戲曲史》（台北：台灣商務印書館，1965年）。

〔註5〕　周貽白：《中國戲劇發展史》（台北：僶勉出版社，1975年）。

至嘉慶二十五年）。（5）漂泊無依的傳奇（清道光元年至宣統三年）共分做五個階段〔註6〕，當中仍深受花、雅二部消長影響。

二、周妙中《清代戲曲史》，以雜劇來做分期，分為（1）清朝初年的戲曲。（2）康熙、雍正年間的戲曲。（3）乾隆年間的戲曲。（4）嘉慶以後的戲曲。（5）晚清的雜劇和傳奇共分做五個階段〔註7〕。

三、鄭振鐸《清人雜劇初集》當中，認為清代為純正之文人劇，因此根據清代雜劇的特點及作家之才學、作品之合律和短劇完成之時（雍乾時期），分為順康時期、雍乾時期、嘉咸時期、同光時期四個階段。又曾師永義《清人雜劇概論》亦分成順康時期、雍乾時期、嘉道咸時期、同光時期四個階段，然當中有部分論點與鄭氏有所出入，包含黃燮清、范元亨應歸入道咸時期；短劇極盛之時應上提至順康時期；而道咸以後僅僅是流風餘韻罷，不可與清初劇作家相提並論，此一論點正與筆者組劇的分期觀點一致；又曾影靖《清人雜劇論略》分初期（順治至雍正年間）、中期（乾隆嘉慶年間）、後期（道光至宣統年間）三個階段。又葉長海、張福海《中國戲劇史》將清代雜劇分為（1）初興期（順治至雍正）。（2）高潮期（乾隆時期）。（3）消退期（嘉慶至咸豐）。（4）變革期（同光至清末（1911））〔註8〕共四個階段。

而特別針對短劇或組劇來做分期的則有徐文凱〈清代文人單折短劇研究〉，分為始盛期（順康時期）、全盛期（雍乾時期）、次盛時期（嘉咸時期）、衰落期（同光時期）四個階段。另外，游宗蓉《明代組劇研究》，則是透過思想內容與體制的差異性，將其分為（1）始創階段（成化、弘治年間）。（2）發展階段（嘉靖、萬曆年間）。（3）勃興階段（萬曆至崇禎年間）三個階段。又陳嫣《明代組劇簡論》，亦分為（1）醞釀期（明初到成弘）。（2）形成期（成弘到萬曆前期）。（3）發展期（萬曆後期到明末）三個階段。然而明代為組劇之初始部分，數量僅二十種，當中全存之作亦僅十一種，可供採樣、歸納數量甚少，難免有未盡之憾。

因此筆者除了明代組劇外又加入了元代、清代及民國初年之組劇作品，並分成（1）孕育期（元代）。（2）初始期（明中葉至末年）。（3）成熟期（清初順治、康熙、雍正年間）。（4）轉變期（自乾隆至道光年間）。（5）衰落期

〔註6〕　郭英德：《明清傳奇史》（南京：江蘇古籍出版社，2001年5月）。
〔註7〕　周妙中：《清代戲曲史》（鄭州：中州古籍出版社，1987年12月）。
〔註8〕　葉長海、張福海：《中國戲劇史》，（上海：上海古籍出版社，2005年），頁338。

（自咸豐年間至民國初年）五個階段，並期望在此基礎上更進一步探究清代之組劇。以下將就上述五階段分期來作進一步論述。

首先就孕育期而論，元雜劇中雖有四位劇作家，其部分作品是如同組劇般，具有共同之故事類型或取材的，然未收納至一部劇集當中，但確實已有「組」的概念，可說是組劇未成型前之胚胎，即孕育期（詳見第一章第一節「元明之組劇」）。

初始期的組劇以明中葉成化、弘治年間始，而目前最早之作品見於沈采《四節記》；嘉靖、萬曆年間出現《太和記》、《大雅堂樂府》、《四聲猿》三種作品；萬曆以後至明末則有十數種作品。內容上主要以表現個人不遇之慨、批判社會之陳腐與亂象及營造閒雅淡遠之情韻三種內涵為主；而在外在結構中的組劇劇數部分，則有近二分之一為四劇一組的形式，其定制已開始漸漸成型，為組劇之初始階段。

成熟期的組劇以清初順治、康熙、雍正年間為主，共有十四種作品，包含鄭瑜《郢中四雪》、黃兆森《四才子》、尤侗《悔菴雜劇》、嵇永仁《續離騷》、葉承宗《四嘯》、《後四嘯》、廖燕《柴舟別集》、張韜《續四聲猿》、裘璉《四韻事》、洪昇《四嬋娟》、車江英《四名家傳奇摘齣》、朱素臣等四人《四大慶》、朱佐朝《四奇觀》、陳陛謨《書齋四種藥》。內容上因逢改朝換代之時代背景，故對於前朝主要以不平之鳴、亡國之無奈（故亦多愛國翻案劇）以及怒斥貳臣為主；對於新朝則是反映期望及不滿其科舉取士制度。除此之外，此時期對於女性的認知觀點的改變，及好將賦文為套曲之特色亦為其亮點。因此，此時期亦可說是清代組劇轉變的前哨站，為「自述劇」、「連貫性組劇」及「翻案補恨劇」之先聲，其風格多典雅清麗、好用典故。而在外在結構中的組劇劇數部分，皆為四劇一組，相當整齊劃一，為組劇之成熟期。

轉變期的組劇以乾隆至道光二十年鴉片戰爭為止，共有二十五種作品，包含吳城、厲鶚《迎鑾新曲》、蔣士銓《西江祝嘏》、曹錫黼《四色石》、徐爔《寫心雜劇》、王文治《迎鑾新曲雜劇》、汪柱《賞心幽品四種》、蓉鷗漫叟《青溪笑》、《續青溪笑》、石韞玉《花間九奏》、陳棟《北涇草堂外集三種》、舒位《瓶笙館修簫譜》、周樂清《補天石傳奇》、嚴廷中《秋聲譜》、戴全德《紅牙小譜》、桂馥《後四聲猿》、汪應培《香谷四種曲》、梁廷枬《小四夢》、周元公《破愁四劇》、靜庵居士《四愁吟》、無名氏《華封三祝》、周墫《廣陵勝跡傳奇》、無名氏《吉祥戲九種》、無名氏《異艷堂六種曲》、袁棟《玉田樂府》、

無名氏《萬國麟儀八種》。內容上因乾隆本身好大喜功、崇尚戲曲，故此時期高達三分之一屬承應戲；而白蓮教動亂，導致社會不安，官吏胡亂拘捕，使作品中多有出世思想；再加上八股取士以及和珅擅權，朝中結黨，故科場積弊惡習及斥奸罵讒亦成為主題；至嘉慶年間，文字獄危機結束，劇作家們再度開始創作日常抒懷之作。無論是「自述劇」、「連貫性組劇」或「翻案補恨劇」各類特殊風格的組劇皆為集大成者，其風格由雅趨俗，且開始以小人物為主角撰寫。而在外在結構中的組劇劇數部分，四劇一組之形式僅佔三分之一，體製開始崩解，甚至出現高達十六甚至二十劇一組的形式，比明代組劇更為紛亂，為組劇之轉變期。

　　衰落期的組劇以咸豐年間至民國初年為止，共有七種作品，包含醉筠外史《味蘭簃傳奇》、李慈銘《桃花聖解盦樂府》、許善長《靈媧石》、俞樾《二奇合傳》、顧佛影《四聲雷雜劇》、盧前《飲虹五種》、王季烈《人獸鑒傳奇》。內容上因此時列強割據，西學東進，劇作家轉以反映時事及宣揚西方思潮為主；又因女性地位的提升，使得傳統與革新相互牴觸，故此時期出現一方面讚揚巾幗之勇；一方面又強調女子之忠貞的矛盾現象。而在外在結構中的組劇劇數部分，四劇一組的形式只剩一種，僅佔七分之一，顯示組劇劇數四劇一組之規範至此已蕩然無存了，且自民國初年以後便再無組劇一戲曲型態，故此時期為組劇之衰落期。以下筆者將上述所言以圖表呈現之：

圖1-1　元代至民國初年組劇形式（四劇）百分比圖

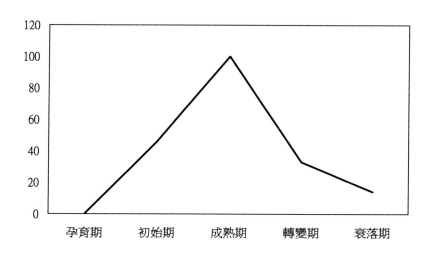

圖 1-2　元代至民國初年組劇形式（四劇）數量圖

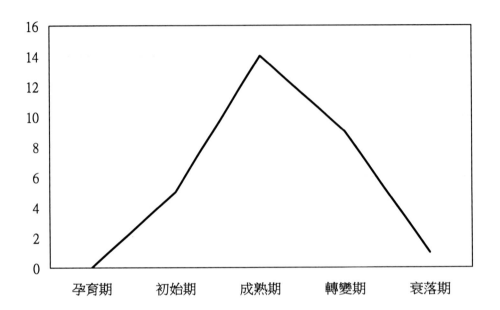

如圖 1-1 及圖 1-2 所示，自元代至民國初年，組劇四劇一組之形式，無論是百分比或實際數量，皆呈現出山形線的分布，明顯具有「起－盛－衰」之整體現象，線條相當完整、合理，顯見「清代組劇」在「組劇」發展中為承上啓下的「樞紐」位置，極其重要，具有研究之價值。又從圖中可見「組劇」之極大值在清初順治、康熙、雍正年間；轉變期皆從乾隆時期開始，故筆者於後述論述中將清代組劇分為初期、中葉前期、中葉後期以及末期四個部分來作探討，其中，中葉部分分為前、後期，最主要即是因為清中葉時期以康熙初年後至道光二十年之間，當中包括成熟期及轉變期二個階段，因此於乾隆時期為斷點，將清中葉一分為二，如此在敘述上方能更具一致性。

第三節　明清組劇體製之異同

關於明清組劇結構體製之差異，筆者分為組數、折（齣）數、曲類及開場詩、散場詩、題目正名、標目四部分，並依照年代先後順序來作探討：

一、明清組劇之組數比較

表 1-1　明清各組劇中組數統計

年代／組數	二劇	三劇	四劇	五劇	六劇	七劇	八劇	九劇	十劇	十劇以上
明	1	1	7	0	0	0	0	0	2	2
清初	0	0	7	1	0	0	0	0	0	0
清中葉前期	0	0	6	0	0	0	0	0	0	0
清中葉後期	2	3	9	0	2	0	4	3	0	2
清末	3	0	0	0	0	0	0	0	0	1

　　透過上表 1-1 可清楚看出明代組劇共十五種，其中二劇一組的有一種；三劇一組的有一種；四劇一組的有七種；十劇一組的有二種；十二劇一組的有一種；十七劇一組的有一種，其形式仍屬磨合階段，尚未完全固定，但四劇一組的形式佔二分之一強，可見其形式已逐漸成形，主要以四劇一組為準則。以下筆者將就清初、清中葉前期、清中葉後期及清末四個階段來歸納分析組劇組數的形成與變革。

1、清　初

　　清初組劇共八種，皆為四劇一組，相當整齊劃一。

2、清中葉前期

　　清中葉前期組劇共六種，皆為四劇一組，相當整齊劃一。

3、清中葉後期

　　清中葉後期組劇共二十五種，其中二劇一組的有二種；三劇一組的有三種；四劇一組的有九種；六劇一組的有二種；八劇一組的有四種；九劇一組的有三種；十六劇一組的有一種；二十劇一組的有一種。由此可以看出組劇至清中葉後期體製開始崩解，雖然仍以四劇一組為多，但也僅佔三分之一。也就是說三分之二以上的組劇皆已打破四劇一組的形式，甚至出現高達十六甚至二十劇一組的形式，比明代組劇更為紛亂。

4、清　末

　　清末組劇共四種，其中二劇一組的有三種；十二劇一組的有一種，已無四劇一組的形式，而民國初年的組劇也僅《四聲雷》一劇為四劇一組，此一現象顯示組劇劇數之規範至此已蕩然無存了。

圖 1-3　明代組劇劇數比例圖

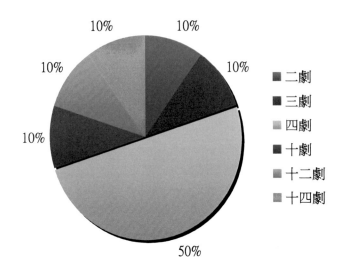

圖 1-4　清初組劇劇數比例圖

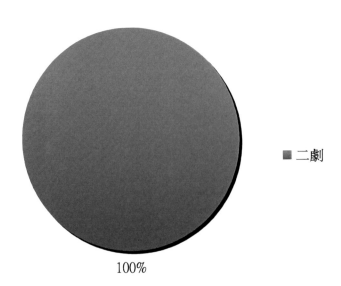

圖 1-5　清中葉前期組劇劇數比例圖

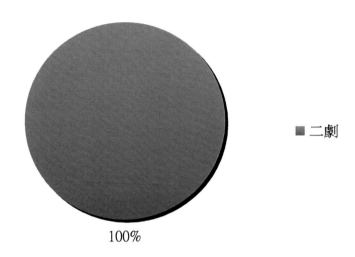

100%

■ 二劇

圖 1-6　清中葉後期組劇劇數比例圖

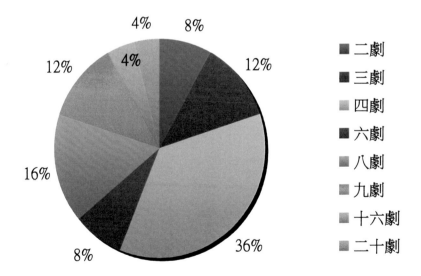

■ 二劇
■ 三劇
■ 四劇
■ 六劇
■ 八劇
■ 九劇
■ 十六劇
■ 二十劇

圖 1-7　清末組劇劇數比例圖

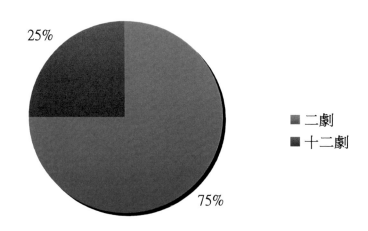

圖 1-8　明代至清末組劇形式（四劇）百分比變化圖

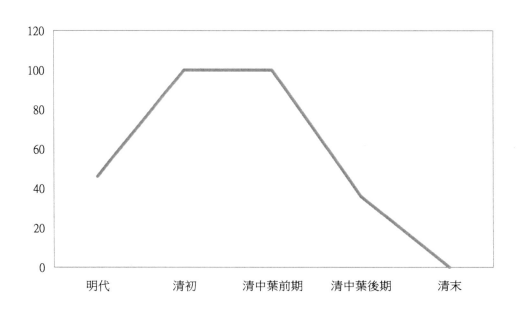

透過圖 1-3 到圖 1-7 中可知明代中葉始為組劇四劇一組形式的初始期，一直到清初至清中葉前期這一段時間方為成熟期，且整齊劃一，然而組劇形式固定統一的時間不長，自清中葉後期（即乾隆年間）開始，組劇四劇一組形式便開始邁入轉變期，劇數再度參差不齊，而至清末完全崩壞，終於民國初年。而透過圖 1-8 則更可以明確的看出高峰（極盛）期為清初及清中葉前期，而至清中葉後期之間，線條陡降，變化極大，一直到中葉以後，線條變化幅度方明顯趨緩。此一山形線與上面圓餅圖相互對照，並無違和，故由此可洞悉清代組劇之盛衰狀況。

二、明清組劇之體製比較

明清兩代的組劇形式，主要以南雜劇和短劇為主，據曾師永義於《明雜劇概論》中言：

> 無論南雜劇或短劇，其形製均較傳奇為短小，同時偶爾運用或兼用
> 北曲，這兩點無疑是北曲雜劇的遺跡；而其運用南曲，或北曲而採
> 分唱、合唱以及家門形式，則顯然是南戲傳奇的現象；因此，後期
> 的南雜劇，其實是南北曲的混血兒。〔註9〕

依照曾師之說法推論，「清代組劇」即為後期的南雜劇，亦即南北曲的混血兒，故在明、清組劇中往往可見南北合套或南北曲混用的情況。因此無論是明代或是清代組劇基本上皆是以短劇或南雜劇為主，不再遵從北曲雜劇一本四折體製，如附表一。同時從附表一當中明顯可以看出組劇亦受到明中葉以後刊刻劇本時「出」、「齣」、「折」、「摺」隨意使用的影響，因此至清代組劇當中往往出現折、齣混同的現象出現，如：《北涇草堂外集》當中，《苧蘿夢》、《紫姑神》二劇分折；而《維揚夢》一劇則分齣。再者，因為短劇的盛行，單折且不分折的形式最為普遍，明代如《太和記》、《大雅堂樂府》、《漁洋三弄》、《小雅四紀》四種，清代如《續離騷》、《續四聲猿》、《四色石》、《賞心幽品四種》、《吉祥戲九種》、《花間九奏》、《紅牙小譜》、《續青溪笑》、《瓶笙館修簫譜》、《迎鑾新曲雜劇》、《萬國麟儀八種》、《寫心雜劇》、《後四聲猿》、《桃花聖解盦樂府》、《靈媧石》……等等，高達十五種。

就曾師永義所提，大抵來說廣義的南雜劇，指凡用南曲填詞，或以南曲

〔註9〕　曾永義：《明雜劇概論》（台北：學海出版社，1999 年），頁 120、121。

為主而偶雜北曲、合套，折數在十一折之內任取長短的劇體；而狹義的短劇則是專指折數在三折以下的雜劇，可用南曲、北曲或合腔、合套，如下表 1-2 所列。

表 1-2　明清兩代組劇中南雜劇及短劇之數量

年　代	南雜劇	非南雜劇	短　劇	非短劇
明代	52	6	40	21
清初	6	14	12	7
清中葉前期	14	10	12	12
清中葉後期	98	22	96	26
清末	16	6	18	4
清代總數	134	52	138	49
明清總數	177	55	164	70

從表中可以明顯看出來明、清兩代南雜劇及短劇的蓬勃。從總體數量來看明代南雜劇比例遠遠高出非南雜劇許多，但在清代則不然，透過表 1-3 可明確看出其原因在於南北曲的使用差異，明代組劇多以南套或南北合套、南北合腔為主；除《狂鼓史》、《雌木蘭》、《漁陽三弄》、《蕉鹿夢》為北曲或以北曲為主外。反觀清代初年，非南雜劇比例甚至高過南雜劇，其中《郊中四雪》、《續離騷》與《悔菴雜劇》三種，更是全用北曲創作，一直到清中葉前期以後方趨緩，推究其因，興許為此時期劇作家創作內容多為異族統治下憤世傷懷、不平之鳴之作，故多以北曲來表現；此外，清初至中葉前期劇作家風格以清麗典雅為主，較富文人氣息，而北曲結構嚴謹，較之南曲更能夠凸顯才情，或許亦是造成此一現象的原因之一，如：《續離騷》、《悔菴雜劇》與《四嬋娟》當中，前兩者類似《王西廂》的形式，合四本為一組，皆為一人獨唱；後者以北曲雜劇一本四折形式創作。乾隆朝開始，組劇創作再度以南曲或南北合套為主，然雅俗之間仍是相互推移的現象，如《賞心幽品》四劇全以北套創作，《四色石》、《玉田樂府》、《北涇草堂外集三種》、《寫心雜劇》、《後四聲猿》……等諸作，各劇之間則以南曲和北曲交互使用，截長補短，共存於一組劇作當中。究其原因，除了此時期創作內容不再全然以男女相思之情為主軸外，更是因為南曲與北曲彼此間在方音、旋律及節奏上明顯不同，魏良甫《曲律》云：「北曲以遒勁為主，南曲以婉轉為主」、「北曲字多而調促，

促處見筋，故詞情多而聲情少；南曲字少而調緩，緩處見眼，故詞情少而聲
情多。」王驥德《曲律》云：「南詞主激越，其變也爲流麗，北曲主忼慨，
其變也爲樸實。……北主勁切雄壯，南主清峭柔婉。」徐渭《南詞敘錄》云：
「聽北曲使人神氣鷹揚，毛髮洒淅，足以作人勇往之志，信胡人之善於鼓怒
也，所謂其聲嘽殺以立怨是已。南曲則紆徐綿渺，流麗婉轉，使人飄飄然喪
其所守而不自覺，信南方之柔媚也，所謂亡國之音哀以思是已」，由此可見
若將南北曲交互使用或是依照所欲表達的主題風格來選用，便更能夠使音樂
旋律富變化及聲情與詞情之間相得益彰。如在《後四聲猿》當中，《放楊枝》、
《題園壁》、《謁府帥》、《投溷中》四劇，分別以北曲、南曲、北曲、南曲交
互運用，正如其自身所言「引宮按節，吐臆抒感〔註10〕」，《放楊枝》一折描
寫白樂天不能忘情，在面對樊素時「自飲一杯，快吟數十聲，聲聲成文，文
無定句〔註11〕」，以【北】【雙調】健捷激裊之曲調特性，突顯出其激昂不捨
之情；《題園壁》一折則是「意於戚串交游間當有所感〔註12〕」，以【南】【仙
呂】－【南呂】－【越調】－【中呂】－【南呂】編排，不斷的移腔換調，
透過清新綿邈──感歎傷悲──淘寫冷笑──高下閃賺──感歎傷悲的曲
風，娓娓道出放翁與妻唐氏情深無緣的悲歡之情；《謁府帥》則是直以北曲
的慷慨激昂之風，將東坡的不平之氣一口氣傾瀉而下；《投溷中》同樣是描
寫不平之事，卻是以南曲來作呈現，運用靈活，使整體劇作更加活潑多變。
至於組劇短劇的部分，從表格當中可以分析出自明代至清末，折（出）數量
的變化顯然是由多轉少。

　　另外，就表 1-3 當中組劇各劇的折（出）數來看，明中葉至清康熙時期，
組劇中各劇的折（出）數多半未能統一，如明代僅《太和記》（皆爲一折）、
《大雅堂樂府》（皆爲一折）、《兩紗》（皆爲四折）及《小雅四紀》（皆爲一
折）統一；清代僅《續離騷》（皆爲一折）、《四才子》（皆爲四折）、《續四聲
猿》（皆爲一折）、《四嬋娟》（皆爲一折）。直待清乾隆前後，各組劇當中的
折（出）數方轉以單折的形式爲多，然此處的一致性應僅只是因爲戲曲體製
自明代後期以來逐漸趨向單折短劇爲主，不能視爲組劇體製的統一，若論及
組劇體製的成形，仍要就組劇的組數來定奪較爲穩妥恰當。

〔註10〕桂馥《後四聲猿・序》，第一頁下。
〔註11〕桂馥《後四聲猿》，第八頁上～下。
〔註12〕桂馥《後四聲猿・序》，第一頁下。

　　總歸而論，明、清兩代組劇無論是在折（齣）數或是用曲上，都與北劇或南戲之體製規範有所差異，是為後期之南雜劇或短劇的合集，故皆有折、出混用的現象。而在組數上，主要以清初至乾隆初年為組劇體製為最統一的時代；用曲部分，明代多以南曲為主，清代則因花部興起而相對開放且較為複雜。此外，就組劇劇數的統計也可看出清代組劇從形成期到成熟期，再到轉變期，最後到崩壞期的一系列發展及脈絡，歷程清楚完整。

表 1-3　明清兩代組劇之折／出數及用曲

年代	總集名	劇　　名	折／出數	用曲	附　　註
明	《太和記》	《武陵春》	一折	北套、南套	指南、北套曲前後分開運用，並未交互穿插運用，但無特定規律。（以下皆同）
		《蘭亭會》	一折	北套、南套	
		《寫風情》	一折	北套、南套	
		《午日吟》	一折	北套、南套	
		《赤壁遊》	一折	南套	
		《南樓月》	一折	南套（插北曲）	指以南曲套曲為主，中間單插入一支北曲（以下皆同）
		《龍山宴》	一折	南北合腔	指一部套曲中兼有南曲和北曲
		《同甲會》	一折	南套	指全用南曲套曲（以下皆同）
		《公孫丑》	一折	南套	
		《東方朔》	一折	南套	
		《張季鷹》	一折	南套	
		《陶處士》	一折	南套	
		《謝東山》	一折	南套	
		《衛將軍》	一折	佚	
		《元微之》	一折	佚	
		《漢相如》	一折	佚	
		《裴晉公》	一折	南套（插北曲）	
	《四聲猿》	《狂鼓史》	一出	北套	指全用北曲套曲（以下皆同）

	《翠鄉夢》	二出	南北合套	指一出當中用曲以一南套一北套或一北套一南套規律運用，且南套曲中無插入北曲或北套曲中無插入南曲。（以下皆同）
	《雌木蘭》	二出	北套	
	《女狀元》	五出	南套	
《大雅堂樂府》	《高唐夢》	一折	南套	
	《五湖遊》	一折	南北合套	
	《遠山戲》	一折	南套	
	《洛水悲》	一折	南套	
《博笑記》	《巫舉人》	三出	南套	
	《乜縣佐》	二出	南套（第一出）南北合腔（第二出）	
	《邪心婦》	二出	南套	
	《起復官》	三出	南套（插北曲）	
	《惡少年》	三出	南套	
	《諸蕩子》	三出	南套（插北曲）	
	《安處善》	四出	南套（第三出只有賓白無曲）	
	《穿窬人》	二出	南套	
	《賣臉客》	二出	南套	
	《英雄將》	三出	南套（第一出）南北合套（第二、三出）	
《四豔記》	《夭桃紈扇》	八出	南套	
	《碧蓮繡符》	八出	南套（插北曲）	
	《丹桂鈿合》	七出	南套	
	《素梅玉蟾》	八出	南套	
《漁陽三弄》	《鞭歌妓》	一折	北套	
	《簪花髻》	一折	北套	
	《霸亭秋》	一折	北套	

	《兩紗》	《女紅紗》	四折	南、北曲	
		《碧紗籠》	四折	南、北曲	
	《小雅四紀》	《幸上苑帝妃春遊》	一折	南套	
		《泛西湖蘇秦夏賞》	一折	南套	
		《醉學士韓陶月宴》	一折	南套	
		《憶故人戴王雪訪》	一折	南北合套	
	《四夢記》	《蕉鹿夢》	六折	北套（插南曲）（第一折）南套（其餘五折）	
		《高唐夢》		佚	
		《邯鄲夢》		佚	
		《南柯夢》		佚	
	《蘇門嘯》	《買笑局金》	四折	南曲南北合套	
		《賣情紮囤》	七折	南曲	
		《沒頭疑案》	六折	南曲	
		《截舌公招》	六折	南曲南北合腔	
		《賢翁激婿》	八折	北曲南曲	
		《死生冤報》	八折	南曲	指純用南曲（以下皆同）
		《錯調合璧》	五折	南曲	
		《人鬼夫妻》	七折	南曲	
		《蟾蜍佳偶》	七折	南曲	
		《鈿合奇姻》	七折	南曲	
		《智賺還珠》	六折	南北合套南曲	
		《義妾存孤》	六折	南曲	
清初	《鄄中四雪》	《鸚鵡洲》	一折	北曲	指純用北曲（以下皆同）

	《汨羅江》	一折	北曲	
	《黃鶴樓》	一折	北曲	
	《滕王閣》	兩折	北曲（第一折）南曲（第二折）	
《續離騷》	《劉國師教習扯淡歌》	一折	北曲	
	《杜秀才痛哭泥神廟》	一折	北曲	
	《和尚街頭笑布袋》	一折	北曲	
	《憤司馬夢裡罵閻羅》	一折	北曲	
《四嘯》	《十三娘笑擲神姦首》	二折	南曲帶北曲（第一折）南曲（第二折）	此處北曲指帶過曲
	《豬八戒幻結天仙偶》	佚	佚	
	《金玉奴棒打薄情郎》	佚	佚	
	《羊角哀死報知心友》	佚	佚	
《四韻事》	《昆明池》	二折	南曲（第一折）南北合套（第二折）	
	《集翠裘》	二折	南曲（第一折）北曲（第二折）	
	《鑑湖隱》	四折	南曲（第一折）南曲（第二折）南北合套（第三折）南曲（第四折）	
	《旗亭館》	三折	南曲（第一折）南曲（第二折）南曲（第三折）	
《悔菴雜劇》	《讀離騷》	四折	北曲	
	《吊琵琶》	四折	北曲	

		《桃花源》	四折	北曲	
		《黑白衛》	四折	北曲	
	《四奇觀》	酒案	佚	佚	
		色案	佚	佚	
		財案	七出	南曲	
		氣案	七出	南曲	
	《四大慶》	《春景與富秦岳五松》	七折／八場	1 北曲、南曲 2 南曲	此劇標示 1 者為中國藝術研究院戲曲研究所所藏之舊鈔本；標示 2 者為泰縣梅氏綴玉軒鈔本
		《夏景與貴匡廬瀑布》	七折／二十一場	1 北曲、南曲 2 南曲	
		《秋景與壽岳陽大觀》	六折／十場	2 南曲	此處僅存泰縣梅氏綴玉軒鈔本
		《冬景與男峨嵋積雪》	七折／十六場	2 南曲	此處僅存泰縣梅氏綴玉軒鈔本
清中葉前期	《四才子》	《鬱輪袍》	四折	南北合套	
		《夢揚州》	四折	南北合套	
		《飲中仙》	四折	南北合套	
		《藍橋驛》	四折	南北合套	
	《柴舟別集》	《醉畫圖》	一折	南曲	
		《訴琵琶》	一齣	南曲	
		《續訴琵琶》	二齣（與一齣連貫）	南曲	《訴琵琶》與《續訴琵琶》二折為同一故事，劇情連貫。
		《鏡花亭》	一折	南曲	
	《續四聲猿》	《杜秀才痛哭霸亭廟》	一折	北曲	
		《戴院長神行薊州道》	一折	北曲	
		《王節使重續木蘭詩》	一折	北曲	
		《李翰林醉草清平調》	一折	北曲	

	《四嬋娟》	《謝道韞》	一折	北曲	
		《衛茂猗》	一折	北曲	
		《李易安》	一折	北曲	
		《管仲姬》	一折	北曲	
	《四名家傳奇摘齣》	《藍關雪》	四折	南曲	
		《柳州煙》	四折	南曲	
		《醉翁亭》	五折	北曲、南曲	
		《遊赤壁》	五折	北曲、南曲	
清中葉後期	《華封三祝》	《南星拱照》	一折	北曲、南曲	
		《童叟歡迎》	一折	南曲	
		《慶祝無疆》	一折	南曲	
	《西江祝嘏》	《康衢樂》	四出	南曲	
		《忉利天》	四出	南北合套	
		《長生籙》	四出	南北合套	
		《生平瑞》	四出	南北合套	
	《迎鑾新曲》	《群仙祝壽》	四折	南北合套	
		《百靈效瑞》	四折	北曲、南曲	
	《四色石》	《張雀羅庭平感世》	一折	北曲	
		《序蘭亭內史臨波》	一折	南曲	
		《宴滕王子安檢韻》	一折	南北合套	
		《寓同谷老杜興謌》	一折	北曲	
	《賞心幽品四種》	《楚正則採蘭紉佩》	一折	北套	
		《陶淵明玩菊傾樽》	一折	北套	
		《江采蘋愛梅錫號》	一折	北套	
		《蘇子瞻畫竹傳神》	一折	北套	
	《廣陵勝跡傳奇》	《廣陵城燈遊時太平有象》	一出（連續）	南北合套	

	《木蘭院詩籠故里垂芳》	一出	南北合套	
	《芍藥圃花瑞奇分枝兆相》	一出	南北合套	
	《平山堂堂宴樂摘蕊傳殤》	一出	南曲	
	《點鼠賦虎夢來天懷坦蕩》	一出	北曲、南曲	
	《枯樹園桃醫感合境寧康》	一出	南曲	
	《邗溝廟神鏡懸孝忠照朗》	一出	北曲、南曲	
	《天寧寺佛輪轉福壽延昌》	一出	南曲	
《玉田樂府》	《陶朱公》	四折	北套	
	《姚平仲》	四折	北套	
	《鄭虎臣》	一折	北套	
	《鵝籠書生》	一折	南北合套	
	《白玉樓》	一折	北套	
	《桃花源》	一折	北套	
《吉祥戲九種》	《壽慶群仙》	一折（故事連貫）	北曲、南曲	
	《群仙祝福》	一折	北曲、南曲	
	《王母稱慶》	一折	北曲、南曲	
	《萬年歡慶》	一折	北曲、南曲	
	《棗慶長生》	一折	北曲、南曲	
	《壽筵稱慶》	一折	北曲、南曲	
	《萃花仙》	一折	北曲、南曲	
	《玉皇升殿》	一折	北曲、南曲	
	《蟠桃初熟》	一折	北曲、南曲	
《花間九奏》	《伏生授經》	一折	南曲	
	《羅敷採桑》	一折	南曲	
	《桃葉渡江》	一折	南曲	
	《桃源漁父》	一折	南曲	

	《梅妃作賦》	一折	南曲	
	《樂天開閣》	一折	南曲	
	《賈島祭詩》	一折	南曲	
	《琴操參禪》	一折	南北合套	
	《對山救友》	一折	南曲	
《紅牙小譜》	《輞川樂事》	一折	南曲	
	《新調思春》	一折	南曲	
《香谷四種曲》（又名《南枝鶯囀》）	《不垂楊》	六出	南曲	
	《催生帖》	四出	南曲	
	《簾外秋光》	二出	南曲	
	《驛庭槐影》	二出	南曲	
《續青溪笑》	《勸美》	一折	南曲	
	《賣花奴同途說豔》	一折	南曲	
	《隱仙庵喧闐遊桂苑》	一折	南曲	
	《釣魚人彳亍打茶圍》	一折	南曲	
	《王壽卿被褐驚寒》	一折	南曲	
	《葉香畹開堂教戲》	一折	南曲	
	《一柄扇妙姬珍舊蹟》	一折	南曲	
	《九轉詞逸叟醒群芳》	一折	南曲	
《北涇草堂外集三種》	《芋蘼夢》	四折	北套	
	《紫姑神》	四折	北套	
	《維揚夢》	四出	北套 南北合套	
《瓶笙館修簫譜》	《卓女當爐》	一折	南北合套	
	《樊姬擁髻》	一折	南曲	
	《西陽修月》	一折	北曲	
	《博望訪星》	一折	南北合套	

《小四夢》	《圓香夢》	四折一楔子	南套 南北合套	
	《斷緣夢》	四折一楔子	南套 南北合套	
	《江梅夢》	四折	南北合腔	
	《曇華夢》	四折一楔子	南套 南北合套	
《補天石傳奇》	《宴金台》	六折	南曲	
	《定中原》	四折	南曲	
	《河梁歸》	四折	南曲	
	《琵琶語》	六折	南曲	
	《紉蘭佩》	六折	南曲	
	《碎金碑》	六折	南曲	
	《紞如鼓》	四折	南曲	
	《波弋香》	六折	南曲	
《秋聲譜》	《武則天風流案卷》	一折	南北合套	
	《沈媚娘秋愍情語》	一折	南曲	
	《洛神殿無雙豔福》	四折	南曲	
《迎鑾新曲雜劇》	《三農得澍》	一折	南北合套	
	《龍井茶歌》	一折	南北合套	
	《祥征冰繭》	一折	南曲	
	《海宇歌恩》	一折	南北合套	
	《燈燃法界》	一折	南曲	
	《葛嶺丹爐》	一折	南北合套	
	《仙釀延齡》	一折	南曲	
	《瑞獻天臺》	一折	南北合套	
	《瀛波清宴》	一折	南曲	
《萬國麟儀八種》	《萬國麟儀》	一折	南曲	
	《三山鼇戴》	一折	南曲	
	《光天抒頌》	一折	南曲	

		《益地呈圖》	一折	南曲	
		《寶鏡開祥》	一折	南曲	
		《金桃獻瑞》	一折	南曲	
		《妙華葉算》	一折	南曲	
		《泰策延釐》	一折	南曲	
	《寫心雜劇》	《遊湖》	一折	南曲	
		《述夢》	一折	北曲	
		《醒鏡》	一折	北曲	
		《游梅遇仙》	一折	北曲	
		《癡祝》	一折	北曲	
		《虱談》	一折	南曲	
		《青樓濟困》	一折	南曲	
		《哭弟》	一折	南曲	
		《湖山小隱》	一折	南曲	
		《酬魂》	一折	南北合套	
		《祭牙》	一折	北曲	
		《月夜談禪》	一折	南北合套	
		《問卜》	一折	南北合套	
		《悼花》	一折	北曲	
		《原情》	一折	南曲	
		《七十壽言》	一折	北曲	
		《覆墓》	一折	南曲	
		《入山》	一折	南曲	
		《覓地》	一折	未見	
		《求財卦》	一折	未見	
	《後四聲猿》	《放楊枝》	一折	北曲	
		《題園壁》	一折	南曲	
		《謁府帥》	一折	北曲	
		《投溷中》	一折	南曲	
清末	《桃花聖解盦樂府》	《舟觀》	一折	南曲	
		《秋夢》	一折	南曲	

《靈娲石》	《伯瀛持刀》	一折	北曲	
	《忠妾覆酒》	一折	南曲	
	《無鹽拊膝》	一折	南曲	
	《齊婧投身》	一折	南曲	
	《莊姪伏幟》	一折	南曲	
	《奚妻鼓琴》	一折	南曲	
	《徐吾會燭》	一折	南曲	
	《魏負上書》	一折	南曲	
	《聶姐哭弟》	一折	南北合套	
	《繁女救夫》	一折	北曲	
	《西子捧心》	一折	南曲	
	《鄭褒教鼻》	一折	北曲	
《味蘭簃傳奇》	《烈女記傳奇》	八出	南北曲	
	《俠女記傳奇》	十二出	南北曲	
《二奇合傳》	《驪山傳》	八出	南曲	
	《梓潼傳》	八出	南曲	

第二章　清代組劇之作家、作品及版本

第一節　清初組劇之作家作品

　　清初時期主要以金兵入關到康熙初年爲主，首先，先就戲曲本身的演進來看，清初的戲曲創作延續著明末的風格，深受李玉等多出身於下層社會的蘇州派作家，以及吳偉業、尤侗等人之影響；劇作結構嚴密，注重排場、音律，尚能搬演於舞台，且多反映社會現實、表達不平之鳴及黍離之悲，尤好以歷史典故來藉他人之酒杯，澆胸中之塊壘。如：李玉《千忠戮》、《清忠譜》、朱佐朝《萬壽冠》、《漁家樂》，反映亡國之悲；尤侗《弔琵琶》、薛旦《昭君夢》，反映物是人非之無奈。足見於清初戲曲中，無論是蘇州派或是吳、尤等人，皆是藉戲曲創作來表達現世，而此一現象亦是有跡可循的。明中葉以來李開先便強調戲曲之社會功能，他在《改定元賢傳奇後序》當中自言：

> 要之激動人心，感移風化，非徒作，非苟作，非無益而作之者。
> 〔註1〕（李開先《改定元賢傳奇後序》）

> 取其辭意高古、音調協和，與人心風教俱有激勸感移之功。尤以天分高而學力到，悟入深而體裁正者，爲之本也。〔註2〕（李開先《改定元賢傳奇後序》）

文中主張戲曲對於人心風教具有激勸感移之功。爾後祁彪佳在《遠山堂劇品》和《遠山堂曲品》當中誇讚許多劇作家能反映社會現實，達到古人所謂讀書

〔註1〕　李開先：《李開先全集》（北京：文化藝術出版社，2004 年），頁 316。
〔註2〕　李開先：《李開先全集》（北京：文化藝術出版社，2004 年），頁 317。

人勸世諷俗、任重而道遠的使命：

> 凡可爲勸、可爲戒者，俱入之傳奇。〔註3〕（《遠山堂劇品·詭男爲客》）

> 海忠介亮節宏謨，由廣文以至總憲，百折不變，被之絲管，有裨世教。〔註4〕（《遠山堂曲品·金環記》）

> 借中山狼唾罵世人，說得透快，當爲醒世一篇，勿復作詞曲觀。〔註5〕（《遠山堂劇品·中山狼》）

他讚賞《詭男爲客》中的勸誠使命，《金環記》中的亮節宏謨，百折不變，大大的給了世人一個良好的楷模，相當有助於社會風教，以及賞識《中山狼》中的老人，借由兇殘狡詐的中山狼及迂腐懦弱的東郭先生，快人快語的唾罵世人，反映社會病態，著實爲一篇醒世佳作。

而孟稱舜載於祁彪佳《孟子塞五種曲序》當中之警世論，亦強調戲曲的醒世功能：

> 曲之中有言夫忠孝節義，可忻可敬之事者焉，則雖呆童愚婦見之，無不擊節而忻舞；有言夫姦邪淫慝、可怒可殺之事者焉，則雖呆童愚婦見之，無不恥笑而唾詈。〔註6〕（《孟子塞五種曲序》）

首先，他推崇孟稱舜之作品符合上古《詩經》、樂府的可興、可觀、可群、可怨精神，更反映了忠孝節義，可忻可敬之事以及姦邪淫慝、可怒可殺之事，都是日常生活百姓周遭所發生的事，因此就算是呆童愚婦看到，也都會有所感受。此外，孟稱舜在其《古今名劇合選》一書當中，也多以此項原則觀點來評論其他劇作家的作品優劣。如他批判《黑旋風仗義疏財》，既爲描寫仗義疏財，僅音律格調俱諧，缺少警語，爲其缺失。反之，他也誇獎許多作品的醒世妙言，諸如：《張生煮海》、《三度小桃紅》、《三渡任風子》、《崑崙奴》、《城南柳度》、《柳翠》和《鐵拐李》當中機鋒雋利的尖醒語，往往能從人情中點醒，充滿寓意，不再單單只有娛樂和置於案頭的功能。

而此一論調，深深影響了之後清代的李漁、李調元以及梁廷楠等人……如李漁《閒情偶寄》：

〔註3〕 俞爲民、孫蓉蓉編：《歷代曲話彙編·明代篇三》，頁661。
〔註4〕 俞爲民、孫蓉蓉編：《歷代曲話彙編·明代篇三》，頁609。
〔註5〕 俞爲民、孫蓉蓉編：《歷代曲話彙編·明代篇三》，頁642。
〔註6〕 朱穎輝輯校：《孟稱舜集》（北京：中華書局，2005年），頁621。

凡作傳奇，祇當求於耳目之前，不當索諸聞見之外。〔註7〕

認爲傳奇的主題與內容，應以眼前所見的現實生活事件爲對象，反應社會現實，不該描寫道聽塗說之事。同時，此一警世概念於清初組劇當中亦時有所見。再就歷史脈絡來看，清初，在金兵入關後，訂立了眾多禁限令及大興文字獄，並嚴禁士人結社集會，以箝制漢人反清思想，而清初的文人在此屈辱之下仍未忘己使命，繼續沿襲著明末藉古諷今之路，來反映社會時政、故國之思以及懷才不遇之悲鳴。但同時清廷亦改行懷柔政策，攏絡士人，使得清初的文人陷入了出仕或出世的兩難境地，於是其作品往往在異族侵略的憤恨之中又夾雜著無奈。同時他們也發現幾千年來的封建體制早已崩壞不堪，文人所呈現的多是貪汙賄賂、爭權誤國的醜陋面貌，因此叱奸罵讒亦成爲此時期的主題之一。而此時期的作品主要有鄭瑜《郢中四雪》、尤侗《悔菴雜劇》、朱佐朝等人《四奇觀》、朱佐朝、朱素臣、葉時章、丘園《四大慶》、裘璉《四韻事》、嵇永仁《續離騷》、葉承宗《四嘯》、《後四嘯》，共八種。以下就上述八部作家、作品及成書時間概述如下：

一、鄭瑜《郢中四雪》

（一）鄭瑜生平（約 1653 年前後在世）

關於鄭瑜生平可見於清初黃蛟起《西神叢語》卷二十一：

鄭瑜，字無瑜，與曹履垣、胡慎三、嵇憩盧爲酒友，與黃心甫、顧野臣爲詩友，與堵禾齋爲文友。〔註8〕

又乾隆間顧光旭《梁溪詩鈔》：

字玉粟，號夕可，著有《正誼堂詩稿》、《西神叢話》。義夫傳曰：夕可妻周氏沒年止三十，終身不再娶，鰥居二十六年而卒。張息盧曰：世之多方色，媵婢無制者固不足道，蘇子卿吞氈齧雪，猶不免娶胡婦生子，夕可壯年離欲，終其身無二色，豈不難哉。〔註9〕

又傅惜華《清代雜劇全目》卷一：

〔註7〕　李漁《閒情偶寄》：(《李漁全集》第三卷)，卷一，〈詞曲部上〉、〈戒荒唐〉(杭州，浙江古籍出版社，1992 年 10 月)，頁 13、14。

〔註8〕　黃蛟起：《西神叢語》(收錄於《叢書集成續編》第 228 冊)(上海：上海書店，1994 年)，頁 935。

〔註9〕　顧光旭：《梁溪詩鈔》，清宣統三年 (1911 年) 侯學愈重刊本。

　　鄭瑜，一名若羲，字玉粟，一字無瑜，號夕可，別署正誼、西神。
江蘇無錫人。工詩文。著有《正誼堂詩稿》、《西神叢話》。其妻歿，
年止三十，終生不再娶，鰥居二十六年而卒。善詞曲。所著雜劇五
種，傳於世者四種，已佚者一種。〔註10〕

又莊一拂《古典戲曲存目匯考》卷八：

　　鄭瑜，一名若羲，字玉粟，號夕可，江蘇無錫人。妻沒，年止三十，
終身不再娶，年六十而卒。清順治十年前後在世。有《正誼堂詩稿》、
《西神叢語》。工作曲，所著雜劇，每署「西神鄭瑜」。西神，即無
錫惠山。〔註11〕

　　綜合以上七段文字可知鄭瑜，一名若羲，字玉粟，一字無瑜，號夕可，
別署正誼、西神。江蘇無錫人。其妻周氏年止三十，終身不再娶，鰥居二十
六年而卒，卒年六十，約順治十年前後在世。工詩文，與曹履垣、胡慎三、
嵇憩廬為酒友，與黃心甫、顧野臣為詩友，與堵禾齋為文友。著有《正誼堂
詩稿》、《西神叢話》、雜劇五種，傳於世者四種，即《汩羅江》、《滕王閣》、《黃
鶴樓》、《鸚鵡洲》。

（二）《郢中四雪》成書時間

　　本書為哈佛大學漢珍圖書館所藏，據其書前所載為清順治刊本。又原書
中鄒世金「小引」末處題「辛丑秋香眉主人鄒世金題」，即順治十八年秋
（1661）。鄒世金「跋」末處題「壬寅初夏鄒漪流綺識於夕佳樓」，即康熙元
年（1662）。故依上述推論，其成書時間必不晚於順治十八年秋。

（三）《郢中四雪》之內容概述

　　《郢中四雪》由《鸚鵡洲》、《汩羅江》、《滕王閣》、《黃鶴樓》四劇組成，
其所描寫的故事地點及思想內容一致。首先，「郢中」乃指古代楚地。而四劇
劇目所言之地名，皆位於古楚地上。依《戰國策・楚策一》所記：

　　楚地西有黔中巫郡，東有夏州海陽，南有洞庭蒼梧，北有汾陘之塞
郇陽，地方五千里。〔註12〕

可知古代楚地乃今湖北、湖南、上海（松江）、江蘇、浙江、山東半島、江西、

〔註10〕傅惜華：《清代雜劇全目》（人民文學出版社，1981年），頁16。

〔註11〕莊一拂：《古典戲曲存目匯考》（上海古籍出版社，1982年），頁695。

〔註12〕劉向：《戰國策・楚策一・蘇秦為趙合從說楚威王》（收錄於《四部備要・史
部》），卷十四（臺北：中華書局，1972年）。

貴州、廣東部分地方、重慶、河南中南部及安徽南部。而其中「汨羅江」位於今湖南省平江縣境內;「滕王閣」位於今江西省南昌市贛江畔;「黃鶴樓」位於今湖北省武漢市武昌蛇山上;「鸚鵡洲」位於今湖北省武漢市,蓋四劇所言之處,皆位於古楚地上,其共同主題即是地點相同。內容皆描寫古人古事,依序為禰衡、屈原、王勃及呂洞賓。除了《滕王閣》分兩折,採南北分調,第一折為北調;第二折為南調外,其餘三劇皆為北調且不分折。《鸚鵡洲》於《今樂考證》、《曲錄》皆有著錄。《汨羅江》於《今樂考證》、《曲考》、《曲錄》皆有著錄。《滕王閣》於《今樂考證》、《曲考》、《曲錄》皆有著錄,本事出於王定保《唐摭言》。《黃鶴樓》於《今樂考證》、《曲考》、《曲錄》皆有著錄。

除此之外,四劇總名為「四雪」,意在替禰衡、屈原、王勃及呂洞賓四人「昭雪」。《鸚鵡洲》言禰衡與鸚鵡論當年舊事,替曹操辨冤;《汨羅江》言屈原與漁父一同飲宴,漁父念誦離騷,己為之填曲,自訴不平,以北調配弦索,一人吹奏;一人吟唱;《滕王閣》言王勃於滕王閣賦詩作序,閣公驚嘆王勃之才,特邀其赴宴,成滕王閣序,一改其初聞時的輕蔑態度;《黃鶴樓》言呂純陽與柳樹精說明自身三醉岳陽樓、與何仙姑相好及飛劍斬黃龍之事皆為子虛烏有,並共論世間參參差差怪怪異異之事。

二、尤侗《悔菴雜劇》

(一)尤侗生平(1618～1704 年)

關於尤侗生平可見《清史列傳》:

> 尤侗,字展成,江蘇長洲人。少博文強記。弱冠補諸生,才名籍盛。歷試於鄉,不售,以貢謁選,除直隸永平府推官。吏治精敏,不畏強禦,怙勢梗法者,建治無所縱。坐撻旗丁,鐫級歸。康熙十八年,召試博學鴻儒,授翰林院檢討,分修《明史》,撰志傳多至三百篇,居三年,告歸。先是,侗所做詩文,流傳禁中,世祖章皇帝以「才子」目之。後入翰林,聖祖仁皇帝稱為「老名士」,天下羨其榮遇,比於唐李白云。三十八年,聖駕南巡至蘇州,侗獻《平朔頌》、《萬壽詩》,上嘉焉,賜禦書「鶴棲堂」匾額。四十二年,駕複幸吳,賜禦書一幅,即家授侍講,蓋異數也。侗性寬和,與物無忤,汲引後進,一才一藝,獎借不容口。兄弟七人友愛無間,白首如垂髫。四十三年,卒,年八十七。其詩詞古文,才既富贍,復多新警之思,

體物言情，精切流麗。每一篇出，傳誦遍入口。著述甚富，全集五十卷，餘集七十卷，鶴棲堂集十卷。子珍。〔註13〕

及《清史稿》卷四百八十四列傳二百七十一

尤侗，字展成，長洲人。少補諸生，以貢謁選。除永平推官，守法不撓。坐撻旗丁鐫級歸。侗天才富贍，詩文多新警之思，雜以諧謔，每一篇出，傳誦遍人口。康熙十八年，試鴻博列二等，授檢討，與修明史。居三年告歸。聖祖南巡至蘇州，侗獻詩頌。上嘉焉，賜御書「鶴棲堂」額，還侍講。初，世祖於禁中覽侗詩篇，以才子目之。後入翰林，聖祖稱之曰「老名士」。天下羨其榮遇。侗喜汲引才雋，性寬和，與物無忤。兄弟七人甚友愛，白首如垂髫。辛，年八十七。著西堂集、鶴棲堂集，凡百餘卷。〔註14〕

又《悔庵年譜》記：

明萬曆四十六年戊午，潤四月二十四日申時，予始生，年一歲。〔註15〕

崇禎十五年，壬午年，二十五歲，科試不錄，遺試又不錄，歸而臥病者。〔註16〕

皇清順治二年，乙酉年，二十八歲……于庠赴江寧省試不第。〔註17〕

順治三年，丙戌年，二十九歲，秋再行鄉試，太倉州守李辛水先生，薦予卷主司以文大奇，之中副榜時，亂未定，一日數驚，里中細人有傳子死者，家人不勝悲駭。〔註18〕

順治五年，戊子年，三十一歲……省試復不第。〔註19〕

順治八年，辛卯年，三十四歲……秋省試復不第。〔註20〕

康熙十八年，己未年，六十二歲……欽取五十人，予列二等當。

〔註13〕 王鍾翰輯：《清史列傳》（北京：中華書局，1997年11月），頁5782、5783。
〔註14〕 趙爾巽等：《清史稿》（北京，中華書局，1998年），頁13340、13341。
〔註15〕 尤侗：《悔庵年譜》（《北京圖書館藏珍本年譜叢刊》七十四冊）第二頁上下（北京市：北京圖書館出版社，1999年）。
〔註16〕 尤侗：《悔庵年譜》，第四頁下。
〔註17〕 尤侗：《悔庵年譜》，第五頁下。
〔註18〕 尤侗：《悔庵年譜》，第六頁上。
〔註19〕 尤侗：《悔庵年譜》，第六頁下。
〔註20〕 尤侗：《悔庵年譜》，第七頁下。

〔註21〕

又《古典戲曲存目匯考》：

> 侗以詩文著名，非僅以戲曲成一家者。《西堂曲腋六種》外，尚有《鈞
> 天樂》傳奇一種。〔註22〕

透過文獻可知尤侗生於明萬曆四十六年戊午，潤四月二十四日申時，卒於清康熙四十三年，享年八十七歲。其原字同人，改字展成，號艮齋、西堂、悔庵。江蘇長洲人。性寬和，年少時，才名籍盛，卻屢試不第，直至六十二歲時方真正登榜；也因此他早期的劇作多有懷才不遇、不如隱去之感。後以貢謁選，除永平推官；其為官精敏守法，不畏強權，其詩作警世、諧謔，里巷傳誦，順治皇帝稱為「才子」。順治十三年（1656年）春，以大清典律杖責魚肉鄉里的旗丁後遭彈劾，刑部將其革職改降。尤侗憤然辭官，偕同妻兒返回故里，決意歸隱，自號「晦庵」，將居處改為「看雲草堂」，此一性格亦可從其《桃花源》、《黑白衛》兩劇作中看出。後聖祖南巡至蘇州，賜禦書「鶴棲堂」額，又召試博學鴻儒，入翰林，榮寵不下於當年之李白，為眾人所稱羨，享年八十七。著有《西堂集》（包含《鈞天樂》傳奇、《讀離騷》、《弔琵琶》、《桃花源》、《黑白衛》、《清平調》）、《鶴棲堂集》。

（二）《悔菴雜劇》成書時間

關於尤侗的組劇作品，前人多以尤氏《西堂樂府》為立論，然若單論「組劇」，實際上僅僅是由《讀離騷》、《弔琵琶》、《桃花源》、《黑白衛》四劇組成，並無包含《清平調》雜劇及《鈞天樂》傳奇兩部作品。此說可見於《悔庵年譜》中尤氏自述：

> 康熙三年，甲辰，年四十七歲，海鹽彭駿孫寓南園，其客張子游為
> 予圖小像甚似，適予生日，調滿江紅二闋題其後，自梅村而下和者
> 數十人。予又作《黑白衛》北劇，駿孫合四種點定之。曰：此足壓
> 《四聲猿》矣！梅村先生為之序。〔註23〕

足見於康熙三年時，彭駿孫便已替尤侗將《讀離騷》、《弔琵琶》、《桃花源》、《黑白衛》四劇合刊點定，同時更透露出尤氏創作《悔菴雜劇》的立意，除了有與《四聲猿》一較短長之心外，在思想上亦是承襲徐渭對當世表達不平

〔註21〕尤侗：《悔庵年譜》，第二頁上下。
〔註22〕莊一拂：《古典戲曲存目匯考》（上海古籍出版社，1982年），頁685。
〔註23〕尤侗：《悔庵年譜》，第二頁上下。十

之聲。此外，在《西堂樂府》中，無論是吳梅村序、作者自序、曹爾堪題詞、李澂題詞或是王世禎作〈寄懷悔菴先生並題新樂府四絕句〉，皆僅涉及《讀離騷》、《弔琵琶》、《桃花源》、《黑白衛》四劇內容，毫無提及《清平調》及《鈞天樂》傳奇兩部作品。此外，曹爾堪在其題詞當中亦言及：「桓譚嘗語人曰：『子雲之作必傳』，顧君與譚不及見也，悔菴雜劇，必傳無疑！」由此便可確知尤侗之作在《西堂樂府》成書前，曾經以組劇形式刊行，並題名為《悔菴雜劇》，惜今已未能見，實為遺憾！再論其撰成時間，《讀離騷》、《弔琵琶》、《桃花源》、《黑白衛》四劇並非同時著成，據《悔庵年譜》載：

> 順治十三年，丙申年，三十九歲……自製北曲《讀離騷》四折，用自況云。〔註24〕

> 順治十八年，辛丑年，四十四歲……六月，夢王昭君，作《弔琵琶》北劇……〔註25〕

> 康熙二年，癸卯年，四十六歲……予作《桃花源》北劇……〔註26〕

> 康熙三年，甲辰年，四十七歲……予又作《黑白衛》北劇……〔註27〕

可知此四劇為不同時間撰寫而成，其撰成時間先後為順治十三年；順治十八年；康熙二年；康熙三年，前後歷時長達九年。故依上述推論可知尤侗《悔菴雜劇》之刊刻成書時間是為康熙三年（1664年）。

（三）《悔菴雜劇》內容概述

《悔菴雜劇》皆言古人古事，依序為屈原、王昭君、陶淵明及聶隱娘，體製上皆為一本四折。據《西堂樂府‧自序》中所言：

> 潦倒樂工，斟酌吾輩紙藏篋中，與二三知己，浮白歌呼，可消塊壘，亦惟作者各有湥意，在秦箏趙瑟之外。屈原楚之才子，王嬙漢之佳人，懷沙之痛，亂以招魂；出塞之愁，續以弔墓，情事悽愴，使人不忍卒業。陶潛之隱而參禪，隱娘之俠而遊仙，則庶幾焉……〔註28〕

可知尤侗此作，意在以古人之事澆心中塊壘，四劇皆表達出內心對於當代之憂思及期望。又據《曲海總目提要‧卷二十‧讀離騷》所敘：

〔註24〕 尤侗：《悔庵年譜》，第十二頁下、十四頁上。

〔註25〕 尤侗：《悔庵年譜》，第十八頁下、十九頁上。

〔註26〕 尤侗：《悔庵年譜》，第二十頁上。

〔註27〕 尤侗：《悔庵年譜》，第二十頁上下。

〔註28〕 尤侗：《西堂樂府‧自序》第一頁下。

鈞天樂、讀離騷、弔琵琶、桃花源、黑白衛、清平調。惟鈞天樂用
南曲。餘皆北曲。〔註29〕

其所有劇作皆用北曲。再就內容來看，首先《讀離騷》一劇於《今樂考證》、
《曲海總目》、《曲錄》皆有著錄。其劇名源自《世說‧任誕》：

王孝伯言：「名士不必須奇才，但使常得無事，痛飲酒，熟讀《離騷》，
便可稱名士。」〔註30〕

足見尤氏欲借王孝伯之言，自喻為名士。本事據《楚辭》，描寫戰國時代屈原
之事，並替屈原補恨及訴屈。《弔琵琶》於《今樂考證》、《曲海總目》、《曲錄》
皆有著錄，言昭君故事，透過蔡琰來悼念昭君並替其辯護。《桃花源》於《今
樂考證》、《曲錄》（名《醉桃源》）皆有著錄，言陶淵明之事，劇末令其成仙，
以再度提高陶之氣節、地位。《黑白衛》於《今樂考證》、《曲海總目》、《曲錄》
皆有著錄，本事出於裴鉶《聶隱娘》、段成式《劍俠傳》及《太平廣記》，主
要言聶隱娘故事。

三、朱佐朝、朱素臣、朱良卿等四人合撰《四奇觀》

《四奇觀》主要言包拯斷酒、色、財、氣四案。今僅可見財、氣兩案於
《北京大學圖書館藏程硯秋玉霜簃戲曲珍本叢刊》（第九冊）當中，其中財案
分七出；氣案分〈沖牛斗〉、〈妖計〉、〈欽提〉、〈斬妖〉、〈還朝〉、〈團圓〉（第
四出無標目）共七出。且兩劇最末分別有「秋景時案完」及「冬季氣案完」，
足見朱氏創作酒、色、財、氣四案乃是依照春、夏、秋、冬四季時序。而其
相關內容除了財、氣兩案今可見外，酒、色兩案僅可透過《曲海總目提要》
卷二十五得知：

蘇州朱素臣、朱良卿等四人合撰。演包拯斷酒色財氣四案。因名四
奇觀。言拯為龍圖閣待制。兼攝開封府事。蒞任日。修謝恩表畢。
隱几假寐。金甲神示以酒色財氣四事。及覺。命帶伏陰枕等寶物四
種隨任。蓋俗傳拯能斷陰陽事。故小說妝點云云也。〔註31〕

按龍圖公案中。並無此四段事。係作者扭合。〔註32〕

〔註29〕黃文暘：《曲海總目提要》（收錄於俞為民、孫蓉蓉編：《歷代曲話彙編：新編
中國古典戲曲論著集成‧清代編》）（合肥，黃山書社，2008 年 8 月），頁 741。
〔註30〕余嘉錫：《世說新語箋疏》（臺北：華正書局，1984 年），頁 764。
〔註31〕黃文暘：《曲海總目提要》，頁 940。
〔註32〕黃文暘：《曲海總目提要》，頁 944。

此四劇標榜包公斷案如神外，更凸顯出其能斷陰陽事。然此四案皆未見於龍圖公案當中，可知此四段事皆為作者杜撰之作。酒案描寫包拯審判姜念茲破壞馬驢夫妻之事；色案描寫包拯審萬象妻春兒與阿措、羅全之姦情案；財案描寫包拯陰審錢不廢之殺人案，終使仇邈邈、東珠二人魂魄，各復原身，並判不廢無辜害人，杖徒三年，以家資百兩與邈邈，而二女皆歸簡日章；氣案描寫包拯陰審陳留人甯廉遭妖神陷害犯逃職罪之事。四劇分別描寫四人因酒、色、財、氣之慾念，導致生命受到威脅或身陷囹圄，顯見作者撰述此劇集之用意在於勸人為善，摒除各種貪念，方能平安喜樂。此外，上述四劇雖為公案劇，然敘事模式皆以直敘方式呈現，缺乏緊張、懸疑之氛圍，實為可惜。

四、朱佐朝、朱素臣、葉時章、丘園《四大慶》

（一）朱佐朝、朱素臣、葉時章、丘園生平

朱佐朝、朱素臣、葉時章、邱園四人，皆為江蘇人，與李玉、畢魏等人有所交遊，為「蘇州派」作家，又稱「吳縣派」、「蘇州作家群」、「吳門戲劇家」，皆出生於下層社會，作品較能反映下層社會的生活以及政治現況，抒發個人情感。

朱佐朝，字良卿，吳縣（今江蘇蘇州）人，清初戲曲作家，生卒年不詳。著有《太極奏》、《玉數珠》、《軒轅境》、《蓮花筏》、《吉興圖》、《飛龍鳳》、《錦雲裘》、《瑞霓羅》、《禦雪豹》、《石鱗鏡》、《九蓮燈》、《纓絡會》、《贅神龍》、《萬花樓》、《建皇圖》、《乾坤嘯》、《豔雲亭》、《奪秋魁》、《萬壽觀》、（一作萬壽冠）《雙和合》、《壽榮華》、《五代榮》、《寶曇月》、《牡丹圖》、《漁家樂》、《清風寨》、《血影石》、《朝陽鳳》、《一捧花》及《四奇觀》傳奇三十種。

朱素臣，名鶴，字生庵，吳縣人，清初戲曲作家，生卒年不詳。著有《振三綱》、《一著先》、《錦農歸》、《未央天》、《狻猊壁》、《忠孝閣》、《四聖手》、《聚寶盆》、《十五貫》、《文星現》、《龍鳳錢》、《瑤池宴》、《朝陽鳳》、《聖五輯》、《萬年觴》、《通天台》、《大吉慶》、《翡翠園》（一作《翡翠緣》）及《秦樓月》傳奇十九種。

葉時章（1612年～1695年），字稚斐，號牧拙，吳縣人，清初戲曲作家。著有《英雄概》、《琥珀匙》、《三擊節》、《開口笑》、《女開科》、《遜國疑》、《八翼飛》、《人中人》傳奇八種。

丘園，字嶼雪，常熟人，清朝戲曲家，生卒年不詳。

（二）《四大慶》成書時間

關於其成書時間，可透過收錄於《古本戲曲叢刊五集》當中之作品來窺知一二，據其序文所言「五集收清代順治、康熙和雍正三朝的傳奇」，可大略推知此劇之成書時間。而此書收錄於《古本戲曲叢刊五集》當中。有中國藝術研究院戲曲研究所所藏之舊鈔本（以下簡稱舊鈔本）以及泰縣梅氏綴玉軒鈔本（以下簡稱綴玉軒本）兩種。其中前者僅存頭二本，書前有全本目錄；後者四本皆存，然除第一齣外，其餘關目排場與舊鈔本皆多有出入，內容亦是，可見於本章第六節中。

（三）《四大慶》內容概述

《四大慶》全劇按春、夏、秋、冬四季配四大名景，並點出四人之理想。其共同性在於四劇內容連貫，皆圍繞著伍老爺描寫，先言伍老爺三女天生異相，大小姐天生白髮蒼蒼；二小姐啞口不言；三小姐無法舒掌，後皆逢適人，締結良緣之事，後述伍老爺辭官後助趙廣利父子團圓事。其中首齣為《春景與富秦岳五松》，舊鈔本分為〈梅福訪福〉、〈癡拜泰山〉、〈無言花卉〉、〈法虛賺癡〉、〈花逢解語〉、〈入贅語藏〉、〈開山獲福〉七折。綴玉軒本亦分七折，然僅首折標有關目，名為〈降福〉；第二齣為《夏景與貴匡廬瀑布》，舊鈔本分為〈洞君遣鹿〉、〈賣水養親〉、〈白鹿啣爵〉、〈巧遇神拳〉、〈廬山覓爵〉、〈劫山解圍〉（〈救駕解圍〉）、〈成親授爵〉（〈享祿授爵〉）七折。綴玉軒本分為二十一場，無關目；第三齣為《秋景與壽岳陽大觀》，舊鈔本分為〈風月壽引〉、〈洞庭渙樂〉、〈岳陽邂逅〉、〈寶珠拯溺〉、〈群仙點化〉、〈雙諧皓首〉六折。綴玉軒本分為十場，無關目；第四齣為《冬景與男峨嵋積雪》，舊鈔本分為〈葭仙麟目〉、〈夢徵四玉〉、〈廣陵過了〉、〈冷絮途救〉、〈療妒化善〉、〈峨嵋會麟〉、〈賜與大慶〉共七折。綴玉軒本分為十六場，無關目。四劇皆勸世人莫貪圖名利，便可獲得多福多祿多壽多男之四大吉慶。前三劇皆言伍老爺之女，第四劇忽插入趙廣利一事，顯得突兀，最末又借三婿至山中問候老丈人，將故事拉回主線，似乎過於牽強。

五、嵇永仁《續離騷》

（一）嵇永仁生平（1637～1676 年）

關於嵇永仁生平，可見於《清史稿・列傳二百七十五・忠義二》：

嵇永仁，字留山，江南無錫人。用長洲籍入學爲諸生。入閩浙總督范承謨（1624～1676 年）幕。耿精忠應吳三桂叛，執承謨，脅永仁與同幕王龍光、沈天成及承謨族弟承譜降，不從，被執。……在獄凡三年，賊害承謨，乃痛哭自經死。永仁知醫，著有東田醫補。工詩詞，有竹林集、葭林堂詩。獄中又著詩二卷、文一卷。與龍光相倡和者，又有百苦吟。〔註33〕

以及《曲海總目提要》卷二十二：

永仁，無錫人，吳縣生員。范承謨總督福建，延入幕中，耿精忠反，紿承謨閉密室中，并執永仁等繫之獄。凡三年，承謨遇害，永仁痛哭曰：公爲國盡忠，我等亦請從地下，殺身成仁。在此時矣，遂自經死。福建平，總督郎廷相上其事於朝，部議諸生無贈銜例，令所在給優卹銀若干兩。永仁在獄中，所著有百苦吟、續離騷等樂府四種。〔註34〕

又《抱犢山房集》：

永仁，字留山，別號抱犢山農，無錫人。康熙十三年，耿精忠作亂，永仁在總督范承謨幕，同被拘，繫承謨遇害，永仁亦死難。四十一年，追贈國子監助教。……永仁以諸生佐幕，尚未授官而抗節殞身，義不從逆，其所爲詩文皆縷述當時實事，獄中不得筆墨以炭屑畫於四壁。閩人重其人品錄而傳之，得存於世。今誦其詞，奕奕然猶有生氣，與范承謨畫壁諸詩同爲忠臣孝子之言，不但以文章論矣。〔註35〕

透過上述兩段文獻可知嵇永仁，字留山，江南無錫人。屢試不第，爲閩浙總督范承謨幕僚。後耿精忠、吳三桂反叛，范承謨被抓，嵇永仁不降叛賊，遂遭入獄三年，其《續離騷》劇作，即是在獄中完成。後范承謨遇害，嵇永仁依舊不從，殺身成仁，得年四十。生平著作有《抱犢山房集》、《百苦吟集》、《續離騷》等樂府四種，傳奇《揚州夢》、《珊瑚鞭》、《雙報應》三種。

〔註33〕趙爾巽等：《清史稿》，頁 13482、13483。
〔註34〕黃文暘：《曲海總目提要》，頁 813。
〔註35〕嵇永仁：《抱犢山房集》（收錄於《欽定四庫全書・別集類六・國朝提要》），卷 173，第一頁上至第二頁上，（臺北：台灣商務印書館，1986 年）。

（二）《續離騷》成書時間

　　關於《續離騷》之成書時間，可見「小引」中言「僕輩遘此陸沉天昏日慘」，乃指陸秀夫於南宋亡時，背起年僅八歲的幼帝趙昺跳海而亡之事，意欲作《續離騷》時，明朝已亡，而自崇禎亡到永曆帝絞死於雲南（1644～1662年），即順治在位年間，故《續離騷》之成書時間必在順治年間。

（三）《續離騷》內容概述

　　《續離騷》由《劉國師教習扯淡歌》、《杜秀才痛哭泥神廟》、《和尚街頭笑布袋》、《憤司馬夢裡罵閻羅》四劇組成，以儒、仙、佛、鬼為載體，書寫歌、哭、笑、罵四種情態，表達了壓抑於胸的憤激之情〔註36〕，皆不分折。而《續離騷》為留山於獄中所作，因此充滿憤懣不平之氣。如王永寬言：

> 稽永仁蒙難入獄，自認為和屈原被放逐後披髮行吟澤畔處境相似，
> 因此借雜劇抒發其牢騷憤激。〔註37〕

　　四劇皆為作者蒙難入獄，藉以抒發其牢騷憤激之作，內容充滿歌哭笑罵，近乎狂顛。又四劇之共通性可見於《續離騷・引》當中所云：

> 填詞者，文之餘也。歌哭笑罵者，情所鍾也。文生於情始為真，情
> 生於文始為真情。離騷迺千古繪情之書，故其文一唱三歎，往復流
> 連，纏綿而不可解。所以飲酒讀離騷，便成名士，緣情之所鍾。正
> 在我輩，忠孝節義，非情深者，莫能解耳。屈大夫行吟澤畔，憂愁
> 幽思而騷，作語曰歌哭笑罵皆是文章，僕輩遘此，陸沉天昏，日慘
> 性命既輕，真情於是乎發，真文於是乎生，雖填詞不可抗騷，而續
> 其勞騷之遺意，未始非楚些別調。〔註38〕

作者將四劇總名題為《續離騷》，意在隱括自身如屈原般，因遭受憂愁而作《離騷》，為保全忠孝節義，不屈於叛賊威嚇之下，故假以騷之遺意，撰《續離騷》，將亂臣賊子，庸昧昏愚之君王一一痛罵，抒發悲情，故《續離騷》乃是以思想主題為其共同性，意在接續屈原因愛國而引發的種種憂愁情懷。內容上，《劉國師（青田）教習扯淡歌》描寫劉基告歸後與張三豐分享扯〈淡

〔註36〕杜桂萍：〈鬼佛仙儒渾作戲哭歌笑罵漫成聲——論稽永仁續離騷雜劇〉，《黑龍江社會科學》，第五期，總期122，2010年，頁76。
〔註37〕李修生主編：《古本戲曲劇目提要》（北京：文化藝術出版社，1997年），頁712。
〔註38〕稽永仁：《續離騷・引》〈扯淡歌〉第一頁下，（收錄於鄭振鐸《清人雜劇初集》）。

歌〉，共言古今盛衰之事，表達虛無、空幻思想。《杜秀才痛哭泥神廟》描寫杜默落第至項王廟悼念哭訴之事，表達懷才不遇、憤世嫉俗。《癡和尚街頭笑布袋》描寫癡和尚於街頭笑看各種古人古事，告誡人們面對現實。《憤司馬夢裡罵閻羅》描寫司馬貌落魄不得意，痛罵陰曹，遭閻王勾魂，並與其一同審獄，革除世間不平之事，為作者內心渴望。

六、葉承宗《四嘯》

（一）葉承宗生平（約明末清初在世）

關於葉承宗之生平，主要可見於乾隆《歷城縣志》卷四十一〈人物〉：

> 葉承宗，字奕繩，世次見弟承祧傳。承宗少嗜古、能文章，讀書雖元旦不廢。天啓七年舉鄉試，七上春官不第，益奮力於學問。崇禎十三年，知縣宋祖法屬輯縣志。縣新遭兵燹，文獻闕如，承宗蒐羅佚聞，取劉敕舊編更正補綴，成十六卷。其人物於正史無所遺，而近者載之不濫，列女惟錄已旌及死事者裁五十餘，人持以為佳史。入國朝，登順治三年進士，授臨川縣知縣。值歲祲，發廩賑饑，所活甚眾。大府課吏，例視催科定殿最。承宗曰：此豈有司博士上考時耶？停徵數月，民甚賴之。立香楠社課諸生，刊其藝之佳者數百篇，社士後多知名。侍讀李來泰其一也。五年冬，贛鎮金聲桓為逆，攻撫州，承宗甫策防禦，而守將吳某已應賊，城遂破。承宗被執，逼授偽官，不屈；賊怒，繫於獄。承宗仰天嘆曰：得死所矣！至夜自盡。時十月初七日也，年四十七。弟承祧焚其尸而奔告征南大將軍固山額正譚仁泰，仁泰以承宗忠烈，奏授承祧興安縣知縣。〔註39〕

又其弟承祧為《灤函》作序言：

> 余兄性耽書史，少負逸才，賦質秀靈，溫文雅厚。髮甫及燥，即嗜古文辭，立志高遠，千秋自命。……〔註40〕

又《古典戲曲存目匯考》：

〔註39〕李文藻撰：《乾隆歷城縣志》（收錄於《中國基本古籍庫》，乾隆三十八年刻本），卷四十一，（合肥市：黃山書社，2008年）。

〔註40〕葉承宗：《灤函》（清順治十七年葉承祧友聲堂刻本）（北京市：北京出版社，2000年）。

字奕繩。山東濟南人。清初爲臨川縣尹，遇變殉難。所作雜劇，僅
存四種，據鄭振鐸題記，葉著《灤函》有《四嘯》、《後四嘯》八種，
北曲三種，短劇二種，又有南曲《百花洲》、《芙蓉劍》二種。但今
見《灤函》，則僅得此四種耳。〔註41〕

從上述兩段引文，可大抵了解承宗之生平：字奕繩，山東濟南人，有弟承祧。
性溫厚，好古文辭，立志高遠。天啓七年，舉鄉試不第；崇禎十三年，《歷
城縣志》遭兵燹，葉氏蒐羅佚聞，取劉勅舊編更正補綴，成十六卷；順治三
年登進士第，授臨川縣知縣，清廉愛民。又立香楠社，提攜後輩。順治五年
（1648 年）冬，贛鎮金聲桓攻撫州，城破承宗被執，不屈自盡，得年四十七
歲。其作品今存《灤函》。雜劇部分有《四嘯》、《後四嘯》，然今僅存《賈閬
仙除日祭酒》、《金紫芝改號孔方兄》、《東岳廟狗咬呂洞賓》、《十三娘笑擲神
姦首》四劇，又有南曲《百花洲》、《芙蓉劍》二種，未見。

（二）《四嘯》內容概述

《四嘯》由《十三娘笑擲神姦首》、《豬八戒幻結天仙偶》、《金玉奴棒打
薄情郎》、《羊角哀死報知心友》四劇組成，其中《十三娘笑擲神姦首》出自
五代孫光憲《北夢瑣言》、《太平廣記》、《劍俠傳》；《豬八戒幻結天仙偶》故
事出自《西遊記》中之豬八戒；《金玉奴棒打薄情郎》故事出自《耳談》、《喻
世明言》；《羊角哀死報知心友》故事出自《喻世明言》中之《羊角哀捨命全
交》、《關中流寓志》、《列士傳》，四劇故事原型皆本於小說。而筆者今僅可見
《十三娘笑擲神姦首》一劇，其內容大致描寫荊十三娘斬首諸葛殷等仗權圖
謀奪姻之人，助李正郎與妓庾秋水共偕秦晉⋯⋯

七、葉承宗《後四嘯》

《後四嘯》由《狂柳郎風流爛醉》、《莽桓溫英雄懼內》、《窮馬周旅邸奇
緣》、《痴崔郊翠屛嘉會》四劇組成。其中《狂柳郎風流爛醉》出自《喻世明言》
中之《眾名姬春風吊柳七》；《莽桓溫英雄懼內》出自《世說新語・賢媛》；
《窮馬周旅邸奇緣》出自《喻世明言》中之《窮馬周遭際賣䭔媼》及《太平
廣記》而瘐天錫《中郎將常何薦馬周》與其題材相同；《痴崔郊翠屛嘉會》出
自《雲溪友議》、《太平廣記》及《唐宋逸史》而沈璟《串珠記》與其題材相

〔註41〕莊一拂：《古典戲曲存目彙考》，687 頁。

同，故事原型皆本於小說。今未見。

八、裘璉《四韻事》

（一）裘璉生平（1644～1729 年）

關於裘璉之生平，可見於下列文獻資料，諸如《清史列傳》卷七十一：

> 裘璉，字殷玉，亦慈谿人。生而孤露，天才過人，能爲詩古文與樂
> 府詞，對客據几，立盡數紙。家故有玉湖樓，藏書數千卷……年未
> 壯，著作等身。……康熙……五十四年成進士，……改翰林院庶吉
> 士。時璉年逾七十，遂乞身歸里。……雍正七年卒，年六十八。所
> 著有《復古堂集》、《天尺樓古文》、《述先錄》、《橫山詩文集》、《玉
> 湖詩綜》、《明史崇禎長編》。〔註42〕

又《寧波府志・文苑志》載：

> 裘璉，字殷玉，慈谿人。祖兆錦以布衣仗策入都，授榆次縣丞，累
> 遷兗州通判，改武階。同邑馮元颺掌本兵，時兆錦擢官至舟山參將，
> 父永明邑諸生早卒。璉生而孤露，天才過人，能爲詩、古文及樂府
> 詞，時馮太僕家正喜容納後進，見璉所作，賞之。胡主政亦堂亦奇
> 其文，以女妻焉。弱冠補弟子員，旋援例入太學。蹭蹬場屋者，五
> 十餘年。至康熙甲午，始舉順天鄉試，次年成進士改庶常，時璉已
> 七十餘矣。未幾致仕歸，璉才思敏捷，所作詩、古文，對客據几立
> 盡數紙或中夜有得，燃燭書之，家貧常爲人傭文，受其潤筆，登第
> 後猶然。〔註43〕

又《慈谿裘蔗村太史年譜》載：

> 先生諱璉，字殷玉，號麓村也……年譜……號未亭，又號廢莪子
> ……晚年乃自號蔗村學者，稱爲橫山先生。〔註44〕

> 順治元年甲申……八月十日酉時，生於周一房之第一堂……〔註45〕

> 雍正七年乙酉……六月十七日未時，卒於燕邸豐芑，辭柩先歸……

〔註42〕王鍾翰輯：《清史列傳》，頁 5804。

〔註43〕龔嘉儁：《寧波府志・文苑志》，清道光二十六年刻本（臺北：成文出版有限公司，1915 年），頁 2089。

〔註44〕《慈谿裘蔗村太史年譜》（收錄於《北京圖書館藏珍本年譜叢刊》第 86 冊）（北京圖書館出版社，1999 年版），頁 130。

〔註45〕《慈谿裘蔗村太史年譜》，頁 130。

〔註46〕

又徐珂《清稗類鈔獄訟類》記載：

> 世宗性多疑，既即位羅織諸王之賓客。雍正己酉，昆山三徐以事罷
> 職，士奇並獲遣。是年冬，建被逮入京，時年八十五矣。明年六月，
> 卒于京師，時獄猶未解也。三徐與高之獲罪，或謂其黨于諸王之故。
> 至於璉，相傳亦因三徐與高。或謂璉少時家居，曾作《擬張複招四
> 暗書》……璉之書具載集中，當時頗多傳誦之者。或振其詞以入告，
> 謂此書乃諷聖祖易儲，爲太子恩招作，而璉之禍作矣，然實誣也。

〔註47〕

綜上所論，可知裘璉，慈谿人，字殷玉，號麓村、未亭、廢莪子，晚年
乃自號蔗村學者，稱爲橫山先生。生於順治元年（1644 年）八月十日酉時
自小才思敏捷過人，卻科場失意，壯年時期漂泊遊歷，半生窮困飢寒，七十
二歲（康熙五十三年）始登科，授翰林院庶吉士，旋以年老乞歸。曾參與纂
修《大清一統志》，主纂《三楚志》。晚年（1729 年）因少時所撰之《擬張
良招四皓書》遭誣爲嘲諷聖祖易儲之事而銀鐺入獄，次年六月（六月十七日
未時）死於北京獄中，享年八十六歲。著有《復古堂集》、《天尺樓古文》、《述
先錄》、《橫山詩文集》、《玉湖詩綜》、《明史崇禎長編》……等；戲劇作品有
《四韻事》，含《昆明池》、《集翠裘》、《鑑湖隱》、《旗亭館》四劇。

（二）《四韻事》成書時間

關於《四韻事》之成書時間，據《慈溪裘庶村太史年譜》中所載：

> 康熙九年　庚戌　年二十七
>
> 館蛟川謝氏，內父胡公舍宜豐冬挈家隨往，除夕前五日著四韻事傳
> 奇，明年八日後三日成後，吳人林君傳至內庭供奉稱　旨〔註48〕

又〈南江笠叟序〉（裘璉內父）中言：

> 余同殷玉至清谿宿家山人樓時，爐雨滿山，紅葉墜空，相與論詩未
> 已也。又相與論辭，殷玉素好填詞醉書，箴繡當鑪，久嘖嘖人口自
> 館甥。余家銳意制舉業三季，不顧曲矣。是夜，得詩中韻事四種，

〔註46〕《慈谿裘蔗村太史年譜》，頁 208。
〔註47〕徐珂：《清稗類紗》，第三冊，「獄訟類」，（北京：中華書局，1984 年），頁 1042。
〔註48〕《慈溪裘庶村太史年譜》，頁 162。

謹甚。起舞相謂曰：此可付傳奇家一大嚼也。〔註49〕

可知《四韻事》成書時間爲康熙九年，除夕前五日，裘璉於宜豐（今江西省）岳父胡氏居所完成。

（三）《四韻事》內容概述

《四韻事》由《昆明池》、《集翠裘》、《鑑湖隱》、《旗亭館》四劇組成。皆言唐代文人之事，並藉此自抒懷才不遇、知音難尋之情。依序爲沈佺期、宋之問；狄仁傑；李白、賀知章；王之渙。且各篇之前皆有小敘，概述各劇之內容出處。

首先在內容部分，《昆明池》分爲〈百官應制〉、〈延清獨步〉兩齣，於《今樂考證》著錄。本事出於《唐書》、《全唐詩話》，描寫上官婉兒奉天子命至昆明池考選百官應制詩，末點選宋之問爲壓卷，並將其詩譜爲新翻御製曲，而當中陳子昂、杜審言等大詩人皆落榜，即裘璉所欲表達出自我之懷才不遇、科場失意之心境。《集翠裘》分爲〈佞臣輸裘〉、〈馬奴朝裘〉，於《今樂考證》著錄。本事出於《虞初集志》、《唐書》及《集異記》，描寫張昌宗與狄仁傑對局，以紫袍與翠裘相賭，狄仁傑得勝後，令馬奴穿上此裘隨之出門，以嘲弄辱昌宗不如鳥獸，當中除了表達狄仁傑與張昌宗之間的忠奸對立外，對於狄仁傑的仕周，更是他所想表達的主旨。如其在〈集翠裘小敘〉中言：

表而出之，告夫天下之事君以權而不失其純者。〔註50〕

因裘璉之父執輩皆爲抗清烈士，然己卻一生仕宦於清，只得以狄仁傑來自喻，雖仕周（清）朝，然仍是忠君爲民，不失忠、孝、仁、愛之道。《鑑湖隱》分爲〈金龜換酒〉、〈夢遊帝居〉、〈百僚祖道〉、〈寶珠易餅〉，於《今樂考證》著錄。本事出於《新唐書》，與葉憲祖《賀季眞》題材同。描寫賀知章金龜換酒及遊歷仙界和千金念珠換藥餅之事。《旗亭館》分爲〈讀詩種情〉、〈冒雪訪友〉、〈歌詩諧耦〉，於《今樂考證》著錄。本事出於《唐詩新話》。與張龍文《旗亭讌》、金兆燕《旗亭畫壁記》及明恆居士《喝采獲名姬》題材相同。描寫王之渙與高適、王昌齡兩故友一同前往旗亭館宴飲，並以諸伶所謳之詩相較，末王之渙〈涼州詞〉得勝，並以百金換取與雙鬟一夜良宵，透過此事來暗喻自身渴望得遇知音。

〔註49〕裘璉：《四韻事》（收錄於鄭振鐸《清人雜劇初集》），第一頁至第三頁。
〔註50〕裘璉：《四韻事・集翠裘》，第三頁下。

總歸而論，清初組劇大多已走向案頭化，內容上以反映社會現實，抒發胸中塊壘爲主。

第二節　清中葉前期組劇之作家作品

清中葉前期以康熙、雍正年間爲主，此時期的劇壇風氣與清初相較已多有改變，然大抵仍承襲明末江、浙一帶文人、士大夫階層的清麗典雅之風。而此時期，雖然帝王皆醉心於宮廷戲曲，編制了不少節慶劇本。然自康熙以來的文字獄，如：明史案、黃培詩案、南山案……等等，受牽連遭誅者眾多，至雍正時期文字獄之案件數量更勝前朝，如：年羹堯案、謝濟世案、陸生楠案、呂留良案、屈大均案、查嗣庭案（維民所止）、徐駿案……等大案層出不窮，受害者動輒百人，而裘璉亦於雍正朝因戲作《擬張良招四皓書》而致晚年卒於京師獄中。在如此鉅變的環境下，此時期的劇作家自然不敢像明末清初時期那般抒懷憂憤，且文士們多生長於清代，多半已無黍離之悲，作品轉而反映在對社會及科舉弊端的問題上。其作品主要有黃兆森《四才子》、廖燕《柴舟別集》、張韜《續四聲猿》、洪昇《四嬋娟》、車江英《四名家傳奇摘齣》、陳陛謨《書齋四種藥》六種。其相關論述如下：

一、黃兆森《四才子》

（一）黃兆森生平（約 1721 年前後在世）

關於黃兆森之生平，可見於《夢揚州》劇前有「松江石牧填詞」。又《古典戲曲存目匯考》：

> 一名之雋，字石牧，號瘖堂。休寧人。徙居華亭。康熙辛丑進士，
> 官編修坐事罷歸。卒年八十餘。工詩，嘗集句爲《香屑集》……所
> 著《瘖堂樂府》，其《四才子》劇，亦刻入樂府中。〔註51〕

可知黃兆森，字石牧、之雋，號瘖堂，松江休寧人（今上海市）。康熙辛丑年（1721）進士，官編修坐事，享年八十餘。有作品《香屑集》、《瘖堂樂府》。

（二）《四才子》成書時間

關於《四才子》之刊刻時間，筆者主要據台灣大學圖書館館藏資料得知，

〔註51〕莊一拂：《古典戲曲存目匯考》，頁 712。

為清康熙年間刊本，而其成書時間則未知，大抵為順治、康熙初年。

（三）《四才子》內容概述

《四才子》由《夢揚州》、《飲中仙》、《藍橋驛》、《鬱輪袍》四劇組成。皆言唐代文人才子日常生活點滴，依序為杜牧、張旭、裴航、王維。各齣前皆有開場詩（集唐詩），末亦皆以詩點題。

其中《夢揚州》共分〈訪姬〉、〈規友〉、〈索姝〉、〈圓艷〉四折，於《今樂考證》、《曲海總目》、《曲錄》皆有著錄。與喬吉《杜牧之詩酒揚州夢》題材同。描寫杜牧至揚州，訪青樓名妓紅雨、紫雲，終與二女成親之事。其後有詩一首，以概括大意：

> 賦得閒情便合癡，可憐酒醒夢回時，風流才子風流福，妒煞唐朝杜牧之。〔註52〕

又《飲中仙》共分四折，第一折折目殘缺外，其餘分別為〈觀舞〉、〈醉墨〉、〈聚仙〉，於《今樂考證》、《曲海總目》、《曲錄》皆有著錄。本事出於《唐書·張旭傳》，描寫汝陽王為求張旭書法，便邀李白、賀知章、李適之、崔宗之、蘇晉、張旭、焦遂七人一同飲酒助興，張旭醉寫草書。翌日，八人再度至杜康祠飲酒，並自稱飲中八仙。其後有詩一首，以概括大意：

> 杜老歌中總是仙，顛名讓與伯高諢，天公容得顛才子，未免人嗔太放顛。〔註53〕

又《藍橋驛》共分〈酬詩〉、〈乞漿〉、〈覓玉〉、〈合緣〉四折，於《今樂考證》、《曲海總目》、《曲錄》皆有著錄。本事出於裴鉶《裴航》，又與庾天錫《裴航遇雲英》、龍膺《藍橋記》題材同。描寫裴與樊雲翹之情愛事。其後有詩一首，以概括大意：

> 扇大乾坤不屑描，蓬壺韻事也寥寥，神仙未必皆才子，特借裴郎作解嘲。〔註54〕

又《鬱輪袍》共分四折，第一折折目殘缺外，其餘分別為〈學巧〉、〈假伶〉、〈奪元〉，於《今樂考證》、《曲海總目》、《曲錄》皆有著錄。本事出於薛用弱《集異記》，又王衡、張楚叔皆有同題材之作品。內容描寫王維假扮伶人，以琵琶彈奏《鬱輪袍》，為公主賞識，擢為狀元。其後有詩一首，以概括大意：

〔註52〕黃兆森：《四才子》，第二十八頁上，清康熙年間刊本（現藏於台大圖書館）。
〔註53〕黃兆森：《四才子》，第二十七頁上。
〔註54〕黃兆森：《四才子》，第二十四頁下。

命壓人頭年復年，黃昏哭向夢中天，請看才子王摩詰，尚借琵琶作試緣。〔註55〕

綜上所述，可知黃兆森創作《四才子》，並非在強調四位才子之才學，而是以其生活中之軼事爲主。

二、廖燕《柴舟別集》

（一）廖燕生平（1644～1705 年）

關於廖燕生平，可見於〈改舊居爲家祠堂記〉

十三世傳至不肖燕，家世中落，復值楚逆之變，盧舍殘破，存者僅剩四壁。……燕嘗往返其處，……議於此地改爲祠堂。……顏曰廖世宗祠。〔註56〕

又王源〈廖柴舟墓誌銘〉，

處士諱燕，字柴舟，廣之曲江人。生於崇禎甲申，時值鼎革，廣東尚爲明守，其後數更離亂，破產食貧。卒於乙酉，是爲康熙四十四年，得年六十有二。十八歲補弟子員，既而棄去高隱，當道莫不慕之，而處士介然自守，不肯事干謁。〔註57〕

又歐樾華〈廖燕傳〉，

廖燕，初名燕生，字柴舟，曲江人。邑諸生。抗志不羈，不苟爲制舉文。〔註58〕

又《古典戲曲存目匯考》，

字人也，一字柴舟。廣東曲江人。諸生。工古文辭，善草書，狀如古木寒石。生當明季甲申之變。及長，抗節不仕，以布衣終。……有《二十七松堂集》。〔註59〕

透過上列三段文字，可知廖燕初名燕生，字人也、柴舟，韶州，曲江人，爲廖氏第十三世孫。生於崇禎十七年（甲申）（1644 年），卒於康熙四十四年（乙酉）（1705 年），可說是生逢明朝亡國之際。其幼年因戰亂致家道衰落，十八歲時補弟子員。工古文辭，善草書，因抗志不羈，遂隱居，其風節爲當

〔註55〕黃兆森：《四才子》，第二十四頁上。
〔註56〕廖燕：《廖燕全集》（上海：上海古籍出版社，2005 年），頁 138。
〔註57〕廖燕：《廖燕全集》，頁 616。
〔註58〕廖燕：《廖燕全集》，頁 618。
〔註59〕莊一拂：《古典戲曲存目匯考》，頁 730。

世所推崇樂道，享年六十二歲。其生平著作有《柴舟別集》、《二十七松堂集》
皆存。

（二）《柴舟別集》成書時間

　　《柴舟別集》劇中所述皆作者自況，廖燕生活於順治到康熙四十四年間，
而其於十九歲放棄仕途，建二十七松堂，就劇本內容評斷，此書之成書時間
必是在康熙初年，且不晚於康熙四十四年。又《訴琵琶》第二齣【悟真】當
中提到靈瀧寺僧：

> （生）道長何來？（雜）貧道乃是太上真人，從蓬萊山特來相訪。
> 先生前身爲靈瀧寺僧，今已掛名仙籍，不可因詩酒二字忘卻本來，
> 貧道有一首詩奉贈，你留下細看，便知端的。〔註60〕

又其《二十七松堂集》當中錄有〈靈瀧寺石樞銘〉：

> 辛酉二月二十六夜，予夢至一處，見一碑甚巨，題曰：靈瀧寺石樞。
> 私念題名甚奇，石樞二字，不知何解？忽一老僧從後拍予肩笑問：
> 記此石否？可爲銘。〔註61〕

上述兩段文字皆提到「靈瀧寺」，其中〈靈瀧寺石樞銘〉一文中明確點出時間
爲「辛酉二月二十六夜」，即康熙二十年（1681 年）。又趙貞信《廖柴舟先生
年譜》當中，針對〈靈瀧寺石樞銘〉言：

> 至二十餘年後，先生撰《訴琵琶》傳奇，其第三齣《悟真》末即以
> 太上真人告先生前身爲靈瀧寺僧，今已掛名仙籍，不可因詩酒二字
> 忘卻本來爲勸，先生即遵其教，立志努力上進作結，蓋此夢爲先生
> 畢生縈念不忘者矣。〔註62〕

當中言廖燕撰《訴琵琶》一劇之時間爲當時（康熙二十年）後二十餘年，即
至少是康熙四十年以後之事，而廖燕卒於康熙四十四年，故可將《柴舟別集》
之成書時間再縮小至康熙四十年至四十四年之間。

（三）《柴舟別集》內容概述

　　《柴舟別集》由《醉畫圖》、《訴琵琶》、《續訴琵琶》、《鏡花亭》四劇組
成，內容主題皆與廖燕日常生活息息相關，其最大特點便是「以我告我」的
書寫方式。其中《醉畫圖》、《鏡花亭》二劇不分折；《訴琵琶》與《續訴琵琶》

〔註60〕廖燕：《柴舟別集·訴琵琶》（收錄於鄭振鐸《清人雜劇二集》），頁130。
〔註61〕廖燕著、林子雄點校：《廖燕全集（上）》，頁333。
〔註62〕廖燕著、林子雄點校：《廖燕全集（下）》，頁672、673。

為續劇，共三齣，皆為作者透過與古人談天以自我抒發。劇中將陶潛乞食事譜曲以自照，後與詩伯（詩經）、酒仙對飲及自身誤入鏡花亭遇知音。

首先就內容來說，《醉畫圖》描寫廖燕於家中飲酒，依序為與畫中之杜默、馬周、陳子昂、張元昊四人飲酒談天，借酒裝瘋，口述滿腹牢騷。《訴琵琶》僅〈乞食〉一齣，前有概述：

> 遭倔寒，窮鬼苦纏人。訴琵琶，酸丁甘乞食。〔註63〕

描寫廖燕為窮困所纏，便將陶淵明之乞食故事譜成琵琶新調，至朋友黃少涯家彈奏，以得溫飽。《續訴琵琶》共〈逐窮〉、〈悟真〉二齣，接續《訴琵琶》，前亦有概述：

> 鬧麴蘗，窮鬼永潛蹤。談因緣，道人新贈句。〔註64〕

描寫廖燕自託詩伯，酒仙驅逐窮鬼之事，自言窮酸，及太上真人做詩相贈，自勉上進，不可終日與詩酒為伴，借酒澆愁。《鏡花亭》劇前概述為：

> 水月村，高流欣把臂。鏡花閣，淑媛倩題名。〔註65〕

描寫廖燕與水月道人暢飲，至小亭得知其女仰慕自身詩文，遂與其女以兄妹相稱，並為小亭命名為鏡花亭，並將其詩集題名為《鏡花亭詩草》。

三、張韜《續四聲猿》

（一）張韜生平（約 1650～1710 年）

關於張韜之生平，可從《續四聲猿》之題詞及序文當中得知：

> 海寧張權六，名韜。司訓烏程，著大雲樓詩文集，附茗溪唱和詩響臻堂……〔註66〕

又《海昌備志》載：

> 張韜，英弟。字球仲，號權六，康熙丙辰以例貢官烏程教諭，後改官天全六番州經歷，終休寧知縣。《四書偶參》……《大雲樓集》十二卷……《輶軒錄·補遺》作詩文集……《茗遊草》，選經歷時有《天全六番稿》，後人編入全集。〔註67〕

又據鄧長風〈十四位清代浙江戲曲家生平考略〉一文考證：

〔註63〕廖燕：《柴舟別集·訴琵琶》，頁121。
〔註64〕廖燕：《柴舟別集·續訴琵琶》，頁125。
〔註65〕廖燕：《柴舟別集·鏡花亭》，頁133。
〔註66〕張韜：《續四聲猿·霸亭廟》（收錄於鄭振鐸《清人雜劇初集》），第一頁上。
〔註67〕錢泰吉纂修：（道光）《海昌備志》，道光二十六年（1846）。

> 由張英的大致行年推算，張韜或生於順治間，卒於康熙四十九年以
>
> 後不久，大約活了六十歲左右。〔註68〕

綜合上述兩段文字及鄧氏之考證可知，張韜，字球仲，號權六、紫薇山人，浙江海寧人，活躍於順治、康熙年間。康熙十五年曾司訓烏程，後改仕天全六番州招討司經歷及休寧知縣，卒於康熙四十九年後，享年約六十歲。著有《四書偶參》、《茗遊草》、《天全六番稿》及《大雲樓》、《輶軒錄‧補遺》詩文集。

（二）《續四聲猿》成書時間

張韜之生平資料甚少，今據鄭振鐸跋「韜之生平當在順治、康熙之際」。故推測此四劇必作於康熙年間。

（三）《續四聲猿》內容概述

《續四聲猿》由《杜秀才痛哭霸亭廟》、《戴院長神行薊州道》、《王節使重續木蘭詩》、《李翰林醉草清平調》四劇組成。依序寫杜默；戴宗（水滸人物）；王播；李白故事。據《續四聲猿‧題詞》可知，

> 猿啼三聲腸已寸斷，豈更有第四聲，況續以四聲哉？但物不得其平
>
> 則鳴，胸中無限牢騷，恐巴江巫峽間，應有兩岸猿聲啼不住耳！徐
>
> 生莫道我饒舌也。〔註69〕

張韜此作意在仿徐渭《四聲猿》，接續其不平則鳴的思想理念，其中《杜秀才痛哭霸亭廟》描寫杜默十年不第，於霸王祠避雨，哭訴自身不遇，此劇承襲自明代沈自徵《霸亭秋》，皆透過杜默來抒發內心不遇之悲；又《戴院長神行薊州道》描寫戴宗攻打高唐州，被妖法所困，至薊州尋訪公孫勝前來破妖法。無奈李逵同往，一路阻行，便作法起風沙地鳴戲耍之，才得以使李逵心服聽令；又《王節使重續木蘭詩》描寫昔年王播趕考至木蘭院投齋遭辱，忿而題詩離去。高中後至舊日題詩處，命寺僧撤下紗籠，並題上「二十年來塵撲面，于今使得降紗籠」之事，以諷刺之；又《李翰林醉草清平調》描寫唐明皇與楊貴妃於別苑賞花，命李白作清平調之事，分別對杜默、王播及李白三人之遭遇表達憤懣之情，思想主題一致，唯《戴院長神行薊州道》與前三者不同，為其敗筆。

〔註68〕鄧長風：《明清戲曲家考略》（上海：上海古籍出版社，1994年），頁519。

〔註69〕張韜：《續四聲猿‧霸亭廟‧題詞》，第一頁上。

四、洪昇《四嬋娟》

（一）洪昇生平（1645～1704 年）

關於洪昇之生平，可據曾師永義〈洪昇生平資料考〉〔註70〕及章培恆《洪昇年譜》，又《清史列傳》卷七十一載：

> 洪昇，字昉思，浙江錢塘人。國子生，遊京師時，受業於王士禎，後復得詩法於施閏章。其詩論引繩切墨，不順時趨，與士禎意見亦多不合，朝貴輕之，鮮與往還。見趙執信詩，驚異，遂相友善。所作高超閒淡，不落凡境，兼工樂府，宮商五音，不差唇吻。旗亭畫壁，往往歌之。以所作《長生殿》傳奇，國恤中演於查樓，執信罷官，昇亦斥革。年五十餘，備極坎壈，道經吳興潯溪，墮水死。著有《稗村集》。〔註71〕

可知洪昇，字昉思，號稗畦，又號稗村、南屏樵者，錢塘人。1668 年為北京國子監，科舉屢屢不第，曾受業於王士禎卻與其不合。康熙二十八年，於皇后佟佳氏喪葬期間，觀看伶人演出《長生殿》，遭下獄，革去國子監，發回鄉里。康熙四十三年（1704 年）洪昇應曹寅邀請至金陵，欣賞《長生殿》的全本演唱，在浙江吳興酒醉後登舟墮水死，享年六十歲。其戲曲著作有九種，包含《長生殿》、《迴文錦》、《回龍記》、《錦繡圖》、《鬧高唐》、《節孝坊》、《天涯淚》、《青衫濕》、《長虹橋》。現存《長生殿》和雜劇《四嬋娟》兩種。另有《稗畦集》、《稗畦續集》、《嘯月樓集》。

（二）《四嬋娟》成書時間

據章培恆《洪昇年譜》載：

> 康熙四十二年癸未〔1703〕　五十九歲
>
> 孫鳳儀招伶於吳山演長生殿，昉思遇之，贈以詩，鳳儀亦有《和贈洪昉思原韻十首》。
>
> 撰雜劇《四嬋娟》成，惠潤為之序。劇中於世態仍有所譏諷。〔註72〕

又鳳儀《和贈洪昉思原韻十首》詩中亦載：

〔註70〕曾永義：〈洪昇生平資料考〉，《幼獅學誌》，第 5 卷第 2 期，頁 1～58。
〔註71〕王鐘翰校閱：《清史列傳》，頁 5797、5798。
〔註72〕章培恆：《洪昇年譜》（上海：上海古籍出版社，1979 年 2 月），頁 356、357。

> 聞君已有《嬋娟》曲，何日清歌聽未央？自有雪兒能按譜，更無人
> 似趙春坊。〔註73〕

透過上述兩段引文可知洪昇《四嬋娟》成書時間為康熙四十二年癸未（1703），時洪氏已高齡五十九歲，正值孫鳳儀招伶於吳山演長生殿，孫亦作詩言其於當時知《嬋娟》曲已成，且僅非案頭之作。

（三）《四嬋娟》內容概要

《四嬋娟》著錄於《曲錄》。由《謝道韞》、《衛茂漪》、《李易安》、《管仲姬》四劇組成，形式上仿元人雜劇之一本四折，皆言女子之才情及愛情。據《四嬋娟‧題詞》：

> 踵元人為劇則者，推田水月生，豪蕩滑稽，能發其胸中突兀奇怪
> 不平之氣，庶幾乎騷人之遺矣。余讀怪其傳黃花二氏，閨閣女子
> 擅文武才，卒見庸于世，一若張大巾幗，以貶損世人之為丈夫者，
> 似亦過論也。假令閨閣女子果擅文武才如二氏耶，焉知不淪落轗
> 軻，垢面蓬首，負抑鬱困頓之累，以終其身耶。何則造物所忌者
> 才耳，遑問其為男子，為閨閣乎。此余之所以嘆也。錢塘洪昉思
> 示余以四嬋娟劇，余反復其意而悲之。夫于古今千百嬋娟中獨取
> 此四人，豈不以四人之所遇勝千百歟？幸而免於淪落轗軻歟。然
> 而天壤之內復有王郎以及桑榆狙獪之恨，所謂四嬋娟者，其二已
> 如此。悲夫悵兩美之難合，或雖合而不終，昉思用意較田水月生
> 為益微而慘矣。天將忌之則如勿生，既生又忌之，奚說耶。余安
> 得呼造物者而問諸江上同學弟惠潤序。〔註74〕

可知洪昇作《四嬋娟》亦是受到徐渭《四聲猿》影響，未免女子淪落轗軻，於古今千百女子中擇謝道韞、衛茂漪、李易安、管仲姬四人撰寫，其共同點在於四人皆腹文才且姻緣美滿，可謂雙美。當中第一折〈謝道韞〉，本事出於《晉書》，描寫東晉謝安之女道韞之才；第二折〈衛茂漪〉描寫東晉女書法家衛夫人；第三折〈李易安〉描寫北宋女詞人李易安夫妻之情；第四折〈管仲姬〉描寫元代才女管道升與夫趙孟頫相互唱和之韻事。

〔註73〕孫鳳儀：《和贈洪昉思原韻十首》，見於章培恆《洪昇年譜》。
〔註74〕洪昇：《四嬋娟》，頁138。

五、車江英《四名家傳奇摘齣》

（一）車江英生平（不詳，約康熙、雍正年間在世）

車江英，江西人。康熙、雍正間在世，愛讀韓、柳、歐、蘇四家之文。可見於浚儀散人在《四名家傳奇摘齣序》中：

> 江右車子江英，……負雋俊之才，寢食子韓、柳、歐、蘇之文者數十年於茲，其文章經濟久已登其堂奧，仿佛其為人。〔註75〕

從文中可約略知其生平及文采之盛，且其人亦如其文般俊逸。

（二）《四名家傳奇摘齣》成書時間

《四名家傳奇摘齣》前序「雍正乙卯清和上浣浚儀散人書於情話軒」。故此劇成書時間應為雍正十三年（1735）。

（三）《四名家傳奇摘齣》內容概述

《四名家傳奇摘齣》由《藍關雪》、《柳州煙》、《醉翁亭》、《遊赤壁》四劇組成，四劇中之主人翁卻都曾作詩文，皆為唐宋古文家，而四劇最大的共同特色便是皆替劇中人物補恨。據〈浚儀散人序〉：

> 乙卯初夏讀江右車子江英填詞，取韓柳歐蘇之事譜作新聲，於是知車子人品之高邁，襟期之曠達，有不可一世之既矣。夫文章之道，援經據史，無借古人之行事以抒一己之性情，況繪形設象，搜腔檢拍，而僅以束喉細語打諢，花唇博紈綺，當場之一笑，不亦陋哉。車子負雋俊之才，寢食於韓柳歐蘇之文者，數十年於茲。其章經濟久已。登其堂奧，彷彿其為人是以搦管舒嘯之下，得以言夫子君子之所欲言，而遂其四君子未逮之志焉耳。〔註76〕

可知《四名家傳奇摘齣》主要以取韓柳歐蘇四人之事，以自彰品德，同時替四人彌補未逮之志。《藍關雪》，共四折，分別為〈湘歸〉、〈報參〉、〈賞雪〉、〈衡山〉，內容描寫韓湘子及韓愈兩個故事，但內容上下關聯性不強，為其缺失；《柳州煙》，共四折，分別為〈春閨〉、〈倡和〉、〈風謠〉、〈驛誓〉，內容描寫柳宗元與王五英之情愛事；《醉翁亭》，共五折，分別為〈秋聲〉、〈縋別〉、〈吊石〉、〈蓉館〉、〈返魂〉，內容描寫歐陽修與妻曼卿之情愛事；《遊赤壁》，共五折，分別為〈考婿〉、〈歸院〉、〈送別〉、〈赤壁〉、〈後晤〉，內容主

〔註75〕車江英：《四名家傳奇摘齣》（收錄於鄭振鐸《清人雜劇二集》），頁157。
〔註76〕車江英：《四名家傳奇摘齣》，頁157。

要描寫與蘇軾相關之諸事，包含秦觀與蘇小妹事。

六、陳陞謨《書齋四種藥》

此劇筆者未見，僅知其由《春日明目丹》、《夏日清涼散》、《秋日發汗散》、《冬日補中湯》四劇組成。單就劇目來看，可知此四劇乃是以四季爲組題創作，實際內容則難以臆斷。

第三節　清中葉後期組劇之作家作品

清中葉後期以乾隆、嘉慶至道光二十年，鴉片戰爭以前爲主。乾隆初期，文字獄趨緩，尤其是在謝濟世著書案中，乾隆自稱「朕從不以語言文字罪人」，強調其不興文字獄。但十年後，再度出現僞孫嘉淦疏稿一案，於是乾隆中後期文字獄更盛以往，舉凡胡中藻詩案、蔡顯案、字貫案、尹嘉銓案、沈德潛反詩案……不勝枚舉，使得文壇再度籠罩在一片陰森氛圍之中。文人們爲求自保，紛紛投入考據之學當中，使得明末清初的翻案劇作品亦再度興起。此外，在異族高壓下，士人爲求生存、居高位，於是歌功頌德的承應戲大肆氾濫，再加上乾隆本身的好大喜功、崇尙戲曲，單就此時期的二十四種組劇來歸納，就有七種屬承應戲，高達三分之一，足見當時風氣之盛。乾隆中葉，和珅擅權，朝中官吏結黨營私，收賄舞弊事件層出不窮，使得懷才不遇之士往往投書筆墨，暗中嘲諷。及至嘉慶年間，文字獄結束，這群落拓劇作家們開始再度於作品中抒發心志，反映當下，描寫現實及中下階層小人物的生活樣貌。其作品主要有吳城、厲鶚《迎鑾新曲》、蔣士銓《西江祝嘏》、曹錫黼《四色石》、徐爔《寫心雜劇》、桂馥《後四聲猿》、王文治《迎鑾新曲雜劇》、汪柱《賞心幽品四種》、蓉鷗漫叟《青溪笑》、《續青溪笑》、石韞玉《花間九奏》、陳棟《北涇草堂外集三種》、舒位《瓶笙館修簫譜》、周樂清《補天石傳奇》、嚴廷中《秋聲譜》、戴全德《紅牙小譜》、汪應培《香谷四種曲》、梁廷柟《小四夢》、周元公《破愁四劇》、靜庵居士《四愁吟》、無名氏《華封三祝》、周塤《廣陵勝跡傳奇》、無名氏《吉祥戲九種》、無名氏《異艷堂六種曲》、袁棟《玉田樂府》、無名氏《萬國麟儀八種》，其中除七部承應戲另見於第三章第三節外，其餘十八種劇作內容分述如下：

一、曹錫黼《四色石》

（一）曹錫黼生平（約 1727～1757 年左右）

關於曹錫黼之生平，據鄧長風《明清戲曲家考略》一書中可知：

> 曹錫黼，字誕文，一字旦雯，號菽圃，上海縣人，乾隆時戲曲家，
> 著有雜劇《頤情閣五種曲》（一名《無町詞餘》），包括崔護「桃花人
> 面」故事的《桃花吟》，和由四種單折劇所組成的《四色石》（細目
> 爲《張雀羅庭平感世》、《序蘭亭內史臨波》、《宴滕王子安檢韻》、《鴈
> 同谷老杜興詞》），今存乾隆刊本。〔註77〕

又據其透過《石倉世纂》等書考證，可知曹錫黼之生卒年爲 1727 年至乾隆
丙子（二十一）年（1756）以前〔註78〕。又據施潤《桃花吟》題詞中云：「曹
員外菽圃，生僅二十九年……」，可知其活躍於乾隆年間，且曾仕任員外郎
一職。

（二）《四色石》成書時間

關於《四色石》成書時間，可見於《桃花吟》題詞云：

> 顧容圃時官中書頻入直，大約晨夕之數，緊菽圃爲多。故所撰述，
> 余見什之九，桃花吟、四色石亦曾屬余爲周郎之顧，而余謝不敏
> 者。……乾隆戊寅初冬秋水施潤題。〔註79〕

透過上文可知施潤在撰寫《桃花吟》題詞時，便已看過《四色石》，此時爲乾
隆二十三年（1758）。又葉承於《桃花吟》序文當中同樣提及《四色石》，

> 菽圃曹太常桃花吟、四色石傳奇，所由作也。……乾隆景子鞠月朔
> 日　芝涇弟葉承拜題。〔註80〕

當中「乾隆景子鞠月朔日」，即乾隆丙子（二十一）年（1756），而「鞠」本
意爲圓球，故「鞠月」乃指農曆八月，因此筆者推論《四色石》之完成時間
最早爲「乾隆二十一年農曆八月十五日」。至於其刊刻時間應據施潤〈桃花吟
題詞〉推斷爲乾隆二十三年。

（三）《四色石》內容概述

《四色石》由《張雀羅庭平感世》、《序蘭亭內史臨波》、《宴滕王子安檢

〔註77〕鄧長風：《明清戲曲家考略》，頁 252。
〔註78〕鄧長風：《明清戲曲家考略》，頁 251～254。
〔註79〕曹錫黼：《四色石‧桃花吟》（收錄於鄭振鐸《清人雜劇初集》），頁 226。
〔註80〕曹錫黼：《四色石‧桃花吟》，頁 222。

韻》、《鄠同谷老杜興謌》四劇組成。依序言翟公、王羲之、王勃、杜甫四人，藉此四位文人來描繪生活中「形形色色」的四種不同面貌。其中《張雀網庭平感世》本事出於《漢書》，描述翟公深刻感受到獲罪前後之世態炎涼及現實。又《序蘭亭內史臨波》本事出於《晉書》，描寫王羲之三月三日邀支遁法師、孫綽、許詢等人一同至蘭亭小酌。眾人賦詩，編爲蘭亭集。又《宴滕王子安檢韻》本事出於《唐書》，描寫王勃經滕王閣，得滕王元嬰之助至洪都，後撰滕王閣詩及序，眾人無不稱服。又《鄠同谷老杜興謌》描寫杜甫因安祿山而被貶至西秦，寓居同谷。鄰人攜酒至爲杜洗塵共飲，其醉酒後作同谷歌，言自身之貧寒。以上四劇內容皆描寫文人日常生活所遇之事。

二、汪柱《賞心幽品四種》

（一）汪柱生平（生卒年不詳）

關於汪柱之生平，所得資料甚少，據《夢裏緣》劇前所記爲「洞圓主人填詞」；又據《詩扇記》劇前記「袁浦汪柱石坡撰」；又據《賞心幽品》劇前記「袁浦鐵林汪柱撰」；又據阮學睿跋云：

> 石坡皆以古學授之於諸城劉督學，拔取前茅，補博士弟子員……
> 〔註81〕

故綜上可知，汪柱，杭州袁浦人，字石坡，號鐵林，自號爲「洞圓主人」。又據下述引文可知其年少即工詩，善戲曲，著有傳奇二種，總稱《砥石齋二種曲》，雜劇四種《采蘭紉佩》、《賞菊傾酒》、《受梅錫號》、《畫竹傳神》，總稱《賞心幽品》，另有《妻梅子鶴》、《破牢愁》及散曲一套（皆附於《砥石齋二種曲》後）。

（二）《賞心幽品四種》成書時間

《賞心幽品四種》一劇收錄於《砥石齋二種曲》附錄當中。關於其成書時間，可見於洞圓山客〈詩扇記傳奇序〉中云：

> 石坡汪子總角，從余遊，年十五即工詩，性癖，填詞所著夢裏緣、賞心幽品諸種久矣……歲次戊戌，課子洞圓中，長夏炎氣蒸人，不耐靜坐，偶閱人中畫小說，見其書寫司馬君贄華府，遊戲故事，筆意生動，頗能脫離合悲歡舊套，因遵譜調演成是劇……〔註82〕

〔註81〕汪柱：《賞心幽品》，清乾隆間松月軒刻本，第八十六頁上。
〔註82〕汪柱：《賞心幽品》，第一頁上下。

當中言汪柱年十五歲即塡詞，著《夢裏緣》、《賞心幽品》等劇。又戊戌年（即乾隆四十三年），作《詩扇記》傳奇，故可推知《賞心幽品》應作於乾隆四十三年以前。

（三）《賞心幽品四種》內容概述

《賞心幽品四種》由《楚正則採蘭紉佩》、《陶淵明玩菊傾樽》、《江采蘋愛梅錫號》、《蘇子瞻畫竹傳神》四劇組成。寫古代名人之軼事，透過花中四君子梅、蘭、竹、菊來做貫串，依序描寫屈原、陶潛、梅妃、蘇軾四人，其主旨不在品評花木，而僅是求抒發一己之志，無論梅、蘭、竹、菊，作者皆明確表露出其歸隱入世之心，其中《楚正則採蘭紉佩》本事出於《楚辭》，描述屈原生平及其遭楚王放逐之事。又《陶淵明玩菊傾樽》與《陶淵明東籬賞菊》題材同，描述陶淵明重陽日登高望南山，賦歸去來辭，辭官歸家之事。又《江采蘋愛梅錫號》本事出於曹鄴《梅妃傳》，描寫江采蘋入宮後受寵之事及獲賜梅妃之名號。又《蘇子瞻畫竹傳神》本事出於蘇軾《畫竹記》，描寫文老爺久久未能將寺壁之竹圖完成，蘇軾隨喜而至，聞言便叫人研墨，畫竹於寺壁，栩栩傳神。又汪氏亦於各劇末之下場詩中直接點出其主旨（《江采蘋愛梅錫號》缺頁，故未見）：

> 握瑜懷瑾意何窮，澱浦僵佪怨晚風。
> 恰得佩蘭聊寄興，至今芳韻滿澧中。
> 大招何處弔湘纍，入眼蘼蕪接水湄。
> 譜出新詞傳軼品，好教付與郢中兒。（《楚正則採蘭紉佩》）〔註83〕
> 疏離獨倚晚秋時，點點金錢映酒卮。
> 不是淵明偏愛爾，一般情況本相宜。
> 滿城風雨重陽侯，吟向柴門拈雪髭。
> 至此人間傳韻事，當場想見葛巾欹。（《陶淵明玩菊傾樽》）〔註84〕
> 陵陽太守去招提，古壁琅玕月影迷。
> 擬作髯蘇重潑墨，須知兩美合標題。
> 碧香三徑冷朝燻，獨坐空齋憶此君。
> 偶爲前閒重饒舌，好教牙慧盡流芬。（《蘇子瞻畫竹傳神》）〔註85〕

〔註83〕汪柱：《賞心幽品》，第十一頁下、第十二頁上。
〔註84〕汪柱：《賞心幽品》，第十七頁上。

劇中除自我抒發外，尚感懷古人之風範，如其欲將屈原之芳韻傳於郢中；冀見陶潛「葛巾漉酒」；欲作髯蘇重潑墨，同時從其「譜出新詞傳軼品」、「至此人間傳韻事」、「好教牙慧盡流芬」三句，看出汪氏極欲使此四韻事萬古流芳、舉足為法。

三、石韞玉《花間九奏》

（一）石韞玉生平（1755～1837年）

關於石韞玉之生平，據鄭振鐸於《清人雜劇初集》中所言：

> 右花間九奏雜劇九種，題花韻庵主人著，初不知花韻庵主人為誰何，後讀沈賓渙四種曲，見有獨學老人序及花韻庵主人題詞，乃念花韻庵與獨學老人或有干涉。及檢讀石韞玉獨學廬稿，見二稿中有花韻庵詩餘，一卷三稿。晚香樓集卷四，山居十五詠中有詠花韻庵之作與詠獨學廬，晚香樓諸作同列。乃確知花韻庵主人蓋即石韞玉之筆名。

> 韞玉，字執如，號琢堂，吳縣人，年十八補吳縣學博士弟子員。乾隆庚戌進士，授翰林院修撰。壬子，充福建正考官旋視學湖南。戊午，補四川重慶知府，後擢山東按察使，因事被劾，遂引疾歸，主蘇州紫陽書院二十餘年，嘗修蘇州府志，為世所重。道光十七年卒。〔註86〕

又《古典戲曲存目匯考》：

> 字執如，號琢堂。別署花韻庵主人。江蘇吳縣人。乾隆庚戌進士，廷試第一，授修撰，仕山東按察使，因事被劾，引疾歸。主持蘇州紫陽書院二十餘年，嘗修《蘇州府志》，為世所重。韞玉以一衛道之士，而撰寫戲劇，實屬罕見。有《獨學廬詩文稿》。〔註87〕

可知石韞玉（1755～1837），字執如，號琢堂，別署花韻庵主人，吳縣人。十八歲補吳縣學博士弟子員，乾隆五十五年（1790）進士，授翰林院修撰，五十七年（1792），充福建正考官旋視學湖南，嘉慶三年（1798），補四川重

〔註85〕 汪柱：《賞心幽品》，第二十六頁下。
〔註86〕 石韞玉：《花間九奏》（收錄於鄭振鐸《清人雜劇初集》），〈跋一〉、〈跋二〉，頁315。
〔註87〕 莊一拂：《古典戲曲存目匯考》，頁784、785。

慶知府，後擢山東按察使，後遭彈劾，便歸里任職紫陽書院。卒於道光十七年（1837）。其著作有《獨學廬詩文稿》（《花韻庵詩餘》）、《晚香樓集》、《花間九奏》以及曾編修《蘇州府志》。

（二）《花間九奏》成書時間

關於《花間九奏》之成書時間，筆者僅可從作者之生卒年來推論，約在乾隆至道光年間。

（三）《花間九奏》內容概述

《花間九奏》由《伏生授經》、《羅敷採桑》、《桃葉渡江》、《桃源漁父》、《梅妃作賦》、《樂天開閣》、《賈島祭詩》、《琴操參禪》、《對山救友》九劇組成。皆據歷史故事敷衍而成，其共同性在於主角多為經學、文學家，且內容多具衝突性，反映出世事禍福無常。其中《伏生授經》描述濟南伏生之女背誦其父口述教授之尚書篇章供官吏抄寫，將唯一之書經傳於後世。《羅敷採桑》描述秦羅敷採桑時遇趙國勸農使者，欲聘為妻，羅敷自報身家後，使者愧而離去。《桃葉渡江》描寫桃葉與王獻之婚聘之事。《桃源漁父》描寫陶淵明及桃花源之事。《梅妃作賦》描寫梅妃自受寵到遭冷落遷至上陽宮，又聽聞楊國忠、三國夫人貪權揮霍、顛倒朝綱，安祿山與楊妃母子相稱，出入無禁，遂作賦一篇，託小黃門傳達擔憂之心。《樂天開閣》描寫白居易年老之時，小蠻另配；樊素不離不棄之事。《賈島祭詩》描寫賈島感念韓愈賞識其詩作及提拔，遂於除夕之日祭詩。《琴操參禪》描寫蘇東坡欲攜歌妓琴操至湖上一同談禪，琴操聽完參寥子之言後，遂決意剃度出家為尼，雖居末流，卻有上乘慧根。《對山救友》描寫康海收到一信，內容為對山救友四字，乃李夢陽為劉謹所陷，只得自貶名節，至劉謹處與之對酒求情，終救得好友脫離錦衣衛之牢獄。以上九劇，內容皆反映世道之無常，且具有出世之思想。然其劇情內容多言古事，更動不大，較無新意。

四、周塈《廣陵勝跡傳奇》

（一）周塈生平（1714～1783 年）

關於周塈之生平，可據同治《龍泉縣誌》卷十一《周塈傳》云：

> 周塈，字伯譜，號韻亭，西溪人。乾隆辛未進士，授河南淇縣令。
> 居官一稟慈訓，每事必為民慮以疾作解官。辛巳起補澠池縣知縣，

後以同知用，旋丁母憂，服闋，抵中州，攝延津縣事及開封陳州郡
丞事署彰德府印。後升補汝甯知府，以積勞多病，退歸龍泉西溪故
里，日以歌酒自娛，卒年七十。〔註88〕

又據《遂川縣政協文史資料》第七輯載劉孟秋《汝甯知府周塤》云：

周塤（1714～1783），字伯譜，號韻亭、牅如，一號冰鶴侍者，遂川
縣興賢鄉（今遂川縣西溪鄉）苑場人，著有《冰鶴堂全集》二十卷、
《韻亭詞譜》四種和《雙飛劍》、《湣烈記》、《九老會》、《五色雲》、
《拯西廂》等……〔註89〕

綜合上述兩段資料可知，周塤，字伯譜，號韻亭、牅如，一號冰鶴侍者，西
溪人。生於康熙五十三年，為乾隆十六年（1751）進士，授河南淇縣令；二
十六年，補澠池縣知縣。卒於乾隆四十八年，享年七十歲。其著作有《冰鶴
堂全集》二十卷、《韻亭詞譜》四種以及《雙飛劍》、《湣烈記》、《九老會》、《五
色雲》、《拯西廂》和《廣陵勝跡傳奇》八種。

（二）《廣陵勝跡傳奇》成書時間

關於《廣陵勝跡傳奇》之成書時間，可據《傅惜華藏古典戲曲珍本叢刊》
中標明其為「清乾隆冰鶴堂刻本」，知為乾隆年間作品。

（三）《廣陵勝跡傳奇》內容概述

《廣陵勝跡傳奇》雖名為「傳奇」，然實為「雜劇」。由《廣陵城燈遊時
太平有象》、《木蘭院詩籠故里垂芳》、《芍藥圃花瑞奇分枝兆相》、《平山堂堂
宴樂摘蕊傳殤》、《點鼠賦虎夢來天懷坦蕩》、《枯樹園桃醫感合境寧康》、《邗
溝廟神鏡懸孝忠照朗》、《天寧寺佛輪轉福壽延昌》八劇組成。其共同性為皆
言廣陵地區之古人或名勝古蹟軼事。其中《廣陵城燈遊時太平有象》本事出
《幽怪錄》。描寫上元節皇帝遊燈事。又《木蘭院詩籠處故里垂芳》本事出五
代王定保《唐摭言》及《太平廣記》。描寫王播木蘭院題詩軼事。又《芍藥圃
花瑞奇分枝兆相》本事出《揚州志》及劉攽之《芍藥圃》。描寫韓琦軼事。又

〔註88〕清同治：《龍泉縣誌》（收錄於《中國方志叢書·華中地方》據清同治十二年
刊本影印），卷十一，〈人物志上〉（臺北：成文書局，1989 年）。

〔註89〕劉孟秋：《汝甯知府周塤》（收錄於中國人民政治協商會議遂川縣委員會文史
資料研究委員會編《遂川文史》第七輯，1997 年版），頁 84～91；另見張炳
玉、劉志桂編著《明末忠烈郭維經》，遂川縣政協社會工作發展委員會編，頁
136～137。

《平山堂堂宴樂摘蕊傳殤》本事出《名勝志》、《揚州志》及《歐陽文忠集》。
描寫歐陽修遭貶至滁州後之軼事。又《點鼠賦虎夢來天懷坦蕩》本事出蘇軾
《點鼠賦》、趙與時《賓退錄》。描寫蘇軾出守揚州，家遇鼠難，便作詰鼠賦，
以鼠喻奸逆小人之軼事。又《枯樹園桃醫感合境寧康》本事出《揚州烈婦傳》。
描寫揚州烈婦吳韋氏割股事親、仙桃樹護佑之事。又《邘溝廟神鏡懸孝忠照
朗》本事出《太平廣記》和《揚州志》，描寫邘溝廟中邘溝大王點化眾人宜忠
孝兩全，便可得富貴神仙之夢之事。又《天寧寺佛輪轉福壽延昌》本事出《揚
州志》。描寫如來佛母壽宴，眾仙前往祝賀。天降萬祥，百姓歡娛。最後將廣
陵勝蹟譜新詞引至萬佛樓前。

　　上述八劇皆言廣陵地區之名勝古蹟、節慶活動、奇人異事……且皆附有
考證，絕非空穴來風，憑空杜撰而成。

五、袁棟《玉田樂府》

（一）袁棟生平（1697～1761 年）

　　關於袁棟之生平，可據李桓《國朝耆獻類徵》卷四百十九中云：

> 君諱棟，字國柱，一字漫恬。先世姓陶，松江巨族，勝國時有贅袁
> 氏者，遂承其姓，為吳江人，代有隱德。考諱潢，明經需次教諭。
> 君髮齔即勤誦絃，無他嗜好。……省試屢不售，乃專心讀古……高
> 遠閒放，自露天真。長於填詞，好北宋之作，而清新秀雋，自然超
> 逸。……君生康熙丁丑潤三月初二日，歿乾隆二十六年七月初七日，
> 得年六十五。〔註90〕

可知袁棟祖先原姓陶，為松江人；明代入贅袁家，方改姓為吳江人。其字國
柱、漫恬，生於康熙三十六年（1697）潤三月初二日，屢試不第，好讀古文，
且長於填詞，卒於乾隆二十六年七月初七日，得年六十五。

（二）《玉田樂府》成書時間

　　關於《玉田樂府》之成書時間，可據《傅惜華藏古典戲曲珍本叢刊》中
標明其為「清乾隆冰鶴堂刻本」，知為乾隆年間作品。

〔註90〕李桓：《國朝耆獻類徵》，第二十三頁上至二十四頁上，（江蘇：廣陵古籍刻印
　　　　社，1990 年），頁 12、13。

（三）《玉田樂府》內容概述

《玉田樂府》由《陶朱公》、《姚平仲》、《鄭虎臣》、《鵝籠書生》、《白玉樓》、《桃花源》六劇組成，其共同性在於皆反映出「天命有常」之思想觀念，勸人看破紅塵，解消執念，強調一切事物順應天道而行即可，具出世思想。內容上，《陶朱公》描寫范蠡救子失敗，感嘆錢財可救人亦可害人，決意歸隱。《姚平仲》描寫西陲大將姚平仲，討西夏有功，卻為童貫所隱，後得重用卻失利。於青城山遇蜀中八仙度脫，雲遊四海。《鄭虎臣》描寫鄭虎臣將賈似道押至木棉庵正法之事。《鵝籠書生》描寫許彥遇鵝籠書生及種種奇幻事。《白玉樓》（前缺）描寫天帝因白玉樓完工，命李賀前往為之作記之事。《桃花源》描寫武陵捕魚人黃道真誤入桃花源之事。

六、汪應培《香谷四種曲》（又名《南枝鶯囀》）

（一）汪應培生平（約 1818 年前後在世）

關於汪應培之生平，可見於〈不垂楊序〉末署名為「香谷居士」；又〈簾外秋光序〉末署名為「錢塘汪應培香谷」；又〈催生帖小序〉末署名為「香谷散人」。又據《中國戲曲志浙江卷》載：

> 汪應培清代文學家、雜劇作家。字香谷，錢塘（今杭州）人。生卒年不詳。嘉慶二十三年（1818）舉人，奉調入闈，充簾外受卷官，曾被挑取入館，參與繕寫《四庫全書》。[註91]

可知汪應培，字香谷，自號香谷居士、香谷散人，錢塘（今杭州）人。嘉慶二十三年舉人，曾充簾外受卷官，並參《四庫全書》繕寫。

（二）《香谷四種曲》成書時間

據〈不垂楊序〉後署名「丁丑秋日香谷居士識於菊潭精舍」，可知其成書時間為嘉慶二十二年（1817 年）秋。又《簾外秋光》今可見為嘉慶原刻本，其〈自序〉言：「余戊寅鄉試，奉調入闈，充外簾受卷官」，後署名「嘉慶戊寅冬十月錢塘汪應培香谷識於菊潭官舍」，可知此時為嘉慶二十三年（1818 年）十月。故《香谷四種曲》之其成書時間，約略為嘉慶二十三年（1818 年）前後。

〔註91〕 中國戲曲志編輯委員會：《中國戲曲志浙江卷》（北京：中國 ISBN 中心，1997年），頁 778。

（三）《香谷四種曲》內容概述

　　《香谷四種曲》由《不垂楊》、《催生帖》、《簾外秋光》、《驛庭槐影》四劇組成，內容皆描寫作者仕宦菊潭時之事。其內容大抵如下：

　　《不垂楊》共分六齣，齣目依序爲〈癡勸〉、〈飛語〉、〈矢貞〉、〈鄰俠〉、〈永讜〉、〈堂圓〉。描寫楊貞女原已有婚配陶家，父楊坤卻因陶家家道中落，欲將其改聘之事。《驛庭槐影》共分兩齣，齣目依序爲〈香夢〉、〈錦歸〉。描寫作者媳婦孫繡增夢見仙姬，手持丹桂贈之，醒來後望夫能夠科場得意，又得知有喜，實爲吉兆。《簾外秋光》共分兩齣，齣目依序爲〈闈遣〉、〈堂讌〉。描寫作者任受卷官，空閒時登明遠樓眺望士子歸號，不免感懷四十年已過。便將自身閱歷試說一番。《催生帖》共分四齣，齣目依序爲〈寫懷〉、〈錫祚〉、〈蘭徵〉、〈歡宴〉。描寫孫繡因公公爲刑官，故多年無子嗣。喜神言此刑罰過當，便遂奏過天庭，令其得丹桂之夢，早遂歡懷。其中《催生帖》內容與《驛庭槐影》相互呼應，補充說明作者媳婦孫繡有喜之前因，以及重覆強調其夢美人持丹桂相贈之桂子蘭孫吉兆。餘皆爲作者居菊潭之生活瑣事，乃自我抒懷之作。

七、蓉鷗漫叟《青溪笑》、《續青溪笑》

　　關於蓉鷗漫叟之《青溪笑》，筆者今未見，僅知其由《贖雛饔司業義捐金》、《棄微官監州貪倚玉》、《桃葉渡吳姬泛月》、《海棠軒楚客吟秋》、《謝秋影樓上品詩箋》、《王翹雲閣中擲金釧》、《解語花浣紗自嘆》、《侯月娟贈蝶私盟》、《紗帽巷報信傷春》、《牡蠣園尋秋說豔》、《排家宴四美祝花朝》、《勸公車群賢爭雪夜》、《鵝群閣雙豔盟心》、《田雞營六姬識俊》、《莫愁湖江釆蘋命字》、《鷲峰寺唐素君皈禪》十六劇組成，《今樂考證》著錄。內容皆言青樓歌妓之事。

（一）蓉鷗漫叟之生平（生卒年不詳）

　　不詳。

（二）《續青溪笑》成書時間

　　關於《續青溪笑》之成書時間，可據《傅惜華藏古典戲曲珍本叢刊》中標明其爲「清嘉慶刻本」，知爲嘉慶年間作品。

（三）《續青溪笑》內容概述

　　由《勸美》、《賣花奴同途說豔》、《隱仙庵喧闐遊桂苑》、《釣魚人彳亍打茶圍》、《王壽卿被褐驚寒》、《葉香畹開堂教戲》、《一柄扇妙姬珍舊蹟》、《九轉詞逸叟醒群芳》八劇組成。其中《勸美》一劇，首頁有殘缺，另有兩頁從缺。與《青溪笑》同樣皆言青樓歌妓之事。其內容大抵如下：

　　《勸美》描寫眉娘為平康富有盛名之名妓，某生見其頗有慧心，勸其及早抽身，莫貪圖榮華名利，眉娘聽後心有所感，亦願思尋退路。《賣花奴同途說豔》描寫吳小郎擅長花藝與替姑娘梳妝之董大娘於道上相遇，兩人一同談論官營十八街中女妓之種種生活狀況。最末言董大娘替姑娘們梳妝，收入頗豐，卻因沉迷十湖紙牌遊戲而往往空手而返。《隱仙庵喧闐遊桂苑》描寫楊儷環與萬廷兆約於隱仙庵賞桂花，萬廷兆提早前往與隱仙庵住持下棊，待儷環來到。二人賞花畢，便一同聆聽說書人賽柳先說書，暮色方歸。《釣魚人彳亍打茶圍》描寫趙梧涘、錢弗館兩人閒來無事至釣魚巷打茶圍，途中亦遇到許多人欲前往，彼此歡笑心照不宣。《王壽卿被褐驚寒》描寫王壽卿少時隨父至吳中度曲，也曾金錢滿屋，卻因遇人不淑，以致積蓄皆空，月榭河亭亦售人，不知該如何撐起其他女妓們的生活，悔不當初。《葉香畹開堂教戲》描寫葉香畹自吳門移居建業，因年華已過，便改教女孩兒度曲，先命其串戲，了解其歌喉身段，再來教曲。《一柄扇妙姬珍舊蹟》描寫湯十感嘆當日座無虛席，今日門庭寂寥，不勝唏噓。後河亭主人邀湯十赴會，其攜當年雪鴻居士所繪之扇前往，眾人見了無不喜愛，紛紛沽高價，然湯十非貪利忘情之人，不願賣扇。《九轉詞逸叟醒群芳》描寫瑤雰主人愛西樓寓公之字，遂招其與安峰逸叟一同閒話，言諸多過往青溪風光繁華之事，同時感嘆三十年後之今日，門庭半改，物是人非，只存品茗論文。時閣中梅花大開，眾人便登閣宴賞。

　　上述八劇除了道出青樓歌妓及恩客之日常生活外，更深刻地描繪出煙花女子的心路歷程。

八、陳棟《北涇草堂外集三種》

（一）陳棟生平（生卒年不詳）

　　關於之生平，據《苧蘿夢》、《紫姑神》、《維揚夢》三劇前皆署名「會稽陳棟　浦雲」；又馮金伯《墨香居畫識》卷八載：

陳棟，字任，字號幹亭，世居長洲，性孝友，工詩，善山水。〔註92〕
又《中國文學大辭典》中載：

> 陳棟，清代戲曲作家。字浦雲，號東村，別署榕西逸客。會稽（浙
> 江紹興）人。篤學博識，於學靡所不通，然屢試不第。游于河南，
> 以幕僚爲生計，困頓以歿。工詩詞，所作清麗雋妙，襟抱簡遠，有
> 魏晉間意，臨終有：「三十九年塵限滿，欲從何處見新吾」之句，人
> 感惜之。兼善戲曲，得關漢卿、王實甫、宮天挺、喬吉邊法，寄慨
> 過深。著有《北涇草堂集》，含雜劇《苧蘿夢》、《紫姑神》、《維揚夢》。
> 〔註93〕

綜上所述，可知陳棟，字浦雲、任，號東村、幹亭，別署榕西逸客，會稽人，
世居長洲。博覽群書卻屢試不第，後以幕僚爲業，終生困頓。其生卒年不詳。
著有《北涇草堂集》，含雜劇《苧蘿夢》、《紫姑神》、《維揚夢》。

（二）《北涇草堂外集三種》成書時間

　　書前有「據吳興周氏藏　嘉慶年間刊」十一字，可知其成書時間爲嘉慶
年間。

（三）《北涇草堂外集三種》內容概述

　　《北涇草堂外集三種》由《苧蘿夢》、《紫姑神》、《維揚夢》三劇組成。
依序言西施、曹姑、紫雲三人之事，皆以女子之忠烈爲題旨。其中《苧蘿夢》
描寫西施自言其烈女不更二夫，無奈後人卻傳吳王亡國後，其與范蠡載入五
湖而去。王母見西施夫差二人宿緣未了，將夫差重生人世，更名王軒台，西
施往浣溪紗暗結絲羅，以補完二人之緣。《紫姑神》本事出於劉敬叔《異苑》
及《顯異錄》。描寫魏子胥妻曹姑，百般凌虐家中小妾紫姑至死，後功曹感
嘆，上報帝君，封其爲紫姑神，掌管人間妻妾不平之事。《維揚夢》本事見
辛文房《唐才子傳·卷六》杜牧條、〈張好好詩序〉及《麗情集》。〔註94〕描

〔註92〕馮金伯：《墨香居畫識》（收錄於《清代傳記叢刊》）（臺北：明文書局，1985
　　　　年），第十六頁上。
〔註93〕天津人民出版社、百川書局出版部主編：《中國文學大辭典》，第五冊（臺北：
　　　　百川書局，1994年），頁3437。
〔註94〕辛文房：《唐才子傳·卷六》〈杜牧條〉：「後以御史分司洛陽，時李司徒閒居，
　　　　家妓爲當時第一，宴朝士，以牧風憲，不敢邀。牧因遣諷李使召己，既至，
　　　　曰：『聞有紫雲者，妙歌舞，孰是？』即贈詩曰：『華堂今日綺筵開，誰喚分
　　　　司御史來。忽發狂言驚四座，兩行紅袖一時回。』意氣閒逸，傍若無人，座

寫杜牧與紫雲之情愛事。

當中《苧蘿夢》、《紫姑神》二劇皆爲補恨劇，前者使西施與夫差再續前緣；後者使曹姑亡後成爲掌管人間妻妾不平之紫姑神，而非前人所言之廁神，大大提升其地位。

九、戴全德《紅牙小譜》

（一）戴全德生平（生卒年不詳）

關於戴全德之生平皆不詳，今僅可據《紅牙小譜》作者自敘末題「下浣惕莊主人」，知其自號惕莊主人，著有《紅牙小譜》。

（二）《紅牙小譜》成書時間

據《傅惜華藏古典戲曲珍本叢刊》書前有「清嘉慶三年（1798）刻本」。又作者於自敘末題「嘉慶三年季秋　下浣惕莊主人自敘於尙衣官舍」，可知其成書時間爲嘉慶三年（1798）十一月。

（三）《紅牙小譜》內容概況

《紅牙小譜》由《輞川樂事》、《新調思春》二劇組成，皆爲作者移官江蘇時所做之西調小曲，以當時最爲流行的「隱者閒適之樂」及「女性寂寞愁苦」爲主題，其中《輞川樂事》描寫王維辭官後與夫人至竹里館，一同欣賞良辰美景，相約白首偕老，並以琵琶彈奏其所作之春間樂事、夏間風景、秋間風景、冬間樂事。《新調思春》描寫二姑娘懊惱放夫君出外遠行，焚香拜月，祈求負心郎早日歸家。大小了環見二姑娘心事重重，遂唱小曲兒替姑娘解悶。先唱泛調，再唱北河調、雜牌令、清平調、花柳調、高調，一訴夫妻離情、一勸放寬心懷。

十、舒位《瓶笙館修簫譜》

（一）舒位生平（1765～1816年）

關於舒位之生平，可據「汪氏振綺堂刻本」標目頁有「大興舒位鐵雲撰」；又《清史列傳》卷七二〈文苑傳〉載：

> 舒位，字立人，順天大興人。十歲下筆成章，十四隨父翼官粵之永福，讀書署後鐵雲山，因以自號。……弱冠中乾隆五十三年舉人。……

客莫不稱異。」

嘉慶二十年，聞母喪，戴星而奔，不納勺飲者彌月。遂以毀卒，年

五十一。……著有瓶水齋詩十七卷、皋橋今雨集二卷。〔註95〕

又李元度輯《國朝先正事略》卷三七〈文苑〉載孫源湘〈舒鐵雲先生事略〉：

舒先生位，字立人，號鐵雲，直隸大興人，祖大成，康熙壬辰進士，

官檢討。……乾隆五十三年鄉試，屢試禮部不第……母壽至八十八

而終，先生年已五十，以毀卒，距母喪兩月餘耳。〔註96〕

又石韞玉《舒鐵雲傳》載：

舒位，字立人，大興人，祖大成，翰林檢討。父翼，廣西永福縣丞。……

年十四，隨父任永福，官舍後有鐵雲山，因自號鐵雲山人。……既

而入都應京兆試，不雋，則盡發祖父遺書數萬卷讀之。乾隆戊申領

鄉薦……嘉慶乙亥十月，遭母喪，病遂不起……位所著瓶水齋詩十

八卷……〔註97〕

又蕭掄《舒鐵雲孝廉墓誌銘》載：

……母歿……遂成心疾而卒。距母之亡七十有三日，嘉慶乙亥除夕

也。……君享年五十有一，娶金氏，生丈夫子三，……女一。……

當君未歿時，巴樸園副使、宿崖觀察爲其刻瓶水齋詩十六卷、別集

二卷。〔註98〕

又陳文述《舒鐵雲傳》載：

君姓舒氏，諱位，字立人，又字鐵雲，直隸大興人。……康熙壬辰

科進士、翰林院檢討。……年十四，隨父官粵之永福，讀書署後鐵

雲山，因以自號。……乙亥十月，君在眞州聞母喪，戴星而奔，不

納勺飲者彌月。以哀毀，卒死孝也。……能吹笛鼓琴，度曲不失分

刌。所作樂府、院本脫稿，老伶皆可按簡而歌，不煩點竄。〔註99〕

又《光緒順天府志先賢傳》載：

舒位，字立人，號鐵雲，大興人。乾隆五十三年舉人……〔註100〕

〔註95〕王鍾翰編：《清史列傳》，頁 5968、5969。

〔註96〕李元度：《國朝先正事略》（收錄於《清代傳記叢刊》）（臺北：明文書局，1985
年），第二十頁。

〔註97〕舒位著、曹光甫點校：《瓶水齋詩集》（上海：上海古籍出版社 1991 年 3 月），
頁 797、798。

〔註98〕舒位著、曹光甫點校：《瓶水齋詩集》，頁 803、804。

〔註99〕舒位著、曹光甫點校：《瓶水齋詩集》，頁 798、799。

〔註100〕舒位著、曹光甫點校：《瓶水齋詩集》，頁 805。

此外，關於上述舒位之生平內容，尚可見於《冷廬雜識》卷三及陳裴之〈乾隆戊申恩科舉人揀選知縣舒君行狀〉當中。故綜上所論，可知舒位，字立人，號鐵雲，直隸大興人，自號鐵雲山人。生於乾隆三十年，祖父爲舒大成，官居翰林檢討；父親舒翼，任廣西永福縣丞。乾隆五十三年舉人（鄉薦），後屢試禮部不第；通音律，所作戲曲，老伶皆可按簡而歌。嘉慶二十年，聞母喪，不久己亦毀，卒於嘉慶二十一年除夕，育有三子一女。著有《瓶水齋詩》十八卷（含《別集》）、《皐橋今雨集》二卷、《瓶笙館修簫譜》。

（二）《瓶笙館修簫譜》成書時間

關於《瓶笙館修簫譜》之成書時間，可據《傅惜華藏古典戲曲珍本叢刊》書前有「清道光汪氏振綺堂刻本」及「道光癸巳秋仲　水閑趙之深題」，推斷其成書時間爲道光十三年（1833）。

（三）《瓶笙館修簫譜》內容概述

《瓶笙館修簫譜》由《卓女當爐》、《樊姬擁髻》、《酉陽修月》、《博望訪星》四劇組成，《今樂考證》、《曲錄》皆有著錄，言古人古事。其中《卓女當爐》描寫卓文君與司馬相如之情愛事。《樊姬擁髻》描寫伶沅，買妾卜之。與其談論趙飛燕姊妹之事，又言伶玄作《飛燕外傳》，並認爲《飛燕外傳》乃僞作，非史實。《酉陽修月》本事出於《酉陽雜俎》，描寫因當年唐明皇與太眞妃至月宮作霓裳羽衣曲，翠繞珠圍，十分擁擠，使得廣寒宮有許多缺陷待修復。然廣寒宮非一般工匠所能修繕，最末於眾仙協助之下方得修復。《博望訪星》與王伯成《張騫泛浮槎》題材同。描寫張騫奉召出使西域，又尋訪黃河源頭，見牛郎織女攜回織女織錦支機之石，以作憑證。

十一、周樂清《補天石傳奇》

（一）周樂清生平（1785～1855 年）

關於周樂清之生平，可見於《海寧州志稿》卷二十八〈人物志循吏〉：

> 周樂清，字安榴，號文泉。先世在宋爲沈忠敏公，與求後明正統間有出爲姑嗣者，遂以周氏著望。父嘉猷，從征五萆苗，卒於軍。樂清時甫十齡，承蔭以佐貳，隨黔楚營，無何疊遭大父母及母喪，皆克盡禮服，閱補道州州判，歷權祁陽、永明、沅陵、新化、黔陽等縣，擢麻陽令。道光壬辰，檄赴永州營總辦善後事宜，以捕獲逆猺

盤均葊，功累遷乾州鳳凰等廳同知尋畢吏議，以原官歸選銓山東。

城武三年，署單縣，又三年，咸豐紀元，以七年正賦全完晉知州銜

調披縣兼攝，卽墨暨萊州府同知……〔註101〕

透過上述文獻可知周樂清，字安榴，號文泉。得父承蔭以補道州州判，後相

繼接任乾州鳳凰等廳同知、萊州府同知……等官職。著有《靜遠草堂初稿》

〔註102〕、《補天石傳奇》。

（二）《補天石傳奇》成書時間

關於《補天石傳奇》的成書時間，可見於書前有「道光庚寅仲冬　靜遠

草堂藏板」。又序「道光歲次庚寅冬泗州陳階平識」。又序「道光十年七月七

日　吹鐵簫人譚光祐……」又序「道光庚寅六月既望立秋後一日　湘漁邱開

來頓首拜書……」。又跋「道光十有七年　歲次丁酉秋九月　純如子江左呂

恩湛識」。綜上所書，可推論出《補天石傳奇》的成書時間最早應爲道光十

年六月十六日左右，刊刻時間則爲道光十七年九月爲是。

（三）《補天石傳奇》內容概述

由《宴金台》、《定中原》、《河梁歸》、《琵琶語》、《紉蘭佩》、《碎金碑》、

《統如鼓》、《波弋香》八劇組成。《曲錄》著錄。皆爲替古代愛國人士所作之

歷史翻案劇。依序爲燕太子丹、孔明、李陵、昭君、屈原、岳飛、鄧攸、荀

粲夫妻。其內容概略如下：

1、《宴金台》

《宴金台》提綱爲「太子丹恥雪西秦」，分爲〈定計〉、〈餞易〉、〈獻圖〉、

〈潛師〉、〈滅秦〉、〈宴臺〉六齣，內容描寫燕太子丹幼年出質趙邦，與秦世

子相交頗深，不料往秦爲質遭挫辱，後與六國一同殲滅秦國，並於宴金臺上

論功行賞。

2、《定中原》

《定中原》提綱爲「丞相亮祚綿東漢」，分爲〈禳星〉、〈敗懿〉、〈禪諲〉、

〈歸廬〉四齣，內容描寫諸葛亮與司馬懿對戰大獲全勝，又助蜀漢一統大業，

功成身退，隱居南陽。

〔註101〕《海寧州志稿》，卷二十八，（臺北：成文出版社，1983年3月），頁3301～
　　　　3302。

〔註102〕省立中山圖書館等編：《清付稿抄本》（廣州：廣東人民出版社，2007年4月）。
　　　　收有道光丙戌仲夏，南豐譚光祐題籤《靜遠草堂初稿》。

3、《河梁歸》

《河梁歸》提綱爲「明月胡笳歸漢將」，分爲〈報書〉、〈釋疑〉、〈關凱〉、〈墓封〉四齣，內容描寫漢將李陵與漢朝冰釋前嫌後，再度入胡，於雁門關戰役中和李禹裡應外合，一舉殲滅匈奴，凱旋歸朝，冤屈平反。

4、《琵琶語》

《琵琶語》提綱爲「春風圖畫返明妃」，分爲〈訴廟〉、〈駐雲〉、〈唧圖〉、〈吼獅〉、〈歸璧〉、〈圓樂〉六齣，內容描寫昭君遠嫁，王母見憐，遂命東方朔設法救回，後漢王欲納昭君爲正宮，然昭君已勘破紅塵，便受王母之召昇列仙班。

5、《紉蘭佩》

《紉蘭佩》提綱爲「屈大夫魂返汨羅江」，分爲〈仙援〉、〈鄰助〉、〈遇途〉、〈責約〉、〈求盟〉、〈勘罪〉六齣，內容描寫屈原投江後，爲一漁父以丹靈救之，並前往趙國，說服趙王聯楚伐秦。後遇楚懷王自秦國出逃，便將其安置趙國，自己前往楚國布局。待迎懷王回國，二軍出師伐秦，秦敗。屈原再度受到重用，重振朝綱。

6、《碎金碑》

《碎金碑》提綱爲「岳元戎凱宴黃龍府」，分爲〈矯召〉、〈詰奸〉、〈渡河〉、〈極术〉、〈凱筵〉、〈仙慨〉六齣，內容描寫岳飛大破金兵，卻接到秦檜十二道金牌之命班師回朝，途中無意間得知秦檜奸計，便透過韓世忠揭發，將秦檜伏法。同時岳飛大破兀术，直搗黃龍府。後岳飛、韓世忠兩人決意離塵網至蓬萊，求仙問道。

7、《統如鼓》

《統如鼓》提綱爲「賢使君重還如意子」，分爲〈酬承〉、〈賜泉〉、〈繪賑〉、〈鼓圓〉四齣，內容描寫鄧攸昔日逃難棄兒，多年後鄧攸爲政，以社稷民生爲念，開倉賑糧，受民愛戴，百姓唱統如鼓俚曲送行，人群中巧與子相認。

8、《波弋香》

《波弋香》提綱爲「眞情種遠覓返魂香」，分爲〈警絃〉、〈取冷〉、〈籲冥〉、〈判醫〉、〈乞香〉、〈合絃〉六齣，內容描寫荀粲妻曹氏因病纏身，尋醫卻逢貪財如劫盜的甄先生，使其病情加重，終不治。後閻王將甄生判刑，並

告知苟粲至波弋國取異香，救回曹氏。

　　上述八劇雖皆爲翻案劇，且悖離史實，但就劇情結構而言，卻是鋪排得宜，起承轉合之間，毫無違和之感。

十二、嚴廷中《秋聲譜》

（一）嚴廷中生平（1795～1864 年）

　　關於嚴廷中之生平，可據《民國宜良縣志》卷九：

> 嚴廷中，號秋槎。娘子性嗜詩，入庠後即棄舉子業，專精於吟詠。十三歲詩詞便傳誦於京華，嗣後援例爲丞，所過名山大川皆有題咏，在揚州開春草詩社，大江南北屬合者千百人，詩餘尤冠一時，明湖四客詞選爲第一家。告歸里，主講雉山書院，以紅葉詩四首訂交於學……其所著之《紅蕉吟館》、《拈花一笑錄》《懷人小草》、《瘦紅集》、《漁鼓詞》、《試帖詩》、《藥欄詩話》皆膾炙人口，尚有《兩間草堂古文》、《嚴泉山人四選詩》未梓。〔註103〕

此外尙可見於（光緒）《文登縣志》卷五、《增修登州府志》卷二十六及三十一、（咸豐）《青州府志》卷十一下、《民國福山縣志稿·職官第三》、《民國福山縣志稿·藝文志第六》、《民國萊陽縣志》卷三、《民國上杭縣志》卷十六、《民國宜良縣志》卷十及《民國新纂雲南通志》卷二三二之中。

　　透過上述，可知嚴廷中，字秋槎，號石卿，又號嚴泉山人，雲南宜良人。諸生，援例爲萊陽縣丞，歷署文登、蓬萊、諸城、福山諸縣。曾於揚州創春草詩社。晚年主講雉山書院。有詩詞名，《明湖四家詞選》選爲第一家。尤工戲曲，著有《紅蕉吟館詩集》、《嚴泉山人詞稿》、《懷人小草》、《瘦紅集》、《漁鼓詞》、《日鹿詞》、《紅豆箱剩曲》、《兩間草堂古文》、《拈花一笑錄》、《藥欄詩話》及雜劇《秋聲譜》三種，另《鉛山夢》、《河樓絮別》已佚。

（二）《秋聲譜》成書時間

　　關於《秋聲譜》成書時間可見其序文末「咸豐二年壬子中秋日海昌愚弟周樂清文泉甫拜謨」。又朱蔭培跋記：

> 僕與秋槎神交五年矣，歲甲寅始相見於歷下與趙夢山朝夕過從，時

〔註103〕王槐榮等修、許實纂：《民國宜良縣志》，第一頁上（南京市：鳳凰出版社，2009 年）。

復旗亭呼酒……聚未十日將返萊陽，以所著秋聲譜傳奇示僕……
〔註104〕

文中言「歲甲寅始相見」，乃咸豐四年（1854）。又其自言：

> 故山歸後，忽忽寡歡，斜月在門，遠風生水，秋聲從落葉中來，如
> 怨竹哀絲，助人淒測。秋以聲爲譜，吾且以秋爲譜，若賞音無人，
> 則歌與寒蟲古樹聽之。道光己亥八月秋槎居士記於今是園之梅月三
> 生室。〔註105〕

> 昔里居偶製秋聲譜傳奇，羽謬宮乖，未敢出門以問世。壬子冬在萊
> 陽，寄正於周文泉刺史；甲寅秋以事赴萊州，則文翁已付之手民矣。
> 紅牙拍板，愧柳七之諧聲，素手鳴箏，感周郎之顧曲爰書梗慨，聊
> 誌因緣。時咸豐甲寅重九秋槎嚴廷中再記。〔註106〕

可知其最早成書時間爲道光十九（己亥）年，然因自認其作「羽謬宮乖」，不
合音律，故未敢問世。直至壬子冬於萊陽示以周文泉，後又於甲寅秋示朱蔭
培（見上述引文），並於是年（咸豐四年）（1854）方付梓問世。

（三）《秋聲譜》內容概述

《秋聲譜》由《武則天風流案卷》、《沈媚娘秋愡情話》、《洛神殿無雙豔
福》三劇組成，思想上皆言紅顏色欲難斷，往往花開花落，心神跌宕。在內
容上，《武則天風流案卷》描寫武則天死後，上帝念其雖亂後宮，尚闇國政，
不輸唐朝半數君王，封爲如意妃子，專管一切女獄中之盪魂淫鬼，將諸情節
可矜之犯付入輪迴發落。又《沈媚娘秋愡情話》描寫揚州名妓沈媚娘，十五
歲時維揚戰火，隨母北避至山東居住。年華漸增，媚娘門前逐漸冷落，心生
感傷之事。又《洛神殿無雙豔福》共分爲〈囑試〉、〈諢場〉、〈盼榜〉、〈圓花〉
四齣。描寫來俊臣官居顯要，嚴刑酷法，官民皆懼。武后愛詞章，收羅才俊，
考取名士、才女各五十名，兩相婚配，使才子佳人皆成眷屬。來俊臣之子佈
德及傅游藝之女葉娘，皆以銀兩賄賂，遭揭發判罰。試後，太平公主將眾士
子、才女依次第婚配，花冠芳爲公主收爲義女，一同見駕謝恩。

〔註104〕嚴廷中：《秋聲譜》（收錄於鄭振鐸《清人雜劇初集》），第一頁上，頁319。
〔註105〕嚴廷中：《秋聲譜》，第三頁上，頁322。
〔註106〕嚴廷中：《秋聲譜》，第四頁上，頁322。

十三、梁廷枏《小四夢》

（一）梁廷枏生平（1796～1861年）

關於梁廷枏之生平，可見於《清史列傳》卷七三：

> 梁廷枏，字章冉，廣東順德人。副貢生，官澄海縣訓導，其先人好聚圖籍。廷枏髫齡而孤，性穎悟。成童時，即盡讀父書，下筆有其氣。稍長，益肆力於學，爲總督阮元所器重。……著《南漢書》十八卷、《考異》十八卷、《文字》四卷……林則徐自兩湖移節來粵，耳其名，下車拜訪，詢以籌防、守戰事宜，廷枏爲規劃形勢，繪海防圖以進……襄辦團練。咸豐元年，以薦，賞內閣中書，加侍讀銜。十一年卒，年六十六。他著有《南越五主傳》三卷、《夷氛紀聞》五卷、《論語古解》十卷、《書餘》一卷、《東坡事類》二十二卷、《金石稱例》四卷、《續》一卷、《碑文摘奇》一卷、《蘭亭考》二卷、《藤花亭書畫跋》四卷、《鏡譜》八卷、《藤花亭文集》十四卷、《詩集》四卷、《東行日記》一卷、《澄海訓士錄》四卷。兼通音律……又有《曲話》五卷、《江南春詞補傳》。〔註107〕

又《古典戲曲存目彙考》：

> 字章冉，號藤花主人，又號鞞紅醉客，廣東順德人。……〔註108〕

透過文獻資料可知梁廷枏，字章冉，號藤花亭主人，廣東順德人。副貢生，官澄海縣訓導、內閣中書，加侍讀銜。好讀書，年少有成。爲總督阮元及林則徐所器重，襄辦團練。咸豐十一年卒，享年六十六。梁氏一生著作頗豐，包含《南漢書》十八卷、《考異》十八卷、《文字》四卷、《南越五主傳》三卷、《夷氛紀聞》五卷、《論語古解》十卷、《書餘》一卷、《東坡事類》二十二卷、《金石稱例》四卷、《續》一卷、《碑文摘奇》一卷、《蘭亭考》二卷、《藤花亭書畫跋》四卷、《鏡譜》八卷、《藤花亭文集》十四卷、《詩集》四卷、《東行日記》一卷、《澄海訓士錄》四卷、《曲話》五卷及《江南春詞補傳》一卷。

（二）《小四夢》成書時間

關於《小四夢》成書時間，可見於龔沅序末題「時道光甲申四年展重九前一日　武陵芷舫愚弟龔沅拜言於端州官閣之小琅玕广」。故知其成書時間爲

〔註107〕王鍾翰輯：《清史列傳》，頁6049、6050。
〔註108〕莊一拂：《古典戲曲存目彙考》，頁767。

道光四年（1824）九月。

（三）《小四夢》內容概述

　　《小四夢》由《圓香夢》、《斷緣夢》、《江梅夢》、《曇華夢》四劇組成。皆言才子佳人之情事。其中《圓香夢》，於《今樂考證》著錄，描寫李含煙、莊才子之情愛事。又《斷緣夢》描寫高仰、陶氏之愛情事。《江梅夢》本事出於《唐書》及曹鄴《梅妃傳》，於《今樂考證》著錄，描寫唐梅妃之生平事。《曇華夢》描寫毛西河、曼殊之情愛事。其中《圓香夢》、《江梅夢》、《曇華夢》三劇皆有所本，顯然為「借他人酒杯，澆胸中之塊壘」，而《斷緣夢》一劇，則無所據，內容怪誕離奇，實為自我感懷之作。

十四、徐爔《寫心雜劇》

（一）徐爔生平（1732～1807年）

　　《寫心雜劇》劇前有「楓江種緣子填」；又〈遊湖〉一齣前有「吳江種緣子撰」，劇中徐爔以自我為主人翁，開場便自報家門言：

　　　　我姓徐字榆村，自號種緣子，本貫楓江人氏，年長五十，父母俱已
　　　　安葬，四子皆可自立。〔註109〕

又《古典戲曲存目匯考》：

　　　　字鼎和，號榆村，江蘇吳江人。名醫徐靈胎之子。……〔註110〕

可知徐爔，字榆村、鼎和，號種緣子，吳江人，父為名醫徐靈胎，育有四子，著《寫心雜劇》。

（二）《寫心雜劇》成書時間

　　關於《寫心雜劇》之成書時間，可見作者自序：

　　　　乾隆五十四年歲次己酉六月二日，種緣子徐爔書於楓江之夢生草
　　　　堂。〔註111〕

據上文可確知其成書時間為乾隆五十四年（1789）六月二日。

（三）《寫心雜劇》內容概述

　　由《遊湖》、《述夢》、《游梅遇仙》、《癡祝》、《青樓濟困》、《哭弟》、《湖

〔註109〕徐爔：《寫心雜劇》（收錄於《中國古代雜劇文獻輯錄》第九輯），第一頁上～下（北京：全國圖書館文獻縮微複製中心，2006年5月）。

〔註110〕莊一拂：《古典戲曲存目匯考》，頁759。

〔註111〕徐爔：《寫心雜劇》，第三頁上。

山小隱》、《悼花》、《酬魂》、《醒鏡》、《祭牙》、《月下談禪》、《風談》、《覓地》、《求財卦》、《人山》等十六劇組成（另有十八劇本，無《覓地》、《求財卦》，增《問卜》、《原情》、《壽言》、《覆墓》四折），於《今樂考證》著錄。內容似小品文，係為作者之日常生活瑣事。一如其於自序中言：「《寫心劇》者，原以寫我心也。心有所觸，則有所感。有所感則必有所言。言之不足，則手之舞之，足之蹈之而不能自已者，此序劇之所由作也。〔註112〕」其內容似小品文，皆為作者生活中與小妾們的生活點滴、外出行醫、悼念親人、歸隱談禪……等各種生活寫照。

　　而《寫心》內容全為徐爔平日生活中之所感所發，使讀者可透過作品了解其為人、交友、思想。其最主要特色在於作者以自身之名入劇，然其文采平平，並非佳作；其中虛實交錯，為徐氏較為特殊的敘事手法，他在《寫心》劇中，部分描寫完全合乎其日常生活行事，如：《遊湖》、《醒鏡》、《青樓濟困》、《哭弟》、《祭牙》、《月夜談禪》、《覆墓》諸劇，描寫其與小妾日常生活之事以及救助好友王蘭生皆是寫實，而當中有兩劇分別弔念小弟與妻錢氏，更是以實作實，情感真摯。然而除此之外，他在許多劇中之描寫，看似寫實，卻又往往雜入神道或亡人，令人難辨虛實，如：《游梅遇仙》之遇鐵拐李；《癡祝》之向呂純陽借錢；《蝨談》之蝨鬼尋仇；《酬魂》之病魂索命……等等，當中有些內容與徐氏生平相符，但雜入虛幻人物後，便令人摸不著虛實了。但無論是以虛作實或是以實作虛，當中皆反映著徐氏所欲表達之旨趣、思想及期盼。

十五、桂馥《後四聲猿》

（一）桂馥生平（1736～1805 年）

　　關於桂馥之生平，可見於《清史稿・列傳二百六十八・儒林二》卷四八一：

> 桂馥，字冬卉，曲阜人。乾隆五十五年進士，選雲南永平縣知縣，卒於官。馥博涉群書，尤潛心小學，精通聲義。……四十年間，日取許氏說文與諸經之義相疏證，為說文義證五十卷。力窮根柢，為一生精力所在。……著有晚學集十二卷。〔註113〕

〔註112〕徐爔：《寫心雜劇》，第一頁下。
〔註113〕趙爾巽等：《清史稿》，第 43 冊，頁 13230、13231。

《清史列傳》卷六九

> 桂馥，字冬卉，山東曲阜人。乾隆五十五年進士，選雲南永平知縣，
> 居官多善政，嘉慶十年，卒於任，年七十。……〔註114〕

《國朝先正事略》卷三六〈經學〉：

> 未谷名馥，字冬卉，曲阜人，於書無不窺，尤邃於金石六書之學。
> 少以優行貢成均，交翁覃溪學士，詣益進，又與濟南周書昌友，誘
> 接後進甚篤。乾隆五十五年進士，知永平縣卒官，年七十。……爲
> 說文義證五十卷，……著禮樸十卷、繆篆分韻五卷、晚學集八卷、
> 詩集四卷。〔註115〕

綜合上述文獻資料可知，桂馥，字冬卉，曲阜人。乾隆五十五年進士，任雲南永平縣知縣，嘉慶十年，卒於任內，享年七十。長於金石六書之學，著《說文義證》五十卷；另著有《禮樸》十卷、《繆篆分韻》五卷、《晚學集》八卷、《詩集》四卷。

（二）《後四聲猿》成書時間

關於《後四聲猿》成書時間，可見於書前「道光己酉四月　味塵軒聚珍板」，又〈後四聲猿跋〉中言：

> 己酉春晝讀法葦山人所著，偶憶編知桂未谷先生有後四聲猿抄本，
> 山人藏而待梓，題有翠翹已死，青藤老恨，海茫茫，又四聲之句，
> 心竊異之。〔註116〕

可知其完稿時間爲道光二十九年（1849）春以前，而付梓成書時間爲道光二十九年四月。

（三）《後四聲猿》內容概述

《後四聲猿》著錄於《今樂考證》。由《放楊枝》、《題園壁》、《謁府帥》、《投溷中》四劇組成，皆爲感時傷懷之作，且各劇前皆有小引及由歷。其中《放楊枝》描寫白樂天，年老疾病纏身。遂決意放樊素離去，再尋終身，同時替駱馬另尋主人。不料人與馬皆不捨離去，待樊素去後，白居易思及不勝

〔註114〕王鍾翰輯：《清史列傳》，頁5562。

〔註115〕清李元度：《國朝先正事略》（收錄於《清代傳記叢刊‧綜錄類》），第一頁上，（臺北：明文書局，1985年）。

〔註116〕桂馥：《後四聲猿》，（收錄於《傅惜華藏古典戲曲珍本叢刊》53冊），第二頁上（北京市：學苑出版社，2010年）。

唏噓。《題園壁》本事見《癸辛雜識》及《堯山堂外紀》，描寫陸放翁娶妻唐氏，失歡於姑，遂遣返歸家。趙士程續婚唐氏，某日至沈氏小園遊春，見陸遊於壁上題釵頭鳳詞，令唐氏悲懷。《謁府帥》描寫蘇東坡居鳳翔判官，適逢月初須前往謁府帥，然眾官得見，東坡卻被拒門外，心感氣悶，遂攜酒及筆硯往東湖一帶遊賞，酒醉後信筆題詩，表達內心不滿之情。《投溷中》描寫玉帝新修白玉樓，招見李賀逢作白玉樓記，黃生忌妒李賀之才及其對己之侮慢懷恨在心，將其詩稿投於溷中，玉帝得知大為憤怒，命閻羅嚴審，將其剖腦、挖眼、剁心肝，打入阿鼻地獄，以戒世上妒忌之人。又據《後四聲猿‧序》中可知，

> 徐青藤以不世才，侘際不偶，作四聲猿雜劇寓哀聲也。……巫山三
> 峽巫峽長，猿啼三聲淚沾裳，況四聲耶！況又後四聲耶！〔註117〕

此部劇作顯然是承接著仿徐氏《四聲猿》的創作風格而來，單從劇名便可知其必是依循著徐渭《四聲猿》及張韜《續四聲猿》的影子而作，同時也是此時期藝術性最高的劇作。

十六、《破愁四劇》

今亡佚。可見於焦苟《劇說》載：「謨觴閣《破愁》四劇，周元公作，謂酒、色、財、氣也。沈湎者，酒化血；宣淫者，女化骷髏；慳悋者，銀化紙錠；健訟、行賄者，囚化木：事可解頤，詞頗醒世。〔註118〕」知其主題與《四大痴》、《四奇觀》一致，皆依序言酒、色、財、氣，同時頗具醒世功能。

十七、《四愁吟》

今未見。僅知其由《弔湘》、《送窮》、《絕交》、《論錢》四劇組成。皆為歷史人物故事。依序為賈誼、韓愈、劉孝、魯褒。

第四節　清末組劇之作家作品

此時期的作品則是以道光二十年，鴉片戰爭（1840）後至清朝覆亡為止，而自鴉片戰爭以來，列強割據，西學東漸，對於當時知識分子而言，無論是

〔註117〕桂馥：《後四聲猿》（收錄於鄭振鐸《清人雜劇初集》），第一頁上～下。
〔註118〕焦苟：《劇說》（上海：古典文學出版社，1957年），頁124。

國勢或是思想無疑都是一大衝擊，是爲大變革時代。而據左鵬軍《晚清民國傳奇雜劇文獻與史實研究》中言：

> 第一階段（1840～1901）是古代傳奇雜劇的終結和晚清民國傳奇雜
> 劇的起步時期。這一時期仍處於乾隆年間出現的戲曲高潮的餘波之
> 中，傳奇雜劇無論是內容還是形式，仍以繼承元明兩代和清中葉以
> 前取得的突出成就爲主，表現出新舊交替、漸變發展的基本特徵。
> 特別值得注意的是，此時期傳奇雜劇的某些方面已經出現了以變革
> 傳統爲主要特徵的作家和作品，代表了傳奇雜劇進入晚清以後出現
> 的新態勢。這一時期的傳奇雜劇，一方面仍在傳統的慣性作用下衍
> 化持續，成爲康熙、乾隆時期出現的戲曲高潮的餘波，也是古代傳
> 奇雜劇的終結；另一方面，它的某些方面已經發生了一些深刻的變
> 化，透露出後來戲曲發展的某些趨勢，成爲晚清民國傳奇雜劇史的
> 開端。〔註119〕

透過上文，我們不難看出清末劇壇所處位置正是傳統與革新的接縫處，爲康熙、乾隆時期出現的戲曲高潮的餘波，也是古代傳奇雜劇的終結，體制上逐漸脫離傳統戲曲規範；內容上從歷史、情愛轉爲呈述現實；思想上更是西學東進，故新舊之間相互推移，成爲此時期劇壇的主要特色。其主要作品有醉筠外史《味蘭簃傳奇》、李慈銘《桃花聖解盦樂府》、許善長《靈媧石》、俞樾《二奇合傳》。而上述四種劇作內容分述如下：

一、李慈銘《桃花聖解盦樂府》

（一）李慈銘生平（1830～1895 年）

關於李慈銘之生平，可見於《清史稿》列傳二七三，卷四八六，〈文苑三〉：

> 李慈銘，字愛伯，會稽人。諸生，入貲爲戶部郎中。至都，即以詩
> 文名於時。大學士周祖培、尚書潘祖廕引爲上客。光緒六年，成進
> 士，歸本班，改御史。時朝政日非，慈銘遇事建言，請臨雍，請整
> 頓台綱。大臣則糾孫毓汶、孫楫，疆臣則糾德馨、沈秉成、裕寬，
> 數上疏，均不報。慈銘鬱鬱而卒，年六十六。知慈銘慈銘爲文沉博

〔註119〕左鵬軍：《晚清民國傳奇雜劇文獻與史實研究》，北京：人民文學出版社，2011
年3月，頁8、9。

絕麗，詩尤工，自成一家。性狷介，又口多雌黃。服其學者好之，
憎其口者惡之。日有課記，每讀一書，必求其所蓄之深淺，致力之
先後，而評騭之，務得其當，後進翕然大服。著有《越縵堂文集》
十卷，《白華絳跗閣詩》十卷、詞二卷，又日記數十冊。弟子著錄數
百人，同邑陶方琦為最。〔註120〕

又《古典戲曲存目匯考》：

字愛伯，號蓴客。浙江會稽人。……甲午敗問至，感憤而卒。〔註121〕

透過上述文獻資料可知，李慈銘，字愛伯，號蓴客，會稽人。光緒六年進士，
任御史。多次建言上皆未報，甲午戰後，鬱鬱而卒，享年六十六。著有《越
縵堂文集》十卷，《白華絳跗閣詩》十卷、詞二卷、日記數十冊。

（二）《桃花聖解盦樂府》成書時間

關於《桃花聖解盦樂府》之成書時間，可據《桃花聖解盦樂府外集》中
所云：

庚申初秋，閒居京師，風雨積晦，賓客不來，當門草長，沒砌苔跡，
日與東鷗主人分據敗榻……因讀稍倦，則分題做樂府雜劇。〔註122〕

透過上述引文可知此劇之成書時間為咸豐十年（1860 年）。

（三）《桃花聖解盦樂府》內容概述

《桃花聖解盦樂府》由《舟觀》、《秋夢》二劇組成，皆描寫男女情愛之
事，並強調情、理之間需相抗衡，勿過濫情浮誇。其中《舟觀》描寫施弄珠
為鄰人仇壬妄搆事端而與茲純終止婚約，嫁與黃姓牙郎，後又陷身樂籍。直
至茲純到任觀察使，方懲處仇壬，替施氏脫去樂籍，再續前緣。《秋夢》描寫
莫嶠與嬰娘之情愛事。

其中《舟觀》情節源於唐傳奇小說《支生傳》，為一補恨劇。而《秋夢》
一劇則是作者借古喻己之作，一如漚公於後跋中言作者編寫《秋夢》之主旨、
思想為：

至人無夢，忘情也。愚人無夢，不及情也。安豐有言，情之所鍾，
正在我輩。情也者，其夢之帥乎！越縵生幼痼於情者十餘年，已而

〔註120〕趙爾巽等：《清史稿》，第 44 冊，頁 13440、13441。
〔註121〕莊一拂：《古典戲曲存目匯考》，頁 792、793。
〔註122〕李慈銘：《桃花聖解盦樂府》（收錄於《傳惜華藏古典戲曲珍本叢刊》104 冊），
　　　　　第一頁上（北京市：學苑出版社，2010 年）。

悔之。近方研經學道，痛自砥治，絕口不言情。〔註123〕

引文中表達作者越縵生長久沉於情中達十餘年，無所作爲，近日方自悔，並著手研究經學之道，不再言情，故劇作中之莫嶠顯然爲作者李慈銘之自影。

二、許善長《靈媧石》

（一）許善長生平（1823～1891年）

關於許善長之生平，可見於自敘末署「光緒癸未秋七月玉泉樵子自敘於碧聲吟館」。又《同治湖州府志》卷十五：

> 許善長，字季仁，仁和籍。〔註124〕

又《同治續纂江寧府志》卷十四：

> 許善長妻李氏。〔註125〕

又《古典戲曲存目彙考》：

> 字季仁，號玉泉樵子，又署西湖長，浙江仁和人。原籍德清。……
> 所著《碧聲吟館叢書》，除傳奇六種和散曲外，尚有《譚麈》四卷，
> 多載薇垣掌故。〔註126〕

可知許善長，字季仁，號玉泉樵子，又署西湖長，仁和人，原籍德清。有妻李氏。主要活動於光緒年間前後。著有《碧聲吟館叢書》及《譚麈》四卷。

（二）《靈媧石》成書時間

關於《靈媧石》成書時間，可見於書前載「光緒十一年三月　碧聲吟館開雕」。又憨寮主人於書前序末署「癸未（1883）九月」。又作者自敘末署「光緒癸未秋七月玉泉樵子自敘於碧聲吟館」。綜上所述，筆者推論《靈媧石》定稿時間最早應爲光緒九年（1883）七月，而成書時間爲光緒十一年（1885）三月。

（三）《靈媧石》內容概述

《靈媧石》由《伯瀛持刀》、《忠妾覆酒》、《無鹽捫膝》、《齊婧投身》、《莊

〔註123〕李慈銘：《桃花聖解盦樂府》，第六頁下、第七頁上。
〔註124〕（清）宗源瀚修、周學濬纂：《同治湖州府志》，卷十五，第八頁下（北京市：北京愛如生數字化技術研究中心，2011年）。
〔註125〕（清）蔣啓勳修、汪士鐸纂：《同治續纂江寧府志》，卷十四（北京市：北京愛如生數字化技術研究中心，2011年）。
〔註126〕莊一拂：《古典戲曲存目彙考》，頁1457。

姪伏幟》、《奚妻鼓琴》、《徐吾會燭》、《魏負上書》、《聶姐哭弟》、《繁女救夫》、《西子捧心》、《鄭褒教鼻》十二劇組成。依序描寫楚平王妻伯瀛、魏人主夫妻之侍兒、齊國無顏之女鍾離春、齊國女子齊婧、楚女莊姪、百里奚之妻、徐吾、魏國大夫之母魏負、聶縈、造弓者之妻、西施、鄭褒十二人。其內容如憨寮序中言：

> 夫中兩殊稟，畢詫合誼，慨妾婦之有道，識巾幗之當遺，妙察所均，閨態非病，矧河間軼事，僅憶談娘豫章僑人，熟聞子夜老婢之聲，可作女郎之詩自傳。〔註127〕

又〈題詞〉中言：

> 偪風愁雨碧空破，補天不牢石飛墮，墮地化為形影神，妍者媸者態畢真，為忠為孝為節操，衣冠罕此巾幗倫，詞人亦具造化手，甄陶松煙入韭臼，故是坡老操銅琶，肯逐耆卿歌楊柳，米顛拜石石不樂，先生寫石石能活，乾坤撐拄完堅貞，不是人間搏土人。〔註128〕

又《古典戲曲存目匯考》：

> 取列國名姝之可記者分譜之。劇中以十二故事排偶出之，如《伯瀛持刀》對《忠妾覆酒》、《無鹽捫膝》對《齊婧投身》、《莊姪伏幟》對《奚妻鼓琴》、《徐吾會燭》對《魏負上書》、《聶姐哭弟》對《繁女救夫》、《西子捧心》對《鄭褒教鼻》。與秀水張雍敬《十二奇蹤記》傳奇體裁相同，類似單齣短劇。〔註129〕

故從上述引文中可知《靈媧石》十劇，當中皆言列國名姝中之為忠為孝為貞潔之十女子，巾幗不讓鬚眉之事，且採河間軼事，旨欲勸善懲惡。並將以十二故事以排偶方式兩兩呈現。而《西子捧心》、《鄭褒教鼻》二劇當中西施、鄭褒雖未為忠孝貞潔之輩，然仍列《靈媧石》劇集當中，其因可見於《繁女救夫》劇後作者補序：

> 余初製此編與憨寮擬議，擇可譜者譜之，勸懲兼寓，原無成心，非一律彰美德也。乃憨寮命名曰女師篇，出示同人，或曰十二人者，不類如伯瀛等十人皆可為師，而西子為亡國之孽，鄭褒為工妒之尤，

〔註127〕許善長：《靈媧石》（收錄於《傅惜華藏古典戲曲珍本叢刊》102 冊），第一頁上（北京市：學苑出版社，2010 年），頁 3。

〔註128〕許善長：《靈媧石》，第二頁上下。

〔註129〕莊一拂：《古典戲曲存目匯考》，頁 1459。

豈足並列。余因更名曰《靈媧石》，似於本意無傷矣，或仍以為不必
然欲刪去此二齣，余不忍割愛，遂附於篇末，亦三百篇正變並存之
意云爾。〔註130〕

就上文所述，《西子捧心》、《鄭褎教鼻》二劇內容確實非忠孝節義。且《靈媧
石》劇本名為《女師篇》，即因此二篇當中西施為亡國之孽，鄭褎為工妒之尤，
不應與劇中十位貞節烈女並列，然作者又難捨其作，故更名之。各篇內容大
抵如下：

《伯瀛持刀》言吳王闔閭與楚軍大戰，吳軍勇猛，勢不可擋，楚軍退敗，
遂前往秦國乞援。吳軍攻進楚宮，楚平王妻伯瀛持刀以死明志，不受不忠不
貞二辱，遂保全後宮。《忠妾覆酒》言魏人主夫之妻巫氏與姘夫共商計謀備
毒酒將丈夫殺害未遂而亡。主夫感念侍兒救主之心，欲將其納為妻，侍兒以
逆理拒之，並欲以死報主母，遂以厚幣嫁之，以全其名。《無鹽拊膝》言齊
國無顏之女鍾離春，外貌醜陋，年四十仍無所容於鄉里，卻能於殿上拊膝侃
侃而談，綜論家國得失，令大王欽服，將其迎入宮中立為后。《齊婧投身》
言齊國女子齊婧，因父醉酒，誤傷槐樹，性命不保。只得棄貞節，投身晏嬰
府中，引古鑑今，替父求情，終救回齊父，免其死罪。《莊姪伏幟》言莊姪
年方十歲，聽聞楚王南遊，便執幟伏於嚴谷之下靜待時機，果得楚王接見，
侃侃而論家國危難，諫王勿沉逸樂，楚王聞其言後，攜莊姪於後，率眾歸朝。
《奚妻鼓琴》言百里奚之妻泣夫投效秦國，一去數年，毫無音訊，後得知百
里奚已貴為相國，便至相國府中為澣婦，後二人相見，情意未減。《徐吾會
燭》言徐吾居東海，家貧。鄰家李吾，家道充盈，紡織之人時時至其家中點
燭夜紡，然徐吾常常燭數不屬，令李吾心生不滿便出言驅之。徐吾便言李氏
無憐憫之心，不願施恩於己。眾人聽聞遂順徐女之意，邀其隔日晚間再聚。
《魏負上書》言魏氏得知秦王將子之王妃納為己用，言其無德，於是前往秦
國面諫秦王，告知其人倫治國之道。秦王聞其言，甚感羞愧，於是改令王妃
仍舊與太子完婚，並重賞魏負。《聶姐哭弟》言聶縈弟聶政勇敢豪俠，刺殺
韓相遭，旋即皮面屠腸自盡，聶縈自忖勿使弟之事蹟就此湮沒，便前往哭喪，
報其名姓，並於屍前自刎而亡。《繁女救夫》言晉國造弓者之妻勇謀救夫之
事。《西子捧心》言西施捧心，東施效顰之事。《鄭褎教鼻》言楚國夫人鄭褎，
陷害魏美人，使之遭處劓刑之事。上述之劇大抵皆言女子巾幗之事。

────────

〔註130〕許善長：《靈媧石》，第五十一頁上。

三、醉筠外史《味蘭簃傳奇》

（一）醉筠外史生平（1845～1900 年）

　　關於醉筠外史之生卒年皆未見他書載錄，然黃義樞於〈《味蘭簃傳奇》作者考辨〉〔註131〕當中，透過《金粟山房詩鈔》中〈題槐廬生烈女記院本〉一詩中之小注：「龍松琴同年撰，記彭溪江烈女事」及〈題龍松琴同年繼棟鬧紅一舸詞〉一詩，推斷醉筠外史應為「龍繼棟」。同時再根據袁昶《致龍松琴書》中，他曾寫給繼棟關於其閱讀其作品《烈女記》傳奇感想的書信，可以確知《味蘭簃傳奇》的作者本名為「龍繼棟」（1845～1900），字松琴，號槐廬，廣西臨桂（今桂林）人，同治元年舉人，曾任戶部主事，著有《槐廬詞學》一卷及《味蘭簃傳奇》。

（二）《味蘭簃傳奇》成書時間

　　關於《味蘭簃傳奇》之成書時間，可見《烈女記傳奇》、《俠女記傳奇》前均有「同治刻本」字樣。又《烈女記傳奇》中，作者自序題為「同治十年仲冬月既望　醉筠外史撰」；後又有白記，題為「辛未十二月自記」。又《俠女記傳奇》中，作者自序題為「同治辛未十一月望夜序」。綜上資料，可知《味蘭簃傳奇》之成書時間為同治十年（1871）多月。

（三）《味蘭簃傳奇》內容概述

　　《味蘭簃傳奇》由《烈女記傳奇》、《俠女記傳奇》二劇組成。其中《烈女記傳奇》共分為〈續嘆〉、〈貸金〉、〈瀟遇〉、〈姻阻〉、〈圖歡〉、〈宵逸〉、〈續餌〉、〈繯樓〉八齣。描寫江大姊遭父母及婆家陷害，無奈之餘，只得以麻線自縊，保全節操。《俠女記傳奇》共分為〈南游〉、〈寒姻〉、〈巧邁〉、〈俠贐〉、〈後餞〉、〈拒冰〉、〈謀賺〉、〈訪虛〉、〈媒風〉、〈巧圓〉、〈晝錦〉、〈乞養〉十二齣。描寫陳鸞與名妓杜小紅之情愛事。上述二劇皆言女子之俠烈事蹟。

四、俞樾《二奇合傳》

（一）俞樾生平（1821～1906 年）

　　關於俞樾之生平，可見於《清史稿》卷四八二，列傳二百五十九，〈儒林三〉：

〔註131〕黃義樞：〈《味蘭簃傳奇》作者考辨〉，《戲曲研究》，第 1 期，2010 年，頁 372～378。

俞樾，字廕甫，德清人。道光三十年進士，改庶起士。咸豐二年，散館授編修。五年，簡放河南學政，奏請以鄭公孫僑從祀文廟，聖兄孟皮配享崇德祠，並邀俞允。七年，以御史曹登庸劾試題割裂罷職。樾歸後，僑居蘇州，主講蘇州紫陽、上海求志各書院，而主杭州詁經精舍三十餘年，最久。……樾總辦浙江書局，建議江、浙、揚、鄂四書局分刻二十四史，又於浙局精刻子書二十二種，海內稱爲善本。生平生平專意著述，先後著書，卷帙繁富，而群經平議、諸子平議、古書疑義舉例三書，尤能確守家法，有功經籍。……樾湛樾湛深經學，律己尤嚴，篤天性，尚廉直，布衣蔬食，海內翕然稱曲園先生。光緒二十八年，以鄉舉重逢，詔復原官，重赴鹿鳴筵宴。三十二年，卒，年八十有六。著有《群經平議》三十五卷，《諸子平議》三十五卷及《第一樓叢書》、《曲園雜纂》、《俞樓雜纂》、《賓萌集》，《春在堂雜文》、《詩編》、《詞錄》、《隨筆》、《右台仙館筆記》、《茶香室叢鈔》、《經說》，其餘雜著，稱《春在堂全書》。〔註132〕

又章炳麟《俞先生傳》：

俞先生，諱樾，字蔭甫，浙江德清人也。清道光三十年，成進士，改庶吉士。既授編修，提督河南學政，革職。既免官，年三十八，始讀高郵王氏書。自是說經依王氏律令。五歲，成《羣經平議》，以（業刂）述聞，又規《雜志》，作《諸子平議》，最後作《古書疑義舉例》。治群經，不如述聞諦，諸子乃與《雜志》抗衡。及爲《古書疑義舉例》……所著書，自《羣經平議》、《經說》而下，有《易說》、《易窮通變化論》、《周易互體徵》、《卦氣直日考》、《卦氣續考》、《書說》、《生霸死霸考》、《九族考》、《詩說》、《荀子詩說》、《詩名物證古》、《讀韓詩外傳》、《士昏禮對席圖》、《禮記鄭讀考》、《禮記異文箋》、《鄭康成駁正三禮考》、《玉佩考》、《左傳古本分年考》、《春秋歲星考》、《七十二候考》、《論語鄭義考》、《何邵公論語義》、《續論語駢枝》、《兒笘錄》、《讀漢碑》。自《諸子平議》而下，有《讀書餘錄》、《讀山海經》、《讀吳越春秋》、《讀越絕書》、《孟子高氏學》、《讀文子》、《讀公孫龍子》、《讀鹽鐵論》、《讀潛夫論》、《讀論衡》、

《讀中論》、《讀抱朴子》、《讀文中子》、《讀楚辭》，如別錄。其他
筆語甚眾，然非其至也。年八十六。清光緒三十三年卒。〔註133〕

　　透過上述兩段文獻資料可知，俞樾，字蔭甫，德清人。道光三十年進士。
咸豐二年，散館授編修；咸豐五年，簡放河南學政；咸豐七年，以御史曹登
庸劾試題割裂罷職。歸後，主講蘇州紫陽、上海求志各書院。後總辦浙江書
局，建議江、浙、揚、鄂四書局分刻二十四史，又於浙局精刻子書二十二種。
清光緒三十三年卒，享年八十六。生平生平專意著述，其著作量相當豐厚，
包含《羣經平議》、《雜志》、《諸子平議》、《古書疑義舉例》、《經說》、《第一
樓叢書》、《曲園雜纂》、《俞樓雜纂》、《賓萌集》,《春在堂雜文》、《春在堂詩
編》、《春在堂詞錄》、《春在堂隨筆》、《右台仙館筆記》、《茶香室叢鈔》、《易
說》、《易窮通變化論》、《周易互體徵》、《卦氣直日考》、《卦氣續考》、《書說》、
《生霸死霸考》、《九族考》、《詩說》、《荀子詩說》、《詩名物證古》、《讀韓詩
外傳》、《士昏禮對席圖》、《禮記鄭讀考》、《禮記異文箋》、《鄭康成駁正三禮
考》、《玉佩考》、《左傳古本分年考》、《春秋歲星考》、《七十二候考》、《論語
鄭義考》、《何邵公論語義》、《續論語駢枝》、《兒笘錄》、《讀漢碑》、《讀書餘
錄》、《讀山海經》、《讀吳越春秋》、《讀越絕書》、《孟子高氏學》、《讀文子》、
《讀公孫龍子》、《讀鹽鐵論》、《讀潛夫論》、《讀論衡》、《讀中論》、《讀抱朴
子》、《讀文中子》、《讀楚辭》……等，而其餘相關資料，另又可見於徐澂《俞
曲園先生年譜》〔註134〕。

（二）《二奇合傳》成書時間

　　關於《二奇合傳》之成書時間不詳，僅可確定爲清末時期。

（三）《二奇合傳》內容概述

　　俞樾乃清末之經學大家，長於考據之學，故其於《驪山傳》及《梓潼傳》
兩劇中展現所長，考察驪山老母及梓潼文昌祠之由來，點明世人訛傳之誤。
其中《驪山傳》分爲〈周廷遣使〉、〈驪山命將〉、〈四將成功〉、〈外邦貢獻〉、
〈西王建號〉、〈西域巡游〉、〈天使下迎〉、〈周王功宴〉八齣，內容描寫驪山
女助周文王一統天下，巾幗不讓鬚眉，功不可沒，將此傳爲奇文，以留後世。

〔註133〕章炳麟：《俞先生傳》（收錄於《章太炎全集》）（上海：上海人民出版社，2014
　　　年），頁217、218。
〔註134〕徐澂：《俞曲園先生年譜》（收錄於《民國叢書》第三編），上海：上海書店，
　　　1940年。

《梓潼傳》分爲〈生辰聞變〉、〈仗義拒新〉、〈却幣公孫〉、〈奉表漢室〉、〈春田勸耕〉、〈學宮講藝〉、〈百齡大會〉、〈遺祠閒話〉八齣，本事出於高朕《禮殿記》，內容描寫漢朝梓潼文君，非文昌帝君，其生時堅持不仕王莽僞朝，漢室興復後，官拜鎮遠將軍，福澤百姓，自農耕至講學，後人設文君祠祭拜，俞氏以此作文傳之。故二劇之共同特色爲充滿了考據精神。

第五節　清代組劇之版本

關於清代組劇之版本收錄，筆者就目前所見收錄有四十三部總集，另外尚收有民國初年組劇三部。蒐羅範圍主要以《傅惜華藏古典戲曲珍本叢刊》、《雜劇新編》、《清人雜劇初集》、《清人雜劇二集》、《四庫全書存目叢書》、《北京大學圖書館藏程硯秋玉霜簃戲曲珍本叢刊》及各圖書館所藏之善本爲主。以下爲清代（含民國）各組劇之版本概況：

◎按：此處各組劇版本以收錄刻本爲主，排印本皆不列入，唯顧佛影《四聲雷雜劇》一劇無刻本，故收錄排印本。

一、鄭瑜《郢中四雪》

1、康熙刻本

共三十三卷，收錄於卷十六至十九，四卷當中，上有眉批〔註135〕。本爲清宮舊藏；現藏於哈佛大學燕京圖書館（劇前標有「哈佛大學漢和圖書館珍藏印」）。收錄於哈佛燕京圖書館藏齊如山小說戲曲文獻彙刊（第48、49冊）、鄒式金輯《雜劇新編》。

2、民國三十年武進董氏誦芬室刊《雜劇新編》本

題名爲《雜劇三集》，三十四卷。

二、嵇永仁《續離騷》

1、清康熙間葭秋堂刊本

版式：9行19字，左右雙欄，上下黑口，黑單魚尾。一冊，四卷。前有

〔註135〕哈佛大學哈佛燕京圖書館藏本於版框上欄有後代收藏者手寫眉批處爲：

《鸚鵡洲》：第一頁上、第十九頁上。

《汨羅江》：第一頁上。

《黃鶴樓》：第一頁下、第五頁下、第六頁上、第七頁上下、第八頁上。

抱犢山農塡詞；後有書續離騷後。收錄於鄭振鐸輯《清人雜劇初集》。

2、清同治元年（1862）長沙重刊本

版式：10 行 25 字小字雙行同白口左右雙邊單魚尾。收錄於《烏石山房文庫・抱犢山房集》當中

3、清末民初鉛印本

版式：13 行 30 字黑口四周雙邊單魚尾。

三、葉承宗《四嘯》

1、順治友聲堂原刻本

上欄有灤陽季子眉批〔註136〕。收錄於《清人雜劇二集》。

2、民國二十五年金陵盧氏刊本

收錄於《飲虹簃所刻曲》中之《灤函》樂府。《曲學叢書》第二集（第四、五冊）。《四庫全書未收書輯刊》第七輯（第 21 冊）。

以上版本皆僅存《十三娘笑擲神姦首》。

四、葉承宗《後四嘯》

亡佚。

五、尤侗《西堂樂府》

1、金閶聚秀堂刊本（《西堂樂府六種》）

康熙乙巳年刻本。前有「吳偉業序」、「自序」、「康熙乙巳程村序」、「乙酉尤侗原序」、「曹爾堪序」。原爲清宮舊藏，現藏柏克萊加州大學東亞圖書館。收錄於《續修四庫全書》。

2、清康熙五年丙午刊本（《西堂樂府五種》）

2 冊。書後有鄭振鐸跋文。本書原爲臺北帝國大學舊藏，有鈐印兩枚，扉頁有「讀曲齋珍藏印」。上欄有眉批〔註137〕。收錄於鄭振鐸輯《清人雜劇》

〔註136〕灤陽季子眉批處爲：

《十三娘笑擲神奸首》：第一頁上下、第二頁下、第三頁下、第五頁上、第六頁下、第七頁下、第八頁下、第九頁上。

〔註137〕清康熙五年丙午刊本上欄眉批爲：

《讀離騷》：第一頁下、第二頁上、第三頁上下、第四頁上下、第五頁上、第六頁上、第七頁下、第八頁上下、第九頁上下、第十頁下、第十一頁上下、第十二頁下、第十三頁上、第十四頁上下、第十五頁上、第十六頁上、第十

初集。

3、康熙二十五年刻本（《西堂樂府五種》）

七卷。前有「大興劉氏校經堂藏書印」。朱墨二色批語，分屬二人，朱批者署名學陶居士，於上冊卷前錄漁洋山人《題猶展成新樂府三首》，詩末有落款云「光緒丁亥菊芳節學陶居士題詞」。《鈞天樂》兩卷已佚，共分為上下兩冊，九行二十一字，眉欄處鑴有評語。原為大興劉銓福舊藏，後為寒齋所藏。收錄於《清代詩文集彙編》（第 65 冊）。

4、清康熙甲子刻本（《尤太史西堂全集》）

七卷。前有「松□堂伊東氏藏」、「天□珍藏」印。每半葉十行，行二十一字，四周單邊，白口，黑魚尾，上記集名，下記卷第，葉數。吳梅批註並跋。收錄於《四庫禁燬書叢刊・集部》（第 130 冊）。

5、清刻本

一冊。巾箱本。9 行 18 字白口左右雙邊單魚尾。

6、日本大正十一年手抄本

一冊。現藏於台大圖書館久保文庫。

六、裘璉《四韻事》

1、清康熙絳雲居刻本

前有「明翠湖亭卯韻事并言」、「四韻事序」、「南江笠叟序」。10 行 21 字，

七頁下、第十八頁上、第十九頁下。

《弔琵琶》：第一頁下、第二頁上、第三頁上下、第四頁下、第五頁上下、第六頁上下、第七頁上、第八頁上下、第九頁下、第十頁上下、第十一頁下、第十二頁上下、第十三頁上下、第十四頁上下、第十五頁下、第十六頁上、第十七頁上。

《桃花源》：第一頁上下、第二頁上下、第三頁上下、第四頁上、第五頁下、第六頁上下、第七頁上下、第八頁上下、第九頁下、第十頁下、第十一頁下、第十二頁上下、第十三頁下、第十四頁上下、第十五頁上下、第十六頁上下、第十七頁上下、第十八頁上、第十九頁上下、第二十頁下。

《黑白衛》：第二頁下、第三頁上下、第四頁上下、第五頁上、第六頁下、第七頁上下、第八頁上下、第九頁上下、第十頁上、第十一頁上下、第十二頁上下、第十三頁上下、第十四頁下、第十五頁上、第十六頁上下、第十七頁上下、第十八頁上、第十九頁上下。

《清平調》：第一頁上下、第二頁上下、第三頁上下、第四頁上下、第五頁下、第六頁上下、第七頁上下、第八頁上下。

白口，四周單邊。有鈐印二枚。上欄有眉批。收錄於《傅惜華藏古典戲曲珍本叢刊》（第 25 冊）。

2、清康熙刻本

一冊四卷。10 行 22 字，白口，四周單邊。有鈐印二枚，一爲「鄭振鐸」，一爲「西諦」。版心題「四韻事」。上欄有眉批〔註 138〕。收錄於鄭振鐸輯《清人雜劇》初集。

七、廖燕《柴舟別集》

清抄本

前有「同學諸公評定」、「北京圖書館藏」印。上欄有眉批〔註 139〕。據北平圖書館藏舊鈔本。收錄於鄭振鐸輯《清人雜劇》二集。

八、張韜《續四聲猿》

長樂鄭氏景印本（康熙刊《大雲樓集》本）

9 行 22 字。前有「西諦」印。上欄有眉批〔註 140〕。收錄於鄭振鐸輯《清

〔註 138〕清康熙刻本上欄眉批爲：

《昆明池》：第一頁上下、第二頁上下、第三頁上下、第四頁上下、第五頁下、第六頁上下、第七頁上下、第八頁上下、第九頁下、第十頁上下。

《集翠裘》：第一頁下、第二頁上下、第三頁下、第四頁下、第五頁上、第六頁上下、第七頁上下、第八頁上。

《鑑湖隱》：第一頁上下、第二頁上下、第三頁下、第四頁上下、第五頁上下、第六頁上下、第七頁上下、第八頁上下、第九頁上、第十頁下、第十一頁上下、第十二頁上下、第十三頁上、第十四頁上下、第十六頁上下、第十七頁上、第十八頁上下。

《旗亭館》：第一頁下、第二頁上下、第三頁上下、第五頁上下、第六頁下、第七頁上下、第八頁下、第九頁下、第十頁上、第十一頁上下、第十二頁下、第十三頁上下、第十四頁上。

〔註 139〕清抄本上欄眉批爲：

《訴琵琶》：第一頁下、第二頁上下、第三頁上下、第四頁上下、第五頁上。

《續訴琵琶》：第四頁上下、第五頁下、第六頁上下、第八頁上下、第九頁下、第十一頁下、第十二頁上下。

《鏡花亭》：第一頁上下、第二頁上下、第四頁上、第五頁上下。

〔註 140〕長樂鄭氏景印本上欄眉批爲：

《霸亭廟》：第一頁下、第三頁上、第四頁下。

《薊州道》：第二頁下、第五頁上下。

《木蘭詩》：第二頁下、第四頁下。

人雜劇》初集。

九、洪昇《四嬋娟》

西諦藏舊鈔本

前有鈴印三枚，一爲「西諦」，一爲「鄭振鐸」。收錄於鄭振鐸輯《清人雜劇》二集。

十、黄兆森《四才子》（《四才子傳奇》）

清康熙年間刊本

每半葉十行，行二十字，左右雙邊，上下粗黑口，黑對魚尾，中記書名，頁數。有「臺北帝國大學圖書印」。現藏於台大圖書館（微片）。

十一、車江英《四名家傳奇摘齣》

1、雍正中刊本

10 行 24 字。前有鈴印一枚。爲朱希祖先生原藏。書前有「雍正乙卯清河上浣俊儀散人序」。收錄於鄭振鐸輯《清人雜劇》二集。

2、喜鴻堂鈔本

二卷。收錄於《不登大雅文庫珍本戲曲叢刊》（第 15 冊）。

十二、朱素臣等四人《四大慶》

1、清蒙古車王府藏曲本

收錄於《清蒙古車王府藏曲本》（315 函）。

2、泰縣梅氏綴玉軒鈔本

2 冊，7 行 22 字。原書葉心高 181 毫米，寬 138 毫米。前有鈴印二枚，一爲「中國藝術研究院」，一爲「旭山」。收錄於《北京大學圖書館藏程硯秋玉霜簃珍本戲曲叢刊》（第九冊）、《古本戲曲叢刊》（五集）、《全明傳奇續編本》（第五十冊）。

3、中國藝術研究院戲曲研究所藏舊鈔本

存卷第一、第二。原書葉心高 220 毫米，寬 180 毫米。前有「中國藝術研究院」印。現藏於中國藝術研究院戲曲研究所。收錄於《古本戲曲叢刊》（五集）

十三、朱佐朝等人《四奇觀》

雍正年高岱瞻鈔本

每頁 10 行。收錄於《北京大學圖書館藏程硯秋玉霜簃珍本戲曲叢刊》（第九冊）。

十四、陳陛謨《書齋四種藥》

今存康熙年間刊本。未見。僅見存目於《中國古典戲曲存目匯考》中。

十五、無名氏《華封三祝》

清乾隆九年（1744）抄本

前有鈐印四枚，一為「中國藝術研究院藏書」，一為「碧葉館藏」。每頁 8 行。收錄於《傅惜華藏古典戲曲珍本叢刊》（第 118 冊）。

十六、蔣士銓《西江祝嘏》

清嘉慶刻本（大文堂刊本）

10 行 19 字。前有「積學齋徐乃昌藏書」印。收錄於《傅惜華藏古典戲曲珍本叢刊》（第 47 冊）。

十七、吳城、厲鶚《迎鑾新曲》

1、光緒二十一年錢瑭丁氏嘉惠堂刊本

分上下二卷。10 行 20 字。劇前有序文及題詞。收錄於《武林掌故叢編》（第 22 集）、《傅惜華藏古典戲曲珍本叢刊》、《叢書集成續編》（第 210 冊）

2、光緒十五年錢唐汪氏振綺堂重刊本

十卷。收錄於《樊榭山房集・集外曲二卷》。

十八、曹錫黼《四色石》

長樂鄭氏景印本（乾隆戊寅頤情閣原刊本）

9 行 17 字。前有鈐印二枚，一為「西諦藏印」，一為「鄭振鐸」。前有序文及題詞。上欄有眉批。收錄於鄭振鐸輯《清人雜劇》初集。

十九、汪柱《賞心幽品四種》

乾隆松月軒刊本

8 行 18 字。收錄於《砥石齋二種曲・附刻》中。

二十、周埈《廣陵勝跡傳奇》

清乾隆冰鶴堂刻本

分上下二卷。8 行 17 字。前有「中國戲曲研究院藏書」印。收錄於《傅惜華藏古典戲曲珍本叢刊》（第 50 冊）。

二十一、袁棟《玉田樂府》

清吳郡張若遷刻本

10 行 20 字。前有鈐印三枚，一為「碧葉館藏」，一為「旭工」。上欄有眉批〔註141〕。其中《白玉樓》首頁缺。收錄於《傅惜華藏古典戲曲珍本叢刊》（第 33 冊）。

二十二、無名氏《吉祥戲九種》

乾嘉間抄本

每頁 8 行。前有鈐印三枚，一為「碧葉館藏」，一為「中國戲曲研究院」。收錄於《傅惜華藏古典戲曲珍本叢刊》（第 121 冊）。

〔註141〕清吳郡張若遷刻本上欄眉批為：
　　《陶朱公》：第一頁下、第二頁上下、第三頁上下、第四頁上下、第五頁上下、第六頁上下、第七頁上下、第八頁上下、第九頁上下、第十頁上下、第十一頁上下、第十二頁上、第十三頁上下、第十四頁上下。
　　《姚平仲》：第一頁下、第二頁上下、第三頁下、第四頁下、第五頁上、第六頁上下、第七頁上下、第八頁上下、第九頁上、第十頁下、第十一頁下、第十二頁上下。
　　《鄭虎臣》：第二頁上、第三頁上下、第四頁上下、第五頁上、第六頁下、第七頁上下、第八頁上下。
　　《鵝籠書生》：第一頁上、第二頁上下、第三頁上下、第四頁上下、第五頁上。
　　《白玉樓》：第二頁上、第三頁上、第四頁上下、第五頁上下、第六頁上。
　　《桃花源》：第一頁下、第二頁下、第三頁下、第四頁上、第五頁上下、第六頁上。

—118—

二十三、石韞玉《花間九奏》

長樂鄭氏景印本（嘉慶家刊本）

9 行 19 字。有「西諦藏書」印。劇前有題詞。收錄於鄭振鐸輯《清人雜劇》初集。

二十四、戴全德《紅牙小譜》

清嘉慶三年刻本

二卷。6 行 18 字。前有自敘。劇前敘後共有鈐印三枚，一爲「中國戲曲研究院」，一爲「全德印」，一爲「瀋陽戴氏」。原清宮舊藏。現藏於哈佛大學哈佛燕京圖書館。收錄於《傅惜華藏古典戲曲珍本叢刊》（第 53 冊）。

二十五、汪應培《南枝鶯囀》

1、嘉慶年間《皇華小咏》原刻本

9 行 21 字。劇前有「中國戲曲研究院」印。前有題詞、序文及考證，上欄有眉批〔註 142〕。收錄於《傅惜華藏古典戲曲珍本叢刊》（第 70 冊）。

2、光緒刊本

收錄於《中國古代戲曲名著鑒賞辭典》。

二十六、蓉鷗漫叟《青溪笑》

嘉慶四年刊本，未見。

二十七、蓉鷗漫叟《續青溪笑》

嘉慶五年刊本

首頁殘缺。9 行 20 字。收錄於《傅惜華藏古典戲曲珍本叢刊》（第 69 冊）。

〔註142〕嘉慶年間《皇華小咏》原刻本上欄眉批爲：

《簾外秋光》：第七頁上下、第八頁上下、第九頁上下、第十一頁上下、第十二頁上下、第十三頁上下、第十四頁上、第二十一頁上下、第二十二頁上、第二十三頁上下、第二十四頁上下、第二十六頁上下、第二十七頁上。

二十八、陳棟《北涇草堂外集三種》

吳興周氏藏嘉慶中劍南室刊本。

10 行 21 字。劇前有「吳興周氏藏嘉靖閒刊北涇草堂集本影印」。鄭振鐸輯《清人雜劇》二集。

二十九、舒位《瓶笙館修簫譜》

1、道光癸巳 13 年錢唐汪氏振綺堂刊本

7 行 17 字，小字雙行同白口半頁四周單邊。有鈐印數枚，分別爲「墨盫文字緣」、「振綺堂」、「飛青閣藏書印」、「蕭家村民」白方、「十硯田農家長物」朱方。目錄前有墨筆題記「獨翁賜」。現藏於國立故宮博物院圖書館。收錄於《傅惜華藏古典戲曲珍本叢刊》（第 70 冊）、《叢書集成續編》（第 210 冊）

2、民國十九年武進陶氏涉園石印本

據《百川書屋叢書》本印。

三十、梁廷柟《小四夢》

清道光刻本

8 行 18 字。劇前有「中國戲曲研究院藏書」印、序文及題詞。收錄於《傅惜華藏古典戲曲珍本叢刊》（第 88 冊）。

三十一、周樂清《補天石傳奇》

1、清道光十年（1830）靜遠草堂原刻本

有鈐印數枚，分別爲「陳階平印」、「譚光祜印」、「鐵簫」、「開來」、「呂恩湛印」、「麗堂」、「鍊情子」、「別有廬軒」等。前有三序文、自序、跋文、提綱、總目及凡例。曲文旁注有工尺譜。上欄有眉批〔註143〕。現藏

〔註143〕靜遠草堂原刻本上欄眉批爲：
　《宴金臺》：第一頁上下、第二頁上、第三頁上、第四頁上、第五頁上下、第六頁上、第七頁上、第八頁上下、第九頁上、第十頁上下、第十二頁上下、第十三上、第十六頁下、第十七頁上、第二十頁上下、第二十一頁上、第二十二頁上、第二十三頁上、第二十四頁下、第二十五頁上下、第二十六頁下、第二十七頁上、第二十八頁下、第三十頁上下。
　《定中原》：第一頁上、第二頁下、第三頁下、第五頁上、第七頁下、第八頁上、第九頁上下、第十頁下、第十一頁下、第十二頁上下、第十三頁上、第

於中研院傅斯年圖書館、國家圖書館台灣分館善本書室。收錄於《傅惜
華藏古典戲曲珍本叢刊》（第 85、86 冊）

2、清道光間稿本

據《清代雜劇全目》知內容同原刻本。杭州圖書館藏。

3、清咸豐五年靜遠草堂重刻巾箱本

據《清代雜劇全目》知內容同原刻本。

十五頁下、第十六頁上、第十七頁上下、第十八頁上、第十九頁下、第二十
頁上下、第二十二頁上、第二十三頁上。

《河梁歸》：第一頁上下、第二頁上、第三頁上、第四頁上、第五頁上、第六
頁上、第七頁上、第九頁上下、第十頁上、第十一頁下、第十三頁上下、第
十四頁上下、第十六頁上下、第二十頁上、第二十一頁上、第二十三頁下、
第二十五頁下、第二十六頁上、第二十七頁上。

《琵琶語》：第一頁上下、第二頁上下、第三頁上下、第四頁上下、第五頁上、
第六頁上下、第七頁上、第八頁下、第十頁上下、第十一頁上、第十三頁上
下、第十五頁下、第十六頁上、第十八頁上下、第十九頁上、第二十頁上、
第二十一頁下、第二十四頁上下、第二十五頁上、第二十六頁下、第二十七
頁上、第二十八頁上下、第二十九頁下、第三十頁上、第三十一頁上下、第
三十二頁上。

《紉蘭佩》：第一頁上下、第二頁上下、第三頁上、第四頁上、第五頁下、第
六頁上、第七頁上、第八頁上下、第九頁下、第十頁上、第十一頁上、第十二
頁下、第十三頁下、第十四頁下、第十六頁上、第十八頁上、第二十頁上下、
第二十一頁上、第二十二頁上、第二十三頁上、第二十四頁上、第二十五頁下、
第二十七頁上下、第二十九頁上、第三十一頁上下、第三十二頁上下。

《碎金牌》：第一頁上下、第二頁上、第四頁上下、第五頁下、第六頁上、第
七頁上下、第八頁下、第十頁上、第十一頁上、第十二頁下、第十三頁上、
第十四頁上、第十六頁下、第十七頁上下、第十九頁下、第二十一頁下、第
二十三頁下、第二十四頁下、第二十五頁上、第二十九頁上下、第三十頁上、
第三十一頁下、第三十二頁上、第三十四頁上下、第三十五頁下、第三十六
頁上下、第三十七頁上、第三十九頁上下、第四十頁上下。

《波弋香》：第一頁上下、第二頁上下、第三頁上下、第四頁上下、第六頁下、
第七頁上下、第八頁上、第九頁上、第十頁上、第十一頁下、第十二頁上下、
第十三頁上、第十四頁上下、第十六頁上下、第十七頁上、第十八頁上下、
第二十頁下、第二十一頁上下、第二十二頁上、第二十三頁上、第二十四頁
上下、第二十六頁下、第二十七頁下、第二十八頁上、第三十頁下、第三十
二頁上、第三十三頁下、第三十五頁上下、第三十六頁上、第三十八頁上下、
第三十九頁上。

《統如鼓》：第一頁上、第二頁下、第三頁上、第四頁上、第五頁下、第六頁
上、第七頁下、第九頁上、第十頁上下、第十一頁上下、第十二頁上、第十
三頁上、第十四頁上、第十六頁上下、第十八頁下、第二十一頁上、第二十
三頁上、第二十四頁上下、第二十五頁上下、第二十六頁下。

三十二、嚴廷中《秋聲譜》

清咸豐四年本

11 行 19 字，白口左右雙邊單魚尾。前有鈐印八枚，一為「西諦藏印」，一為「鄭振鐸」，一為「□禪」，一為「樂清」，一為「文泉」，一為「顧曲家印」。又有序、跋、題詞、自記、再記。收錄於鄭振鐸輯《清人雜劇》初集。

三十三、王文治《迎鑾新曲雜劇》

道光間刊本

8 行 18 字。收錄於《傅惜華藏古典戲曲珍本叢刊》（第 63 冊）。

三十四、無名氏《異艷堂六種曲》

清乾隆晚年安殿本

前有鈐印「五福五代堂古稀天子之寶」、「太上皇帝之寶」、「八徵耄念之寶」，皆為乾隆印章。首頁有「北京孔德學校之章」、「中國戲曲研究院藏書」印。內文紅框黑體。現藏於中國藝術研究院。傅惜華《全目》又記南府抄本，標名為《慶安瀾四海升平》。筆者未見。

三十五、無名氏《萬國麟儀八種》

清內府精抄本

8 行 20 字。前有鈐印四枚，其中之一為「碧葉館藏」。收錄於《傅惜華藏古典戲曲珍本叢刊》（第 124 冊）。

三十六、徐爔《寫心雜劇》

夢生堂本

18 卷。8 行 17 字。前有「夢生堂藏板」及「徐爔印」。又有自序、題詞、目錄。劇前皆附有版畫。收錄於《中國古代雜劇文獻輯錄》（第九冊）。

三十七、周元公《破愁四劇》

未見。

三十八、靜庵居士《四愁吟》

清嘉慶間刻本（《四愁吟樂府》）

一卷。現藏於中國藝術研究院圖書館。未見

三十九、桂馥《後四聲猿》

1、清道光二十九年味塵軒木活字印本

不分卷。9 行 19 字。前有「味塵軒聚珍板」、序、跋、題詞、小引、由歷。收錄於《傅惜華藏古典戲曲珍本叢刊》（第 53 冊）、鄭振鐸輯《清人雜劇》初集。

2、清道光二十七年序刊本，未見。

3、民國七年上海聚珍仿宋印書局刊本

1 冊，不分卷。現藏於台大圖書館久保文庫。

四十、李慈銘《桃花聖解盦樂府》（《越縵生樂府外集》）

1、光緒三十三年刊於《小說林》第二、三期

前有自序、陶存煦序及周星譽跋。

2、清鐘駿文崇實齋刻本。

不分卷，一冊。9 行 21 字。扉頁有「越縵堂稿本《桃花聖解盦樂府》，崇實齋校刻」。收錄於阿英《晚清文學叢抄·傳奇雜劇卷》附卷、《傅惜華藏古典戲曲珍本叢刊》（第 104 冊）。

3、陳雲坡贈趙景深先生《越縵生樂府外集》抄本

一冊。扉頁有「景師惠存，陳雲坡持奉。一九五七年十一月十二日。」字樣。另有「趙景深藏書印」。現藏於復旦大學圖書館。

4、清咸豐年間本

1 冊，9 行 22 字，小字單行同黑口四周雙邊雙魚尾。現藏於中國國家圖書館。

四十一、許善長《靈媧石》

清光緒十一年碧聲吟館刻本

1 卷，9 行 22 字，白口，單黑魚尾，左右雙邊。前有題詞、自敘、目錄。

又「玉泉樵子」、「西諦藏」印。上欄有眉批〔註144〕。收錄於《傅惜華藏古典戲曲珍本叢刊》（第102冊）。

四十二、醉筠外史《味蘭軺傳奇》

1、清同治十年刊本

二冊一涵。9行21字。有前序、齣目。末有〈主人雜記〉。書名頁及版心題俠女記、烈女記。收錄於《傅惜華藏古典戲曲珍本叢刊》（第103冊）（案：傅惜華本中《列女傳》題為清光緒七年本為誤。

2、清光緒七年本，未見。

四十三、俞樾《二奇合傳》

清惜陰社刻本

10行20字。收錄於《傅惜華藏古典戲曲珍本叢刊》（第97冊）。

四十四、顧佛影《四聲雷雜劇》

收錄於《四聲雷》（中西書局，1943年）中。為排印本。

〔註144〕碧聲吟館刻本上欄眉批為：
　　〈伯瀛持刀〉：第二頁下、第三頁下、第四頁上。
　　〈忠妾覆酒〉：第五頁下、第六頁下、第七頁上、第八頁下、第九頁下、第十頁上。
　　〈無鹽捫膝〉：第十二頁上下、第十三頁上下、第十四頁下。
　　〈齊婧投身〉：第十六頁下、第十七頁上、第十八頁上下、第十九頁下、第二十頁下。
　　〈莊姪伏幟〉：第二十二頁上、第二十三頁下、第二十五頁上、第二十六頁上。
　　〈奚妻鼓琴〉：第二十七頁上下、第二十八頁下、第二十九頁下、第三十頁下、第三十一頁上。
　　〈徐吾會燭〉：第三十二頁上、第三十四頁下、第三十五頁上。
　　〈魏負上書〉：第三十七頁上下、第三十八頁上、第三十九頁上下。
　　〈轟姐哭弟〉：第四十一頁上、第四十二頁上下、第四十三頁下、第四十四上下。
　　〈繁女救夫〉：第四十六頁上下、第四十七頁上、第四十八頁上下、第四十九頁上。
　　〈西子捧心〉：第五十一頁下、第五十二頁下、第五十三頁上、第五十四頁上。
　　〈鄭褒教鼻〉：第五十六頁下、第五十七頁上下、第五十八頁上下、第五十九頁上。

四十五、盧前《飲虹五種》

民國二十年渭南嚴氏刻《渭南嚴氏孝義家塾叢書》本

10 行 23 字。前有序、目錄及〈羅蘭度曲圖序〉、〈羅蘭度曲圖記〉、〈羅蘭度曲圖題咏〉。收錄於《傅惜華藏古典戲曲珍本叢刊》（第 116 冊）。

四十六、王季烈《人獸鑒傳奇》

今可見於唐蔚芝、王君九編著《茹經勸善小說人獸鑑傳奇譜合刊本》（上海：正俗曲社出版，1949 年 4 月）中，石印本。

表 2-1　清代組劇版本

總　集　名	版　　本
《郢中四雪》	清康熙刻本 武進董氏誦芬室刊本
《續離騷》	清康熙間葭秋堂刊本 清同治元年長沙重刊本 清末民初鉛印本
《四嘯》	順治友聲堂原刻本 民國金陵盧氏刊本
《後四嘯》	亡佚
《西堂樂府》	金閶聚秀堂刊本 清康熙五年丙午刊本 康熙二十五年刻本 清康熙甲子刻本 清刻本 日本大正十一年手抄本
《四韻事》	清康熙絳雲居刻本 長樂鄭氏景印本
《柴舟別集》	北平圖書館藏舊鈔本。（清抄本）
《續四聲猿》	長樂鄭氏景印本（康熙刊《大雲樓集》本）
《四嬋娟》	舊鈔本。
《四才子》	康熙年間刊本
《四名家傳奇摘齣》	雍正中刊本 喜鴻堂鈔本

《四大慶》	清蒙古車王府藏曲本 泰縣梅氏綴玉軒鈔本 中國藝術研究院戲曲研究所藏舊鈔本
《四奇觀》	雍正年間高岱瞻鈔本
《書齋四種藥》	康熙年間刊本
《華封三祝》	清乾隆九年抄本
《西江祝嘏》	清嘉慶刻本（大文堂刊本）
《迎鑾新曲》	錢塘丁氏嘉惠堂刊本 錢唐汪氏振綺堂重刊本
《四色石》	長樂鄭氏景印本（乾隆戊寅頤情閣原刊本）
《賞心幽品四種》	乾隆松月軒刊本
《廣陵勝跡傳奇》	清乾隆冰鶴堂刻本
《玉田樂府》	清吳郡張若遷刻本
《吉祥戲九種》	乾嘉間抄本
《花間九奏》	長樂鄭氏景印本（嘉慶家刊本）
《紅牙小譜》	清嘉慶三年刻本（清宮舊藏）
《香谷四種曲》	嘉慶年間刊本 光緒刊本
《青溪笑》	嘉慶四年刊本
《續青溪笑》	嘉慶五年刊本
《北涇草堂外集三種》	吳興周氏藏嘉慶中劍南室刊本
《瓶笙館修簫譜》	錢唐汪氏振綺堂刊本 武進陶氏涉園石印本
《小四夢》	清道光刻本。
《補天石傳奇》	清道光十年（1830）靜遠草堂刻本 清道光間稿本。 清咸豐五年靜遠草堂重刻巾箱本
《秋聲譜》	清咸豐四年本（長樂鄭氏景印本）
《迎鑾新曲雜劇》	乾隆間刊本
《異艷堂六種曲》	清乾隆晚年安殿本
《萬國麟儀八種》	清內府精抄本。
《寫心雜劇》	夢生堂本
《破愁四劇》	未見

《四愁吟》	清嘉慶間刻本
《後四聲猿》	清道光二十七年序刊本 味塵軒木活字印本（長樂鄭氏景印本） 上海聚珍仿宋印書局刊本
《桃花聖解盦樂府》	光緒三十三年刊於《小說林》第二、三期 清鐘駿文崇實齋刻本 陳雲坡贈趙景深先生《越縵生樂府外集》抄本 清咸豐年間本
《靈媧石》	碧聲吟館刻本
《味蘭餷傳奇》	清同治十年（序）中箱刊本 清光緒七年（1881）本
《二奇合傳》	清惜陰社刻本
《四聲雷雜劇》	排印本
《飲虹五種》	渭南嚴氏刻本
《人獸鑒傳奇》	茹經勸善小說人獸鑑傳奇譜合刊本

第三章　清代組劇題材內容之
　　　　　共性及特殊類型

　　戲曲之題材內容自元至清變化頗劇，從「男女情愛」轉變為以「社會劇」和「歷史劇」為主。而呂天成在其《曲品》中認為，戲曲之門類自元至明清，遂次遞減，實則不然，如曾師永義在《清代雜劇概論》中，單就清代雜劇之素材，變將其分作以下七類，如：

　　第一，以文人掌故為素材的。或者用以發抒牢騷……或者用以寄寓感慨……或者用以消遣……或者用以隱栝名作。

　　第二，以仕女掌故為素材的：這一類除了王昭君外，大都用來表彰婦女的才德或貞烈。……有時也用來寫仕女的風雅……

　　第三，以歷史故事為素材的：這一類在清初表現著很強烈的民族意識，寄寓著無限的麥秀黍離之悲。……此外或者藉史事以寓諷世之意……或者僅敷演一段史事……還有一種是有意作翻案文章的，其目的無非是替古人補恨……

　　第四，以小說為素材的：取自傳奇小說者……取自聊齋者……取自水滸者……取自紅樓夢者……取自品花寶鑑者……

　　第五，以時事為素材的。

　　第六，以男女風情為素材的。

　　第七，以鬼神佛道為素材的：……這類大都用以勸世或諷世。〔註1〕

―――――――――

〔註1〕　曾永義：《清代雜劇概論》，頁 120、121。

當中從「小說類」、「仕女掌故」及「時事類」兩種，顯然可見清代雜劇與傳統雜劇之間的差異性，而時代背景正是造成此種差異的主因，包含對女德觀念的改變、小說的興盛、列強的侵略⋯⋯等等諸多因素。

至於「組劇」為戲曲中一特殊形式，其呈現方式以「組」為概念，故在針對戲曲之題材內容分類上，除了上述以內容來評斷外，更要考量到其共性的部分。而清代組劇題材內容之共性可分做：故事地點、人物特質、故事類型、思想理念、取材出處、共同群類六大類。首先故事地點相同的組劇有鄭瑜《郢中四雪》、周塏《廣陵勝跡傳奇》、汪應培《南枝鶯囀》三種，分別描寫「郢中」地區、廣陵地區及菊潭地區之事。第二，人物特質相同的組劇有《四韻事》、《四才子》、《四嬋娟》、《四名家傳奇摘齣》、《青溪笑》、《續青溪笑》、《北涇草堂外集三種》、《補天石傳奇》、《靈媧石》、《味蘭簃傳奇》十種。而此十種又可細分為文人、才女、青樓女子、貞節烈女、愛國之士五類，其中《四韻事》、《四才子》、《四名家傳奇摘齣》三種以描寫共同特質之古代文人事蹟或軼事為主；洪昇《四嬋娟》則是以描寫才女為主題；蓉鷗漫叟之《青溪笑》、《續青溪笑》二種，則是以描寫與青樓相關之女子為主題，當中包含了歌妓、貨旦郎、梳妝大娘、尋芳客各種中下層人物；《北涇草堂外集三種》、《靈媧石》、《味蘭簃傳奇》三種以描寫貞節烈女為主；周德清《補天石傳奇》則是以描寫愛國之士為主題。第三，故事類型相同的組劇有《小四夢》、《桃花聖解盦樂府》、《紅牙小譜》、《四奇觀》、《西堂樂府》、《四色石》、《賞心幽品》、《花間九奏》、《瓶笙館修簫譜》、《四愁吟》、《二奇合傳》十一種。而此十一種大抵又可細分為男女情愛、公案訴訟、古人古事三種。其中《小四夢》、《桃花聖解盦樂府》、《紅牙小譜》三種，以描寫才子佳人、男女情愛或夫妻閨情為主；《四奇觀》則是以描寫包拯斷案為主；《西堂樂府》、《四色石》、《賞心幽品》、《花間九奏》、《瓶笙館修簫譜》、《四愁吟》、《二奇合傳》七種，皆以描寫不同時期或性質之古人古事。第四，思想理念相同的組劇有《續離騷》、《柴舟別集》、《續四聲猿》、《玉田樂府》、《秋聲譜》、《寫心雜劇》、《後四聲猿》七種。而此七種大抵又可細分為古人古事、自我抒懷、出世心懷三類。其中《續離騷》、《續四聲猿》、《秋聲譜》、《後四聲猿》四種，以描寫古人古事，借古諷今為主；《柴舟別集》、《寫心雜劇》二種，以自我抒懷為主；《玉田樂府》則是以出世思想為主。第五，取材出處相同的組劇僅有《四嘯》、《後四嘯》兩種。第六，群類組合相同的組劇可分為「民間成語」及「四季

節氣」兩大類；前者以《賞心幽品》、《破愁四劇》、《四奇觀》爲主，後者以《四奇觀》、《四大慶》、《書齋四種藥》爲主，其中《四奇觀》爲兩者兼備。

總歸而論，清代組劇各自獨立完整之劇作間的共同主題大抵均未脫以上六種類別。其中又以「人物特質」、「故事類型」及「思想理念」三類最爲普遍。至於特殊性組劇，則有連貫性組劇、內廷承應戲組劇及接續前賢劇目性組劇三種，其詳細論述如下。

第一節 連貫性組劇

關於清代組劇的類型，除了上節所提到的故事地點、人物特質、故事類型、思想理念、取材出處、共同群類六大類項外，尚有連貫性組劇、內廷承應戲、接續前賢劇目性組劇三種特殊類型。首先，連貫性組劇特色在於各劇作除了主題外，在內容之間亦有著一定程度的關聯性，相當類似章回小說之形式，雖故事之間不若章回小說般具有完整的脈絡，或承上啓下的功能，但已初具可分可合之基本要素，而這也是與雜劇和傳奇最大不同處，雜劇和傳奇在折或齣之間內容雖有連貫，但單一折或齣卻不足以構成一個完整的劇情架構，不能單獨視爲一「劇」。

首先，在明代組劇的部分，各劇之間幾乎全是獨立而完整的故事，彼此僅僅是主題上有所關聯，但各劇中之主人翁彼此並無交流。如：《博笑記》皆取材自《耳談》，然故事之間並無連續性；《四節記》言杜甫、謝安、蘇軾、陶穀四位文人；《四聲猿》由《漁陽弄》、《雌木蘭》、《女狀元》、《翠鄉夢》四劇組成，各劇在內容上皆是單一故事，彼此之間無所連貫。

而至清代，組劇開始出現連貫性之特色，最早爲清初《四奇觀》，內容描寫包拯斷酒、色、財、氣四案，當中四劇內容皆言包拯審案彼此間獨立而完整，各劇間可分可合，但除了包拯外，劇中其他角色間無甚關聯。後繼有《四大慶》四劇，其形式相當類似於章回小說中之特性，如《西遊記》當中以唐僧取經爲主軸，而孫悟空、豬八戒、沙僧三位徒弟亦皆重複出現於小說各回之中；或《水滸傳》當中言梁山泊一百零八條好漢之故事，其中宋江、魯智深、林沖……等人，亦時時重複出現；或《紅樓夢》當中以賈寶玉爲主軸，描寫榮、寧二府之興衰，內容均圍繞著寶玉與府中眾女子之日常生活相處。與前述之《四奇觀》相較，其最大的差異在於章回小說各章中重複的腳

色增加，且故事內容彼此相關，更具有連貫性，內容描寫伍老爺三女天生異相，後皆逢適人，締結良緣之事，以及伍老爺辭官後助趙廣利父子團圓。全劇皆圍繞著與伍老爺相關之人、事作描寫。其中，首齣《春景與富秦岳五松》先概述伍老爺所生三女皆天先異相，大小姐髮白如霜，需擇一眉白如霜之夫婿；二小姐啞口，需待十八歲遇奇花方能言語；三小姐右手握拳不能舒掌。後描述二小姐與花緣扶之姻緣以及其不能言語乃因命中注定須由金礦財神替花氏夫妻守財二十年，待花緣扶娶妻後方可前來取回。

第二齣《夏景與貴匡廬瀑布》描述三小姐與山雲子之姻緣，在白鹿洞君點化下，方得以與伍小姐完婚，並受封爲天祿將軍，榮華一生。

第三齣《秋景與壽岳陽大觀》描述大小姐與年過七旬之洞庭湖漁翁牛八老的種種姻緣際會，透過呂純陽言東王公、西王母點化下順利成婚。

第四齣《冬景與男峨嵋積雪》描述趙廣利廣行善果，得天帝感念，透過伍老爺、只鏡禪師等人居中穿引，使其父子團聚，以彰善報，擺脫其因前世貪利，所以半世無兒的命運。以及花扶緣、山雲子、牛八老皆至山中問候冷絮（伍老爺）之事，並詳述眾人之因果淵源：其一，告誡世人凡事癡呆些必有福。其二，山雲子性廉潔純孝。其三，風姨、月姊成就牛老姻緣，因其固養天眞，不從淫望慾。其四，趙生乃生前貪財勢利刻薄，所以半世無子。所幸今世洗心悔過，方又得子。

上述四劇，架構清晰，內容情節緊湊，高潮迭起，充滿懸疑，引人入勝。旨在勸世人莫貪圖名利，便可獲得多福多祿多壽多男之四大吉慶。唯前三劇皆言伍老爺之女，第四劇忽插入趙廣利一事，顯得突兀，最末又借三婿至山中問候老丈人，將故事拉回主線，似乎過於牽強，然就此卻也可突顯其連貫性特色，且此組劇鋪排又較前述更爲有脈絡及完整。

至清中葉（康熙年間），連貫性之組劇開始大量出現，包含《柴舟別集》、《吉祥戲九種》、《南枝鶯囀》、《寫心雜劇》四種。

首先，廖燕《柴舟別集》由《醉畫圖》、《訴琵琶》、《續訴琵琶》、《鏡花亭》四劇組成，全劇皆圍繞其主人翁廖燕（爲作者自身）作描寫。首齣《醉畫圖》描寫廖燕於家中對著二十七松堂壁上〈杜默哭廟圖〉、〈馬周濯足圖〉、〈陳子昂碎琴圖〉、〈張元昊曳碑圖〉四張圖飲酒，一一與畫中人物對話，在〈杜默哭廟圖〉中：

【玉交枝】你與我名流同黨，抱經綸、泥途久藏，偏逢主試冬烘樣。

不由人不惱恨難當。杜先生，我與你不中又何妨。文章一道通上蒼，姓
名二字留天壤。誰寧耐頭場二場，誰知道文場武場。〔註2〕

他先和杜默說起生平事，感慨自身之不遇如同杜氏，儘管滿腹經綸，卻總遇
上迂腐試官，頻頻落第。說完便與畫上之杜默對飲，將酒澆於畫上，畫中之
人竟因此而酒酣面赤。再看〈馬周濯足圖〉：

　　【玉山頹】英雄豪放，羈旅客、參謀廟堂。便奇才喜動天顏，擢清
　　要，立佩金章。若論以布衣上書，我廖柴舟亦還做得來，只是哪能有此際遇。
　　潛身陋巷，利害傍觀清朗，難遇知音賞。最淒涼，饑來何處買文章。
　　〔註3〕

言馬周初到長安以酒濯足，爲一千古奇聞；不久便得有幸見唐天子，擢爲都
御史，布衣上書，實屬奇遇，無奈自身無此際遇，知音難求。又〈陳子昂碎
琴圖〉：

　　【解三醒】走長安，窮途情況。抱絲桐，磊落行藏。高山流水誰知
　　賞？直堪劈破琴囊。碎琴贈文，聲名遂震。這個豈是世人鑑賞之能，還
　　是先生文章之妙了。行間溜出金聲響，字裡冲來劍氣芒。堪誇獎，驀將
　　佳句，博得名揚。〔註4〕

誇陳子昂碎琴買名之豪舉，但能得世人賞識、博得名揚，亦是文章本身絕妙。
又〈張元昊曳碑圖〉：

　　【川撥棹】眞豪爽，負奇才落拓狂。頗羞慚，挾瑟門墙。頗羞慚，
　　挾瑟門墙。還須把明珠繁藏。題詩一舉，豈是常人所爲？以二公之高明，尚
　　且不知，何況別人？不由人不氣冲宵，劍射芒。只落得走邊陲，哭大荒。
　　〔註5〕

言張元昊將計策題詩碑上，使人曳之市，而笑其後，韓琦、范仲淹卻心生懷
疑不予採納，最末竟轉獻於西夏，言韓、范二人棄賢資敵國，感嘆張氏爲落
拓奇才。

　　而《訴琵琶》僅一齣，第一齣〈乞食〉前有概述：

　　遭偃蹇，窮鬼苦纏人。訴琵琶，酸丁甘乞食。〔註6〕

〔註2〕　廖燕《柴舟別集·醉畫圖》，頁117。
〔註3〕　廖燕《柴舟別集·醉畫圖》，頁117。
〔註4〕　廖燕《柴舟別集·醉畫圖》，頁118。
〔註5〕　廖燕《柴舟別集·醉畫圖》，頁118。
〔註6〕　廖燕《柴舟別集·訴琵琶》，頁121。

描寫廖燕為窮困所纏，欲求助友人，又言行乞亦要分個雅俗。便將陶淵明之乞食故事譜成琵琶新調，至朋友黃少涯家彈奏，以得溫飽。

《續訴琵琶》共二齣，接續《訴琵琶》，第一齣〈逐窮〉前亦有概述：

　　鬧麴蘗，窮鬼永潛蹤。談因緣，道人新贈句。〔註7〕

描寫廖燕自言以琵琶新調向朋友周急，實非良策。皆因窮鬼所致，便託詩伯、酒仙驅逐之，先是詩伯前往驅逐窮鬼，不料窮鬼未驅，又勾瘧鬼等朋黨肆虐。後酒仙至，窮鬼聞風而逃，原來破除萬事無過酒（麴蘗），原來窮鬼怕酒，亦唯有酒才能去除廖燕窮困之苦悶。又第二齣〈悟真〉描寫酒仙麴薛上場，並言最喜歡他的無非是落魄的英雄、失志的才子，諷刺詩伯一斯斯文文之人去向窮鬼講理，一如宋朝之奸臣，遇到了強盜，動不動便與之講和，豈不誤了大事。並言若遇到窮鬼，必將他灌醉困住。再詢問過詩伯得知窮鬼走遠，兩人遂前往與柴舟先生一同飲酒。猜拳唱曲。後太上真人至，做一詩相贈，並言「前程尚遙，各需努力」，勸其仍需上進，不可終日與詩酒為伴。此處作者透過窮鬼之口，自我安慰，又暗示自身好飲酒，乃是為驅逐逃避窮困之實。後又遭窮鬼嘲諷為失志的才子，以詩伯向窮鬼講理無用來表達對儒家思想的不滿，最末以太上真人之言來自我勉勵，勿流於頹廢。

末劇《鏡花亭》劇前概述為：

　　水月村，高流欣把臂。鏡花閣，淑媛倩題名。〔註8〕

描寫廖燕至一偏僻清幽庄子，入內見桃花盛開，優雅新亭。遇水月道人，得知其女文蕙仰慕自身詩文。廖燕遂與道人飲酒，道人言自身曾做過大事業，並反問廖燕何以徒有大才卻不追求功名。廖燕言己視功名如浮雲，並與之暢飲。道人引廖至小亭，廖驚見自家《二十七松堂詩集》於棹上，道人告知此為小女所讀，廖遂與其女以兄妹相稱，並為小亭命名為鏡花亭。道人之女亦送上所作詩稿，盼廖燕為之塗改。廖燕見之，嘆為詠絮才，並將其詩集題名為《鏡花亭詩草》，又詩稿領回細讀，改日送回。而引文中之「水月村」、「鏡花閣」即「鏡花水月」，暗指當中所遇之道人及知音皆為虛幻，僅只是作者內心的期待與渴望。

　　透過上述可知《柴舟別集》四劇之間可分可合，皆言廖燕平素生活及懷才不遇之悲憤。且四劇前後之間彼此具有強烈的連貫性，如《醉畫圖》與《鏡

〔註7〕廖燕《柴舟別集‧續訴琵琶》，頁125。
〔註8〕廖燕《柴舟別集‧鏡花亭》，頁133。

花亭》二劇思想接近，除了主人翁皆爲廖燕外，「二十七松堂」亦在兩劇中重複出現。又《訴琵琶》、《續訴琵琶》二劇，故事更是完全連貫，先描寫廖燕因窮困而向友人乞食，再以此延續，創造出託詩伯、酒仙二人驅逐窮鬼、瘧鬼……等朋黨之故事。與前述之《四奇觀》相較，已是完全成熟之連貫性組劇了。

《吉祥戲九種》由《壽慶群仙》、《群仙祝福》、《王母稱慶》、《萬年歡慶》、《棗慶長生》、《壽筵稱慶》、《萃花仙》、《玉皇升殿》、《蟠桃初熟》九劇組成，故事連貫，言眾仙們爲王母及皇帝祝壽。《香谷四種曲》（《南枝鶯囀》），內容皆爲汪應培仕宦菊潭時前前後後所經歷或聽聞之事，似《西遊》故事，只是遊歷之處僅限於菊潭一地。其首劇《不垂楊》描寫楊貞女原已有婚配陶家，父楊坤卻因陶家家道中落，將其改聘。楊女不願，不料父親竟因將與陶家毀婚斷離而訴訟，楊女無奈只得取白綾自盡，幸爲楊母發現救下，並與鄰人商議，將女兒送至陶家。陶父與楊坤對簿公堂，楊坤一口咬定兩家當日並無婚聘，然陶父卻將楊女不從改聘後自盡並前往自家之事托出。縣官聽聞遂判楊女與陶家之婚約仍在，擇日迎娶，楊父歲贈陶家十千錢。香夫人聽聞此事，感念楊女之忠貞，便爲楊女添箱，使之倍增光彩。《驛庭槐影》描寫作者媳婦孫繡增隨其一同前往菊潭，逢婆婆壽辰，恰公公入京引見，正值秋雨連綿，令其牽掛。又言昨夜夢寐間遊至一所園林，遇一仙姬，手持丹桂贈之，說是明年吉兆，醒來後望夫能夠科場得意，又得知有喜，實爲吉兆。同時也描述作者離京歸家途中，遇連日風雨，路途泥濘不堪，時日耽擱，只得一路欣賞山光水色，遊歷其間。《簾外秋光》描寫作者任受卷官，空閒時登明遠樓眺望士子歸號，不免感懷四十年已過。便將自身閱歷試說一番。自身二十四歲登科，時適逢四庫全書撰寫，因此入館。後任知縣……於秋初蒙委外簾執事，本完事便可歸，卻意外遭牽連，無法歸家。爾後，衛健齋因作者功德賢明遂前往菊潭與汪明府筵席。席中父老鄉親、學生皆前往祝賀。期間學生龐生高中三名前來報喜，眾人皆與有榮焉。可謂官民一體，其事其文足堪永垂不朽。《催生帖》描寫孫繡早年嫁平陽右族，居菊潭，多年無子嗣，不覺傷懷。不如來整理書籍，婢女見狀勸其又非女學士應改做女紅。後喜神上場言人生在世最喜之事莫過於綿長。而孫繡只因其公公官爲大尹，刑官無後，未免刑罰過當。但經查其公公並非此類官吏，且孫繡本該有子嗣，遂奏過天庭，令其早遂歡懷。便使其夢一美人持一丹桂贈之，言明秋吉兆。不久之後孫繡有孕，

家中歡宴。婆婆思及媳婦丹桂之夢，一心望得男丁。其中《催生帖》內容與《驛庭槐影》相互呼應，補充說明作者媳婦孫繡有喜之前因，以及重覆強調其夢一美人持丹桂相贈之桂子蘭孫吉兆。餘皆為作者居菊潭之生活瑣事，前後故事依照時序相互連貫，彼此可分可合。

《寫心雜劇》由十六或十八劇所組成，其內容皆為作者生活點滴，亦是可分可合之形式。其中《遊湖》描寫徐爔攜善歌樂侍女四人，一同泛舟西湖，命眾女將其所作之詞鏡光緣吹唱一番，又將楊鐵崖西湖竹枝詞譜曲，以流傳後世。後眾人飲酒，酣然而歸。《述夢》描寫夢中判官拘提自身，遊歷陰間，得知父母因德高望重皆已位列仙班，後又得知自身原於仙府承應為持瓶童子，本名種緣，卻因撓動春情，故降生人間，因陽壽未盡，徐爔雖不願離開陰界，終仍為夢神將其遣返。《醒鏡》描寫徐爔於清江見人掘出一枚古鏡，十分喜愛便將其買回，並訪名手開面重磨。又喚小妾月娘前來一同照鏡，鏡中之人皆老態畢露，令人感慨，徐爔便換上僧衣欲改頭換面，於鏡前玩鬧許久，最終將古鏡與小妾做粧鏡。《游梅遇仙》描寫鐵拐李借屍托生為一跛腳貌醜之人，聞徐爔治病有奇效，前往會之。此時徐爔攜藥前往元墓賞梅，遇見鐵拐李，與其相互爭論人生百態，言世人之病皆導因功名權位，其藥乃治心病，勸人忘卻虛名罷。待鐵拐李駕鶴歸去，徐爔方知路遇神仙。《癡祝》描寫徐爔兩位侍妾對談，提到老爺日日禮佛參禪，似已著魔瘋癲。四月十四日純陽壽誕，徐爔言純陽祖師召己幫忙，堅持著侍女服裝前往廟中燒香。途中眾人諷刺笑其癡，徐爔亦瘋癲訕笑世人為名利物質所困，後向純陽借錢，不料竟被當成偷兒，遂丟錢歸家。《蝨談》描寫徐爔遊山玩景身染蝨子歸家，遭眾妾嫌棄，今打理畢後，故意不歸內房，待小妾們自行前來賠禮。而蝨鬼為徐爔丟至香爐受炮烙之行，便往繄風大王處告發，使蝨鬼與徐爔相互爭執，最末徐爔為蝨鬼點悟，欲淨身供蝨鬼飽餐，惜蝨鬼好汙穢拒之，回房後便將此事告與小妾。《青樓濟困》描寫京城名妓媚娘因王蘭生而脫青樓，媚娘銀錢盡脫，勸王生赴京應試，今已五年，近日王生家中遭火難，徐爔擔憂媚娘與家中幼子，便攜錢鈔前往探望。見媚娘母子倆飢寒交迫，徐爔便給予一百錢鈔，並去信王生催其速歸，媚娘感激不已。《哭弟》描寫徐爔三弟過世，其前往靈前上香，思及過往種種，悲痛不已。《湖山小隱》描寫范成大入仙籍，苦尋不著道侶。後徐爔至石湖遇著范成大，兩人相談，范見徐爔年少卻看空人世欲收為弟子，兩人遂同轉至畫眉泉處……《酬魂》描寫徐爔自言學歧黃之術未成，

卻傳名於外，四十年中所看之病患，不少誤治，殺人之罪難解，故尋普照禪師前往替諸魂超渡。後禪師助徐燨與病魂相見，病魂們見徐燨皆怒而向其索命，直至禪師開悟眾魂，此乃命中註定，即使不遭藥死，陽壽亦盡。爾後超渡眾魂，徐燨亦棄舊業，追隨禪師出家。《祭牙》描寫徐燨年方六十，牙齒幾近落光，遂於十月十三誕生之日祭牙，一一細數舊日歌於醉紅樓之事。不料小妾們竟將犬牙與徐燨之牙相合，令徐生惱怒，只得一同祭奠，傷感貴賤之間竟毫無分別。《月夜談禪》描寫中秋節徐燨四妾約其至豐草亭中賞月品酒，並尋問徐燨何以參禪遁世，不若以往風流，徐燨告知眾妾，一切皆如夢幻泡影，勸眾人一同修心歸道。《問卜》描寫徐燨至財神廟向參易道人問卜求財，不料參易道人竟逕自離去。後至太湖邊散步，見三高祠，乃范蠡、陸龜蒙、張翰三位隱居高人之祠，便前往一拜。又遇一窮徒為惡棍追逐，更嘆錢財害人，決意入山，再遇參易道人，早已無心問卜。《悼花》描寫昨日徐燨見花園中群花大放，相邀好友分題賭酒，十分快意。今日欲辦家宴，共賞寫心雜劇中《癡祝》一齣，不料一夜風雨，竟無所存。便將所備酒菜，聊以祭花，花神感念徐燨祭悼花朵，便告知以花理，並許其來世托生峨嵋古榆，故自取名別號榆村。《原情》描寫時徐燨年已七十，與李憐香、張惜玉兩友至西溪小隱散步，二友思及年少時所慕之張韻娘、謝菲菲，感慨不已，望能再續緣。不料竟真得二女前來相會，但李憐張惜玉嫌韻娘貌衰；謝菲菲嫌李憐香貧窮，四人依然無緣。《七十壽言》描寫徐燨七十壽辰，孫女香雲隨其前往遊山玩景，陳摶亦前往祝壽並渡化之，使其得以長生不老，不料卻遭徐燨拒絕，後香雲亦只願享樂而拒之。《覆墓》描寫嘉慶十年四月十二日，徐燨葬亡妻錢氏，並前往悼念。《入山》描寫徐雙橋聞得徐燨將入山修行，前往勸諫一番。然徐燨卻執意入山，至畫眉泉叩門尋僧隱居。

　　其內容基本上圍繞著徐燨及其小妾之生活瑣事為主線描寫，內容或實或神怪虛幻，但皆依照徐燨之生命歷程，具有連貫性及時序性，然內容、架構略弱，不似《四大慶》般完整，為其缺憾。

　　上述所舉各例為清代組劇中具有特殊性之連貫組劇，始於清康熙年間，雖數量不多，但其尚影響至民國初年之《人獸鑑》組劇，其內容先分別老聃、仲尼、耶穌、釋迦牟尼四人，再言其欲勸人為善，於是共同謀劃，使四教合一，宣揚大同之治，以求能夠弭平戰爭，可見連貫性組劇歷時並非短暫，唯此類型之組劇多半是受到小說及性靈說之影響而產生（詳見下章），其內容上

與章回小說相較，實爲平淡，較無跌宕起伏，再與當時傳奇作品相較，文采亦弱，且多爲案頭之作，無法搬演於舞台，故未能風行當下，令人感到遺憾。

第二節　內廷承應戲之組劇

關於內廷承應戲之特殊組劇，其由來要推溯自清朝初年。當時朝廷便有承應戲的定制，但至乾隆朝開始命南府（即昇平署）大規模編製各類承應戲，據昭槤《嘯亭續錄‧大戲節戲》中載：

> 乾隆初，純皇帝以海內昇平，命張文敏制諸院本進呈，以備樂部演習，凡各節令皆奏演。其時典故如屈子競渡，子安題閣諸事，無不譜入，謂之月令承應。其於內庭諸喜慶事，奏演祥征瑞應者，謂之《法宮雅奏》。其於萬壽令節前後奏演群仙神道添籌錫禧，以及黃童白叟含哺鼓腹者，謂之《九九大慶》。又演目犍連尊者救母事，析爲十本，謂之《勸善金科》，於歲幕奏之，以其鬼魅雜出，以代古人儺祓之意。演唐玄奘西域取經事，謂之《昇平寶筏》，於上元前後日奏之。其曲文皆文敏親制，詞藻奇麗，引用內典經卷，大爲超妙。其後又命庄恪親王譜蜀、漢《三國志》典故，謂之《鼎峙春秋》。又譜宋政和間梁山諸盜及宋、金交兵，徽、欽北狩諸事，謂之《忠義璇圖》。〔註9〕

乾隆年間所編之承應戲主要有於內庭諸喜慶事，奏演祥征瑞應的《法宮雅奏》；於萬壽令節前後奏演群仙神道添籌錫禧的《九九大慶》；以及《勸善金科》（目連戲）、《昇平寶筏》（《西遊記》）、《鼎峙春秋》（《三國志》）、《忠義璇圖》（《水滸傳》）……等大戲。此外，據北平故宮博物院所藏之《昇平署月令承應戲》目錄，可知當時除了上述幾類承應戲外，更有專供各月時令演出之宮廷劇：

> 元旦承應：《喜朝五位》、《歲發四時》、《文氏家慶》
>
> 立春承應：《早春朝賀》、《對雪題詩》
>
> 上元承應：《東皇布令》、《斂民錫福》
>
> 燕九承應：《聖母巡行》、《群仙赴會》

〔註9〕　昭槤：《嘯亭續錄》（收錄於《欽定四庫全書》）（臺北：台灣商務印書館，1986年）。

花朝承應：《千春燕喜》、《百花獻壽》

浴佛承應：《六祖講經》、《長沙求子》

端陽承應：《奉敕除妖》、《祛邪應節》、《正則成仙》、《魚家言樂》、
《靈符濟世》

七夕承應：《七襄報章》、《仕女乞巧》

中元承應：《佛旨渡魔》、《魔王答佛》、《迓福迎祥》

中秋承應：《丹桂飄香》、《霓裳獻壽》；

重陽承應：《九華品菊》、《眾美飛霞》、《江州送酒》、《東籬嘯傲》

頒朔承應：《花甲天開》、《鴻禧日永》

冬至承應：《太僕陳儀》、《金吾勘箭》、《玉女獻盆》、《金仙奏樂》；

臘日承應：《仙翁放鶴》、《洛陽贈丹》

祀灶承應：《太和報最》、《司令錫福》、《蒙正祭灶》

除夕承應：《金庭奏事》、《錫福通明》、《藏鈎家慶》、《瑞應三星》、
《升平除歲》、《彩炬祈年》、《賈島祭詩》、《如願迎新》

〔註10〕

從引文中之劇目便可知當時宮廷應制承應戲的規模宏大，凡遇元旦、立春、上元、燕九、花朝、浴佛、端陽、七夕、中元、重陽、中秋、頒朔、冬至、臘日、祀灶、除夕等節令都有相應的戲曲，且內容皆是粉飾太平、歌功頌德，足見乾隆皇好大喜功之性格。而此現象待到道光年間方趨緩，如：《中國國家圖書館藏清宮昇平署檔案集成・花名檔》統計：

七品官總管一名，八品官首領四名，八品官太監兩名，一般太監，

上場人六十九名，後臺人員三十四名，總計一百一十名。〔註11〕

據引文可知，道光初年大量裁減昇平署人員，與乾隆朝動不動就近千人的規制縮小許多。也因此在乾隆、嘉慶至道光二十年間的二十四種組劇，竟高達七部為承應戲，相當於占此時期組劇的三分之一強。而當中又可分為祝壽及高宗南巡之作兩類：

（一）祝　壽

此時期以祝壽為主的組劇主要有蔣士銓《西江祝嘏》、王文治《迎鑾新曲

〔註10〕 故宮博物院藏：《昇平署月令承應戲》（北平：北平故宮博物院，1936 年），頁
201～203。

〔註11〕 中國國家圖書館：《中國國家圖書館藏清宮昇平署檔案集成・花名檔》（北京：
中華書局，2000 年）。

雜劇》及《華封三祝》、《吉祥戲九種》、《萬國麟儀八種》、《異艷堂六種曲》
六種。其成書時間大抵如下：

> 蔣士銓《西江祝嘏》：據梁廷楠《藤花亭曲話》及傅惜華藏古典戲曲
> 珍本叢刊提要云，此劇為乾隆十六年（1751）
> 皇太后壽辰所作。

> 《華封三祝》：據傅惜華藏古典戲曲珍本叢刊中標明其成書時間為
> 「清乾隆九年（1744）抄本」。

> 《吉祥戲九種》：據傅惜華藏古典戲曲珍本叢刊中標明其成書時間
> 為「清乾嘉間抄本」。

> 《萬國麟儀八種》：據傅惜華藏古典戲曲珍本叢刊中標明為「清內府
> 精抄本」。

> 王文治《迎鑾新曲雜劇》：據傅惜華藏古典戲曲珍本叢刊中標明其為
> 「清道光刻《藤花亭十五種》」。

　　《異艷堂六種曲》：收藏於中國藝術研究院。乾隆五十七年安殿本。
當中除了王文治《迎鑾新曲雜劇》為道光年間所作外，其餘皆作於乾隆年間。
此類劇作之內容大抵一致，不外乎描寫仙翁壽辰、太平慶豐年及眾仙、百姓
向帝王后妃祝壽。如：《華封三祝》由《南星拱照》、《童叟歡迎》、《慶祝無
疆》三劇組成，先描寫南極仙翁壽辰，眾仙前往祝賀；在寫百歲莊農，兒孫
滿堂賢孝，里閭歡笑淳美，天下太平。眾人深感皇恩，戶戶結綵，家家焚香，
共祝聖上萬壽無疆；末寫司木之神因逢太平盛世，故於春令時節令百花齊
放，點綴太平盛景。同時南極仙翁亦攜美酒前往，共祝聖上萬壽無疆。

　　《西江祝嘏》由《康衢樂》、《忉利天》、《長生篆》、《昇平瑞》四劇組成。
形式上皆為一本四齣。《康衢樂》共分〈呈瑞〉、〈遊衢〉、〈宮訊〉、〈朝儀〉四
齣。首先描述嵩山、泰山、華山、衡山、恆山五山之神，江瀆、河瀆、淮瀆、
濟瀆之神，皆前往慶都氏甲子之壽，普天之下，萬物呈祥。雷公雷母降甘霖，
土地灶神福神風調雨順，地出醴泉為祥瑞。九州諸神來朝，同祝慶都氏之千
秋萬歲。再描寫后稷入朝祝賀，高辛皇帝與之同至康衢採風制樂，遇席老翁，
年過九九，於街頭唱曲，皇帝與老翁一同飲酒，翁言自身子孫滿堂，兄友弟
恭，世道路不拾遺，豐年無災。後人言翁與帝飲酒不恭，翁誇帝為聖明之君，
絕無災禍。一群人遂繼續唱曲玩樂。當中藉由娥皇女英之綵女，言皇太后之

嚴明六宮，模範孝慈。及二女娥皇女英欲於其壽宴上進獻親繡之百福虬龍。皇后散宜氏告知太后昨日康衢之事，太后欣喜，命其作女則，將於壽宴呈獻。最末言荊梁雍豫等九牧四夷、各地朝臣皆來朝進獻，爲太后壽辰祝賀。后稷亦獻上採風之作。頓時舞樂同起，後又奏仙樂祝福。《忉利天》共分〈設會〉、〈市花〉、〈天逅〉、〈慶圓〉四齣。描述如來佛欲於忉利天設宴祝母萬壽，釋迦牟尼弟子跋陀羅及四方諸神，皆將前往向摩耶夫人祝壽；同時如來設無遮大會普渡，士農工商皆前往參與。其中鹿牛琴藝一流，亦將前往爲摩耶夫人彈奏新曲，促百花綻放，同時天女前往各處乞花，以獻花祝壽。稍後觀音大士亦攜九品蓮花前往。爾後，魔王波旬降伏如來，前往皈依，並鑄長生銅塔欲爲摩耶夫人祝壽。蒙館先生編弋陽腔，讚天帝威風。稍後天竺各路神明亦將攜賀禮一一前往。待眾神到齊後，壽宴開始，諸神一一抵達獻瑞呈祥，末命天女散花至人間施法雨。《長生籙》共分〈煉石〉、〈望海〉、〈守桃〉、〈貢牒〉四齣。先描寫吳剛妻言眾神仙欲煉五色石。借太上老君之鼎，待女媧煉成後，吳娘將命人舞霓裳羽衣曲及串戲慶祝。再寫何仙姑在零陵市吃了呂洞賓半個桃子而位列八仙。眾仙與店老闆比酒量皆輸之時，雙成仙姊至，並邀眾人前往替王母祝壽。後藍采和至亦邀店老闆較量，亦輸。三寫東方朔偷吃東海度索山土地神土地上所種之仙桃，使土地爲王母所責。於是遂於桃樹下守桃。後一小神至，兩人飲酒以桃花爲題作曲吟唱，不久醉倒。東方朔母親田婆因而愛吃桃，因此前往度索山爲其摘桃。土地醒後發現桃被偷，急追尋田婆。田婆遇嫦娥得知偷逃之罪深，遂欲從嫦娥之建議，攜仙桃至王母宴上祝壽。最末爲十洲之男女神仙皆替王母祝壽，眾神獻上長生玉牒、仙桃及各式禮物恭賀。《昇平瑞》共分〈坊慶〉、〈齊議〉、〈賓戲〉、〈仙壇〉四齣。描寫西門高汝徹因母百壽乞求歸里並賜牌坊，適逢太后萬壽。地方官感念建昌府高壽婦女多達二百九十人，南豐縣便得四十三人，遂開心慶祝。高老爺母親壽誕之日，各府縣學師皆前往拜壽，老縣學師批判諷刺完科舉後，欲尋一省錢之送禮方法。韓必酸，因自小不愛讀書，怕斷了書香而如此命名。又世間未有酸而不嗇之人，故小字嗇夫。沒想到最後當了知縣，到任之後升堂即打瞌睡，上院就發頭昏，理事時常錯打原告，稟話時每每誤認上司，見士紳忘記姓名，問答間可恨顛三倒四……人稱父臺堂翁，後被貶改教還鄉。士紳們交上之萬壽詩賦皆是些打油腔鼓兒詞，一首也用不得。韓寅翁欲贈麻姑酒祝壽，其學生才學不足成詩，僅做二首集唐詩。壽禮有豆干、豆皮，珍寶名材，亦有人

送一副對聯、一本戲。後高老爺叫了一班崑腔大戲,雖賓棚滿座,但有不少人忙吃,未欣賞崑曲,令東道主感到惋惜。後僅留太夫人聽崑曲,其他一行人改至大廳聽梆子腔,改演八仙戲。後通省老婦人俱邀太夫人爲首,至麻姑山上建立經壇遙祝聖壽。並演麻姑山女道士隨父女一行人建壇,替太夫人遙祝聖壽,請各路神仙一同前來祝賀。

《吉祥戲九種》由《壽慶群仙》、《群仙祝福》、《王母稱慶》、《萬年歡慶》、《棗慶長生》、《壽筵稱慶》、《萃花仙》、《玉皇升殿》、《蟠桃初熟》九劇組成。全劇不分折,故事連貫,一氣呵成。內容言眾仙下凡爲皇帝祝壽。

《萬國麟儀八種》由《萬國麟儀》、《三山鼇戴》、《光天抒頌》、《益地呈圖》、《寶鏡開祥》、《金桃獻瑞》、《妙華葉算》、《泰策延釐》八劇組成,不分折。內容描寫眾仙、四方使臣及豐樂鄉百姓前往祝壽,並於各處皆現祥瑞之字。

《迎鑾新曲雜劇》由《三農得澍》、《龍井茶歌》、《祥征冰繭》、《海宇歌恩》、《燈燃法界》、《葛嶺丹爐》、《仙釀延齡》、《瑞獻天臺》、《瀛波清宴》九劇組成,《今樂考證》著錄,皆不分折。內容描寫春收豐盛,風調雨順、龍井茶收豐佳、園客夫婦成仙後,傳授飼蠶之術,使華蠶瑞繭再現;又贈民飼蠶香草,得五色絲。以及各處神佛皆前往祝壽,奇祥異瑞繚繞,天下太平,呈豐年之兆。

《異艷堂六種曲》由《大佛升殿》、《千秋海宴》、《山靈朝扈》、《諸仙祝嘏》、《萬國來朝》、《四海昇平》六劇組成。皆宮廷承應戲,言太平盛世,仙佛、萬國來朝。

總歸而論,承應戲內容大抵未脫眾神祝壽、奇祥異瑞、豐年太平……之類,皆爲奉承上位之作,千篇一律,較無變化,僅少數作品借機申訴、諷諫,表達民意,如:《西江祝嘏·昇平瑞》描寫韓必酸當了知縣,升堂即打瞌睡,上院就發頭昏,理事常錯打原告,稟話每每誤認上司,見士紳忘記姓名,問答間可恨顛三倒四,極盡嘲弄。

(二)南巡供奉

乾隆時期共六次下南巡,不少文人士子作承應戲以迎聖駕。其中就組劇部份主要有:吳城、厲鶚之《迎鑾新曲》,由《群仙祝壽》、《百靈效瑞》兩劇組成,《今樂考證》著錄。皆爲一本四折。據《傳惜華藏古典戲曲珍本叢

刊提要》云爲「乾隆十六年（1751 年）弘曆首次南巡至浙江時供奉進御之作〔註 12〕」。其內容皆描寫眾神得知聖上前往杭州，紛紛前往恭迎。此外，王漢民、郭曉彤於〈乾隆南巡視域下的江南文人承應戲〉一篇文章中分析：

> 迎鑾承應戲利用中國人根深蒂固的神仙信仰來頌德祝福：西王母、八仙、麻姑、嫦娥、葛洪、南極仙翁、東方朔等神能給人帶來健康長壽；二十八宿能占風雨、定吉凶、助人生產生活；龍王、風伯雨師、雷公電母等能播撒甘霖雨露；農祥星君執掌農事；土地公生養萬物……可以說一切有益於國人的天神地祇，一齊上陣，迎鑾祝福。〔註 13〕

> 乾隆朝江南文人的迎鑾承應戲以江南風景、民俗爲背景，描繪了一幅幅民安物阜、風景如畫的盛世江南圖，歌頌了乾隆的文治武功，滿足乾隆皇帝的心理需要。同時又給我們認識乾隆盛世、瞭解當時的舞臺演出、瞭解當時的民風民情提供了重要的參考。〔註 14〕

透過王、郭兩位學者之論述，可以見得在承應戲中，無論是祝壽或是供奉進御之作，均是借用各種民間的佛、道宗教信仰來達到阿諛奉承、歌功頌德的目的。其中較大的差異在於南巡供奉之作更具有地方色彩，如：《迎鑾新曲》便是以江南地區的民俗風物爲背景來創作，有助於後人了解乾隆時期江南人民生活的種種眞實樣貌，具有一定的歷史及文化價值。

第三節　接續前賢劇目性組劇

一、明清以來之接續前賢性劇作

　　明清兩代以來有相當多的劇目皆是以接續前賢劇目內容來創作，筆者據庄一拂《古典戲曲存目匯考》歸納整理出明清兩代接續前賢劇目之劇作如下：

> 《西廂記》：查繼佐《續西廂》、吳國棟《續西廂》、薛旦《後西廂》、石龐《後西廂》、張錦《新西廂》、王基《西廂後傳》、無名氏《續會眞》、葉時章《後西廂》、周公魯《錦西廂》。

〔註 12〕吳城、厲鶚之：《迎鑾新曲》（收錄於《傳惜華藏古典戲曲珍本叢刊》）（北京市：學苑出版社，2010 年），頁 109。
〔註 13〕王漢民、郭曉彤於：〈乾隆南巡視域下的江南文人承應戲〉，頁 7。
〔註 14〕王漢民、郭曉彤於：〈乾隆南巡視域下的江南文人承應戲〉，頁 10。

《四聲猿》：張韜《續四聲猿》（清組劇）、桂馥《後四聲猿》（清組
劇）。

《琵琶記》：顧彩《後琵琶記》、高宗元《續琵琶》、張錦《新琵琶》。

《精忠記》：湯子垂《續精忠》、無名氏《後岳傳》。

《西樓記》：程北涯《後西樓》、無名氏《續西樓》。

《邯鄲夢》：焦循《續邯鄲夢》。

《西遊記》：無名氏《後西遊》。

《千金記》：陸嘉淑《後千金》、無名氏《續千金》。

《尋親記》：姚子懿《後尋親》、無名氏《續尋親》。

其他作品：稽永仁《續離騷》（清組劇）、蓉鷗漫叟《續青溪笑》（清
組劇）、薛旦《續情燈》、葉承宗《後四嘯》（清組劇）、
高奕《續青樓》、胡士瞻《後一捧雪》。

闕名作品：《後珠球》、《後漁家樂》、《後繡繻》、《新合鏡記》、《新金
印記》、《新黃孝子》、《續春秋》。

從上列眾劇作中可發現劇作家所選擇接續的作品皆爲當時評價極高之作，
如：王實甫《西廂記》、徐渭《四聲猿》、高明《琵琶記》、湯顯祖《邯鄲夢》
及廣受民間喜愛的西遊故事……等，足見沽名釣譽必爲其續作目的之一。誠
如，陳少欽在〈試論王實甫《西廂記》的獨特地位〉論文中所言：

由於《王西廂》的巨大成功，引得明清以來的不少文人躍躍欲試，
都想在西廂故事這個系統中爭得一席之地。然而，其中只有李日華
的《南調西廂記》流傳較廣，因爲他將王西廂的北曲改爲南調，使
西廂故事更加深入民間。……〔註15〕

又賈仲明《凌波仙》中讚《西廂記》：

作詞章，風韻美，士林中，等輩伏低；新雜劇，舊傳奇，《西廂記》
天下奪魁。〔註16〕

而徐復祚《曲論》亦讚：

〔註15〕陳少欽：〈試論王實甫《西廂記》的獨特地位〉，《中國古代、近代文學研究》
1986年1月，頁13。

〔註16〕賈仲明：《凌波仙》（收錄於俞爲民、孫蓉蓉主編：《歷代曲話彙編・唐宋元編》）
（合肥：黃山書社，2006年），頁328。

字字當行，言言本色，可謂南北之冠。〔註17〕

透過上列三段引文可知《西廂記》在明代評價爲南北之冠，故在眾多的接續作品中，以「西廂故事」所佔最多，除上述所記外，尚有清碧蕉軒主人《不了緣》、沈謙《美唐風》（《翻西廂》）、葉時章《後西廂》、周杲《竟西廂》、程端《西廂印》、韓錫胙《砭貞記》、楊國賓《東廂記》、高宗元《新增南西廂》、周聖懷《眞西廂》、陳莘衡《正西廂》、溫世瀠《東廂記》、吳沃堯《白話西廂記》、成變春《眞正新西廂》、無名氏《普救寺》……等，數量之多前所未見，更可突顯出明清時期劇作家在選擇接續前賢劇作主題時，多是以名家之作爲首選，做爲迅速成名之跳板。

而據上文統計，明清兩代接續前賢之作品共三十七部，其中張韜《續四聲猿》、桂馥《後四聲猿》、蓉鷗漫叟《續青溪笑》、葉承宗《後四嘯》四部爲清代組劇，僅佔約九分之一，比例不算特高。然而今日所見之劇目半數皆已亡佚，現存者僅有查繼佐《續西廂》、周公魯《錦西廂》、吳國榛《續西廂》、張錦《新西廂》、王基《西廂後傳》、稽永仁《續離騷》（清組劇）、張韜《續四聲猿》（清組劇）、桂馥《後四聲猿》（清組劇）、蓉鷗漫叟《續青溪笑》（清組劇）、湯子垂《續精忠》、葉承宗《後四嘯》（清組劇）、姚子懿《後尋親》、胡士瞻《後一捧雪》、高宗元《續琵琶》、張錦《新琵琶》、焦循《續邯鄲夢》、無名氏《後西遊》、《後漁家樂》、《續春秋》十九部作品。而單就其內容大抵有以下二類：

（一）接續前賢思想理念

在明清戲曲續作中有不少作品是以接續前賢思想理念爲創作宗旨，如：周公魯《錦西廂》及查繼佐《續西廂》，內容上大抵皆是接續《王西廂》第四本〈草橋驚夢〉改寫，描寫張生赴京應試落第，但鄭恆卻高中，於是紅娘替嫁，終張生取得功名，與鶯鶯成婚。其思想基本上仍與《王西廂》一致，讓張生功成名就後聘取鶯鶯，維持崔、張二人濃厚情感。而《後西遊》亦是接續《西遊記》第九十九回處，敘述三藏師徒上西天取得之眞經卻無眞解，使得僧人藉佛斂財，於是再創造出唐半偈師徒四人上西天取回眞解的四十回西遊故事，其人物名稱看似有異，實爲相同，內容上亦是一路斬妖除魔及各種試煉，可謂換湯不換藥。其餘如：姚子懿《後尋親》、焦循《續邯鄲夢》……

〔註17〕徐復祚：《曲論》（收錄於《中國古典戲曲論著集成》第四冊），北京：中國戲曲出版社，1959年，頁242。

等，皆爲此類續劇。而清代組劇中接續前賢劇目內容來創作者，則有《續青溪笑》、《續四聲猿》、《後四聲猿》、《後四嘯》四種皆爲此類。

（二）翻改前賢之作

在明清戲曲續作作品中，除前述外，更多作品意在翻改前賢之作，其創作動機一種在於補前賢之不足者，如，庄一拂在《古典戲曲存目匯考》當中載吳國榛《續西廂》：

> 記四折，爲《旅私》、《死別》、《悼亡》、《出家》。自記：少好音律，讀《會眞記》，頗覺張、崔不情，而有所憾。繼讀《西廂》，益覺太俗。蓋其所注意者，只在團圓而已，不足爲張生補過。故填詞四套，知我罪我，不遑計耳云。〔註18〕

文中提到吳國榛做《西廂記》續劇之動機在於《會眞記》當中崔、張之間僅僅是歌妓和士子間的逢場作戲，沒有深刻之情；而《王西廂》的發乎情、止乎禮及大團圓劇情又太過俗氣，不足以彌補張生於《會眞記》中之過錯，因此吳氏在《續西廂》當中將故事改爲鶯鶯因爲過度思念張生而病逝，最末張生出家收場。

而另一種則因尚新鮮諧俗（見後文），好以誇張之劇情改編前人劇作，如：張錦《新西廂》、高宗元《續琵琶》、湯子垂《續精忠》，其中《續琵琶》改以蔡文姬爲主線做描寫；《續精忠》更是天馬行空的描寫岳飛之子，岳雷、岳電與牛皐一同助宋伐金，並討罰秦檜之子秦禧，終牛、岳二家得以平反，再度興盛。而清代組劇在接續前賢性之劇作中並未有屬此類之現象。

以下將就清代組劇中五種接續前賢性之劇作一一詳細探析。

二、清代組劇中之接續前賢性劇作探析

清代組劇中接續前賢性劇作主要有《續青溪笑》、《續四聲猿》、《後四聲猿》、《後四嘯》四種，其內容皆以接續前賢思想理念爲主。以下將以接續劇之作者異同來分成兩類論述。

（一）相同作者

清代組劇中《續青溪笑》及《後四嘯》兩種續劇，與最初之作爲相同作者，其最大的特點即是思想及內容的統一性。如《續青溪笑》接續《青溪笑》，

〔註18〕庄一拂：《古典戲曲存目匯考》，頁 789。

皆為蓉鷗漫叟所作，兩者皆言青樓歌妓之事，惜《青溪笑》十六劇，筆者今未見，然單就劇目來看，仍可確知《青溪笑》與《續青溪笑》皆重在深刻地描繪出煙花女子的日常生活及心路歷程。而《後四嘯》接續《四嘯》，皆為葉承宗所作，從《十三娘笑擲神姦首》、《豬八戒幻結天仙偶》、《金玉奴棒打薄情郎》、《羊角哀死報知心友》、《狂柳郎風流爛醉》、《莽桓溫英雄懼內》、《窮馬周旅邸奇緣》到《痴崔郊翠屏嘉會》來看，其故事原型皆本於小說，然今僅存《十三娘笑擲神姦首》一劇，實難判別兩組劇間差異。

（二）不同作者

在清代組劇中，要以「四聲猿主題」為最具有接續前賢性劇作之代表性。其承繼明代徐渭《四聲猿》，首先王驥德在《曲律》中曾云：

> 徐天池先生《四聲猿》，故是天地間一種奇絕文字，〈木蘭〉之北，與〈黃崇嘏〉之南，尤奇中之奇。先生居，與余僅隔一垣，作時每了一劇，輒呼過齋頭，朗歌一過，津津意得。余拈所警絕以復，則舉大白以釂，賞為知音。中〈月明度柳翠〉一劇，係先生早年之筆，〈木蘭〉、〈彌衡〉得之新創。而〈女狀元〉則命余更覓一事，以足四聲之數。余舉楊用脩所稱〈黃崇嘏春桃記〉為對，先生遂以春桃名嘏。今好事者以〈女狀元〉並余舊所譜〈陳子高傳〉稱為〈男皇后〉，並刻以傳，亦一的對，特余不敢與先生匹耳。〔註19〕

透過上述三段引文可知徐渭《四聲猿》乃是藉由猿啼之哀鳴來「託己」哀世之情、傾瀉悲涼憤惋，並「託意」人間的「坎壈無聊之況」，即言己之悲憤及世間種種不平。同時，據王驥德《曲律》可知徐氏在創作《四聲猿》時，並非一蹴而成，尤其是〈女狀元〉一劇，為最後所得，意在補足四聲之數。而〈月明度柳翠〉一劇，亦係徐氏早年之作，故徐氏之作俄而鬼判，俄而僧妓，俄而雌丈夫，俄而女文士，雖主旨皆言悲憤不平，然主題性較為參差。爾後有張韜及桂馥創作《續四聲猿》和《後四聲猿》兩種，其中，澂道人在《四聲猿‧跋》中言：

> 俄而鬼判，俄而僧妓，俄而雌丈夫，俄而女文士，借彼異跡，吐我奇氣。〔註20〕

〔註19〕 王驥德：《曲律》，〈卷四〉，〈雜論第三十九下〉（收錄於《中國古典戲曲論著集成》第四冊）（北京：中國戲劇出版社，1959 年），頁 167、168。
〔註20〕 （明）澂道人〈四聲猿跋〉，頁 243。

猿嘯之哀，即三聲以足墮淚，而況以四聲耶！〔註21〕

又王長安在〈歌代嘯歸屬辨〉一文中云：

> 「徐渭《四聲猿》是借猿聲之悲『託』己哀世之情的，以超出『三聲已足墮淚』的『四聲』之『猿』，來傾瀉自己的『悲涼憤惋之詞』，『託意』人間的『坎壈無聊之況』」。〔註22〕

透過上述兩段資料可知，《續四聲猿》和《後四聲猿》之創作立意皆是以徐氏之理念爲宗旨。再進一步透過其張韜《續四聲猿·題詞》之自述，

> 猿啼三聲腸已寸斷，豈更有第四聲，況續以四聲哉？但物不得其平則鳴，胸中無限牢騷，恐巴江巫峽間，應有兩岸猿聲啼不住耳！徐生莫道我饒舌也。〔註23〕

可知張氏之作意在仿徐渭《四聲猿》，言「猿啼三聲腸已寸斷」，徐氏又言第四聲，足見「猿聲啼不住」，故再續以《杜秀才痛哭霸亭廟》、《戴院長神行薊州道》、《王節使重續木蘭詩》、《李翰林醉草清平調》四聲，宗旨仍以胸中牢騷及不平之鳴爲主，且從各劇上場詩中便可見其端倪，如《杜秀才痛哭霸亭廟》：

> （正末上）（詩云）年年被放最堪羞，落魄東歸一敞裘。遙望鄉關何處是？白雲黃葉不勝愁。小生杜默，柳州人氏，十舉不第，流落長安，空有滿腹文章，爭耐遭時不偶，只得趕回鄉去，好不傷感人也呵！〔註24〕

劇中描寫秀才杜默十年不第，流落長安，懷才不遇。至壩亭驛一陣暴雨，於霸王祠避雨，權住一宿。是夜與霸王哭訴自身不遇，並感慨即使如項羽之人亦有遭逢垓下之死難，言項羽之敗，非戰之罪，正如同自身無法考取功名一般，非是胸無才學。痛哭中赫見項羽之泥像留下泥淚，感傷之餘，遂將文章焚去，誓不再赴舉。旨在「悲不遇」。

又《戴院長神行薊州道》：

> （正末上）（詩云）梁山太保舊知名，手捧軍書曉夜行，踏遍九州湮水路，一鞭直至薊州城。俺乃梁山伯神行太保戴宗是也，今爲宋公

〔註21〕（明）澂道人〈四聲猿跋〉（收錄於吳毓華編《中國古代戲曲序跋集》）（北京：中國戲劇出版社，1990年8月），頁243。

〔註22〕王長安《徐渭三辨》（北京：中國戲劇出版社，1995年10月），頁54。

〔註23〕張韜：《續四聲猿·霸亭廟·題詞》，第一頁上。

〔註24〕張韜：《續四聲猿·霸亭廟》，第一頁上。

> 明哥哥攻打高唐州，爲妖法所困不能取勝，因此奉吳軍師將令，到
> 薊州去尋訪公孫勝回來破他妖法。俺奉令前行，爭耐李逵這廝死命
> 趕上，定要同去，這兩日來要行，他偏不肯行；要住，他偏不肯住，
> 一路彆扭，可不誤了軍機大事，今日待他無理，俺且作個法耍他一
> 耍。〔註25〕

描寫梁山泊神行太保戴宗，爲宋江攻打高唐州，被妖法所困，不能取勝。奉
吳軍師將令，至薊州尋訪公孫勝前來破妖法。無奈李逵同往，一路阻行，便
作法起風沙地鳴戲耍之，才得以使李逵心服聽令。

又《王節使重續木蘭詩》：

> （淨上）（詩云）狗肉朝朝喫，婆娘夜夜嫖。從前作過事，結煞在今
> 朝。俺是揚州惠照寺中一個住持長老，昔年有個王播秀才，日日來
> 這裡木蘭院投齋，眾僧們厭他不過，搶白了好幾場，後來設下一計，
> 齋飯過了然後撞鐘，他因懷忿，題詩兩句而去，誰知今日做了鹽鐵
> 使之職，昨日按臨揚州，今日就要到寺中來，這番報怨非同小可，
> 沒奈何，只得將壁上詩句做個絳紗籠兒罩著，等他來時把幾句言語，
> 哄騙他則個，憑咱這片好心，天也與我一條糖兒喫波。〔註26〕

描寫惠照寺中之住持長老言昔年王播日日至木蘭院投齋，眾僧們厭之，設計
將其驅離，王播離開時忿而題詩兩句。不料今日王播竟官至鹽鐵使，即將至
寺中，因此命寺僧罩下絳紗以遮詩句。王播至寺中，憶起當年之事，憤恨難
消，處處刁難院僧，並直接前往舊日題詩處，命寺僧撤下紗籠，並題上「二
十年來塵撲面，于今使得降紗籠」，命揚州太守與寺僧良田十頃，專救濟貧士。
其旨亦在「悲不遇」。

又《李翰林醉草清平調》：

> （詩云）開元天子愛風流，坐享昇平四十秋。報道名花開別苑，莫
> 教錯過及時遊。寡人唐家天子，即位以來且喜四方無事，正好宴樂。
> 昨日內侍報來，興慶池東，沉香亭畔，木芍藥盛開，今同妃子同去
> 遊玩者。〔註27〕

描寫唐明皇與楊貴妃於別苑賞花，時值木芍藥盛開，明皇命高力士尋李白前

〔註25〕 張韜：《續四聲猿・薊州道》，第一頁上～下。
〔註26〕 張韜：《續四聲猿・木蘭詩》，第一頁上下。
〔註27〕 張韜：《續四聲猿・清平調》，第一頁上。

來做新詩。李白前日方與賀知章暢飲，並以金龜換酒。高力士尋得即將其帶入宮中，李白爛醉，明皇爲其調羹醒酒，後又命力士爲其脫靴。李白索酒，言越醉詩興越高，明皇遂命人取來西涼州葡萄酒，飲後作清平調。明皇命李龜年譜曲，梨園子弟歌唱。後又賦二章，共三章而成，內容皆爲極得意之事，以自寬慰失意之處。其旨同樣爲「悲不遇」。

顯然的，張韜《續四聲猿》之主題性較之徐氏，已更爲完整，皆以「悲不遇」爲鳴，當中僅《戴院長神行薊州道》一劇，內容爲戴宗攻城及惡整李逵，與其餘三者主題不相關，爲其缺憾。

再看桂馥《後四聲猿》，透過王定桂《後四聲猿‧序》可知桂馥此作亦是仿徐氏之《四聲猿》，

> 徐青藤以不世才，侘際不偶，作四聲猿雜劇寓哀聲也。……同年，桂未谷先生以不世之才擢甲科，名震天下，與青藤殊矣。然而遠官天末簿，書狸項背，又文法束縛，無由徜徉自快意山城，……先生才如長吉，望如東坡齒髮衰白，如香山意落落不自得，乃取三君軼事，引宮按節，吐臆抒感，與青藤爭霸風雅。獨題園壁一折，意於咸串交游間當有所感而先生日無之，要其爲猿聲一也。……巫山三峽巫峽長，猿啼三聲淚沾裳，況四聲耶！況又後四聲耶！〔註28〕

又憐芳居士有《後四聲猿‧跋》，

> 桂未谷先生有後四聲猿抄本，山人藏而待梓，題有翠翹已死，青藤老恨海茫茫。又四聲之句，心竊異之，異乎青藤以大才不偶，借古衣冠發抒塊壘，作四聲猿雜劇詞，則激昂慷慨，痛快淋漓，各盡其妙。而其是其人，如漁陽三弄而外，花黃柳翠三君，則未盡若猿聲之令人腸斷也。未谷復作後四聲猿，得毋賈長沙續離騷之意耶。……事則白香山之遣姬賣駱，蘇髯公之卑官受屈，陸放翁之抱恨沉園，李長吉之見毒涒中，在四君物感之遭，莫可如何久矣。付之天空海闊而稽軼事者，爲之引商刻羽，佇色揣聲，寫萬不得已之情，淒然紙上，令讀者如過巴東三峽，聽啼雲嘯月之聲，無往而不見其哀也。是宜於青藤之後，增以四聲，抑宜於青藤枝上置此四聲。惜呼！未谷生青藤後，不能親較四聲之高下……

〔註28〕桂馥：《後四聲猿》（收錄於鄭振鐸《清人雜劇初集》），第一頁上～下。

〔註29〕

透過上述兩段文字，可確知桂馥與徐氏在生長背景有著極大的差異，如王定桂所言：「徐青藤以不世才，侘際不偶，作四聲猿雜劇寓哀聲也。……桂未谷先生以不世之才擢甲科，名震天下，與青藤殊矣」，徐氏是真正以猿哀自喻，而桂馥作《後四聲猿》時，並無失意之悲，且年事已高，較能參透人世，故其創作動機除仿效徐青藤外，更有一較高下之意。其《放楊枝》、《題園壁》、《謁府帥》、《投溷中》四劇，依序言白居易、陸游、蘇軾、李賀四人之悲懷及不平之鳴，較之《四聲猿》及《續四聲猿》，主題最具一致性。且徐氏所主張之南北曲混合的概念，在《後四聲猿》當中可謂完全實現，其《放楊枝》、《謁府帥》為北調；《題園壁》、《投溷中》為南調，南北曲交互穿插使用，最為完備。正如憐芳居士於《後四聲猿·跋》中云徐氏：「漁陽三弄而外，花黃柳翠三君，則未盡若猿聲之令人腸斷也」；而《續四聲猿》之《戴院長神行薊州道》一劇，亦無腸斷之悲，顯然在體製上，桂馥乃後出轉精之作，然其過度的文士、案頭化，卻也喪失了徐氏字字本色，句句瀝血的深刻情感。

首先在《放楊枝》當中，描寫樂天年老病衰，欲放小蠻及駱馬離去，

【雁兒落帶得勝令】楊枝緩緩歌，玉盞頻頻遞，柳腰讓小蠻，駿骨慚良驥。只落得眼看絲柳垂，身逐柳花飛，解脫了連環結，丟開了千里駟，悽悽，人馬肝腸碎；栖栖，飄零那得歸！〔註30〕

【折桂令】你何曾飽我豆茸，離我階墀，踐我園葵。我勸你且莫長鳴，不須反顧，勾惹攢眉。仍把你牽回內廄，教素娘也返香閨。跨我錐兮，擁我虞兮，冉冉鞭絲，嫋嫋楊枝。〔註31〕

此時樂天內心應是相當悽栖、激動的，但無論是在【雁兒落帶得勝令】或是【折桂令】當中，所呈現出來的都是過於雲淡豁達的心緒，當中過於重視曲文之間的對仗、合律，該是激昂灑脫的高歌卻成了「楊枝緩緩歌」，而對於人、馬的戀舊與不捨離去本該是感動涕零，卻也只是「仍把你牽回內廄，教素娘也返香閨」般的例行公事，情感表達過於內斂，與徐渭的悲鳴哀戚差距甚遠。又《題園壁》當中，

【駐雲飛】這是唐氏渾家，一些不差，遠望髻鴉朝霞。好姻緣展轉

〔註29〕桂馥：《後四聲猿》，第二頁上～下。
〔註30〕桂馥：《後四聲猿·放楊枝》，第二頁下至第三頁上。
〔註31〕桂馥：《後四聲猿·放楊枝》，第三頁下。

變作恆河沙。嗏！絲斷耦生芽，教人淚瀧。這酒品雖佳，肝腸斷、
喉難下。〔註32〕

【三學士】人生離合滄桑漢，到如今眼底天涯。一腔百結難通話，
權做個絕情郎不睬他。〔註33〕

【駐雲飛】及【三學士】兩支曲子，在描寫陸游和唐氏二人的情深無緣時，
同樣多所保留，先是「遠望」，後竟「權做個絕情郎不睬他」，將陸游的人物
性格刻畫的過於理性、守禮，缺乏人性。再看《謁府帥》當中，

【後庭花】腦來忍氣消愁來，借酒澆憲體威儀重。衙官屈宋高莫囂
囂，都賦與銅絃鐵板，江東一曲醉酕醄。〔註34〕

明明東坡內心充滿憤懣，痛恨這些權勢之人，但最後竟「腦來忍氣消愁來」，
借酒澆愁，對這些不公不義之事妥協容忍，後繼無力，毫無痛快淋漓之感。
至於《投溷中》一劇，乃是四劇中最符合人性的，

【好事近】滿腹隱干戈，虎狼心烈過秦家一火。長吉長吉！你奇
才英發，那料想倒身冤禍。千秋絕調將誰託。黃生黃生！恨不得
十閻羅盡是蕭何，那時節墮地獄、碓舂刀剁，抽腸拔舌，鬼譴神
訶。〔註35〕

（末拍案介）……你本俗物，自討人厭，若肯愛他才華，虛心受教，
魚目尚可混珠。不怨自家才短，卻忌人家才多，把他八斗心血付之
圊廁，到如今還敢說沒天理麼！鬼卒！割他的舌頭。〔註36〕

從引文中可見，當作者在面對黃生這類掩賢妒善之人時，那般怒不可遏，痛
罵其「本俗物，自討人厭」、「不怨自家才短，卻忌人家才多」，誓將之「墮地
獄、碓舂刀剁，抽腸拔舌，鬼譴神訶」，一口氣將內心不滿傾瀉而出，令人暢
快。除此之外，其餘三劇皆過於文士化，完全沉浸在禮教法度之中，全無澎
湃之情，當然更無猿嘯悲鳴之悽。

然而在剔除缺乏「深刻情感」一部分來說，桂馥之文采仍是相當高深的，
如鄭振鐸跋文中云：

馥雖號經師，亦為詩人。後四聲猿四劇，無一劇不寫機趣。風格之

〔註32〕桂馥：《後四聲猿‧題園壁》，第十頁下。
〔註33〕桂馥：《後四聲猿‧題園壁》，第十一頁上。
〔註34〕桂馥：《後四聲猿‧謁府帥》，第十六頁上。
〔註35〕桂馥：《後四聲猿‧投溷中》，第二十頁上下。
〔註36〕桂馥：《後四聲猿‧投溷中》，第二十一頁下。

道逸，辭藻之絢麗，蓋高出自號才士名流之作遠甚。似此雋永之短

劇，不僅近代所少有，即求之元明諸大家，亦不易二三遇也。〔註37〕

可知鄭氏對於桂馥文采方面的評價亦是相當高的，讚嘆其風格遒逸、辭藻絢
麗，為近代之少有。如前述之【雁兒落帶得勝令】當中的「楊枝緩緩歌，玉
盞頻頻遞」、「柳腰讓小蠻，駿骨慚良驥」、「解脫了連環結，丟開了千里雖」、
「悽悽，人馬肝腸碎；栖栖，飄零那得歸」，句句對偶工整，文辭俊逸、豪
放。【折桂令】中「冉冉鞭絲，嫋嫋楊枝」詞藻點麗。

　　總歸而論，清代組劇「接續前賢劇目性」作品，在清代戲曲中所佔比例
極低，但「四聲猿系列」實為此類作品之經典，不能忽視，故仍將其列入研
究範圍當中。

〔註37〕桂馥：《後四聲猿》，〈跋一〉，頁220。

第四章　清代組劇之思想旨趣

第一節　寄寓麥秀黍離之無奈

　　清初組劇作家無一可免的都經歷過黍離之悲痛，其內心之憂思往往隱括於作品之中，時而感時傷世，時而瘋癲笑罵。而特別是由明入清的遺民，其所面對的不單單只是亡國之痛，更是民族之恥。此時期的文人繼宋元後，再度面臨種族的更替，在異族的統治下，憤懣之情更顯深刻，一如鄒式金《雜劇三集·小引》中所言：

> 邇來世變滄桑，人多懷感，或抑鬱幽憂，抒其禾黍銅駝之怨；或憤懣激烈，寫其擊壺彈鋏之思；或月露風雲，寄其飲醇近婦之情；或蛇神牛鬼，發其問天遊仙之夢。〔註1〕

當時異族入侵，江山易主，社會遭逢鉅變，人們內心充滿鬱悶，對於明亡之實有怨恨；有激憤；有待時守分；亦有出世仙遊者，而文人便將這些複雜心境轉化為文字，正如祁彪佳言：

> 夫惟文人故不遇，不遇固文人本色也。往往以其牢騷感慨，寄之詩歌以及詞曲。〔註2〕

文人在遭逢不遇時，無病呻吟、憂思感慨之詩、文、詞、曲，便成了他們絕佳的抒懷途徑。而自古以來憂思感懷的代表之作即屈子之《離騷》，因此，

〔註1〕　鄒式金：《雜劇三集·小引》（合肥：黃山書社，1992年），頁5。
〔註2〕　祁彪佳：〈大室山房四種劇及詩稿序〉（收錄於吳毓華編《古典美學戲曲資料集》），頁242。

在清朝初年的戲曲作品多以《離騷》為主題，如：黃周星之《人天樂》、丁
耀亢之《化人遊》、尤侗之《讀離騷》、鄭瑜之《汨羅江》以及嵇永仁之《續
離騷》，均是透過屈原之生命歷程來表達麥秀黍離之悲痛與無奈。也因此王
瓊玲於〈亂離與歸屬——清初文人劇作家之意識變遷與跨界想像〉文中探討
清初文人之易代感懷、意識變遷與價值危機時提出：

> 對於親歷明、清鼎革的傳統中國士人而言，明清易代無疑是一次天
> 崩地解的非常鉅變。蓋明亡清興的歷史變遷，既有屬於朝代更迭的
> 歷史共性，亦有屬於異族入主的歷史殊性。而也正因為有了異族的
> 介入，使這次朝代政權的遞嬗具有了特別的震撼性與嚴酷性。它所
> 引起的社會與人心的震盪，尤其是帶給了作為故明孤臣孽子遺民們
> 心靈的衝擊與精神創傷勢，更是前所未有的。〔註3〕

明清易代的鉅變是很激烈的，一如前述所提，除了朝代更迭的歷史共性，更
有異族入主的歷史殊性，因此對於明代孤臣孽子的心靈衝擊與精神創傷是前
所未有的。而在面對清廷的高壓懷柔政策下，這些遺民們多半只能無奈接受，
但對於如何歸屬，出仕或出世，便成為此時期文人的最大課題。廖奔《中國
戲曲發展史》中便曾針對此一問題提出看法，他認為：

> 與歷史上的同類作品相比，清代劇作家的興亡之感可以說是更為深
> 層的，從而使他帶有了更多的哲理意味。這是因為，異族入侵在中
> 國歷史上清朝不是第一次，而這一次所給與漢族知識分子的打擊卻
> 是最為沉重。女真和蒙古的入侵，帶著一股原始部族蠻荒的野性，
> 他們公行不諱地奉行民族壓迫政策，肆意踐踏漢族百姓的人格和生
> 命，並試圖摧殘或改造其傳統文化。這種野蠻、殘暴的行徑所激起
> 的必然是強烈激憤的民族精神和義無反顧的反抗情緒。然而滿清貴
> 族卻吸取了歷史的教訓，他們在向內地進行大舉進兵的同時，即採
> 取了招降、攏絡漢族上層和利用漢族文化的政策，一旦政權穩固，
> 他們又馬上實行了重視儒學、恢復科舉、獎勵農耕等……一系列安
> 定民心的措施。在民族政策上，他們盡可能不使漢人有仇視和抵觸
> 情緒，把大量漢人拉入統治集團，並且很快的使自己實現了漢化。
> 這種種措施，儘管改變不了異族統治的事實，但卻在心理上把漢族

〔註3〕 王瓊玲：〈亂離與歸屬——清初文人劇作家之意識變遷與跨界想像〉，《文與
哲》，第 14 期，2009 年，頁 161。

知識分子置於了一種十分尷尬的境地。他們有口難張，無法直接發
洩心中的不滿和憤懣。加之從明朝亡國的歷史事實中，他們已經看
到了整個封建帝國不可逆轉的衰敗之象，感到了自身的渺小和迴天
無力。因而，他們的思考染上了一層濃重的愁苦色彩，他們的嘆息
已經不再是激憤式、鬱積式的，而成爲哀感式、愁緒式的，悲到極
處反平淡。〔註4〕

文中點出了清代劇作家所面臨的不同以往的異族入侵與統治，除了佔領外，
更採取了招降、重視儒學、恢復科舉、獎勵農耕等各種政策，在高壓懷柔的
政策之下，這些漢人既無法直接發洩心中的不滿和憤懣，又不能改變前朝覆
亡的命運，加上政治集團中亦諸多漢族文士，使他們無法仇視和抵觸，在情
緒上只能轉爲哀感、愁緒，再從悲愁轉到平淡無奈，他們對於時代的興亡感
是更加深層且富哲理的。

　　同樣地，就清代初期的組劇來說，此時期的組劇作品共有七種，其中一
半以上的劇作皆充滿亡國悲怨及無奈，如：鄭瑜《鄞中四雪》、尤侗《西堂樂
府》、裘璉《四韻事》、嵇永仁《續離騷》，而這群作家們的共同特色便是其生
活地域皆在江浙一帶，故其創作風格必深受蘇州派作家影響，因此多具有反
映現實生活、關心朝政的特色，唯文采以清麗典雅爲主，同時在清廷漢化政
策下，這些作家仍舊積極參與仕途，然多受挫，難以順遂，更加深其對易代
的不滿，轉而怨懟朝代的覆亡及紛亂，透過典故的粉飾，來表明內心的不遇
與憤恨之情。其中感受最深的要屬身處於明清兩代之際的鄭瑜，他在明朝曾
歷任戶部主事、員外郎中、太平知府、山東按察使、太僕寺少卿……等官職，
可謂官運亨通。明亡後，他降清爲莞邑參事，卻戰事失利，仕途未順，使他
轉而對易代的混亂產生不滿。如他在《鸚鵡洲》中描寫：

　　【廣寄生】須知道爲子的父不能強以孝，爲臣的君不能強以忠，況
　　那穎蒼舒不過偶刻畫了稱癲象的缸，沿縫又暫搭救了擔害怕的穿
　　鞍，從那藁陳思，雖則是極出了限七步的燃萁諷，又幾乎錯應了減
　　五銖的磨錢夢……那狠五官又安能偏却了鬧紛紛螻蟻般的登庸頌，
　　只守定了一些芝麻大的中郎俸，況天運循環，鼎無常主，若一姓能永傳呵，
　　則那顏盤古何不兩隻腳踏住了一片闢天基，樂爽鳩眞個一雙手摾乾

〔註4〕　廖奔：《中國戲曲發展史》（太原：山西教育出版社，2000年10月），頁219、
　　　220。

了萬古牛山慟。〔註5〕

從曲文中可看出，他對於降清，並無極大的罪惡感，但仍慨歎易代的無奈，不過他也很快的悟出天運無常之道而釋然。又他在《汨羅江》中雖是改〈離騷〉為套曲，依序為【新水令】、【駐馬聽】、【沉醉東風】、【雁兒落】、【得勝令】、【喬木兒】、【滴滴金】、【折桂令】、【錦上花】、【么】、【步步嬌】、【落梅風】、【喬木香】、【攪箏琶】、【清江引】、【慶宣門】、【甜水令】、【桂仙子】、【喬木香】、【月上海棠】、【殿前歡】、【鴛鴦煞】二十二支北曲，但實為作者身逢亂世的瀝血之情，從亡國到變節到失利，如【雁兒落】描寫易代之事；【喬木兒】說明其仕清之實；【滴滴金】、【折桂令】道出其內心之無奈；【么】則自言改節之心境。同樣的，在《滕王閣》當中亦是以改編〈滕王閣序〉來自述為生存而降清的無奈，其中又以【後庭花】、【青哥兒】兩曲最為情真。而我們從鄭瑜《汨羅江》中之內容，更可以深刻體會到他在《郢中四雪》諸作中所反映的心情，

> 總之，看不穿則一時之窮通得喪，恩怨炎涼，未免要一紙書空咄咄。
> 參得透，則萬古之治亂興亡，賢奸忠佞都付與三聲大笑。〔註6〕

> 我楚江漁父是也，無家無族，何姓何名，駕一葉之扁舟，冷看白浪中蝸角蠅頭。〔註7〕

從引文中可看出他對於戰亂的無情、朝代的更替，從無奈到接受的心路歷程。從最初的因「看不穿」而對所遭遇之一切感到怨懟，到「參得透」後的笑傲萬物，令人哽咽。此外，他在劇中以漁父自喻，除了直接反映出一般民眾的心聲外，亦訴說因亡國而成為無家無族，無名無姓之人，顯然是反映當時明朝覆亡，異族入侵之現象。從「駕一葉之扁舟，冷看白浪中蝸角蠅頭」一句，道盡了對於一心想稱帝的闖王；急於剷除流寇的吳三桂；以及最終坐收漁翁利的清兵……等種種明末現況。使讀者深刻感受到鄭氏的無奈之情，對於既定事實的無力挽回，只能依附新朝，冷眼看待一切。再看同樣身處於兩代之交的尤侗，據《讀離騷自序》中其自論《西堂樂府》之創作思想：

> 吾輩紙藏筐中，與二三知己，浮白歌呼，可消塊壘。亦惟作者各有
> 深意在秦箏趙瑟之外。屈原楚之才子，王牆漢之佳人。懷沙之痛，

〔註5〕 鄭瑜：《郢中四雪‧鸚鵡洲》，第十四頁下至第十五頁上。
〔註6〕 鄭瑜：《郢中四雪‧汨羅江》（收錄於鄒式金《雜劇新編》，美國哈佛大學漢和圖書館藏原刻本），第十一頁上下。
〔註7〕 鄭瑜：《郢中四雪‧汨羅江》，第十二頁上。

> 亂以招魂出塞之愁，續巳弔墓。情事悽倫，使人不忍卒業。陶潛之
> 隱而參禪，隱娘之俠而游仙，則庶幾焉。後之君子讀其文因之有感，
> 或者垂涕想見其爲人。〔註8〕

可知其創作乃是爲了除胸中之塊壘，而「紙藏筐中」一句，更透露出其文句之間皆有弦外之音，而非即興之作，而其所欲消之「塊壘」，即是對於改朝換代後的自我定位和亡國之悲的解消。一如王璦玲在〈亂離與歸屬——清初文人劇作家之意識變遷與跨界想像〉中分析：

> 王世祿是尤侗的摯友，他在〈題詞〉中明白點出「其受知遇主，視
> 左徒有殊」，可見尤侗的認同與轉換，眞正的原因，確實因爲「受知
> 遇主」。他這番話，實以道出尤侗創作《讀離騷》一劇的眞意。……
> 顯示在明清易代之際，另一種不同於典型性遺民態度之思維，即是：
> 接受易代的歷史事實，但仍期望能維持自身的價值信仰。〔註9〕

可見尤侗在朝代交替的過程中，對於身分的定位應曾經十分掙扎過，才會出現與自身著作（〈反招魂〉）上思想迴異的現象。而這也正是此時期文人們共通的無奈與悲哀。又其《弔琵琶》上欄眉批：

> 賈生弔屈，蔡琰弔昭，同病相憐，古今一致。〔註10〕

明言其《弔琵琶》一劇以蔡琰弔昭君，正如同賈誼弔屈原一般，前者爲匈奴左賢王擄至匈奴成親，後者遭貶爲長沙王太傅，行至湘水；兩人皆是因自身經歷與前人相類，除了表達對前人深深的同情外，亦流露出同病相憐之情懷，感嘆時運乖蹇，社會紛亂，朝政不安。而《弔琵琶》劇中之蔡琰，即是尤侗自身的影子，如劇中所言：

> 妾身蔡琰，字文姬，中郎之女，仲道之妻。不幸父沒夫亡，中遭
> 喪亂，爲番騎所獲，在左賢王部中立爲閼氏，偷生忍辱，悲憤無
> 聊。我想自古及今，惟有昭君和番與我爲二，所愧者，只欠一死
> 耳。〔註11〕

尤氏以番人喻清；文姬喻己，言及文姬爲番騎所獲，在左賢王部中立爲閼氏，偷生忍辱，在在表達出他出仕清朝的矛盾心態，既感到悲憤，又不得不爲之

〔註8〕　尤侗：《讀離騷自序》，《讀離騷》卷首（收錄於鄭振鐸《清人雜劇初集》）。

〔註9〕　王璦玲：〈亂離與歸屬——清初文人劇作家之意識變遷與跨界想像〉，《文與哲》，第14期，2009年，頁202。

〔註10〕尤侗：《西堂樂府‧弔琵琶》，十四頁下。

〔註11〕尤侗：《西堂樂府‧弔琵琶》，第十四頁下。

的無奈，也因此他才會於劇中寫道昭君「生爲漢妃，死爲漢鬼」，認爲自身
與昭君最大的差異便是未能自盡以明志，表達愛國之心，然尤氏一生出仕清
朝，與此不全相符，也許是因創作此劇時（順治十八年），對己頗爲賞識的
順治皇帝駕崩，也因此他在康熙二年及康熙三年所創作的《桃花源》和《黑
白衛》兩部作品內容皆充滿出世思想，充斥著身處兩代交替之下的期盼及無
奈之情。

　　而另外兩位作家之生長背景已入清，並未深刻體會亡國之痛，故其所反
映出來的麥秀黍離之情，僅僅只是藉此寄託不遇，埋怨運蹇，與明末文士的
悲痛全然不同。如嵇永仁在《續離騷》中主要反映自身於獄中之心境及討伐
三藩失利被捕之事，然其在《續離騷・引》中仍隱約表達出身處朝代交替之
際的無奈：

> 填詞者，文之餘也。歌哭笑罵者，情所鍾也。文生於情始爲眞文，
> 情生於文始爲眞情。離騷迺千古繪情之書，故其文一唱三嘆，往復
> 流連纏綿而不可解，所以飲酒讀離騷便成名士緣情之所。正在我輩
> 忠孝節義，非情深者，莫能解耳。屈大夫行吟澤畔，憂愁幽思而騷
> 作語曰：歌哭笑罵皆是文章，僕輩遘此陸沉，天昏地慘，性命既輕，
> 眞情於是乎發，眞情於是乎生。〔註12〕

其中，嵇永仁之憂思，源自抗三藩而入獄，主要是對清廷盡忠。因明朝覆亡
之時，其年尚幼，未明世事，自然與眞正參與明末亂亡的祁彪佳、孟稱舜、
吳炳……等文人的感受層面不同。然其於《續離騷・引》中仍提到南宋陸秀
夫負幼帝於崖山投海自盡及屈原之事，足見在他心中依舊存有對家國亂亡的
陰霾及身於明末清初這般朝政不安、社會動亂年代的擔憂。又從《劉國師教
習扯淡歌》一劇中，歷數各個朝代之興衰，皆充滿無限感慨，可見其黍離之
情雖薄弱，但多少仍受到影響，尤其在〈扯淡歌〉中謾罵唐末及宋朝民亂，

> 仁貴征東道他能，黃巢殺人八百萬。〔註13〕

> 外有宋江與方臘，內有蔡京與童貫。〔註14〕

其中黃巢之亂爲鹽商黃巢爲首之民變，自乾符五年（878 年）至中和四年（884
年），長達七年，禍亂唐朝半壁江山，使唐朝國力大衰，最終亡國，進入五代

〔註12〕嵇永仁：《續離騷》，第一頁上～下。
〔註13〕嵇永仁：《續離騷・扯淡歌》，第八頁下。
〔註14〕嵇永仁：《續離騷・扯淡歌》，第九頁下。

十國的分裂局面。而宋江則是宋徽宗年間與官府對抗的農民起義軍，據《宋史》所載〔註 15〕，其分布範圍廣達河北、山東、江蘇一帶，牽連甚廣，亦消耗宋朝國力，導致國家長年積弱不振。後又有方臘之亂〔註 16〕，亦爲農民之亂，其範圍廣達江蘇、浙江、安徽、江西一帶，雖歷時不長，然自此以後，民亂四起，終導致南宋亡國。而嵇氏又將這些民亂首領與蔡京、童貫這類奸佞並稱，足見其對民亂的痛惡。而明末的滅亡，最主要的原因即是流寇高迎祥、李自成、張獻忠……等人的恣意禍亂，姦殺擄掠，終至吳三桂引清兵入關而亡國。也因此，他將自己生平的不遂意及厄運歸咎到了這些所謂奸佞小人的頭上。又裘璉同樣身處兩朝代交替之世，清兵入關時其尙年幼，故無深刻的亡國之痛，但其父執輩皆爲抗清志士，因此在作品當中仍免不了感時憂傷、譏諷之情，只是相較於清初劇作家之慷慨激昂、傷懷悲慟，顯然平淡理性許多。如【紅繡鞋】一曲：

> 【紅繡鞋】踉蹌走出京畿，京畿。急忙追上重圍，重圍。長安遠蜀
> 道危，春花落杜鵑悲，雙懸日月照東西。〔註17〕

雖是描寫安史之亂時玄宗的倉皇離宮幸蜀，實爲譏諷明末時清兵入關的危急與傷悲。然正如其上欄眉批所云：「此叚光景，一一逼出，是太史公手筆」，劇作家主要在於以春秋筆法呈現當時情景，而非激情的抒發。綜上所述，對於朝代交替下心境轉換的描寫，以鄭瑜和尤侗二人最爲眞切，深深道出文人對於仕途的嚮往以及降清過程的掙扎到接受的無奈之情。

第二節　表現對社會之不平

一、科舉弊病

　　清中葉時期，文士們皆已無黍離之悲，取而代之的是對於八股取士及弊端重重問題的反映。因此，此時期之劇作家多以此借題發揮，以抒懷才不遇之恨。而八股取士初爲明代朝廷取士之途，清順治三年（1646 年）下詔恢復

〔註15〕《宋史・本紀第二十二・徽宗四》：「宣和三年二月，淮南盜宋江等犯淮陽軍，遣將討捕，又犯京東、河北，入楚、海州界，命知州張叔夜招降之。」
〔註16〕見《續資治通鑑》：「凡破六州、五十二縣，戕平民二百萬。所掠婦女，自賊洞逃出，裸而縊於林中者，相望百餘里。」
〔註17〕裘璉：《四韻事・鑑湖隱》，第九頁上。

科舉，採八股取士。爾後康熙二年（1663 年）認為八股文空虛無用，曾一度
廢止；後又於康熙七年（1668 年）恢復，乾隆年間不少官吏亦對科舉八股取
士方式感到不滿，繼而提出變革要求改革，對於八股文之去留有所爭議，如：
《清史稿・卷一百〇八・志八十三・選舉三》當中記載：

> 乾隆三年，兵部侍郎舒赫德言：「科舉之制，憑文而取，按格而官，
> 已非良法。況積弊日深，僥倖日眾。古人詢事考言，其所言者，即
> 其居官所當為之職事也。時文徒空言，不適於用，墨卷房行，輾轉
> 抄襲，膚詞詭說，蔓衍支離，苟可以取科第而止，士子各占一經，
> 每經擬題，多者百餘，少者數十。古人畢生治之而不足，今則數月
> 為之而有餘。表、判可預擬而得，答策隨題敷衍，無所發明。實不
> 足以得人。應將考試條款改移更張，別思所以遴拔真才實學之道。」
> 〔註18〕

乾隆三年，兵部侍郎舒赫德向皇帝上奏，認為科舉八股取士無真材實學，積
弊日深，同時使僥倖者增，已非良法，應予以改革，方能遴拔出真才實學之
人為國效力。然而從頭到尾舒赫德也僅只是提出八股取士之法不合時宜，卻
未明確提出改良之法，於是便一直沿用到光緒二十八年（1902 年）方宣布廢
止，但由此可見得乾隆時期，官吏們對於科舉取士途徑已有疑慮及改革之
心。由此可知，清代科舉取士得第的關鍵即在於八股文，而八股以經書文句
來命題，其中又以《六經》為本，故坊間開始流傳許多古籍選本和時文選本，
然這些選本多非全經文，而是刪節評點本，使學子們產生學問鬆散不紮實的
現象。如裘璉於〈昆明池小敘〉中所言：

> 閱唐史沈宋皆坐張易之黨，貶南中，其詩雖佳，宜無足稱者。予之
> 傳此，非慕之歎之也。……昭容，婦官也。考之周禮，不過九嬪世
> 婦中人耳。雖通詩翰，珥筆內庭耳，何致結為綵樓出遊外苑，使之
> 考第群臣上下，長後宮干政之漸。……之問、佺期，險惡小人，覽
> 其詩，侈張諂媚意。其時曲江燕國諸臣必有含規隱諷情見乎詞，而
> 昭容不知取也。是皆可嘆已。語云：唐朝以詩賦取士，李杜何曾作
> 狀元。夫李杜不第則謂唐無詩賦也，可之問冠昆明之首，則謂昭容
> 不解詩也。〔註19〕

〔註18〕趙爾巽等：《清史稿》，第 12 冊，頁 3150。
〔註19〕裘璉：《四韻事・昆明池》，第一頁上下。

引文字當中語含譏諷，先批昭容之身分，若以《周禮》來論，不過九嬪罷，考第舉子秀才之作不妥，再進一步言其無法理解詩句中規隱諷情之意，同時暗指取士之法缺漏百出，否則何以詩仙李白、詩聖杜甫筆掃千軍、金章玉句卻都未曾取士？反倒是沈佺期、宋之問這類虛有其表、斗筲穿窬之小人皆能得第，必是應制規範有所缺失，暗指清代的八股取士。而廖氏更認爲造成此一現象主因，始於明代八股取士，將《四書》、《五經》列入科考當中，一如其在〈明太祖論〉及〈山居雜談六十五則〉中所言：

> 明制，士惟習《四子書》，兼通一經，試以八股，號爲制義；中式者錄之。士以爲爵祿所在，日夜竭精敝神，以攻其業。自《四書》、一經外，咸束高閣，雖圖史滿前，皆不暇目，以爲妨吾之所爲。於是天下之書不焚而自焚矣。非焚也，人不復讀，與焚無異也。〔註20〕
>
> 奈何世人計不出此，窮年累月惟《四書》、一經是務，宜其理無不明，精而又精矣。何至詢以《四書》大義，猶茫然不知其解者，況欲讀天下之書耶？〔註21〕

廖氏怒指明代科舉取士之法，禍害好比秦代焚書，使世人讀書惟以《四書》唯是，其餘諸子百家及經書大多束之高閣，導致時人讀書往往「茫茫然不知其解」，登程者亦多胸無點墨，出現如〈醉畫圖〉及〈續訴琵琶〉當中「有才者不第」的現象：

> 【岷江綠】萬古英雄恨，千篇錦繡腸，惱主司雙目紅紗障，使書生怒髮衝冠。上賺霸王怨，淚橫胸漾。眞哭得箇人愁神愴。我若遇著項王廟，亦要進去哭他一場。訴說平生冤枉。〔註22〕（〈醉畫圖〉）
>
> 【玉交枝】你與我名流同黨，梔經綸泥塗久藏，偏逢主試冬烘樣，不由人，不惱恨難當……〔註23〕（〈醉畫圖〉）
>
> 豈不聞唐朝以詩取士，以杜子美、李太白這樣大才，何曾中了這舉人、進士，難道中了的，才學好過這二人不成。〔註24〕（〈續訴琵琶〉）
>
> 【降黃龍（前腔）】堪傷絕妙文章，卻遇冬烘，看成時樣，高才落第，

〔註20〕 廖燕：〈明太祖論〉，《廖燕全集（上）》，頁 13。
〔註21〕 廖燕：〈山居雜談六十五則〉，《廖燕全集》上冊，頁 372。
〔註22〕 廖燕：《柴舟別集·醉畫圖》，頁 117。
〔註23〕 廖燕：《柴舟別集·醉畫圖》，頁 117。
〔註24〕 廖燕：《柴舟別集·續訴琵琶》，頁 127。

監子成名，地老天荒。〔註25〕（〈續訴琵琶〉）

曲文中皆強調應舉之人文章爲星斗，無奈主考官不是雙目爲紅紗所遮蔽，就是一副迂腐淺陋的烘多樣貌，不由得惱恨。正如眉批所言：「數語寫出英雄磊落襟懷，原是柴舟自道」，足見作者一生磊落坦蕩，不流於俗，故屢屢不第。再看《鑑湖隱》當中另一段文字：

> （丑）小人就把二位老爺爲題。（詠介）知章騎馬似乘船，眼花落井
> 水中眠，李白一斗詩滿篇，長安市上酒家眠，天子呼來不上船。（生
> 小生）唔，這是杜詩。（丑）正是小的杜撰。（生）又來了，此乃當
> 今第一個詩人，杜工部老爺做的飲中八仙歌，你記也記不全，就要
> 說是自家做的麼？（丑）二位老爺小人見如今做詩的抄得一兩句杜
> 詩，便說道眞正唐詩，有名的了。因此小人胡亂做做。〔註26〕

文中透過一位書生隨意將杜甫的〈飲中八仙歌〔註27〕〉張冠李戴、胡亂竄改，並言爲自家之作，再以「又來了」三字，暗諷當日此類士子輩出，足見八股取士制度弊端叢生，導致士子多以選本爲主要讀本，未能周全。又《小四夢·江梅夢》：

> 除了姓李的，這班念詩云子曰的書生，那裡有筆下回春的手段，就
> 是託人作了，倘或萬歲爺一時間分別出來，根究起誰人秉筆，豈不
> 反添了。〔註28〕

當中暗罵當時八股取士制度，以致士人、舉子皆虛有其表，胸無點墨。而正因當時士子讀書只爲應試，多貪取進功，好逸惡勞，完全依賴「古籍選本」，如：《欽定大清會典·事例》中載：

> 士子研經稽古，於《五經》、《三傳》，自應誦讀全書，融鑄淹貫，發
> 爲文章，方足以覘學識，乃進多抄撮類書，勦襲榍拾冀圖詭遇，不
> 可不嚴行飭禁。嗣後坊間如有售賣刪本經傳及抄撮類書者，著該學
> 政隨時查禁，責令銷毀。如歲科考拔生童等有仍將此類聯抄錄者，

〔註25〕 廖燕：《柴舟別集·續訴琵琶》，頁127。

〔註26〕 裘璉：《四韻事·鑑湖隱》，第三頁下。

〔註27〕 杜甫：〈飲中八仙歌〉：「知章騎馬似乘船，眼花落井水底眠。汝陽三斗始朝天，道逢麴車口流涎，恨不移封向酒泉。左相日興費萬錢，飲如長鯨吸百川，銜杯樂聖稱避賢。宗之瀟灑美少年，舉觴白眼望青天，皎如玉樹臨風前。蘇晉長齋繡佛前，醉中往往愛逃禪。李白一斗詩百篇，長安市上酒家眠，天子呼來不上船，自稱臣是酒中仙。……」

〔註28〕 梁廷楠：《小四夢·江梅夢》，第八頁下。

　　即摒棄不錄，以正文風，而端士習。〔註29〕

上文爲嘉慶二十年〈諭〉，禁止士子閱讀坊間刪本經傳及抄撮類書，應誦讀全書，方能融會貫通，足見當時節錄抄襲之興盛。而此現象於《秋聲譜‧洛神殿無雙豔福》對白當中可見：

　　（淨）一派胡言，你四書也未讀完，怎麼就想下場？（丑）如今的
　　舉人、進士，還有一字不識的呢！像俺看過四書，也算得淵博的了，
　　況且還有三字經、千字文幫助，怎麼不去！……〔註30〕

　　（小淨）傅葉娘作首梅花詩兒罷。（付）梅雪爭春未肯降。（小淨）
　　這是句千家詩。（付）鈔襲成文，是秀才的長技，你且聽俺第二句。
　　（作吟哦介）有了，家藏萬卷書有長。（小淨）這是謝學士的門對，
　　怎麼將長有二字顛倒了？（付）你是唐朝人，那裡見過明朝人的詩？
　　只要押得韻穩，管他顛倒不顛倒。又有一句來了，時人不識予心樂。
　　（小淨）這是程子的詩。（付）難道程子會樂？區區就不會樂？你
　　這人瑣碎得緊，莫要混鬧攪亂姑娘的文思。（小淨）請搆思，請搆
　　思。（付搖頭閉目吟哦介）妙啊！你聽這一句，越發有趣了。（小淨）
　　請教。（付）叫了聲秋菊，喚了聲海棠。（小淨）怎麼連馬頭調的句
　　子都偷了來了。請問怎講？（付）秋菊海棠都是丫頭名字。丫頭者，
　　梅香也。這一句收到題目上豈不妙哉乎？（小淨大笑介）奇想，奇
　　想！〔註31〕

文中首先提及「如今的舉人進士，還有一字不識的呢！像俺看過四書，也算淵博的了，況且還有三字經、千字文幫助，怎麼不去！」言科舉之不公，致當朝舉人進士竟有一字不識者，又言蠢如佈德之類，在當時只要走旁門左道，單單靠閱讀四書、三字經及千字文之選本便可金榜題名，可見當時讀書人投機之盛。另外，在描寫到傅葉娘時，更是字字點出當時舉子多攀親帶故，不但於科場上抄襲千家詩、解縉家門聯、程顥詩作甚至連馬頭調都不放過，毫無學養可言，極盡嘲諷！但也更加印證了當時科舉制度下的種種癥結。同樣在《寫心雜劇‧癡祝》中亦是，

〔註29〕崑岡：《欽定大清會典‧事例》，卷三百八十八，〈禮部：學校〉（臺北：新文
　　　　豐出版社，據清光緒二十五年（1899）刻本影印，1976年），頁16。
〔註30〕嚴廷中：《秋聲譜之三‧洛神殿無雙豔福》（收錄於鄭振鐸《清人雜劇初集》），
　　　　第十二頁上。
〔註31〕嚴廷中：《秋聲譜之三‧洛神殿無雙豔福》，第十五頁下、第十六頁上。

（生哭介）愧煞我胸中點墨從無有，儀容力竭形同狗，那些兒籌畫
出人頭。〔註32〕

文中道出許多讀書人爲了出人頭地，處處謀劃，最終累得如同狗一般。綜上
所述，我們可以看出清中葉後期，人們對於八股取士的規範以及考官的公正
均產生了嚴重的質疑，這也是在鴉片戰爭後，朝野吹起科舉改革之風的原因
之一。

除此之外，清乾隆年間，和珅專權，科場弊端不斷，直至嘉慶臨朝初年，
仍未能解決此弊病，如《清史稿・列傳一百四十三》所記：

> 十餘年來，其變更祖宗成例，汲引一己私人，猶未嘗平心討論。內
> 閣、六部各衙門，何爲國家之成法，何爲和珅所更張，誰爲國家自
> 用之人，誰爲和珅所引進，以及隨同受賄舞弊之人，皇上縱極仁慈，
> 縱欲寬脅從，又因人數甚廣，不能一切屏除。〔註33〕

自從和珅擅權以來，舉凡朝廷用人幾乎全掌控在其手中，結黨人數甚廣，自
然科舉收賄舞弊事件層出不窮。而自古士人又往往以登科爲志，故此時期懷
才不遇之士往往投書筆墨，暗中嘲諷。如《四色石》各劇中則是充滿懷才不
遇之悲怨，如《宴滕王子安檢韻》：

> 【鵲踏枝】一書生命偏微，海竄梁鴻，途哭阮籍，賦凌雲，怎逢楊
> 意奏流水，卻遇鍾期。〔註34〕

> 【寄生草】命蹇途多舛，時乖運不齊，請纓無路，錯把終童擬，長沙
> 竟屈難舒誼，將軍神勇難封，李郎官易老難逢帝。少甚麼孟嘗高潔浪
> 還珠，則待做班超遠大聊投筆。〔註35〕

> 題滕王閣
> 義烏亡命楊盧死，終古書生處境窮，年少飄零似王勃，神人還予一
> 帆風。〔註36〕

作者透過王勃、梁鴻、阮籍、賈誼等人，來自嘆時運不濟，又因家道貧窮，
請纓無路，高才卻不得志，年少飄零。又《隝同谷老杜興謌》一劇：

> 【二煞】四山風片多，溪頭水急流，寒霖颯颯把枯株溜。狐狸狡獪

〔註32〕 徐爔：《寫心雜劇・痴祝》，第三頁上。
〔註33〕 趙爾巽等：《清史稿》，第37冊，卷356，列傳一百四十三，頁11310。
〔註34〕 曹錫黼：《四色石》（收錄於鄭振鐸《清人雜劇初集》），第三十六頁上，頁252。
〔註35〕 曹錫黼：《四色石・宴滕王子安檢韻》，第三十六頁上。
〔註36〕 曹錫黼：《四色石・宴滕王子安檢韻》，第三十七頁下。

城蒿茂。萬感中宵不自由，五歌作兮歌雜糅。（淨丑）怕老爺家鄉也
則如此。（生）咳！倘故鄉歸去，勝窮谷夷猶。〔註37〕
更是進一步直指和珅等黨羽如「狐狸狡獪城蒿茂」，多如蒿草，無論城鄉皆處
處扎根，難以剷除，令人不勝唏噓。又《玉田樂府・白玉樓》中亦是：

【醉中天】猛撇了人世的虛褒獎，天帝呵！實在的青眼不炎涼，特地的
憐才，使他騎鳳凰，況有那紫玉虬脯餉。鳳味鶯毫停當，仍舊的仙班仙
杖，大古里勝卻那人世的紫綬金章。〔註38〕

袁氏同樣透過曲文暗罵世態炎涼，虛情假意，帝王不識人才，致使奸人當道，
有才者淪落。故於劇末使李賀位列仙班，以滿足世人期待。而當時除了對和
珅等人的收賄賣官不滿外，科場舞弊更是科舉的另一問題。如《秋聲譜・洛
神殿無雙豔福》一劇：

【香柳娘半】趕科場去來，趕科場去來，莫搜挾帶，講章只有部高
頭在。（見介）爹爹如今科場到了，俺也要去混他一混，倘若中了個
角元，這狗板就不愁了。（淨）解元怎麼叫角元，狗板是甚麼東西？
（丑）狗者，犬也；板者，片也。狀者，箋片走狗也。……〔註39〕
桃夭時候，禮部主婚完，配來佈德、傅葉娘一對怪物。兩家妖異，
惡木雙枝。宜棲頑鳥臭蒿一樹。好庇淫蟲亦著配爲夫婦，命閻朝隱
主婚。〔註40〕

文中先以「莫搜挾帶」，諷刺當時科場挾帶小抄之弊，並譏嘲解元乃「箋片走
狗」。最末作者再借佈德、傅葉娘二人，來謾罵世間同類人物皆爲怪物，頑劣
淫蕩，並給予嚴懲，一發內心之鬱悶，令人讀之而後快。也因此梁廷楠才會
在《小四夢・斷緣夢》當中對科舉極盡嘲諷：

（副淨）當初你老爺死到這裡的時節，已是一百二十多歲，那時你
奶奶的芳庚還不到二十。有日老爺帶了筆硯考官回來，在我娘家門
首經過，看見我青年美貌，就託媒人來說了，我當時聞係考職的人，
癡心想著穿戴鳳冠霞帔，一口就允他親事。（雜）奶奶果然好眼力。
（副淨）誰想過門之後，他官也考不起，我那時就替他起一課。卦

〔註37〕曹錫黼：《四色石・宴滕王子安檢韻》，第四十頁下。
〔註38〕袁棟：《玉田樂府・白玉樓》（收錄於《傅惜華藏古典戲曲珍本叢刊》33冊），
　　　　第四頁下、第五頁上。
〔註39〕嚴廷中：《秋聲譜之三・洛神殿無雙豔福》，第十一頁下、第十二頁上。
〔註40〕嚴廷中：《秋聲譜之三・洛神殿無雙豔福》，第二十四頁下。

書上說他再過三百年，纔有點官星。但是官祿宮帶了驛馬，未免奔
走勞碌些兒。我只好眼巴巴的望著，好容易過了兩百五六十年，不
知下第了百幾次，纔考中了，又挨了五六十年。剛剛選了一個正一
百零二品的土地前程。〔註41〕

直指士人對於功名的盲目追求，甚至托以終身。即便得知要待三百年後，方
得官祿，卻仍日復一日，巴望著登科之日的到來，最終也只得個正一百零二
品的土地，對科舉充滿不屑。

二、不平之鳴

清代文人在面對新朝的高壓統治及文字獄的威嚇下，往往以文章或詩歌
來抒懷或闡述種種不合理的現象，並改以較隱晦的方式來指桑罵槐，表達心
中鬱悶，如：張韜《續四聲猿》與徐渭《四聲猿》同樣為反映社會現實，表
達不平之鳴。鄭振鐸於劇末評：

四作除《戴院長神行薊州道》為純粹之故事劇外，他皆鳴其不平
之作。如韜自敘，韜詩文皆佳，填詞亦是名家，雜劇尤為當行……
〔註42〕

又〈續四聲猿題詞〉云：

猿啼三聲腸已寸斷，豈更有第四聲，況續以四聲哉。但物不得其平
則鳴，胸中無限牢騷，恐巴江巫峽間應有兩岸猿聲啼不住耳。徐生
莫道我饒舌也。〔註43〕

透過鄭氏及張氏自言，可知《續四聲猿》創作立意即為表「不平之鳴」。又如
鄭氏所言，《續四聲猿》四劇當中，僅《戴院長神行薊州道》一劇乃純故事劇，
其餘皆符合作者題詞中之主旨。如《霸亭廟》：

【甜水令】您看那一字字簇錦堆花，一句句戛金戛玉，一篇篇翔鸞
飛鳳。（帶云）大王你與俺閃開雙目睜重瞳。（帶云）您不看波俺自念
與您聽著。（念科）廝琅琅擲地聲高，光閃閃衝天燄吐，茶滔滔驚人
詞涌，這樣文字怎生不得頭名。（作拍案科）敢惱得您電激也似雷轟。
〔註44〕

〔註41〕 梁廷楠：《小四夢‧斷緣夢》，第三十三頁下至第三十四頁下。
〔註42〕 張韜：《續四聲猿》，跋一，頁197。
〔註43〕 張韜：《續四聲猿‧霸亭廟》，第一頁。
〔註44〕 張韜：《續四聲猿‧霸亭廟》，第二頁下。

以大王之威不能取天下，以杜默之才不得中狀元。哎喲！兀的不悲

煞俺兩人。〔註45〕

當中杜默將自己與項王相比，言己文采句句金聲、擲地有聲、錦心繡口，不平爲何科試中不得頭名。雖未明言，實則指責清廷科舉不公。而嵇永仁在《泥神廟》當中對於清代科舉之不公，則與張韜一致，

大王，大王，宇宙之間，虧負你我兩人了。英雄如大王而不能成霸

業，文章如杜默而進取不得一官，豈不可哀，豈不可傷？〔註46〕

且曲文中更加強調兩人並非無才，以英雄如項羽；文章如杜默者，皆無所得，更加哀嘆時不我予。又《木蘭詩》當中同樣感嘆世態炎涼，未戴烏紗前受盡欺凌：

【錦上花】買臣妻不守貧窮，蘇秦嫂誰憐寒凍，常則是受盡腌臢，

被人調弄。誰識得伏櫪良駒，誰救得淺波困龍，這的是世態人情炎

涼千古共。〔註47〕

張氏以朱買臣之妻、蘇秦之嫂爲例，無奈良駒難遇伯樂；困龍難以昇天，實非無才無能，只奈時運未至，爲世人調弄。

而尤侗於《閒情偶寄序》中亦有此觀：

聲色者，才人之寄旅；文章者，造物之工師。我思古人，如子胥吹

簫，正平撾鼓，叔夜彈琴，季長弄笛，王維爲「琵琶弟子」，和凝稱

「曲子相公」，以至京兆畫眉，幼輿折齒，子建傅粉，相如掛冠，子

京之半臂忍寒，熙載之衲衣乞食，此皆絕世才人，落魄無聊，有所

託而逃焉。〔註48〕

他認爲古代所有絕世人才居於落魄無聊之地，皆借文章或音律來寄託不平，以逃避世事。因此才會有伍員吹簫、漢彌衡撾鼓、嵇康彈琴、馬融笛、王維爲雷海清賦詩、和凝好曲、張敞爲妻畫眉、曹植傅粉、相如掛冠、韓熙載之衲衣乞食……等作品。又〈葉九來樂府序〉：

古之人不得志於時，往往發爲詩歌，以鳴其不平。顧詩人之旨，怨

而不怒，哀而不傷，抑揚含吐，言不盡意，則憂愁抑鬱之思無自而

〔註45〕　張韜：《續四聲猿‧霸亭廟》，第四頁下。

〔註46〕　嵇永仁：《續離騷‧泥神廟》，第十六頁下。

〔註47〕　張韜：《續四聲猿‧木蘭詩》，第五頁上。

〔註48〕　尤侗：《閒情偶寄序》，《西堂雜組二集》卷三（收錄於《續修四庫全書》第1406

冊）。

申焉。既又變爲詞曲，假托故事，翻弄新聲，奪人酒杯，澆己塊壘。於是嬉笑怒罵，縱橫肆出，淋漓盡致而後已。……然千載而下，試其書想見其無聊寄寓之標，愾然有餘悲焉。而一二俗人，乃以俳優小技目之，不亦異乎？〔註49〕

言古人之不得志時，初以詩歌鳴不平，後以故事假託，嘻笑怒罵，愾然傷悲，雖爲戲曲，其意寓之深、情思之切，未遜於詩作，不可以雕蟲小技視之。足見當時戲曲的諷喻、教化功能已遠超過其最初的娛樂功能，完全的「文士化」了。因此，尤氏在《讀離騷》中笑傲萬物、瘋癲怒罵歷朝之事，

【混江龍】可怪的馬出圖，龜出書，更死麒麟，哭斷二百年魯史。可疑的燕生商，熊生夏，并活鳥翼，扶起三十世周家。可詫的四目領鬼泣神號，只一畫亂演典墳丘索。可憎的一足夔，鳥儀獸舞，費百拜，強分凶吉賓嘉。最奇的畫九鼎魑魅魍魎，四乘推開碣石。最巧的排八陣，龍虎鳥蛇，一竿釣出琅琊。可恨的酒池肉林，無愁天子，盡消受玉杯象箸。可惜的夏臺羑里，有道聖人，也不免鐵鎖銅枷。天哪！若是勸忠呵，不見那萇弘血、比干心，鏤劍鷗皮吳國恨。若是教孝呵，不見那伯奇蜂、急子節，偏衣金玦晉軍譁。若是愛才呵，不見那孔先生、孟夫子，抵掌高談，整日價贏馬棧車休館舍。若是惡佞呵，不見那衛大夫、宋公子，脅肩諂笑，一般兒峨冠博帶坐官衙。若是福善呵！不見那西山上，絕粟采薇，千載饑寒鳥啄肉。若是禍淫呵！不見那東陵下，膾肝吮血，終朝醉飽虎搖牙。說富呵！有那陶朱公散千金，怎教苦黔姿妻杖操瓢，檻樓模樣。說貴呵！有那蘇季子相六國，怎教老侯嬴抱關擊柝，冷淡生涯。論年呵！可笑那頹彭祖八百歲，一世龍鍾，偏則是泣顏回少年白髮。論貌呵！可厭那蠢無鹽，三千人一身寵愛，偏則是葬西施薄命黃沙。這一樁樁皮裡陽秋，寫不完董狐筆，一件件眼前公案，載不了惠施車。便百千年難打破悶乾坤，只兩三行怎吊盡愁天下！休怪俺書生絮聒，且聽波上帝嗟呀！〔註50〕

【油葫蘆】仰視蒼蒼正色耶，呆打孩沒話答，似葫蘆無口豈匏瓜。天有耳乎！九皋聞怎把雙輪羃？天有目乎！四方觀怎把重瞳瞎？天

〔註49〕　尤侗：〈葉九來樂府序〉，《西堂雜組二集》，卷三，頁7，總頁311。
〔註50〕　尤侗：《西堂樂府·讀離騷》，第三頁上至第四頁上。

有足乎！繞北極步正艱。天有口乎！翁南箕舌不下。今日裡盡隨人
號叫，只是裝聾啞，早難道飛夢落誰家。〔註51〕

曲文中對於《易經・繫辭》中所言之「河出圖，洛出書」，及玄鳥生商、熊生
夏，和種種凶吉賓嘉之禮感到怪疑憎詫。同時笑罵忠孝、惡佞、福善、禍淫、
富貴、年貌……等等諸事皆不平。故他在【油葫蘆】當中仰天空問，「天有耳
乎」、「天有目乎」、「天有足乎」、「天有口乎」怨上天無耳、無眼、無口、無
足，只會裝聾作啞，從未給予人間合理的天道報應，深深表達內心之不平。

又稽永仁《續離騷》亦是借古喻今，《曲海總目提要・泥神廟》卷二十二
中言：

此劇所提撥者，以不用韓信，誤信項伯，似別有所感慨而作。其敘
范承謨和淚集云：「閩難之作，或者議之，謂公粉飾太平則有餘，勘
定禍亂則不足」。此語似是而非，然則當時固有議承謨者，永仁或有
籌策，傷承謨不能用，借此寓意，未可知也。其事則總用杜默，無
異同。〔註52〕

據董康所評，此劇乃專為諷刺康熙年間福建總督范承謨而作，當中作者以韓
信及杜默自況，先以杜默暗指己身屢屢落第之不遇；又以項羽譬承謨，言其
不能用人，或許於三藩之亂時，永仁已有制敵之策，卻不被採納，終遭入獄。
正如其於劇中所言：

悶向窗前觀通鑑，古今世事皆參遍，興亡成敗多少人，治國功勛經
百戰。安邦名士計千條，北邙山下無打算，爭名奪利一場空，原來
都是精扯淡。〔註53〕

曲文中自詡為安邦名士，且有「計千條」，無奈范承謨竟「無打算」，終究「一
場空」。又范承謨於〈書續離騷後〉中自云：

慷慨激烈，氣暢理該，真是元曲，而其毀譽含蓄又與四聲猿爭雄矣。
捧讀之際，具感友誼忠懷，不禁涕泗滂沱，一見不忍再見，想伯約
信國，睹此必有餘哀也。意謂猩猩鸚鵡梟猿獅蟲等類，雖屬怪種，
亦當痛快一擊，使後世知有底止畏懼少存人性，所廣功德，不可稱，
不可量，非特為麟鳳龜龍吐氣，生色矣也。東田先生以為然否？濟

〔註51〕尤侗：《西堂樂府・讀離騷》，第四頁上。
〔註52〕黃文暘：《曲海總目提要》，頁816。
〔註53〕稽永仁：《續離騷・扯淡歌》，第二頁下。

陽范承謨炭筆試。〔註54〕

當中言「與四聲猿爭雄矣」，《續離騷》四劇，一言憤懣憂愁；一言用人不當；一言古人忠義；一言審判不公，即言嵇氏於獄中之心路歷程，劇中字字句句皆慷慨激烈，氣暢理該，當中充滿對承謨之情誼與忠誠之心，令其讀之不覺涕流，能夠對諸多違背忠孝敗壞節義、貪酒戀花守財使氣、奸盜詐偽、讒蹈妒害之人予以痛快一擊，不畏強權，勇於相抗。

三、斥奸罵讒

清代的文人眼裡，對於家國離亂，除了感慨易代之變，對於導致前朝覆亡的奸佞小人深惡痛絕；同時也發現幾千年來的封建體制早已崩壞不堪，名利權勢摧毀了文人救世濟民的情操，轉而為貪汙賄賂、爭權誤國的醜陋面貌。如：裘璉《集翠裘》總評當中對於奸佞好讒小人更是嚴屬抨擊，

> 集翠劇寫武后，則裙裾脂粉。寫二張，則嘲譏戲諧。寫梁公，則慮忠訴志。蓋兼香匳騷人楚江三體而有之。〔註55〕

劇中主要描寫武后、二張與狄仁傑三人之事，其著重各有不同，如在【桂枝香】及【醉花陰】兩支曲中可見作者對武后及狄仁傑之描寫，

> 【桂枝香】晶簾高控，銀屏低奉，看名花傾國，相歡月下瑤台，初擁正春深晝，永春深晝，永霞觴讌，送風光如夢。怎不羨芳容，果然貌似蓮花美，奪卻春花萬樹紅。〔註56〕（集翠裘）

> 【北黃鐘宮】【醉花陰】朝罷初回鳳城裡，是誰令貞元漸否，忠臣去，佞人私，國祚頻危。可憐俺太宗家不姓李。〔註57〕（集翠裘）（眉評：悲壯嗚咽）

在【桂枝香】當中，以描寫武后之嬌容、月下之歡愉諸類兒女脂粉之情，完全不論其登基治國之事，以加強其之後對於二張的憤懣。同時他在【醉花陰】中對於狄仁傑的描寫則是充滿忠貞愛國之心，與二張的奸讒形成強烈對比。每每都是為了暗諷嘲罵二張進讒誤國之事，正如《集翠裘》第二折評中所言：

> 詞家十二科中，四曰忠臣烈士，六曰斥奸罵讒。是折本此謂小雅悲

〔註54〕稽永仁：《續離騷・罵閻羅》，第三十四頁下。
〔註55〕裘璉：《四韻事・集翠裘》，第五頁下、第六頁上。
〔註56〕裘璉：《四韻事・集翠裘》，第一頁下。
〔註57〕裘璉：《四韻事・集翠裘》，第六頁上下。

> 傷怨黷而不流於謗者也。〔註58〕

《集翠裘》一劇屬「詞家十二科」中之忠臣烈士及斥姦罵讒，前者以狄仁傑為主角；後者則言武后及二張。如作者於【桂枝香】一曲中對於武后和二張極盡譏諷，語語雙關，

> 【前腔】（【桂枝香】）當拳須用陸梁誰控。（老旦）願歸家早得成雙，無阻礙往來相共。（合）把長門閉緊，長門閉緊，冤家休縱，憑伊搬弄，兩兩較雌雄，但看色膽多和少，管教輸贏不落空。〔註59〕（集翠裘）

以「拳」暗指「權」；以「歸家」暗指「篡位」，以「長門緊閉」暗諷武后「穢亂後宮」。此外，裘璉更以【賺】、【倘秀才】二曲，透過忠臣之口來譏罵奸佞小人，

> 【賺】補裘無功，朝罷還應侍袞龍。笙歌擁，爐煙樹色兩朦朧。逵宸聰，抗疏匡衡慙未勇。莫使簾高眒九重。羨昌宗，朝朝入未央宮，獨承恩寵，獨承恩寵。〔註60〕（集翠裘）（眉評：便含裘意）

> 【倘秀才】俺這裡紫衣掛體，對天日見神祇。那容得喬粧狐媚，俺待學一狐裘，毛盡存皮。俺待學斂縕袍，狐貉不能移。俺待學痛絺袍，寒士賦無衣。卻不道美服患指那翡翠鳥致苑，因誰可咲。那諧臣，原具獸形，翩（邊羽）无道，容光麗醜態誰知。〔註61〕（集翠裘）（眉評：忽而端嚴，忽而感慨，忽而痛哭流涕，真寫生手）

透過「翠裘」來諷刺張昌宗無功於家國，卻能朝朝入未央宮，獨承恩寵；原具獸形，故穿裘衣。最末以【煞尾】來點明心事，

> 【煞尾】正合著那庸人意，他可知憔悴平章富馬奴，看盡公卿。他自知別盡忠奸。他不欺，咲盡斑斑粉面皮，嘆盡皤皤黃髮絲，不愧門題光範。誰想着，卻在房州帝子何年起，請看一百年的今日域中，竟歸誰氏。〔註62〕（集翠裘）

感嘆狄仁傑雖能辨忠奸，卻無力挽回。再看今時今日，天下亦歸清朝，不勝

〔註58〕　裘璉：《四韻事‧集翠裘》，第八頁上。
〔註59〕　裘璉：《四韻事‧集翠裘》，第二頁下、第三頁上。
〔註60〕　裘璉：《四韻事‧集翠裘》，第三頁下、第四頁上。（按：抗疏匡衡慙未勇當中之「未」字見於傳惜華藏古典戲曲珍本叢刊之絳雲居本。）
〔註61〕　裘璉：《四韻事‧集翠裘》，第七頁上。
〔註62〕　裘璉：《四韻事‧集翠裘》，第七頁下、第八頁上。

唏噓！能夠從長遠來著眼，格局遼闊，借由唐武后朝之二張來喻當時朝廷中見風轉舵之奸佞。一如此曲之眉評道：

> 化字春秋。〔註63〕

> 收拾處寫出梁公倦倦心事，是大識見大力量也，勿作傳奇讀可。

〔註64〕

足見裘璉之作是具有微言大義，暗含褒貶的。又葉承宗於《十三娘》中亦藉劇中權傾朝野之權貴子弟諸葛殷，來嘲罵奸佞顯威之人，如：

> （小旦）霜峰碎俺頭，想此輩只是眼裏無珠，不識好人，把眼重摳，這人一昧風波，滿口雌黃，改頭換面，不認己言，將劍鋩戳得舌尖透，情難宥，你怨怎酬他災誰救，從教亂擲荒山岫。豺狼恥啖兜頑膽，把劍橫空一嘯歌，夕陽影裏人歸候。〔註65〕

此處上欄眉批言：「嘻笑怒罵皆成文章」，其先嘲笑此類奸佞只是有眼無珠，而後一路謾罵其滿口雌黃、好惹風波、危害好人，又嬉鬧要將其改頭換面、戳透舌尖，最末將其擲於荒山，再諷爾等孤雛腐鼠之軀，連豺狼虎豹皆不願一食。又車江英《四名家傳奇摘齣》之《遊赤壁》當中亦是暗中對奸佞小人嚴厲抨擊，他假藉蘇軾之口，將當時參與「熙寧變法」的重臣呂惠卿痛罵一番：

> 【沽美酒帶太平】你憑著會逢迎白晝威，你倚著肆貪殘把赤子欺竊，逐賢良鳳德衰，助青苗草木悲。你只曉曳侯門脅肩諂媚，怎比我朝天子鞠躬盡瘁，□（疑為「分」）不得帝王憂歲輸金幣，解不得閭閻愁日苦凶飢。（小淨）這廝可惡，手下將他金蓮端破，扯他不馬。（生）誰敢呂惠卿你胡為亂為，你可敢裝瘋賣癡，呀！待來朝叩丹墀分辨誰是。〔註66〕

文中怒罵其逢迎諂媚，沐猴而冠，逐賢良。師心自用，將變法變調，致國家不振，依舊年年重稅納歲幣，人民苦不堪言。字字犀利，讀之令人痛快。

透過上述各劇，可見當時劇作家對於封建體制的崩壞及奸佞權臣感到擔

〔註63〕裘璉：《四韻事・集翠裘》，第七頁下。

〔註64〕裘璉：《四韻事・集翠裘》，第八頁上。

〔註65〕葉承宗：《四嘯・十三娘》（收錄於鄭振鐸《清人雜劇二集》），第九頁上～下，（香港：龍門書店，1934年）。

〔註66〕車江英：《四名家傳奇摘齣・遊赤壁》（收錄於鄭振鐸《清人雜劇二集》），第三十頁下、三十一頁上，（香港：龍門書店，1934年）。

憂與憤恨，卻難以扭轉頹勢，只得以嘻笑怒罵之筆觸來呈現出內心之不平。

　　而清中葉後期開始，社會體制逐漸動搖，正如上文所述，和珅等貪官把持朝政，再加以乾隆皇帝本身好大喜功，更加助長了這類逢迎小人的威勢。如《郎潛紀聞二筆》中所載：

> 嘉慶初元，珅勢益張，外而封疆大吏，領兵大員，內而掌銓選，理
> 財賦，決獄訟，主諫議，持文柄之大小臣工，順其意，則立榮顯，
> 稍露風采，折挫隨之。〔註67〕

又《嘯亭雜錄》載：

> 自和相秉權後，政以賄成，人無遠志，以疲軟為仁慈，以玩偶為風
> 雅，徒博寬大之名，以行狗庇之實，故時風為之一變。〔註68〕

自和珅掌控朝野後，朝廷內外大小官員之任聘，無一不經其手，順者昌；逆者亡，行賄之風大盛。致人無遠志，有志之士紛紛附庸風雅，不問世事，使社會良善風氣自乾隆中期以來幾近怠矣。因此文人又再度開始重視儒家之忠、孝、節、義，如：李調元在《雨村劇話序》中言：

> 戲之為用，大矣哉！孔子曰：「詩可以興，可以觀，可以群，可以怨。」
> 今舉賢姦忠佞，理亂興亡，搬演於笙歌鼓吹之場，男男婦婦，善善
> 惡惡，使人觸目而懲戒生焉，豈不亦可興、可觀、可群、可怨乎？
> 〔註69〕

當中再次提出戲劇必須達到如《詩經》般，「可以興，可以觀，可以群，可以怨」的使命。此外，梁廷楠亦於《藤花亭曲話》中言：

> 惺齋作曲，皆意主勸懲，常舉忠、孝、節、義，各撰一種。以《無
> 瑕璧》言君臣，教忠也；以《杏花村》言父子，教孝也；以《瑞筠
> 圖》言夫婦，教節也；以《廣寒梯》言師友，教義也；以《花萼吟》
> 言兄弟，教弟也。事切情真，可歌可泣。婦人孺子，觸目驚心。洵
> 有功世道之文哉！〔註70〕（梁廷楠《藤花亭曲話》）

〔註67〕陳康祺：《郎潛紀聞二筆》，卷六，（北京：中華書局，1997年），頁420。
〔註68〕昭槤：《嘯亭雜錄》，卷四，（北京：中華書局，1997年），頁109。
〔註69〕李調元：《劇話》，二卷（收錄於《中國文學百科全書資料彙編》）（台北，鼎文書局，1974年2月），頁35。
〔註70〕梁廷楠：《曲話》，五卷，（藤花亭十五種影清同治間刊本），卷三，第四頁下至第五頁上。又可見於梁廷楠《曲話》，（《中國文學百科全書資料彙編》）（台北，鼎文書局，1974年2月），頁267。

他讚揚惺齋作曲，皆以勸懲爲立意，撰寫忠、孝、節、義各種德行，言其以《無瑕璧》言君臣，教忠也；以《杏花村》言父子，教孝也；以《瑞筠圖》言夫婦，教節也；以《廣寒梯》言師友，教義也；以《花萼吟》言兄弟，教弟也，事切情眞，可謂眞正做到有功於世道。〔註71〕故此時期組劇當中多是斥奸罵讒之語。如《四色石》當中《張雀網庭平感世》一劇：

> 【調笑令】欄邊似逐罈，可也虀蛆情多失勿護。筭將來華堂廣廈堪遊衍。似這樣鈍秀才，一朝寒賤多少素心人，遠之如帝天。多謝您小崔兒恰陪伴窮猿。〔註72〕

> 【對玉環帶過清江引】廚冷朝烟，天無靳粥罈，老壯窮堅，死灰一始燃。若不是靈魂兒向錢眼穿，早良心兒稍發現，便雪夜花朝，何妨把好句聯，何須婢膝奴顏，哀鳴償鳳怨。狂瀾翻覆，怎待轉白眼，凝將倦。山恩一筆捐，海義春風片，請打疊下好精神，則揀癮便呪。
> 〔註73〕

> 炎涼之態怕無加，白眼看來轉嘆嗟。省得凡人難貌相，青門莫厭故時瓜。〔註74〕（題雀羅庭）

文中描寫翟公嘆世態炎涼、現實，作者亦借此嘲諷，以罈味、虀怪、蛆蟲來形容小人的腥臭、毒惡及危害。又以寒賤遭白眼、富貴庭若市兩相對比，批判時人見風轉舵之功利現實。又《小四夢‧圓香夢》亦是：

> 【柳葉兒】險些兒化身羅刹將伊嚇，卻依舊孃雲髮怯弱宮娃，僵桃代李分明詐。（貼寫介）（生）原來詐的。噯！我明白了。他則想要絕了小生的念頭呵。（淨）他現爲散花仙女，豈肯更與凡人作緣乎？天花散罷，生厭東風嫁。諸君好住，寡人別矣。一瞬間又轉過雲騠，撇不掉迢迢路遠水葭葭。〔註75〕

劇中李氏成爲散花仙女後，告知莊生仙凡之異，望其知難而退，現實到令人心寒。此外，《斷緣夢》當中則是藉由土地公及小吏的貪歛，來暗諷當日地方官吏：

> 只因生前充當個書辦，費盡了多少心機，坑害了多少窮漢，才弄得

〔註71〕以上內容節錄自筆者《孟稱舜節義鴛鴦塚嬌紅記研究》碩士論文，頁172～175。
〔註72〕曹錫黼：《四色石‧雀羅庭》，第十九頁下。
〔註73〕曹錫黼：《四色石‧雀羅庭》，第二十四頁下至二十五頁下。
〔註74〕曹錫黼：《四色石‧雀羅庭》，二十五頁下。
〔註75〕梁廷楠：《小四夢‧圓香夢》，第四十五頁下、第四十六頁上。

些銀錢入手，及至無常一到，春夢全空……看看要混入餓鬼道中去了，恰好上頭頒到新例，因近日做夢的人，比先前更多，所有土地衙門管著的，不拘何人，夢見何事，均要申詳管夢衙門查勘，所以各處土地，重新要招募書吏，寫辦文書，小子就投在這嶺南土地祠，權充一名撰典……〔註76〕

上頭行下文來，要將地方上做夢的逐一查報，我就借個題目，天天在外頭混來混去，悄悄背著奶奶，討了個無主的女鬼魂，做個別室，權藏在村裡一所破廟……〔註77〕

劇中描寫土地公及小吏借公務之名，坑殺百姓、強虜民女，揭露地方官吏平日裡胡作非為的樣貌，令人感到憤恨。又《玉田樂府‧陶朱公》於【天下樂】、【寄生草】和【石榴花】三支曲中罵盡紈綺子弟：

【天下樂】積玉堆金幾萬千，堪也波憐幸自全，誰知那兒子們心愚力強，志不賢，都把那智識捐，那能勾氣質悛，看看的豪華呵，又嬰了網罟。〔註78〕

【寄生草】但識諂諛味，何知理法先，朱提滿橐逢迎。慣黃金滿屋詩書賤，青蚨滿眼，奢淫便終身不近，那義和仁，一朝空結的仇和怨。〔註79〕

【石榴花】他守著那南畝共西池，受用那翠繞與珠圍。守錢虜箇箇競痴肥，那曉得幕間燕飛，簷中蟲棲。漫道是小慧好行多才藝，渾不覺當前險，處處危機，尚兀自驕奢淫縱張威勢，平白地把人欺。〔註80〕

此兩支曲上欄之眉批分別為「說盡紈綺子弟」及「紈綺子弟同犯此病」，足見此三曲皆言紈綺子弟，痛罵其智愚不賢、不識詩書、絕仁去義、箇箇競痴肥、猶如蠹蟲、好行小慧、結黨營私、驕奢淫縱張威勢，將紈綺子弟之惡行惡狀表露無遺。此外，袁氏又於《鄭虎臣》一劇中大肆批判權臣賈似道：

【雙調】【新水令】一腔忠憤淚難揮，喜今朝人人吐氣，他權奸蹤似狗，俺正直氣如雷，待要那宇宙光輝，便是做出來時也好笑同兒戲。

〔註76〕梁廷楠：《小四夢‧斷緣夢》，第三十二頁上下。
〔註77〕梁廷楠：《小四夢‧斷緣夢》，第三十七頁上。
〔註78〕袁棟：《玉田樂府‧陶朱公》，第二頁上。
〔註79〕袁棟：《玉田樂府‧陶朱公》，第二頁下。
〔註80〕袁棟：《玉田樂府‧陶朱公》，第五頁上。

〔註81〕（犀利無敵）

文中袁氏借由鄭虎臣之正直、忠憤自喻；同時又嘲諷賈似道如同狗一般的跟蹤、陷害忠良。爾後，袁氏更透過【駐馬聽】、【沉醉東風】、【雁兒落】、【得勝令】、【碧玉簫】、【攪箏琶】、【水仙子】、【撥不斷】、【亂柳葉】、【豆葉黃】、【金盞子】、【風流體】、【折桂令】、【步步嬌】、【卦玉鉤】、【沽美酒】、【太平令】共十七支曲子，悉數謾罵，十分痛快。足見作者對於當時權貴小人之深惡痛覺。而《北涇草堂外集三種》當中亦多謾罵奸臣爭權貪財的小人嘴臉，如《紫姑神》和《維揚夢》：

> 其實上天只論福澤，不論妍醜，俺聽你情詞還在，可憫目下閒神野鬼，把人家坑廁個個佔滿，尚自你爭我奪，日夜不休，待俺奏聞上帝，封你爲紫姑神，前去巡查一番，再與你桑弓一張，桃箭十枝，凡是人家妻妾間有大不平的事，許你隨便處分。〔註82〕

> （又出牌讀云）仰原選廁神，后諦、李赤、黃衣女子等，率領各處廁神廁鬼，俱於本月齊集萬香園，聽候分班挑選，不得恃強擅奪，須至示者。（二神）原來欽差到了，我們快去遞職名，送禮物，不要被他人先弄了手腳。〔註83〕

> （小生）可笑之極，請問足下做幕客的人，體面是那裏來的？財帛又是那裏來的？要想白日驕人勢，不得不去脅肩諂笑，除却束修正數，那一件免得鼠竊狗偷。此外種種情形，更有令人不忍出諸口者，子乃俗物，未足與談……（《維揚夢》）〔註84〕

上述三段文字，完全呈現出官吏們眈眈逐逐、桀貪驁詐的樣貌。陳氏於劇中透過野鬼來描寫貪官；坑廁來形容權位，道出其對當時貪官的不恥；權位的鄙視與不屑。此外，他更進一步諷刺官吏們對於這些眾人棄如糞土之物，尚你爭我奪，遞職送禮，日夜不休，著實可悲。又批判幕客諸人，狐假虎威，人前驕橫；人後脅肩諂笑，倨傲鮮腆，令人作嘔，陳氏更言有許多鼠竊狗偷之事，不忍詳數。鮮明描繪出當時官吏無恥之尤的一面。而嚴氏亦於《秋

〔註81〕 袁棟：《玉田樂府・鄭虎臣》，第三頁上。
〔註82〕 陳棟：《北涇草堂外集中紫姑神》（收錄於鄭振鐸《清人雜劇二集》），第十三頁上～下。
〔註83〕 陳棟：《北涇草堂外集中紫姑神》，第十五頁下。
〔註84〕 陳棟：《北涇草堂外集下維揚夢》，第四頁下。

聲譜・洛神殿無雙豔福》一劇中透過酷吏來俊臣道出當時人民居於水深火
熱之處境：

> （淨上）獐頭鼠目虎狼心，也著朝紳列帝廷。莫道升遷無妙訣，居
> 官全靠網羅經。下官來俊臣是也，官居顯要，職掌刑名，憑著俺一
> 片毒心，造出了千般酷法，因此官民畏懼，朝野趨承。〔註85〕

文中提到來俊臣暴戾恣睢，訂下各種嚴刑峻法，令官民畏懼，朝野趨承，看
似批判來俊臣，實則暗諷道光年間貪官汙吏橫行、狼狽為奸的種種兇殘惡行，
致人民苦不堪言。而徐爔亦在《寫心雜劇・蝨談》當中表明自身不與汙穢同
流合汙之清高：

> （生）蝨哥哥，我昨日洗得乾乾淨淨，請到身上來，再吃一飽去罷。
> （二丑）虎愛山，龍戀水，物各有性，咱們最喜的汙穢洗淨了，誰
> 要吃你，既已知罪，咱們就饒你去了。〔註86〕

以蝨來諷指小人，言其汙穢者物以類聚，故其才會於《祭牙》中對於小妾將
己牙與犬齒混同之事感到憤怒不已，認為「吃肉講理的齒，與嚼糞咬人的牙，
竟無貴賤可分，同為腐土，好不傷感人也。〔註87〕」

　　透過上述也可瞭解到清中葉後期開始，因奸臣小人當道，導致朝政的紊
亂及國勢衰微之象，也為道光年間鴉片戰爭的慘敗埋下禍端。

第三節　對女德觀念之改變

　　自古以來中國以男性社會為主，對於女子的要求皆是「女子無才便是
德」，故歷來能舞文弄墨、飽腹經綸的才女屈指可數，僅漢魏時期之卓文君、
班婕妤、徐淑、蔡文姬、謝道韞、左芬、班昭、衛夫人……；唐宋時期之薛
濤、魚玄機、溫庭筠、李清照、上官婉兒、蘇小妹、朱淑真……；到了明末
清初時期女性文學蓬勃發展，才女輩出，據徐世昌編《清詩匯》二百卷，當
中有十卷是女性作品，共收四百八十五位女作家〔註88〕，又施淑儀編的《清
代閨閣詩人徵略》收錄了一千二百七十四位女詩人〔註89〕，又胡文楷的《歷

〔註85〕嚴廷中：《秋聲譜之三・洛神殿無雙豔福》，第十一頁上。
〔註86〕徐爔：《寫心雜劇・蝨談》，第五頁下～第六頁上。
〔註87〕徐爔：《寫心雜劇・祭牙》，第四頁下。
〔註88〕徐世昌編：《清詩匯》（台北：世界書局出版社，1961年）。
〔註89〕施淑儀輯：《清代閨閣詩人徵略》（收錄於陳家駱主編：《歷代詩史長篇第十九

代婦女著作考》收錄清代女作家共三千五百餘人〔註 90〕，又陳東原《中國婦
女生活史》當中所載，自明末至道光以前出版詩集的女詩人共一百位〔註 91〕，
足見當時才女文化之興盛，完全破除了傳統「內言不出於閫，外言不入於閫」
的觀念。當然此一現象除了與前文所論出版業的興盛有關外，當時男性文學
家們不遺餘力的提倡及關注女性文學更是助長此風之主力，如：鍾惺、袁枚、
錢謙益、毛奇齡、吳偉業、王士禛……等人。其中，如錢謙益曾經多次替女
作家的詩集作序，其妻柳如是更是當代女詩人；而毛西河則是首創收女弟子
徐昭華，至袁枚晚年更是廣收女弟子，並刻有《隨園女弟子詩選》。此外，明
末清初女性結社之風興起，亦是原因之一，如郭延禮於〈明清女性文學的繁
榮及其主要特徵〉一文中提到：

> 女性從閨內吟詠走向閨外結社，這是女性文學創作由個體走向群體
> 活動的重要一步，也標誌著中國古代女性創作進入了一個新階段。
> 從政治文化淵源上來考察，明代結社的風氣原本很濃厚。……就是
> 女士們也要結起詩酒文社，提倡風雅，從事吟詠。……女子詩社，
> 在明代有著名的桐城「名媛詩社」。該詩社以方維儀、姊方孟式、妹
> 方維則為骨幹，以及方維儀弟媳吳令儀、吳令則姊妹，圍繞在她們
> 周圍的尚有其親友眷屬多人。降至清代，女性詩社更多，著名的有
> 「蕉園詩社」、「清溪吟社」，他如「梅花詩社」、「惜陰社」、「湘吟社」
> 等。她們或相約在節日（如清明、七夕、端陽）飲酒賞花，或閨中
> 聚首談論琴棋書畫，或登山泛舟，或出遊訪古探幽，每次雅集，均
> 有詩詞唱和。她們相互切磋琢磨，不僅增進了女性的詩藝，而且也
> 開闊了她們的視野，豐富了她們的生活，這對於提高女性的文學創
> 作水準是很有積極意義的。〔註 92〕

據上述引文資料所述，明末女子不再只是足不出戶的大家閨秀，而是詩酒結
社、吟詩作詞，行走於世道之中。又透過「名媛詩社」中的成員可知當時女
子之間雖能相約聚會，然仍是以家族之妯娌姊妹為主。到了清代，女性詩社
倍增，除了能夠如男子一般集會、談琴論畫、詩詞唱和外，甚至可以登山泛

種──清代閨閣詩人徵略》）（台北：鼎文書局，1971 年）。
〔註 90〕 胡文楷著：《歷代婦女著作考》（上海：上海商務印書館，1957 年）。
〔註 91〕 陳東原：《中國婦女生活史》（臺北：商務印書館，1937 初版），頁 259～267。
〔註 92〕 郭延禮：〈明清女性文學的繁榮及其主要特徵〉，《文學遺產》，第 6 期，2002
　　　　 年，頁 68～144。

舟、訪古探幽，生活型態可謂多姿多采，與傳統女子截然不同。

也因此清代女性不再是籠中鳥、井底蛙，而是能夠開始掌握自己的生活情趣，其地位開始漸獲轉變。尤其至清中葉前期（康、雍年間），無論是在實際生活，亦或文學作品之中，對於女性的認知和觀點皆不同以往。首先在清初末期，裘璉《昆明池》當中描寫百僚於昆明池畔應制，考官非帝王亦非鴻儒，而是區區昭容上官婉兒便已見端倪；又洪昇於《四嬋娟》中極力描繪謝道韞、衛茂猗、李易安、管仲姬四女子之過人才情，同時表達出女子之才不單單止於詩詞歌賦，對於國政亦能有其獨到見解，而在夫妻相處之道中，也能夠恩愛美滿、相互敬重，而非附屬品（詳見第三章第三節）。

然而在清代，即使女子已開始擁有受教權，但在當時社會中仍是以男性為主，故上述一類劇作在文學作品之中僅僅只是曇花一現，絕大多數仍崇尚女子節操，一直要到清末民初以後，女子地位才真正獲得抬升。

誠如前述，清初《四韻事》當中開始屢屢出現牝雞司晨的現象，像是《昆明池》當中描寫百僚應制一段，無論品階高低，竟皆由妃嬪上官婉兒遴選；又《集翠裘》寫武后與二張之事，不但國為女主，連後宮亦有男寵。兩劇當中所選錄的女性可說是顛覆以往，凡是男子可為之事，女子均當仁不讓。

及至清中葉前期，無論是在實際生活，亦或文學作品之中，劇作家們對於女性的描寫皆大幅度增加，不僅改變了對女性的觀點，同時也兼顧女子對真情的追求，而對於古代女子愛情觀的描寫，要屬洪昇《四嬋娟》為最，如惠潤於書前題詞所云：

> 踵元人為劇則者，推田水月生，豪蕩滑稽，能發其胸中突兀奇怪不平之氣，庶幾乎騷人之遺矣。余讀怪其傳黃花二氏，閨閣女子擅文武才，卒見庸于世，一若張大巾幗，以貶損世人之為丈夫者，似亦過論也。假令閨閣女子果擅文武才如二氏耶，焉知不淪落轗軻，垢面蓬首，負抑鬱困頓之累，以終其身耶。何則造物所忌者才耳，遑問其為男子，為閨閣乎。此余之所以嘆也。錢塘洪昉思示余以四嬋娟劇，余反復其意而悲之。夫于古今千百嬋娟中獨取此四人，豈不以四人之所遇勝千百歟？幸而免於淪落轗軻歟。然而天壤之內復有王郎以及桑榆狙獪之恨，所謂四嬋娟者，其二已如此。悲夫悵兩美之難合，或雖合而不終，昉思用意較田水月生為益微而愴矣。天將忌之則如勿生，既生又忌之，奚說耶。余安得呼造物者而問諸江上

同學弟惠潤序。〔註93〕

從序文中可知《四嬋娟》的思想，主要圍繞在「二情」之上，即女子才情與夫妻眞情二種情。當中極力推崇田水月生（徐渭）《四聲猿》劇中之《雌木蘭替父從軍》、《女狀元辭凰得鳳》二劇，一爲英姿颯颯之巾幗英雌花木蘭；一爲通曉詩書、斷案如神之才女黃崇嘏，兩人分別受到朝廷重視與覓得良緣，實爲古代女子之幸事。而洪昇讀之，則感慨世間閨閣女子，文韜武略如二女者，卻無法得遇知音或良緣，往往淪落轗軻，故做《四嬋娟》一劇，望能免遺珠之憾，同時藉由此四女來喚醒世人對於女子文武才德之重視，而不再是如古詩中所言之「無爲守貧賤，轗軻長苦辛」。因此洪昇於四劇中針對「女德」有著相當進步的觀點與見解，如他在《謝道韞》一劇當中之對白提到：

> 更有那道韞孩兒，容貌端莊，從小讀書，六工詩賦。已聘與王右軍次子凝之爲妻，若論他錦心繡口，端的不減男兒，就是他諸兄弟，每也都要讓他一等哩。〔註94〕

> （謝安云）古來才女所稱紈扇之篇，塘上之什，你只一句詩，竟可與之並傳千古了。〔註95〕

> （謝安云）道韞孩兒過來，我看你才華妙麗，不是尋常巾幗，你從此更當留心翰墨，以後嫁到王家也不枉做個好媳婦哩。〔註96〕

當中謝安對於其女道韞之才情大加讚賞，認爲可與班婕妤並美，並以女爲榮。同時在他的觀念中認爲「好媳婦」的標準，不單單只是「三從四德」，對他而言「留心翰墨」更爲重要，顛覆了傳統對女子的評斷標準。此處洪昇對婦女地位的提升，遠遠超過徐渭《女狀元辭凰得鳳》，畢竟徐渭在《女狀元》當中仍無法擺脫傳統對女子「貞德」的高標準，如：

> 【滴溜子】難道女兒價妝男出外，況二十年來又妙齡，正當少艾，竟保得沒些兒破敗？黃大官你緊跟隨怎地瞞，必知大概。我試問那海棠，可依然紅在？〔註97〕

〔註93〕洪昇：《四嬋娟》，頁138。
〔註94〕洪昇：《四嬋娟・謝道韞》，頁139。
〔註95〕洪昇：《四嬋娟・謝道韞》，頁141。
〔註96〕洪昇：《四嬋娟・謝道韞》，頁142。
〔註97〕徐渭：《四聲猿・女狀元》（沈泰輯：《盛明雜劇初集》收錄於《續修四庫全書》）（上海：上海古籍出版社，2002年），頁412。

即使黃崇嘏從科舉中證明了自己的才學，但在面對婚姻時，女子的節操仍被用放大鏡來檢視，認為女扮男裝在外便不合禮法，對其貞潔不單是質疑，而是不信任及未審先定罪，再再貶低了女子的社會地位，此便是洪昇所謂的兩美之難全。因此他在《李易安》一劇中先論易安與夫之情深，再細數古來夫妻恩愛如厮者鮮少，如：

【禿廝兒】學比翼說甚麼分曹異行，（旦云）彈碁何如？（正末唱）結同心又何忍競短爭長。（旦云）恁般卻賭個甚麼來？（正末云）嗄！有了！夫人。（唱）我只就這圖書萬卷滿架裝。我與你一件件一椿椿哎評章。〔註98〕

【聖藥王】雖則是換一雙，問誰能兩願償，大古來姻緣簿裡甚荒唐，數美郎配艷娘，有幾個一般才貌恰相當，可不道多半是參商。〔註99〕

在【禿廝兒】一曲中，寫出易安夫婦相結同心之情，【聖藥王】一曲中則是譏諷自古以來荒唐姻緣不在少數，往往貌合神離，心無靈犀。諸如其於劇中所提除了相如、文君；孟德耀、張敞之外，舉凡中道分離，如：沈東美（佺期）、高柔、荀奉倩（粲）；生死相隨，如：張倩女、劉無雙、樂昌公主。此外便都是如：霍小玉、崔鶯鶯、西施、蔡（伯喈）女、王嬙之類，終未能得真情而香消玉殞。而除李易安外，洪氏尚有《管仲姬》一劇，亦是描寫女子才貌、姻緣兩美之事。如：

【收江南】呀！蓬廬天地不繫等，虛舟渺然身世蒼海一浮漚，從今蝴蝶識破是莊周，一任他雲行水流。夫人呵！儘咱與你一雙兒占老白蘋洲。〔註100〕

【離亭宴帶歇拍煞】纔則聽花冠牆上啼，清畫又早聞玉壺城上催，清漏留不住烏飛兔走，再休題熱急急虎頭犇，鬧攘攘蝸角爭，忙碌碌羊腸驟。縱饒他香毫醮紫雲玉帶，垂花綬與人骨，霎時共朽。休辜負綠水碧山晴。清風明月好翠竹，黃花瘦偷尋笑口開，莫只愁眉皺。（帶云）夫人，我和你呵！（唱）惟則願天長地久做一對傲比目碧波魚，結連枝綠池藕。〔註101〕

〔註98〕洪昇：《四嬋娟・李易安》，頁147。
〔註99〕洪昇：《四嬋娟・李易安》，頁148。
〔註100〕洪昇：《四嬋娟・管仲姬》，頁153。
〔註101〕洪昇：《四嬋娟・管仲姬》，頁153、154。

趙孟頫與管仲姬兩人書畫相知相惜、鶼鰈情深、私語定情，實為佳話。除此之外，洪氏亦透過女子之不凡氣度、縱橫謀策，來凸顯女子的智慧及地位，如《衛茂漪》中諸曲：

> （僮云）相公又來癡了，你看如今世上投認師生，無不希圖富貴。則這衛夫人是個女人，又不是當朝宰相，又不是掌院翰林，又不是吏部天官。沒來由也。去拜甚麼門生。還是圖甚麼名，圖甚麼利來，可怖扯淡。〔註102〕

> 【仙呂】【端正好】則他是女尼山閨，洙泗桃和李，都是些玉蕊瓊枝。若是他肯容咱戴巾幗去問楊亭字，我情願親捧硯，日向蘭閨侍。〔註103〕

> 【么篇】早則是藥籠，喜他收得多少函丈，成吾志須索向綠窗前投拜為師，則望把簪花妙格親傳示。〔註104〕

> 【耍孩兒】俺待向行間字裡圖王霸也。賽過孔明陣法，（逸少云）請問這紙像個什麼。（正旦唱）這紙呵是戰場一片莽平沙。（逸少云）這筆像什麼？（正旦唱）這筆呵是鬥縱橫劍舞刀板。（逸少云）這墨與硯像什麼？（正旦唱）這硯呵！是金城玉疊疊千尋壯。墨呵！是鎧甲朱鍪五色花。（帶云）惟有這心意呵！（唱）似中軍主帥權威大，運籌波帷幄專領也那征伐。〔註105〕

> 【五煞】這本領呵！是副將參謀策偏師估蠱才，（逸少云）這結構像什麼？（正旦唱）這結構呵！是六韜三略通神化。（逸少云）用筆如何？（正旦唱）論颺筆呵！是驚開景杜門分闔。（逸少云）筆端出入如何？（正旦唱）論出入呵！是雷電風雲令不譁。（逸少云）筆法屈折處如何？（正旦唱）屈折呵！是爭持殺短兵交接，白刃槎枒。（逸少云）請問戈直放畫點撇鉤七法如何？〔註106〕

> 【四煞】作一戈勢若騰似百鈞弩驟發直呵！似懸崖萬樹枯藤掛橫呵！似排雲陣列形橫亙放呵！似崩浪雷奔勢下達點呵！要似高峰墜

〔註102〕洪昇：《四嬋娟‧衛茂漪》，頁143。
〔註103〕洪昇：《四嬋娟‧衛茂漪》，頁143。
〔註104〕洪昇：《四嬋娟‧衛茂漪》，頁143。
〔註105〕洪昇：《四嬋娟‧衛茂漪》，頁145。
〔註106〕洪昇：《四嬋娟‧衛茂漪》，頁145。

石，從空下撇呵！似劍剗犀象鉤呵！似弦彎鉤呵！〔註107〕

　　前三段文字透過書僮言義之之癡，以及強調衛茂漪，既不是當朝宰相，又不是掌院翰林，也不是吏部天官，只是個女人，沒來由也！去拜甚麼門生襯托出衛茂漪書法之精妙高超，見解獨到，即使非達官顯要，也值得名士前往拜見求學。正如王羲之所言：「情願親捧硯，日向蘭閨侍」及「成吾志須索向綠窗前投拜爲師」，無論如何都要設法習得衛夫人「簪花妙格」之法，此法不單單止於藝術境界，更有王霸謀略之道。一如後三支曲子中所言，撇捺間處處是陣形，出神入化，電光石火，猶如中軍主帥般馳騁沙場，橫掃千軍。道出女子在世並非只有女工針黹，若能與男子一般學習，即便是在武略方面亦可有長才，而此一觀念至清末社會更加受到重視與發揚。

　　如許善長在《靈媧石》中處處描繪女子巾幗不讓鬚眉之氣度及勇氣，有面對帝王直言忠諫，洞悉國政，據理力爭者，如《無鹽捫膝》：

　　　【神杖兒】艱難國步，艱難國步，西秦南楚，剝切肌膚，況解體人，人不附壯，男未立根本，何能堅固，怕社稷輕顛仆。〔註108〕

　　　【前腔】【神杖兒】重臺華廡，重臺華廡，琅玕白玉，廣拓規模，入執公功，勉赴萬民，罷極怨讟，上干天怒，怕興作妨農務。〔註109〕

　　　【前腔】【神杖兒】賢能間阻，賢能間阻，諂諛日近，正直終疏，一語批鱗，便忤葵菲，群小逞計，永綿國祚，怕壅蔽塞言路。〔註110〕

　　　【前腔】【神杖兒】荒淫無度，荒淫無度，肉林酒海，殷鑑非証，更女樂俳優漫侮，沉湎晝夜，四境惡聲旋布，怕國本漸生蠹。〔註111〕

劇中特別將婦女四德中之「婦容」剔除，以強調君王看中無鹽女之處並非外貌，而是其治國之才能。又據上述四段曲文，描述無鹽女分別自立根本、禁奢華、納賢才及忌逸樂四個層面侃侃而談，字字珠璣，針針見血，細數國政之維艱，絲毫不亞於掛印之相。又《莊姪伏軾》及《魏負上書》二劇，亦皆描寫女子論人倫、治國之道：

　　　（貼）大魚失水者，王離國，五百里也。樂之於前，不思禍之起於

〔註107〕洪昇：《四嬋娟・衛茂漪》，頁146。
〔註108〕許善長：《靈媧石・無鹽捫膝》（收錄於《傅惜華藏古典戲曲珍本叢刊》102冊），第十四頁下，（北京市：學苑出版社，2010年）。
〔註109〕許善長：《靈媧石・無鹽捫膝》，第十四頁下。
〔註110〕許善長：《靈媧石・無鹽捫膝》，第十四頁下。
〔註111〕許善長：《靈媧石・無鹽捫膝》，第十四頁下。

後也。有龍無尾者，年既四十，無太子也。國無強輔，必殆也。牆
欲內崩而王不識者，禍亂且成而王不改也。〔註112〕（《莊姪伏軾》）

【入破】妾村愚魏負啟，自幼循詩禮，奏爲尊卑儀制，彝倫名教攸
係，念切隱微，妾謹誠惶誠恐，稽首頓首。伏念人心先防匪僻造端
倪，夫婦人倫之始，一自干非義皆喪恥，成乖戾。不復問男女居室，
世道凌夷，大節行將捐棄，壞根基，滅理傷倫，旋移風氣。〔註113〕
（《魏負上書》）

其中莊姪年僅十歲，卻敢攔下君王車輦，當面指責其耽於逸樂，年逾四十仍
未立太子，亦無重用賢臣，不知國之將敗，又細言五患三難，其膽識、智慧
皆可嘉。而魏負爲救其子免於受難，獨自前往秦國，以禮儀之道勸說秦王勿
悖逆倫常，導致根基損壞。劇中透過上述【入破】及【破第二】、【袞第三】、
【歇拍】、【中袞第五】、【煞尾】、【出破】一連七曲，道盡人倫之序、治國之
道，同樣具巾幗之志。而論及巾幗不讓鬚眉之劇，此時期最具代表的即是俞
樾的《驪山傳》：

（武）我想唐虞之時，九官十二牧，濟濟一堂，可稱極盛，夏商二
代皆不能及，惟我周頗堪比美，然而亂臣十人中，有一婦人焉，亦
可云人才難得矣。〔註114〕

劇中驪山老母不單單坐鎮西戎，助周完成大業，同時更精通天文地理、兵書
陣法，最終一統西方，並協助西方各國政務及民生。

又《繁女救夫》則是繁女爲了救丈夫而與君王論道：

（旦）國君行政，自以賞罰爲先，罰者罰其惰，賞者賞其勞。昔帝
堯茅茨不翦，采椽不斲，土堦三等，猶以爲之者勞，居之者逸，今
妾之夫治造此弓，其爲之亦勞矣。〔註115〕

文中繁女從賞罰之道論起，繼而言己夫造弓，晝夜勞苦，並非怠惰貪懶，不
應得罰，遂救夫於水火之危。而《齊婧投身》亦是爲了救父只得投身晏嬰府
中：

【三段子】彌天罪干頓，教人心驚膽寒，私奔禮干，又增人虧心赧

〔註112〕許善長：《靈媧石·莊姪伏軾》，第二十五頁上。
〔註113〕許善長：《靈媧石·魏負上書》，第三十八頁上。
〔註114〕俞樾：《二奇合傳·驪山傳》（收錄於《傅惜華藏古典戲曲珍本叢刊》97冊），
第三十二頁下（北京市：學苑出版社，2010年）。
〔註115〕許善長：《靈媧石·繁女救夫》，第四十二頁下。

顏，眞個是無情無理將人難，椎心泣血難消患，我也顧不得了，只好出
醜，人前犯科作姦。〔註116〕

妾聞明君蒞國，不損祿而加刑，不以私患害公法，不爲六畜傷民人，
不爲野草傷禾苗，昔者，宋景公時大旱三年不雨，召太卜而卜之曰：
當以人祀之。景公降堂，北面稽首曰：吾所以請雨者，爲吾民也。
今必以人祀，寡人請當之，言未卒，天大雨，所以然者，能順天慈
民也。今吾君樹槐，令犯者死，欲以槐之故。殺婧之父，孤妾之身，
恐傷執政之法，而害明君之義，鄰國聞之，皆謂君愛樹而賤人，可
乎不可當，非妾一人之私言也。〔註117〕

上述第二段文字中可見齊婧遊說晏嬰爲父喉舌，字字句句鏗然有聲，從家國
而論至宋景公請雨事，再論及君王之義，層層漸進，爲父求情，其條理之清
晰，未輸諫官。

此外，亦有面對不公不義之事，勇於爭取及發聲者，如《聶姐哭弟》一
劇，描寫聶罃不願使弟之事蹟就此湮沒，便前往哭喪，並於屍前自刎。又《徐
吾會燭》一劇：

（貼）我們會燭夜績，原是美事，今看徐家姐，燭數不屬，請無與
夜也。（旦）姐姐何出此言，貧富乃處境之常，妾以貧故，起常先息
常後，灑掃陳席，以待來者，自與蔽薄，坐常處下，凡此皆爲貧燭
不屬之故，諸家姐姐想亦見諒也。〔註118〕

妾更有說者，一室之中，益一人燭不爲暗，損一人燭不爲明，何愛
東壁之餘光，不使貧妾得蒙見哀之恩，長爲妾役之事，使諸君常有
惠施於妾，不亦可乎？〔註119〕

【尾聲】不教時候分宵晝，一席清談勝事留，願天下打破慳關泯怨
尤。〔註120〕

描寫徐吾因家貧，往往燭數不屬，而遭姐妹排擠，其不但不以貧困卑屈，反
而據理力爭權益，以勞力換取燭光，娓娓道來，不卑不亢，令人欽佩。

〔註116〕許善長：《靈媧石‧齊婧投身》，第十七頁上。
〔註117〕許善長：《靈媧石‧齊婧投身》，第十九頁上下。
〔註118〕許善長：《靈媧石‧徐吾會燭》，第三十三頁下。
〔註119〕許善長：《靈媧石‧徐吾會燭》，第三十四頁上。
〔註120〕許善長：《靈媧石‧徐吾會燭》，第三十五頁上。

　　承上所論，清末對於婦權可說是開而未化，因此多數男性仍以要求女子忠貞爲德，如《伯瀛持刀》：

> 從來夫婦之道，爲人倫之始，王教之端。是以明王之制，男女不親授，坐不同席，食不共器，殊施枷，異巾櫛，所以施之也。若諸侯外淫者絕，卿大夫外淫者放，士庶者外淫者宮割。夫然者，以爲仁失可復以義，義失可復以禮，男女之失，亂亡興焉，法律之嚴，正爲防維之密也。〔註121〕

> 夫造亂亡之端，公侯之所絕，天子之所誅也。今君王棄儀表之行，縱亂亡之欲，犯誅絕之事，何以行令訓民乎？〔註122〕

> （舉刀介）妾聞生而辱，不若死而榮，若君王棄其儀表，則無以臨國，妾有淫端，則無以生世，一舉而兩辱，妾以死守之，不敢承命，且所欲妾者，爲樂也，近妾而死，何樂之有？如先殺妾，又何益於君王？〔註123〕

強調男女習不親授，坐不同席，食不共器，雖過程中伯瀛屢次語重心長的向吳王曉以大義，展現勇謀，然最終仍不忘提及以死明志之舉，足見當世人對於女子貞節依然相當看重。又見《奚妻鼓琴》一劇：

> 夫人既到此間，何不明以告我？（正旦）相失而後，已隔多年，妾則備歷艱辛，守貞不貳，不知相公有無故劍之思，何敢造次。〔註124〕

文中奚妻守節多年，逮夫妻相見之時仍需「通達知禮」，確定丈夫無續絃且有相思之情方敢相認。又《俠女記傳奇》及《烈女記傳奇》兩劇，更是標準的呈現出傳統女子三從四德、以夫爲天的節操：

> 古人有父母勸改適者，有翁姑逼改蘸者，有夫私貨其婦者，而絕無骨肉相謀爲賤行。如此烈女之死有以哉！烈女不通書，大節昭然，愧盡天下奇男子，其始逸也，既全孝復全身，其後決于一死，有毅然不可奪志之概，果行育德非烈女其誰與歸。〔註125〕

在《俠女記傳奇》當中言秦淮女子杜小紅，慕虢國夫人李娃之風範，心嚮往

〔註121〕許善長：《靈媧石‧伯瀛持刀》，第三頁上。
〔註122〕許善長：《靈媧石‧伯瀛持刀》，第三頁下。
〔註123〕許善長：《靈媧石‧伯瀛持刀》，第三頁下、第四頁上。
〔註124〕許善長：《靈媧石‧奚妻鼓琴》，第三十二頁上。
〔註125〕俞樾：《二奇合傳‧烈女記》，第四十六頁上。

之，遂效李氏，助陳生得第，末二人攜歸故里，將自身之事撰文以留後世，此爲幸者。然《烈女記傳奇》當中之女主角則完全是油麻菜籽的命運，如同貨物般，先遭親生父母出賣，又爲公婆謀財，最終只得以死保節，下場悲凄。可見在清末的社會，即使女子地位開始改變，然仍有許多婦女身處於傳統女德的陋習之中。

第四節　自述劇與仕隱出處

　　清代因爲受到晚明小品文及政治、社會紛亂之影響，劇作家們亦開始在劇作內容上自抒情懷，將自己平日之生活融入作品當中。也因此清代組劇當中有不少是自我抒發情懷之作，如廖燕《柴舟別集》中四劇，皆是以劇作家自身爲故事中之主人翁，透過與古人對談來表達內心情懷，此劇亦爲清代組劇中最早出現的「自述劇」。據筆者推論，此一抒懷寫作風格可溯源自明末公安派「獨抒性靈」理論的影響。公安派乃明末袁宗道、袁宏道、袁中道兄弟三人所創，其宗旨在於反對當時前後七子及唐宋派的擬古之風，主張「獨抒性靈，不拘格套」，而當時諸多劇作家如徐渭、孫鍾齡、湯顯祖、孟稱舜及至清初廖燕……等，亦皆反對擬古之風，又廖燕在《二十七松堂集自序》中說：

> 筆代舌，墨代淚，字代語言，而箋紙代影照，如我立前而與之言而文著焉，則書者以我告我之謂也。且吾將誰告？濛濛者皆是矣，嘩嘩者皆是矣，雖孔子又不能告之七十二國，況下此者乎？退而自告之六經之孔子而後可焉，則千古著書之標也。故舌可代筆矣，淚可代墨矣，語言可代字矣，而影照可代箋紙矣，而我不書乎？而書不我乎？以我告我，宜聽之而信且傳矣。〔註126〕

主張以筆代舌，以墨代淚，以文字代語言，而箋紙代影照，讀者見其文章，即如同與作者當面對談一般。反對透過古人來間接表述，提倡「以我告我」的書寫手法，完全與其《柴舟別集》當中以廖燕本身爲劇中主角，訴說生活經歷、內心苦悶及心中期望，以「我」之口，告知讀者「我」的內心想法。因此廖燕可說是清代組劇中「自述劇」的起始者。

　　清中葉時期，「自述劇」開始興盛，此一現象除了承襲明末清初之風外，

〔註126〕廖燕：《二十七松堂集》（收錄於《廖燕全集》）（上海：上海古籍出版社，2005年）。

與當時袁枚（1716～1797年）反對清初以來擬古和形式主義的流弊，主張「性靈說」有著極大的關係，其詩論：

> 蓋詩境甚寬，詩情甚活，總在乎好學深思，心知其意，以不失孔、
> 孟論詩之旨而已。必欲繁其例、狹其徑、苛其條規、桎梏其性靈，
> 使無生人之樂，不已傎乎！〔註127〕

認爲世人作詩往往融孔、孟之道於其中，充滿道學氣息，使其內容狹隘，再加以諸多理學條規，完全桎梏文人性靈，使作品死板毫無生氣；故主張文學創作應以抒發性靈爲核心，否則將了無樂趣。又言：

> 詩言志，言詩必本乎性情也。〔註128〕

> 詩人有終身之志，有一日之志，有詩外之志，有事外之志，有偶然
> 興到、流連光景、即事成詩之志，志字不可看殺也。〔註129〕

認爲爲詩就必須效法《詩》風，以言志爲本、本乎性情，於生活之中有所興發感觸，即應提筆抒寫，開乾隆時期獨抒性靈之風。而此一特色除了在詩歌、散文方面外，於戲曲中亦是。如：徐爔《寫心雜劇》、汪應培《南枝鶯囀》、楊潮觀《吟風閣雜劇》、蔣士銓之《一片石》、《第二碑》、《采樵圖》……等。而上列所舉諸家，除汪應培外，其餘皆與袁枚有所淵源或交遊。

首先在《小倉山房詩文集》卷三十四〈徐靈胎先生傳〉當中提到：

> 先生名大椿，字靈胎，……子爔，字榆村，儻蕩有父風，能活人濟
> 物，以世其家。孫垣，乙卯舉人，以詩受業隨園門下。〔註130〕

文中所敘，徐大椿與袁枚頗有交情，經常替袁枚看診，卒後，其子徐爔受業於袁枚門下。因此徐爔之創作深受袁枚性靈說之影響，如其《寫心雜劇》，由十六劇或十八本劇本組成，內容上則如自序中所言：

> 《寫心劇》者，原以寫我心也。心有所觸，則有所感。有所感則必
> 有所言。言之不足，則手之舞之，足之蹈之而不能已者，此序劇之
> 所由作也。〔註131〕

〔註127〕袁枚：《隨園詩話補遺》，卷三，（收錄於《隨園詩話》）（台北：漢京文化事業
　　　　有限公司，1984年），頁626～627。

〔註128〕袁枚：《隨園詩話》，卷三，頁90。

〔註129〕袁枚：〈再答李少鶴〉，《小倉山房尺牘》，卷十，（收錄於《袁枚全書》冊五）
　　　　（江蘇：江蘇古籍社，1993年），頁208。

〔註130〕袁枚：《小倉山房詩文集》，卷三十四，（上海：上海古籍出版社，1988年），
　　　　第1913頁。

〔註131〕徐爔：《寫心雜劇》，頁5、6。

其創作理念亦與其師袁枚一樣，以《詩‧大序》中所言「詩者，志之所之也。
在心爲志，發言爲詩，情動於中而形於言。言之不足，故嗟嘆之。嗟嘆之不
足，故詠歌之。詠歌之不足，不如手之舞之足之蹈之也」爲標榜，主張抒寫
自我心志情懷。劇中與廖燕《柴舟別集》一樣，以自身爲劇中主人翁，言日
常生活種種以及出世之心。再看楊潮觀，他和袁枚可說是知交，袁枚爲之作
《邛州知州楊君笠湖傳》當中提到：

> 君與余爲總角交，性情絕不相似。余狂，君狷；餘疏俊，君篤誠；
>
> 余厭聞二氏之說，而君酷嗜禪學，晚年戒律益嚴，故持論每多牴牾。
> 〔註132〕

文中所述兩人之關係爲總角交，足見兩人交情之深厚，性格上一狂一狷，致
使兩人經常爭論不休，卻樂此不疲。也因此楊潮觀於戲曲的創作上，多多少
少必曾受到袁枚之影響。如其《吟風閣雜劇》當中之《汲長孺矯詔發倉》，描
寫汲長孺奉命往河南救濟水災，從權矯詔，發倉救民。內容雖是描寫西漢汲
長孺之事，實際上卻也隱射自身捐俸拯救河南杞縣災民之事，如作者於〈小
序〉中言：

> 發倉，思可權也。爲國家者，患莫甚乎棄民；大荒召亂，方其在難，
>
> 君子饑不及餐，而日待救西江，不索我於枯魚之肆乎？〔註133〕

正是透過古人古事來抒發自身所面臨之事，其中「君子饑不及餐，而日待救
西江，不索我於枯魚之肆乎？」即楊潮觀當時無法開倉賑糧之焦急心境。

　　除了上述與袁枚有所交遊的劇作家外，當時仍有不少文人作家是受到袁
枚「性靈說」影響的，如汪應培《南枝鶯囀》，其內容皆爲作者仕宦菊潭時之
事。綜上所論，以上所舉諸作皆作於乾隆年間獨抒性靈之作，且徐爔《寫心
雜劇》、汪應培《南枝鶯囀》兩劇爲組劇形式，足見袁枚「性靈學派」對清中
葉後期之組劇具有相當之影響。再加上明末清初時期開始出現「擬劇本」的
現象，其特色在於作者創作劇本時便無意令其搬演於舞台，僅僅藉由戲曲的
文學創作方式呈現自我所欲表達之事，如廖燕《柴舟別集》當中，作者便名
言其作品並非爲供觀眾娛樂演出之用；同樣的汪應培《香谷四種曲》及徐爔
《寫心雜劇》亦是。因此此類擬劇本作品故事性及關目鋪排皆不強，更遑論

〔註132〕袁枚：《邛州知州楊君笠湖傳》（收錄於袁枚《小倉山房詩文集》），卷三十（上
　　　　海：上海古籍出版社，1988年）。
〔註133〕楊潮觀：《吟風閣雜劇》（上海：上海古籍出版社，1983年），頁88。

戲曲的體製及當行本色……等規範。

以下就組劇部分而論，首先，《柴舟別集》於劇中所述皆作者自況《柴舟別集》中最大的特色莫過於其以自身爲劇中之主人翁，如《醉畫圖》：

> 小生姓廖名燕，別號柴舟，本韶州曲江人。性喜清狂，情憎濁俗。
> 棱棱傲骨，於山林廊廟之外，別寄孤蹤；矯矯文心，於班馬韓蘇之
> 間，獨開生面。生成豪懷曠識，不必學窮子史，自然暗合古人；煉
> 就野性頑情，任教踏遍天涯，到底誰爲自己？與天斷命，自甘貧賤
> 煎熬；共數爭奇，偏耐詩書賺誤。那顧囊無阿堵，只須腹有奇書。
> 擁被長吟，堆積滿床筆墨；看山獨嘯，攜歸兩袖煙霞。久嫌貼括牢
> 籠，已解頭巾束縛。此中心事，除非我輩能知；個裡機關，未許腐
> 儒識破。眼前無俗事，堪稱此日神仙；壺內有醇醴，便算吾儕富貴。
> 正是志士豈爲錢計較，英雄原借酒糊塗。〔註134〕

開頭便先自報家門，同時將胸中抱負、性情及個人思想直接呈現。無須再像以往借他人之酒杯，澆胸中之塊壘，而是得以直抒抑鬱不平之氣。又廖氏於《訴琵琶》、《續訴琵琶》、《鏡花亭》三劇中亦是以自身爲主角，先後表述自身之窮困及渴望知音的心聲。此一創作手法可說是廖氏開創，並深深影響了之後徐爔的《寫心雜劇》和汪應培的《香谷四種曲》。

故承上所述，清中葉以降，文人再度開始崇尚以日常抒懷爲主要內容，不同以往引古鑑今、舊調重彈，而是回歸自我，描寫眞實生活，不再是冷嘲熱諷、指桑罵槐之作，如：《香谷四種曲》四劇皆是汪應培仕宦菊潭時之所見所感，如其《不垂楊》一劇，描寫當地楊貞女貞烈節操，可據〈不垂楊序〉中所記：

> 丙子秋泌陽令楊夢蓮二兄，以女有士行詩集見示，載本縣楊貞女事
> 甚悉。因謂余曰：與其形諸歌詠，止供文士披吟，孰若播之管絃，
> 使民眾咸知，所觀感不更佳乎？〔註135〕

此劇即汪氏見楊貞女詩集及其生平事蹟，頗感其女德行，欲使民眾感動效習，故將楊女事蹟譜曲，廣爲流傳。又其《驛庭槐影》與《催生帖》兩劇，同是描寫其媳婦懷孕生子之事。雖是以門戶中事爲題，然劇中仍有多處爲汪

〔註134〕廖燕：《柴舟別集・醉畫圖》，頁115。
〔註135〕汪應培：《香谷四種曲・不垂楊》（收錄於《傅惜華藏古典戲曲珍本叢刊》70
　　　　冊）（北京市：學苑出版社，2010年），頁49。

氏抒懷之詞：

> 我想公公平日在家參詳禪理，名心頗淡，只因家口漸緐，衣食不足，
> 故而免強出山。仔細想來，總為我輩起見。現在王事倥傯，又添一
> 番跋涉，真令人感戴不盡。〔註136〕

> （生）只是千里馳驅，方得一瞻雲日，迺以雺散庸材，難邀曠典。
> 慨青山之如故，惜馬足之空勞。未免牽人情搶耳！正是雲霄已隔千
> 重路，葵藿還傾一寸心。〔註137〕

文中汪氏抱怨上京跋涉辛勞，徒勞無功，又嘆公事紛亂繁雜，若非是家中衣
食不足，定不赴京。又其《簾外秋光》乃是記載自身於菊潭時任受卷官，空
閒時登明遠樓眺望士子歸號，感懷年少已逝，自述半生閱歷，多感時傷懷之
作。

　　此外，蓉鷗漫叟所作之《青溪笑》及《續青溪笑》兩部劇集，皆鮮明的
描述青樓酒肆的生活樣貌。如：

> 【解三酲（前腔）】有多少離長會短，有多少樂極情濃，有多少門庭
> 如市風波湧，有多少冷落途窮，……有多少附羶白蟻心徒苦，有多
> 少逐臭蒼蠅計枉工，有多少脂消粉褪，到底成空。〔註138〕

> 【香柳娘】沒由來浪蕩，沒由來浪蕩，曲巷愛經過，日日思量著，
> 那人家熟識，那人家熟識，偷把眼兒曉，笑把茶兒嗑，道連聲驚動，
> 道連聲驚動，何必費張羅，無事還來坐。〔註139〕

> 聽他隔院笙歌挑逗，愁心千萬說，當時真箇悔殺了繁華滿眼。

> 〔註140〕

> 【醉太平】花園翩翩，雛鳳小苗條要學登場妙技，往來搖曳。一個
> 個發聲清脆，居然燕舞與鶯啼，笑我輩遜他，姊妹教成真易，看他
> 串就綵雲仙隊。〔註141〕

劇中作者真實呈現自身所見青樓當中歌妓、恩客、說書人……等，各類人物

〔註136〕汪應培：《香谷四種曲·驛庭槐影》，第十九頁上。
〔註137〕汪應培：《香谷四種曲·催生帖》，第二十三頁上。
〔註138〕蓉鷗漫叟：《續青溪笑·勸美》（收錄於《傅惜華藏古典戲曲珍本叢刊》69冊），
　　　　第三頁上，（北京市：學苑出版社，2010年）。
〔註139〕蓉鷗漫叟：《續青溪笑·茶園》，第十三頁下。
〔註140〕蓉鷗漫叟：《續青溪笑·驚寒》，第十七頁下。
〔註141〕蓉鷗漫叟：《續青溪笑·教戲》，第二十二頁下。

的生活樣貌，感嘆其貪歡喜利、年老色衰、送往迎來之無奈與哀愁，更嘆世事無常。同時也描寫青樓當中娼優學習身段唱腔，以及《九轉詞逸叟醒群芳》中訴說當時歡會宴飲、觥籌交錯，風光繁華，無限旖旎之貌。

　　而徐爔《寫心雜劇》則是組劇當中抒懷作品的代表作，如其於自序中言：

> 或有後而問余曰：「元明詞曲演劇，皆託於古人以發己情。而子昔填《鏡光緣》尚隱射姓名，今竟直呼自名，登場歌泣，豈非自褻耶？」余應之曰：「寫心劇者，原以寫我心也。心有所觸，則有所感。有所感則必有所言。言之不足，則手之舞之，足之蹈之而不能已者，此序劇之所由作也。且子以為是眞耶，是劇耶；試劇者皆眞，是眞者皆劇耶。即余一身觀之，椿萱茂而荊樹榮也。少時之劇也，琴瑟合而瓜瓞綿也；壯歲之劇也，精力衰而鬚髮蒼也；目前之劇也，而今而後，亦不自知其更演何劇已也。」〔註142〕

　　就上述引文內容中之「直呼自名，登場歌泣」、「寫心劇者，原以寫我心也」、「余一身觀之」，可知劇中主人翁即作者本身，劇情內容即作者內心之呈現；又「且子以為是眞耶，是劇耶；試劇者皆眞，是眞者皆劇耶」一句中，可推測出作者劇中所言諸事並非全為眞，此外全劇又分為「少時之劇」、「壯歲之劇」及「目前之劇」，不同時期有不同風格，為作者之生命歷程。筆者依此歸納出《寫心雜劇》之三大特色為：（一）具有自傳性質。（二）劇情眞實與虛構交錯。（三）依序描寫生活中極小之瑣事。以下將就此三點來作論述：

（一）具有自傳性質

　　徐氏於《寫心雜劇》當中，不時出現自報家門或是明確點出年齡、時間，以及周遭之親人，近乎為自傳。如他在《遊湖》、《青樓濟困》及《湖山小隱》中皆自述生平：

> 我姓徐字榆村，字號種緣子，本貫楓江人氏，年長五十，父母俱已安葬，四子皆可自立。〔註143〕
>
> 我種緣子楓江人也，生長望族，寔學可漸，略有虛名，私心自愧……
>
> 〔註144〕

〔註142〕徐爔：《寫心雜劇・自序》，第一頁上至第二頁上。

〔註143〕徐爔：《寫心雜劇・遊湖》，第一頁上。

〔註144〕徐爔：《寫心雜劇・青樓濟困》，第一頁上下。

> 小生姓徐，自號榆村，家傍松陵，宿占五湖風月，質緣魯鈍，深慚
> 一脈書香，付功名於流水，等富貴於浮雲。〔註145〕

又其於《癡祝》、《酬魂》、《祭牙》、《原情》、《七十壽言》及《覆墓》當中，
皆點出自身之年紀或是事件發生時間，即傳記撰述之必備要件，

> （貼）姊姊他說今乃四月十四日，純陽壽誕，要往廟中燒香……
> 〔註146〕
>
> 俺徐種緣年已六旬，既無善事可修，反造庸醫之咎……〔註147〕
>
> 俺徐種緣年纔六十，牙齒將已吊完……今乃十月十三是我誕日……
> 〔註148〕
>
> 老夫徐種緣自分一世多情，如今年已七十……〔註149〕
>
> 老夫徐種緣明日七十誕期……〔註150〕
>
> 今嘉慶十年四月十二日，有個徐種緣在此起營壽穴，先把亡妻錢氏
> 安人，安葬於右……〔註151〕

此外，徐氏又於《哭弟》及《遊湖》中提到胞弟星燦及四位隨侍在側之侍女，

> （生）星燦弟阿，我與你二十餘年相愛，一旦永辭，好不痛煞我也。
> 〔註152〕
>
> 侍女四人，一名瑞姑，一名悅姑，一名慧姑，一名珠姑，皆善吹彈
> 歌舞。〔註153〕

上述三樣條件，包含了自我簡述、生活概述及周遭親友，從五十歲到七十歲，
總結起來可說是徐氏個人的小傳記，正如其所言「即余一身觀之」，可說是戲
曲中相當特殊的編撰方式。

（二）劇情真實與虛構交錯

　　承上所述，《寫心雜劇》既猶如徐爔個人之傳記，但其中卻又是實中有

〔註145〕徐爔：《寫心雜劇・湖山小隱》，第二頁上下。
〔註146〕徐爔：《寫心雜劇・癡祝》，第一頁下。
〔註147〕徐爔：《寫心雜劇・酬魂》，第一頁上。
〔註148〕徐爔：《寫心雜劇・祭牙》，第一頁上。
〔註149〕徐爔：《寫心雜劇・原情》，第一頁上。
〔註150〕徐爔：《寫心雜劇・七十壽言》，第一頁下。
〔註151〕徐爔：《寫心雜劇・覆墓》，第一頁上下。
〔註152〕徐爔：《寫心雜劇・哭弟》，第一頁下。
〔註153〕徐爔：《寫心雜劇・遊湖》，第一頁下。

虛，虛中有實，正如其自敘中所言：「子以爲是眞耶，是劇耶；試劇者皆眞，
是眞者皆劇耶」。如《述夢》及《悼花》：

> 方才提集諸魂照簿點發，内中卻有徐種緣夢魂一名，乃吳江縣人
> 氏……〔註154〕

> 我乃花神是也，因徐種緣惜玉憐香，……俺們被他感格，特來與他
> 講明花理。〔註155〕

兩齣劇情分別描寫自身於睡夢中魂入地府以及巧遇花神之事，皆是人世間所
無有。以上情節同樣也出現在《游梅遇仙》當中，描寫徐爔攜藥行醫，路遇
八仙鐵拐李之事；又《蝨談》描寫蝨子爲徐爔丟入香爐亡後前往地府討公道
之事；又《酬魂》描寫徐爔透過禪師與遭其誤診之病魂相見，並爲之超渡；
又《七十壽言》描寫陳摶前往替徐爔祝壽，並欲渡其長生不老卻遭拒，所述
內容皆與神怪相關，光怪陸離，卻又穿插在其生活之中，虛實交錯，給人一
種迷幻、難知虛實之感。

（三）描寫生活中極小之瑣事

徐爔在《寫心雜劇》所記述之事件，完全是以生活中極小之瑣事爲主，
如《醒鏡》當中，

> 老夫徐種緣前在清江，看多少人掘土填河，地中開出古鏡一圓，翠
> 綠硃紅，十分可愛，俺便買得回來。〔註156〕

描寫於清江購買古鏡一枚。又《祭牙》當中，

> （生）你何把狗牙來混我。（丑）相公的牙齒落了下來，難道就與狗
> 牙無分你我了。（生）還敢放肆。〔註157〕

言小妾們將己之落齒與犬齒混同之事。又《月夜談禪》描寫中秋節徐爔四妾
邀其至豐草亭賞月品酒。都是一些無關朝政、社會之雞毛蒜皮的小事，完全
合乎其以記錄心中有所觸、所感之事之主旨。

而上述以「自我抒懷」爲主之組劇亦是清中葉後期組劇當中相當重要的
特色之一。

〔註154〕徐爔：《寫心雜劇·述夢》，第一頁下。
〔註155〕徐爔：《寫心雜劇·悼花》，第五頁下。
〔註156〕徐爔：《寫心雜劇·醒鏡》，第一頁上。
〔註157〕徐爔：《寫心雜劇·祭牙》，第二頁下。

二、仕隱情懷

　　承上所述，清初的文人在面臨兩代交替的自我定位上往往難以抉擇，既希望能功成名就，又不願背棄前朝，一如鄭瑜在《汨羅江》中以象徵歸隱的漁父與屈原對談；前者平靜豁達，後者悲思憂憤，兩種不同的心境相互激盪，反映了當時文人內心極度矛盾的困境，而裘璉《鑑湖隱》亦是描寫此種心境。又尤侗《西堂樂府》由《讀離騷》、《弔琵琶》到《桃花源》、《黑白衛》，從出仕到隱世，從期盼到失望，如其在《桃花源》中描寫，

　　　　【賺煞】萬物得時生，吾道行休已。算宇內寓形有幾，浮雲富貴非
　　　　吾志。望帝鄉杳邈難期，委心機，去欲何之，怎不良辰植杖往耘籽。
　　　　登東皋賦詩，臨清流洗耳，聊乘化，樂夫天命復奚疑。〔註158〕

　　　　【中呂】【粉蝶兒】老去悲秋，正天高氣清時候。凜嚴霜水潦初收，
　　　　看茱萸聽蟋蟀，又逢重九，幾載樸被歸休，幸東籬西風如舊。〔註159〕

「望帝鄉杳邈難期……去欲何之」，此時正逢順治皇帝駕崩，對於賞識之人的離去，使尤氏更加感慨，而生歸隱之心。因而曲文中處處透露出歸隱思想，如：「浮雲富貴非吾志」、「歸休」、「東籬」、「良辰植杖往耘籽」等等。

　　而清中葉後期的文人在歷經乾隆朝文字獄的鶴唳後，又接連遭逢一連串白蓮教亂，社會不安，官吏胡亂拘捕，國力大傷，文人們面對如此局勢，不免有達則兼濟天下，窮則獨善其身的心念。故此時期劇作家於作品中多具有強烈的出世隱居、及時行樂之思想，與清初兩難的局面大相逕庭。如曹錫黼《四色石》當中《序蘭亭內史臨波》一劇：

　　　　【節節高】（生）雖然昔人致感，殊只同途，臨文嗟悼誰能喻。（眾）
　　　　梧桐樹月色浮，休辜負。原來死生一致真虛，語彭殤齊物真妄。豎
　　　　後今茲有乘除，和那今視昔耶曾非忤。〔註160〕

　　　　題曲水宴
　　　　一年最好是三月，所事猶傳晉永和，參透人生生死案，青春贏得笑
　　　　呵呵。〔註161〕

〔註158〕尤侗：《西堂樂府·桃花源》，第三頁下。
〔註159〕尤侗：《西堂樂府·桃花源》，第五頁上下。
〔註160〕曹錫黼《四色石·序蘭亭內史臨波》（收錄於鄭振鐸《清人雜劇初集》），第二
　　　　十八頁下、第二十九頁上。
〔註161〕曹錫黼《四色石·序蘭亭內史臨波》，第二十九頁下。

引文中言「原來死生一致眞虛」、「參透人生生死案」，足見曹氏已看透死生無常，不再追名逐利，轉而及時行樂。又石韞玉《花間九奏》更是明確點出其對於福禍無定之感，如〈花間九奏題詞〉：

> 百篇典誥化秦灰，幸有通儒在草萊，
> 留得帝王經世術，至今傳信在蘭臺。（《伏生授經》）

> 蛾眉自昔產邯鄲，使者旌旗過澗濺，
> 富貴嚇人眞一笑，兒夫早著侍中冠。（《羅敷採桑》）

> 紅顏在世易摧殘，好處相逢自古難，
> 誰似渡江入計穩，一生魚水見眞歡。（《桃葉渡江》）

> 避秦人去不知年，漁父重來亦惘然，
> 獨有淵明能著錄，由來隱逸近神仙。（《桃源漁父》）

> 開元天子本多情，看到驚鴻百媚生，
> 誰料一朝輕決絕，都緣讒諂蔽王明。（《梅妃作賦》）

> 聲色娛心慾界中，達人覷破總成空，
> 樊姬偕老蠻姬去，各有因緣事不同。（《樂天開閣》）

> 新詩一字費推敲，邂逅相逢即締交，
> 如此憐才人不易，鑄成瘦島配寒郊。（《賈島祭詩》）

> 文章太守玉堂仙，接引迷人到佛前，
> 知道箇儂根器好，片言參透老婆禪。（《琴操參禪》）

> 友生急難爲同方，覆雨翻雲事亦常，
> 試看中山狼一曲，崆峒畢竟負康郎。（《對山救友》）〔註162〕

其引文當中便舉出九個禍福無常的例證。如《伏生授經》當中言「百篇典誥化秦灰，幸有通儒在草萊」，指雖秦代焚書，眾多經典化爲灰燼，但也因如此，伏生家學方能受到另眼相待，一轉其腐儒形象；《羅敷採桑》當中言「富貴嚇人眞一笑，兒夫早著侍中冠」，描寫趙國使者調戲秦氏女，卻不料其夫竟貴爲侍中郎，令其汗顏無地；《桃葉渡江》描寫桃葉雖出身低下，父親不務正業，只得爲人妾室，卻逢良人，琴瑟和鳴；《桃源漁父》言捕魚人入桃源，卻貪戀塵世，無法再回；《梅妃作賦》當中言「看到驚鴻百媚生，誰料

〔註162〕石韞玉：《花間九奏‧題詞一～二》（收錄於鄭振鐸《清人雜劇初集》），頁260。

一朝輕決絕」，訴說梅妃從三千寵愛於一身到遭冷落入上陽宮；《樂天開閣》當中言「樊姬偕老蠻姬去，各有因緣事不同」，描寫白居易兩名愛妾，一者令其慨然，一者令其欣慰；《賈島祭詩》記賈島雖冒犯韓愈，卻得其賞識，任長江尉；《琴操參禪》言東坡故意攜歌妓琴操一同前往談禪，不料琴女竟決意剃度；《對山救友》當中言「友生急難爲同方，覆雨翻雲事亦常」，指康海自來清高，但爲救好友李夢陽，只得自貶名節求助於奸人劉瑾。作者一連九劇，感嘆人生之無常、無奈，頗有勸人看破世俗凡塵、解消執著之意。又袁氏《玉田樂府》當中更是充滿了塵世多患、不如歸去之念，如《陶朱公》中三支曲子：

> 【仙呂】【點絳唇】世界熬煎，光陰荏苒，如蓬轉。歎到處的牽纏，眞箇是塵世裏多憂患。〔註163〕

> 【油葫蘆】俺擺脫了重擔齊挑左右肩，誰知道猛然間又逢了路側劈心拳，思量那倘來富貴非堪羨，眞箇是生來安順難如願。今日裏少甚麼錢和鈔，情和面，止不過低聲啞氣，將人遭，只辦得仰首靠皇天。〔註164〕（喚醒世人）

> 【滾繡球】爲了這銀滿槽，錢滿艘。阿堵中頻頻慰勞，因此上一謎里，交往間，鄙吝難消，又誰知心已焦，力已勞，不能勾馳驅跨灶好錢刀，反做了致命的鴛刀，俺也枉爲了黃金有福朝中相，到不如白屋無災山裏樵，好不自在逍遙。〔註165〕（言之痛心）

言范蠡雖然身爲巨賈，卻也看盡冷暖，感嘆塵世裡多憂患。欲喚醒世人勿貪羨富貴，錢鈔未必能使人平安順心，但金錢所造成的貪婪和吝嗇反倒讓救命財成爲致命刀，故此徹悟入山爲樵，尋求逍遙自在。又其在《姚平仲》一劇，更是充滿出世歸去之情：

> 【正宮】【端正好】俺則望建殊勳爲名將，英雄志、史冊流芳。誰知道落花逢雨飄浮浪，今日裏空剩了窮酸樣。〔註166〕

> 【叨叨令】看了這山兒水兒，鋪設下青青綠綠的障，又只見花兒鳥兒，打迸出悠悠揚揚的狀，待把那名兒利兒，一旦裏飄飄颺颺的放，那要他官兒

〔註163〕袁棟：《玉田樂府・陶朱公》，第一頁下，北京市：學苑出版社，2010年。
〔註164〕袁棟：《玉田樂府・陶朱公》，第二頁上。
〔註165〕袁棟：《玉田樂府・陶朱公》，第十四頁下。
〔註166〕袁棟：《玉田樂府・姚平仲》，第四頁下。

爵兒，終日裏癡癡呆呆的望。兀的不樂殺人也麼哥，兀的不快殺人也麼哥，只待想仙兒真兒受用些，清清幽幽的曠。〔註167〕

【天淨沙】休提起做將軍掛印登壇，休提起做衝鋒兵卒凋殘，猛回頭撇下了征衫繡鞍，早則向仙山躲懶，敢求那燒成的九轉還丹。〔註168〕

【滴滴金】看了些流水落花如故，青山依舊，丈人觀安粗陋，可憐那！世事飛雲，人情逝水，兒童白叟，抵多少做了海上的浮鷗。〔註169〕（神仙語氣）

劇中姚平仲對於建功立業、萬世流芳慨然，故於【端正好】一曲上欄眉批寫道「言之慨然，天下後世，不遇者，同聲一哭」，點出不遇之悲。又於【叨叨令】中言名、利、官、爵如浮雲般飄颭，令人癡呆。倒不如往仙山求仙問道。又其《鵝籠書生》當中亦是：

【北雙調】【新水令】俺看那蜉蝣生世總癡迷，大都是影兒中人間遊戲，名呵！蝸蠻爭曲譽，利呵！蠅蟻競居奇，身暫羈棲也，何妨搬弄出閒天地。〔註170〕（放眼縱觀）

【北江引】從今遍嘗人世味，逐甚名和利，登時赤壁燒，半晌烏江騎。俺自沽酒提壺去慢慢兒的醉。〔註171〕（我醉欲眠君且去）

劇中透過道法幻術，搬弄人世間情感及物質享樂，並點出蜉蝣生世總癡迷，諷當世之奸佞小人如同蠅蟻般相互競賽爭奇，也只是暫居高位。而作者在【北清江引】一曲中亦表明自身對於名利早已看淡，不再入世，不如醉酒歸去。又《桃花源》一劇，更可看出作者出世之情：

【么篇】那管他播紅塵青黃白皂，那管他咬同群豺狼虎豹，那管他假衣冠聲音笑貌，只曉得花藥紅春光好，一謎里空落得歡笑聲高。〔註172〕

【六么令】您們的後倖煞團團相保，那知道外面的多少哭號淘，真個是人間天上，把那些興王圖霸的，一齊分付海東潮，問玉印金戈高賞，又何如散誕混漁樵，若不是這位君子呵！天台誤入，青鸞傳信，那裡知這些的

〔註167〕袁棟：《玉田樂府‧姚平仲》，第五頁下。
〔註168〕袁棟：《玉田樂府‧姚平仲》，第八頁下。
〔註169〕袁棟：《玉田樂府‧姚平仲》，第十一頁下。
〔註170〕袁棟：《玉田樂府‧鵝籠書生》，第二頁上。
〔註171〕袁棟：《玉田樂府‧鵝籠書生》，第五頁上。
〔註172〕袁棟：《玉田樂府‧桃花源》，第三頁上。

狂風滾滾浪淘淘。〔註173〕（得意語）

引文中作者立身世外，放眼塵中，盡諷時人不分青黃白皂，全爲豺狼虎豹，假衣冠禽獸，相互厮殺。言自身歸隱山林，若非有人告知，則政治及社會上之一切哭號、興王圖霸……等狂風浪淘早已與己無關。又《小四夢》當中，梁氏對於世間紛爭、追名逐利之種種慾望又更加淡然，如其《圓香夢》當中：

吾色即是空，一誤何堪，再誤寫淡懷於秋水，非我非魚，結妙想於漆園；爲周爲蝶，所以眼空，昨夢跡寄莊生也。〔註174〕

瞭然色即是空，以魚我之爭和莊周夢蝶爲典故，解消物我之繫。又於《斷緣夢》中言古今皆夢：

古今皆夢境也，普天下皆夢中人也。達者，於所歷之悲歡離合盡作夢。觀人在夢中不知是夢，其歡合悲離之致，了不與眞異，惟既醒之後則別之。〔註175〕

【勝葫蘆】水淵及枯瘦骨，蒸斷送老殘命，做不得月裏嫦娥照壽星。我不怨別的，只怨那些做夢的夢的太多，唉！果然查的好夢，今朝勘夢，明朝報夢，問你自己幾時醒。〔註176〕

【煞尾】癡心瞥已消，靈根終未蠧。（眾合）嘆只嘆大千人走不脫迷魂陣。須準備著普天下的夢書萬萬卷。〔註177〕

言眾人在夢中卻不知是夢，徒感悲歡離合之苦，又諷今人皆無法擺脫迷魂陣，不求實際，只管作夢，望能得功名、娶美妻、攀高位。所以梁氏於最末《曇華夢》中有一段言曼殊羽毛生之姻緣：

（指小旦介）化爲這小童兒，卻也因虛生幻，因幻成緣。那女孩兒長大起來，不知不覺就有點思凡意思，吾神以心問心，知道他的因緣，落在廟旁，左近應有一個天下第一才人，娶爲側室，五年恩愛，就要拋離。廿載塵凡，終歸淨域。這正是空空色色，不可思議之事。〔註178〕

文中提到兩人之姻緣因虛生幻，因幻成緣。但兩人之緣如空幻，夢醒人滅，

〔註173〕袁棟：《玉田樂府・桃花源》，第五頁上。
〔註174〕梁廷楠：《小四夢・圓香夢》，第一頁上～下。
〔註175〕梁廷楠：《小四夢・斷緣夢》，第一頁上。
〔註176〕梁廷楠：《小四夢・斷緣夢》，第四十頁上。
〔註177〕梁廷楠：《小四夢・斷緣夢》，第五十三頁下。
〔註178〕梁廷楠：《小四夢・曇華夢》，第七頁上。

終歸於空，暗示不但情感如此，人生亦是，故應超脫。

此外，徐爔亦於《寫心雜劇・遊湖》中言：

> （淨）曉得高掛輕帆，稱好是個風，西湖裡個佳景，沒看不是個
> 窮，看到岳王墳上，輕輕是個草，功名兩字，總成是個空。〔註179〕

在遊賞完西湖及岳王墳後，突然有了「曾經滄海難為水，除卻巫山不是雲」
的感慨，對於「功名」二字便完全淡去。又《述夢》當中：

> （生）總歡娛都只是水中月和鏡中花，空哄得人憔悴，心猿意馬，
> 悟徹歸根，何處一坏黃土無他。既今逃來別境千峰下，豈肯再飛入
> 尋常百姓家。〔註180〕

言嚐盡人生各種歡愉後，感到空虛，遂大徹大悟，轉而有了離家入深山的想
法。在看《青樓濟困》中：

> 我種緣子楓江人也，生長望族，窶學可漸，略有虛名，私心自愧。
> 幸夙靜未遠，讀道書如觀故本，元機尚近，誦佛經猶瞻舊相，處
> 世勞勞。只是散財之事多，聚物之事少，終朝碌碌，但覺為人之
> 計長，自為之計短，看破此身幻影，死生全不關心……〔註181〕

此時徐氏已開始禮佛誦經，卻仍感嘆散財之事多，聚物之事少，終日庸庸碌
碌，便更進一步看破肉身凡胎，完全將生死置之度外。故其於《湖山小隱》
中，一開始便預告其一生歷程，先是付功名於流水後又半世奔馳，焦勞異常；
最末決意藏名隱姓，歸隱山林，以樂餘年，

> 小生姓徐，自號榆村，家傍松陵，宿占五湖風月，質緣魯鈍，深
> 慚一脈書香，付功名於流水，等富貴於浮雲。偶習歧黃，以消歲
> 月，那些患病的人，皆錯認我有長生之藥，都來下問。反使我半
> 世奔馳，焦勞異常。因此欲覓幽棲之處，藏名隱姓，以樂餘年。
>
> 〔註182〕

即其《寫心雜劇》最末一齣《入山》中所描寫，至畫眉泉叩門尋僧隱居。從
頭至尾以倒敘手法，層層鋪敘遞進，前後呼應，替讀者將當時士人隱居山林
的原因及心路歷程，做了最詳盡的詮釋。

〔註179〕徐爔：《寫心雜劇・遊湖》，第五頁下。
〔註180〕徐爔：《寫心雜劇・述夢》，第三頁下。
〔註181〕徐爔：《寫心雜劇・青樓濟困》，第一頁上～下。
〔註182〕徐爔：《寫心雜劇・湖山小隱》，第二頁上～下。

第五節　翻案與歷史補恨

　　明中葉以降，翻案劇大興，至清代更是蔚為風尚，究其原由，主要因為清代文人在完全從亡國悲仇中跳脫出來後，方察覺到千年以來維繫社會運作的封建體制早已殘破不堪，文人入仕後各自結黨營私，不再以國家為重，儒家道德衰微、崩壞，於是有志之士開始再度宣揚忠孝節義之道，也因此清代組劇以「歷史劇」和「社會劇」的主題最多，同時也出現了許多以翻案與歷史補恨的組劇；除此之外，時人尚奇亦是促成此一現象的原因之一。而說到「翻案劇」，就不免要從明中葉時期王玉峰的《焚香記》和湯顯祖的《紫釵記》說起，此時期的翻案以負心漢轉為癡情漢的愛情劇為主，據王良成〈明代的翻案劇及其審美風尚述論〉一文中提到明代「翻案劇」現象的產生，主要是因為明代人「尚奇、尚善、尚美」的審美觀所致〔註183〕；同時，其又於〈明代的翻案劇及其創作動因初探〉一文中言：

> 明代翻案劇的出現和發展，和文學的自身發展有著某種必然的聯繫。這是因為隨著傳奇的風行，其題材的開拓範圍越來越小。劇作家為了求新求異，不得不在故事結構上多下功夫。其次，社會的發展遞變也是促成近日人情世故，總以翻案為奇的主要緣由。〔註184〕

再次強調明人尚奇的性格。清代又有《翻千金》、《翻七國》、《翻西廂》、《翻琵琶》、和《翻精忠》五部翻案劇，其內容主題顯然已從愛情劇開始轉為歷史劇；而清代組劇中的翻案劇便是沿襲著明末以來的風格，尤其當時劇作家胸中往往充斥著亡國之哀，因此對於翻案對象又以古代愛國之人為優先，如戰國屈原便是。首先在鄭瑜《郢中四雪》之《汨羅江》一劇，開場便由屈原上場，自述生平憤恨之事，但當中作者並未真正出現替屈原平反之說；稍後尤侗之《讀離騷》一劇接續了鄭氏之作，先透過洞庭龍君命白龍扮作漁父，阻止屈原投江，再將其迎回龍宮，待為上賓；再借高唐神女之言告知懷王屈原因忠貞而位列水仙，使懷王命宋玉作《招魂賦》，並安排彩旗畫鼓和龍舟競渡以祭奠屈原，替其平反冤情及補恨。除此之外，亦是藉由屈原命運的改變以自喻，認為「才子」都應受到尊重及禮遇。又嵇永仁《續離騷》一書，

〔註183〕王良成：〈明代的翻案劇及其審美風尚述論〉，《藝術百家》，第1期，總第94期，2007年，頁19～22。

〔註184〕王良成：〈明代的翻案劇及其創作動因初探〉，《南京師範大學文學院學報》，第4期，2006年12月，頁45。

顧名思義即是延續屈原〈離騷〉忠貞愛國之主旨而作，當中一口氣爲眾多古
人古事平反，如其《憤司馬夢裡罵閻羅》一劇便是：

> 【混江龍】閻浮一座，卻不道糊塗斷事，打磨稽，說甚麼明如寶鏡，
> 笑比黃河漏網，奸回滿世界，無辜豪俊陷風波，空垂玉律，枉設金
> 科，莫須有也。不顧其他今來古往公平少，萬死千生混帳多，太阿
> 倒置，下界遭魔。〔註185〕

文中說明其做此劇之用意，乃是對於歷來不公糊塗之事平反，包括豪俊陷風
波、奸佞未得報應懲罰……等，諸如此類之事；同時暗告歷來不公糊塗之事，
如：自身坐獄爲莫須有之罪，以「今來古往公平少，萬死千生混帳多」諷刺
人世間冤獄多如牛毛，不知凡幾。後又於【掛玉鉤】一曲中列舉古今差錯之
案以告閻王：

> 【掛玉鉤】夷齊讓國，卻反遭飢餓；盜跖食肝有結果；顏命夭，彭
> 壽多；范丹窮苦，石崇樂；岳少保忠良喪，秦太師依舊沒災禍。這
> 都是你輪迴錯，欠停妥。只恐怕辜負了地府君王座。〔註186〕

當中指出伯夷、叔齊讓國，卻遭難於首陽山；盜賊盜跖暴虐，卻能壽終；顏
回有德短命，彭祖無所作爲卻長壽；范丹愛民清廉卻窮苦，石崇無品劫掠卻
富有；岳飛盡忠抗敵喪命，秦檜奸佞卻無禍，事事不平。終於劇後透過閻王
要求司馬貌與其一同協審上述各案，替眾人平反冤屈。除此之外，尤氏《弔
琵琶》一劇亦是愛國翻案之作，當中【活美酒】一曲即是替昭君平反之詞：

> 【活美酒】枉叫做司馬遷班孟堅，辱抹了衛姬，引楚妃歎他不肯抱
> 琵琶，過別船，幾曾見紅妝墨面，怎將漢宮人扭入匈奴傳。〔註187〕

文中批判司馬遷與班固不該於史書中言昭君和番，受封爲「寧胡閼氏」，又
於呼韓邪死後，奉命「從胡俗」，再嫁呼韓邪單于之子，將其納入《匈奴傳》
中。意欲替昭君平反，表達其於忠，不侍二君；於貞，不侍二夫之節操。總
歸而論，以上諸劇皆爲愛國補恨之翻案劇作。

又鄭瑜《鸚鵡洲》一劇，可見鄒式金於上欄眉批道：

> 郢中四雪，才情橫溢，舌藻紛披，眞可嗣響臨川。老瞞翻案，狡獪
> 作戲耳，莫向癡人前說夢。〔註188〕

〔註185〕嵇永仁：《續離騷・憤司馬夢裡罵閻羅》，第二十八頁上下。
〔註186〕嵇永仁：《續離騷・憤司馬夢裡罵閻羅》，第三十頁下。
〔註187〕尤侗：《西堂樂府・弔琵琶》，第十五頁下、第十六頁上。
〔註188〕鄭瑜：《郢中四雪・鸚鵡洲》，卷十六，第一頁上。

鄒氏將鄭瑜之才情媲美湯顯祖，並明言此爲翻案之作，而鄭氏不以言明，特意以戲呈之，以彌衡和鸚鵡戲謔、對談之狡獪手法替曹操平冤。劇中透過【元和令】、【上馬嬌】、【勝葫蘆】、【么】、【後庭花】、【六么序】【么】、【寄生草】、【柳葉兒】九支曲子，先替曹操平反其生平之事；再以【青哥兒】、【廣寄生】二支曲子，將曹操之生平爲人細數一番。

綜上所述可知清初組劇當中的翻案劇雖承襲自明代，但因爲時代背景的不同，從愛情翻案劇轉而爲以愛國主題翻案劇爲主；歷史人物主題爲輔，將戲曲的娛樂功能抽取出一部分，轉而爲教化和警醒作用，相當具有時代意義，同時對於清中葉後期組劇之翻案劇有著極深的影響，所以清初的翻案劇可以說是居於承先啓後的重要地位。

而清中葉前期爲「翻案劇」的過渡期，如車江英《四名家傳奇摘齣》，其前有〈浚儀散人序〉：

> 乙卯初夏讀江右車子江英填詞，取韓柳歐蘇之事譜作新聲，於是知車子人品之高邁，襟期之曠達，有不可一世之既矣。夫文章之道，援經據史，無借古人之行事以抒一己之性情，況繪形設象，搜腔檢拍，而僅以束喉細語打諢，花唇博紈綺，當場之一笑，不亦陋哉。車子負雋俊之才，寢食於韓柳歐蘇之文者，數十年於茲。其章經濟久已。登其堂奧，彷彿其爲人是以搦管舒嘯之下，得以言夫子君子之所欲言，而遂其四君子未逮之志焉耳。〔註189〕

當中言車氏取韓柳歐蘇之生平事譜作新聲，是借古人之行事抒一己之性情，因此可知車氏爲人之高潔、曠達。除此之外，作者更是借此四劇將韓柳歐蘇四人遺憾之事彌補圓滿，當中除韓愈外，其餘三人全是彌補情愛中之遺憾，與清初翻案劇相較，更多了「補恨」的元素。首先，《藍關雪》所作乃是爲了彌補韓愈〈謁衡嶽廟遂宿嶽寺題門樓〉一詩中未見衡山之憾：

> 五嶽祭秩皆三公，四方環鎮嵩當中。火維地荒足妖怪，天假神柄專其雄。噴雲泄霧藏半腹，雖有絕頂誰能窮。我來正逢秋雨節，陰氣晦昧無清風。潛心默禱若有應，豈非正直能感通。須史靜掃眾峰出，仰見突兀撐青空。紫蓋連延接天柱，石廩騰擲堆祝融。森然魄動下馬拜，松柏一徑趨靈宮。粉牆丹柱動光彩，鬼物圖畫填青紅。升階傴僂薦脯酒，欲以菲薄明其衷。廟令老人識神意，睢盱偵伺能鞠躬。

手持杯珓導我擲，雲此最吉余難同。竄逐蠻荒幸不死，衣食才足甘
長終。侯王將相望久絕，神縱欲福難爲功。夜投佛寺上高閣，星月
掩映雲瞳朧。猿鳴鐘動不知曙，杲杲寒日生於東。〔註190〕

詩中提到「噴雲泄霧藏半腹，雖有絕頂誰能窮。我來正逢秋雨節，陰氣晦昧
無清風」、「潛心默禱若有應，豈非正直能感通。須臾靜掃眾峰出，仰見突兀
撐青空」先是無奈天候陰晦、秋雨綿綿，難識衡山絕頂之貌，後潛心默禱，
望清風靜掃雲霧，還衡山風貌。因此劇中除了描寫裴度、韓愈討伐吳元濟一
事外，更透過【越恁好】一曲，將密雲飛掃，現洋洋大觀來完成韓公未見衡
山之憾。

《柳州煙》所作乃爲了彌補柳宗元〈亡妻宏農楊氏誌〉一文所記：

> 亡妻宏農楊氏，諱某。……及許嫁於我，柔日既卜，乃歸於柳
> 氏。恭惟先府君重崇友道，於郎中最深。髫稚好言，始於善謔，雖
> 間在他國，終無異辭。凡十有三歲，而二姓克合，奉初言也。
>
> 夫人既歸，事太夫人，備敬養之道，敦睦夫黨，致肅雍之美。
> 主中饋，佐蒸嘗，怳惕之義，表於宗門。太夫人嘗曰：「自吾得新婦，
> 增一孝女。」況又通家，愛之如己子，崔氏、裴氏姊視之如兄弟。
> 故二族之好，異於他門。然以素被足疾，不能良行。未三歲，孕而
> 不育，厥疾增甚。明年，以謁醫救藥之便，來歸女氏永寧裏之私第，
> 八月十日甲子，至於大疾，年始二十有三。嗚呼痛哉！以夫人之柔
> 順淑茂，直延於上壽；端明惠和，直齒於貴位；生知孝愛之本，宜
> 承於餘慶。是三者皆虛其應，天可問乎？
>
> 衰門多釁，上天無祐，故自辛未，逮於茲歲，累服齊斬，繼纏
> 哀酷。其間冠衣純采，期月者三而已矣。無乃以是累夫人之壽歟？
> 悼慟之懷，曷月而已矣。哀夫！遂以九月五日庚午，克葬於萬年縣
> 棲鳳原，從先塋，禮也。是歲，唐貞元十五年，龍集己卯。爲之誌
> 云。〔註191〕

知其與妻情深意切，然楊氏因足疾早喪（798 年），柳悲慟不已，一心冀望楊

〔註190〕韓愈：〈謁衡嶽廟遂宿嶽寺題門樓〉，（收錄於清方世舉箋《昌黎詩集箋注》，
　　　　清乾隆二十三年盧見曾雅雨堂刻本），卷3，第八頁上下。
〔註191〕柳宗元：〈亡妻宏農楊氏誌〉，（收錄於《欽定全唐文》），卷591，第一頁上至
　　　　第二頁下，（上海市：上海古籍出版社，2002年）。

氏得以延壽相伴。故車氏遂於劇中令柳生於晚年貶柳州之際得以與未婚妻共偕秦晉，以補其缺憾。

《醉翁亭》此處所作乃爲了彌補歐陽修所作之〈祭石曼卿文〉一文：

> 曼卿！生而爲英，死而爲靈。其同乎萬物生死，而復歸於無物者，暫聚之形；不與萬物共盡，而卓然其不朽者，後世之名。此自古聖賢，莫不皆然。而著在簡冊者，昭如日星。
>
> 嗚呼曼卿！吾不見子久矣，猶能髣髴子之平生。其軒昂磊落，突兀崢嶸，而埋藏於地下者，意其不化爲朽壤，而爲金玉之精。不然，生長松之千尺，產靈芝而九莖。奈何荒煙野蔓，荊棘縱橫，風淒露下，走燐飛螢；但見牧童樵叟，歌吟而上下，與夫驚禽駭獸，悲鳴躑躅而咿嚶！今固如此，更千秋而萬歲兮，安知其不穴藏狐貉與鼯鼪？此自古聖賢亦皆然兮，獨不見夫纍纍乎曠野與荒城！
>
> 嗚呼曼卿！盛衰之理，吾固知其如此，而感念疇昔，悲涼悽愴，不覺臨風而隕涕者，有愧乎太上之忘情。尚饗！〔註192〕

文中歐陽修對曼卿亡逝之不捨，感嘆曼卿之精神不應與萬物共盡，同時希望其遺體如金玉之精般不朽，但實際上竟是荒煙蔓草，荊棘叢生，更有野獸於此掘穴藏身，悲涼萬分。因此車江英於劇中令石曼卿登仙，並成爲芙蓉仙館館主，再透過歐妻之口，使歐陽修得知，慰藉其痛失摯友之懷。

《遊赤壁》此處所作乃爲了彌補蘇軾〈後赤壁賦〉一文，劇中車氏將前後赤壁賦之內容合一，又使蘇軾於聖寵後遊赤壁，英氣勃發，綜論古今，削減了蘇軾遭貶後今昔之感。同時令與之不合的王安石於道上相遇，避而走之，掃其心中陰霾。除此之外，車氏在對於秦觀之描寫，亦多所編改。劇中所言秦觀之事，乃出自明代馮夢龍《醒世恆言》中的〈蘇小妹三難新郎〉故事，並非確有其事。當中蘇小妹三試夫婿一段，車氏亦將其改換。首先在《醒世恆言》中，蘇小妹之試題爲：

> 銅鐵投洪冶，螻蟻上粉牆。陰陽無二義，天地我中央。〔註193〕

乃指秦觀假扮雲遊道人之事，故回應：

> 化工何意把春催？緣到名園花自開。道是東風原有主，人人不敢上

〔註192〕歐陽修：〈祭石曼卿文〉（收錄於《四部叢刊‧歐陽文忠集》），卷四十五，第七頁下至第八頁上，（臺北：商務印書館，1976 年）。

〔註193〕馮夢龍：《醒世恆言》，（台北：鼎文出版社，1978 年），頁 225。

花臺。〔註194〕

然而在《遊赤壁》當中，則改爲催妝詩句，並限三韻：

> 【蠟梅花】微情妙意喜相生，春風錦帳芙蓉鏡，入幕問誰行檀郎，
> 帶唉主賓初試恰懂情。〔註195〕

又第二試爲詩謎：

> 強爺勝祖有施爲，鑿壁偷光夜讀書。縫線路中常憶母，老翁終日倚
> 門閭。〔註196〕

四句分別指孫權、孔明、子思、太公望。同樣的在《遊赤壁》當中也作了更改：

> 美玉無暇輯瑞同，霞光兩道襯蓮紅，春風清漏三眠綠，解語嬌花映
> 玉容。〔註197〕

四句分別改指白圭、丹朱、泄柳、桃應。前者爲蘇小妹暗誇夫婿之有爲；後者爲其自誇美貌。顯然車氏有意於此爲蘇小妹古來「額廣而如凸〔註198〕」之相貌扭轉。又第三試爲對句：「閉門推出窗前月」，秦觀在東坡暗示下對出「投石沖開水底天」，終得嬌娘。而此處則是與《醒世恆言》相同。總之，車江英在《四名家傳奇摘齣》當中，雖韓、柳、歐、蘇皆俱有其人，但劇中內容多爲虛構，僅爲滿足一己之私及世人之期盼耳，此一補恨方式爲清代「翻案補恨劇」之先聲，深深影響了清中葉後期之「翻案劇」。

如前所述，清中葉後期組劇延續了《四名家傳奇摘齣》的翻案之風，然其翻新之處，悖離史實，逐新趨異，比之過往，更是有過之而無不及，主要以歷史劇爲翻案主題。如：《北涇草堂外集三種·苧蘿夢》

> 【鵲踏枝】值甚麼小嬋娟喪黃泉，再不該污玉兒曾侍東，昏抱琵琶
> 肯過鄰船，多謝你母烏喙，把蕙蘭輕剪，倒成了女三閭，忠節雙全。
>
> 自古道忠臣不事二主，烈女不更二夫，奴家之死誰不知，後世乃云爲范蠡載入五湖

〔註194〕馮夢龍：《醒世恆言》，頁 225。
〔註195〕車江英：《四名家傳奇摘齣·遊赤壁》，第四十五頁上。
〔註196〕馮夢龍：《醒世恆言》，頁 225。
〔註197〕車江英：《四名家傳奇摘齣·遊赤壁》，第四十五頁下。
〔註198〕關於蘇小妹「額廣而如凸」一說，可見元朝林坤：《誠齋雜記》，卷下，記載：
　　「子瞻有小妹，善辭賦，敏慧多辯，其額廣而如凸，子瞻嘗戲之曰，『蓮步未離香閣下，梅妝先露畫屏前。』妹即應聲曰『欲扣齒牙無覓處，忽聞毛里有聲傳。』以子瞻多須髯，遂以戲答之。是年十歲，聞者莫不絕倒。」

　　而去，豈不可笑。〔註199〕

　　關於吳越故事，最早可見於《左傳》，而後有《國語》、《史記》，但當中都未提到西施。直到《吳越春秋》及《東周列國志》中，西施才成爲故事當中之要角，且皆被視爲禍水，沉水而亡；而《越絕書》當中則是言「西施亡吳後復歸范蠡，同泛五湖而去」，之後明梁辰漁《浣紗記》傳奇之結局便是以此爲參考。

　　而上述引文當中描寫西施故事，一改以往沉水而亡或隨范蠡載入五湖而去之結局，轉而強調西施的忠節雙全，與夫差伉儷情深，忠臣不事二主，烈女不更二夫，甚至於死後再度於夢中與轉世之夫差共效魚水。除了翻轉西施女間諜的身分，更彌補了她與夫差二人前世無緣終老之憾，將西施形象轉化爲有情有義、忠貞愛國之烈女。

　　又周樂天《補天石傳奇》，爲清代翻案劇之代表作，劇中逐一替燕太子丹、孔明、李陵、昭君、屈原、岳飛、鄧攸、荀粲夫妻八位古代愛國人士翻案，劇情架構舖敘完整皆勝前人。如：陳階平敘文中云：

> 余偶觀其補天石傳奇一冊，爲奏擢赴都途中，近作擴前人所未發，補前人所未逮，而乃秘不示人，則以寄情詞齣於文學。……夫文生於情，情根於性。古者教忠教孝，今不得已而託爲歌詠或播諸管絃。
> 〔註200〕

又邱開來序中云：

> 後人讀史每爲之扼腕流涕，思欲於舊事之判乎常者，務反之正而後即安，此非人心自然感發之新機乎？……夫忠臣孝子，離人怨婦，感時傷事，不平之鳴，釀成缺陷，宇宙當時已莫之救，而聽之矣。若使慘破幽魂賚憾泉臺者，千載永戴。……如其不然，天生才人必可重開生面，補苴罅漏於舊史之傳，熟者一朝互易其局，雖爲異樣翻案文章，卻是生大歡喜故事，蓋理之不易而協乎人心之所同然故也。披絃管而登歌場，令觀者無不悅目快心，觸發天良，則誅奸匿於既死，發潛德之幽光，不是過矣……〔註201〕

〔註199〕陳棟：《北涇草堂外集三種・荇蘺夢》，第二頁下、第三頁上。
〔註200〕周樂天：《補天石傳奇》（收錄於《傅惜華藏古典戲曲珍本叢刊》85、86冊）（北京市：學苑出版社，2010年），頁3、4。
〔註201〕周樂天：《補天石傳奇》，頁18～22。

又呂恩湛跋中云：

> 舊聞所傳忠臣孝子，仁人義士，扶綱常而輔世，敦慨然欲有所爲於
> 天下，而天若阻塞擋抑之，使不免竟其志。如漢李廣之不侯，李陵
> 之降虜不反，諸葛武侯之志決身殲，而漢祚終不可復。岳忠武之恥
> 和金虜而痛飲黃龍之願，不克副讀史者。未嘗不廢書三彰，終惕於
> 天道之不可知。此天之斁也抑造物者。故爲此狡獪，使後人代爲之
> 不平耶。〔註202〕

透過上述三段引文可知周樂天創作《補天石傳奇》之意即在於擴前人所未
發，補前人所未逮，不單單止於點出缺憾處，而是更近一步地彌補其遺恨，
使之皆大歡喜，凡是忠臣孝子，仁人義士皆爲其補之，借戲曲通俗感人之功
能，達教忠教孝之用，即使劇情異樣荒誕，卻能解消眾多文人志士心中不平
之鳴。又鍊情子於自序中云：

> 余曩閱毛聲山評序琵琶傳奇云，欲換一書名補天石，歷舉其事皆千
> 古之遺恨，天欲完之而不能，人欲求之而未得者，雖未見其書而覽
> 其條目，已爽心快膈如食哀梨，使人之意也消。三十年來遍訪其書，
> 杳不可得。豈聲山當時本無是書，但標其目，使後人過屠門而大嚼
> 以虛饜快意耶！……余既非太史公掌典章，亦非柳屯田善謳風月，
> 知我者定有以諒之。倘必欲事事考其正僞，則有通鑑、二十一史，
> 在無庸較此戲場面目也。余僅爲補聲山有志未逮，又何嘗欲以區區
> 頑石塞東南缺陷，聲聞於天耶！〔註203〕

其作《補天石傳奇》一劇，劇名源自於毛聲山評序《琵琶》傳奇中所云欲作
補恨之書，故此劇便是樂天欲替毛氏完成其未完之憾。而周氏本身非史官，
直言此作並無任何歷史依據或考述，無須字字句句計較出處、事典，只望讀
者讀之痛快淋漓即可。

故周氏於凡例中便明言其創作原則：

> 各劇中有與史鑑背謬者，勢處不得不然，所謂戲者戲也。然亦有借
> 正史發揮者。……此卷歌詞填於途次，隨手而錄信口而歌，抵求達
> 意快心，不能律以南北套數解。〔註204〕

〔註202〕周樂天：《補天石傳奇》，頁25～27。
〔註203〕周樂天：《補天石傳奇》，頁31～34。
〔註204〕周樂天：《補天石傳奇》，頁39、46。

因此乃戲作耳，凡與史實相悖處，不予更動，只求達意快心；至於音律亦隨手而錄、信口而歌，不甚講究。

　　因此《補天石傳奇》內容全與史料大相逕庭，如：《宴金台》中使燕太子丹，聯合六國，殲滅秦國；一改燕太子丹曾在秦國為質，逃歸後，與荊軻謀暗殺秦王，未遂。隔年，秦軍攻燕，他逃往遼東，被燕王斬首獻與秦國之悲劇。《定中原》中描寫諸葛亮殲滅司馬懿，並助蜀漢正式統一天下；一改其出師未捷身先死，常使英雄淚滿襟之憾軻。《河梁歸》中李陵再度入胡，殲滅匈奴，凱旋歸朝；一改李陵降匈奴之叛國形象。《琵琶語》中昭君將遠嫁，王母見憐，命東方朔救回；一改昭君遠嫁呼韓邪單于，並「從胡俗」再嫁其子之遺憾。《紉蘭佩》中屈原再度受到懷王重用，剷除奸邪，重振朝綱；一改屈原遭放逐而投汨羅江之憾恨。《碎金碑》中岳飛，將秦檜伏法後，與韓世忠一同至蓬萊，求仙問道；一改岳飛在十二道金牌下被迫班師回朝，並以「莫須有」的謀反罪名自鴆。《紞如鼓》中鄧攸開倉賑糧，受民愛戴，並與子相認；一改其出逃時親手將子綁樹而亡之憾。《波弋香》中荀粲妻得波弋國異香，得以復生；一改夫妻死別分離之慟。而據鄭素惠《補天石傳奇研究》一篇論文，可知周得清於《補天石傳奇》各劇翻案或虛構之處如下：

《宴金台》
　　1、田光、樊於期俱存
　　2、合縱共滅秦
　　3、荊軻詐病留秦作內應
　　4、秦王政遇刺身亡
　　5、宴金臺上論功行賞

《定中原》
　　1、禳星巧佈局
　　2、葫蘆谷敗懿
　　3、後主禪讓劉諶
　　4、掘疑塚
　　5、東吳敗表稱臣
　　6、諸葛亮功成身退

《河梁歸》
　　1、送信釋疑

2、詐降謀計

3、裡應外合

4、三代封侯

《琵琶語》

1、王母廟內訴悲怨

2、青鳥啣圖獻闕氏

3、白日昇天列仙班

《紉蘭佩》

1、漁父汨羅江畔救屈原

2、趙國興師助楚伐秦

3、楚懷王返楚

4、秦國兵敗求和

5、理想美政之實現

《碎金碑》

1、知矯詔十二道金牌爲奸計

2、韓世忠詰奸

3、秦檜伏首，岳飛碎金牌

4、直達黃龍府

5、仙人度化

《統如鼓》

1、逃難棄子保姪

2、皇帝賜泉獎勵清廉

3、私自開倉賑糧

4、父子重逢

《波弋香》

1、妻曹氏病篤

2、冥界判庸醫

3、波弋國乞香

4、曹氏起死回生

足見周氏對於《補天石》中八劇之翻編皆爲空穴來風，無論脈絡、人物

存亡皆異，而《琵琶語》、《碎金碑》、《波弋香》三劇，更加入了神仙道化部分，愈加荒誕不經。正如其所言，僅求快意罷！

爾後尚有《小四夢‧江梅夢》，亦如同周氏翻案劇，不但妄加刪改史實，更融入神道內容：

> 從前楊玉環要見唐家太上皇，向俺再四央求，俺嫌他妒毒心腸，不肯帶進，他就永不復來了。昨夜江妃也求吾神接引，因上皇終夕無眠，難合見面。若論往常，魂兒入夢，都要捱到夜靜更深，只爲那江妃罵賊身亡，他的烈魄貞魂，可以爭光天日，故吾神約他今日午時，接引來此相會。〔註205〕

劇中一改明皇、貴妃月宮相見橋段，反使江妃與明皇夢中相會，細訴安祿山進逼當日景況，突顯江妃之忠貞愛國，並央求明皇替其改葬梅樹之下，同時批判貴妃妒毒心狠，故永不得與明皇相見，顯然是特意爲梅妃所作之翻案劇。

小　結

綜上所述，清初組劇作品中之思想深受「麥秀黍離」之影響，在異族高壓懷柔、攏絡士人的政策下，無奈之情溢於言表，然此時之劇作家卻仍多選擇入仕，使其在面臨滿漢不公之時，不遇之恨更加深刻。

及至乾隆年間，和珅擅權專政，使得朝廷奸佞更加橫行無阻，逢迎獻媚之風大盛，導致主司常爲烘多無才之輩；應試者則在權貴的包庇下抄襲、舞弊，致使科場大亂。再加上清廷向來以八股取士，學子無眞才實學，亦令不少大才者詬病。因此，其中一部分文人便主張改革；而另一部分則在袁枚等「性靈學派」學者的影響下，轉而崇尚抒懷之作，如：徐熥、汪應培、陳棟……等人。

除此之外，清代組劇之思想特色尚有對女德觀念的轉變，不再一昧主張「女子無才便是德」，認爲女性不僅可以爲學，更可論政。在感情方面，亦開始注意到夫妻間眞情之重要性，期望能達到「才情雙美」的境界。整體而言，清代對「女德」的觀念確實已有很大的轉變，雖未完全脫離傳統禮教觀念的束縛，但女子的地位可謂大大提升了不少。另外，清代除了沿襲了明中葉以來的「翻案風」，內容荒誕不經，與史實大相悖離，更因爲儒家道德思想的淪

〔註205〕梁廷枬：《小四夢‧江梅夢》，第三十三頁下。

喪，封建體制的崩壞，轉而將翻案主題由「愛情劇」轉爲「歷史劇」，並爲其
「補恨」。

　　總歸而言，清代組劇之思想旨趣深受當時政治、社會、性靈學說及前代
文風……等眾多時代因素所影響，其作品內容方能如此豐富多元，具當代特
色。

第五章　清代組劇之風格特色

第一節　清初及清中葉前期

一、清麗典雅

　　清初戲曲基本上受明末餘勢影響，當時崑曲流行於蘇州、無錫、崑山一帶，受到士大夫階層的重視與愛好，雖清初及清中葉前期組劇作家創作內容已不再是以風花雪月為主，但因其多為江浙人士，故曲風仍多以清新典雅，情感真摯為主。諸如：裘璉、尤侗、張韜、洪昇、黃兆森、廖燕、車江英……等劇作家皆是，其中又以裘璉、尤侗及洪昇三人為最。如：裘璉《昆明池》總評云：

> 昆明劇清嚴華巧，文彩煥然，兼江南東吳兩體之長。〔註1〕

又其第一折評：

> 藻思典句，爛若春葩。所謂張鳴善之詞，如彩鳳刷羽者也。〔註2〕

又《鑑湖隱》總評云：

> 其詞清而且麗，華而不艷。有不吃煙火食氣，其可謂不羈之材。若
> 被泰華之僊風，蓬萊之海月，誠詞林之宗匠也。〔註3〕

可知裘璉創作劇本之主要風格為清新秀麗、華而不艷，有李白之文采，用典

〔註1〕　裘璉：《四韻事・昆明池》，第五頁上。
〔註2〕　裘璉：《四韻事・昆明池》，第五頁上。
〔註3〕　裘璉：《四韻事・鑑湖隱》，第五頁上。

精確，兼《太和正音譜》中新定樂府體一十五家當中西江、東吳兩家，文彩
煥然、清麗華巧之長，同時往往有歸隱、頓悟之情充斥其中。從其曲文當中
來看，《昆明池》中【鎖南枝】二曲，

> 【前腔】（【鎖南枝】）初春盡，淑氣多，靈池直通天上河，上林春色
> 知歡，點綴寒梅破。正是當此時行樂，可笈詩文，豈是聖明佐。〔註4〕
> （昆明池）

> 【前腔】（【鎖南枝】）臺廠仙人，座樓鄰織女梭，玉輦金輿將度，
> 遙聽燕舞鶯歌，春色皇州大，入紫微出鳳坡，競道沈休文又一個。
> 〔註5〕（昆明池）

描寫初春時之昆明池，以寒梅點綴，清新典雅，雖言玉輦金輿、燕舞鶯歌，
卻是華而不艷，恰到好處。而《鑑湖隱》當中【普天樂】、【醉太師】二支曲
子同樣展現出清麗之風：

> 【普天樂】水中央，聞漁唱，乍回首，扁舟漾。花陰下，花陰下，
> 一所茅堂。深林外，幾簇村庄，最堪憐，是酒帘兒，斜日飄颺。
> 〔註6〕（鑑湖隱）

> 【醉太師】清幽如此風光何有，箕聖賢寂寞飲者，名留當杯入手看，
> 等閒世事服鷗誰儔。凌雲豪氣君自有，搖五嶽咲傲滄州，名和利倘
> 能到頭，欄外水緣何不解向西流。〔註7〕（鑑湖隱）

當中【普天樂】描寫漁人飄舟鑑湖中心，花陰下立著一幢茅草小屋，林中小
屋數座，斜陽灑落其間，畫面清新樸實，無罕字華詞。而【醉太師】感嘆名
利及人生之無奈，頗有出世之思，樸實無華。故此處眉評其為：

> 化太白詩為詞，跌宕自然。〔註8〕

認為其情真摯自然，筆觸如李白之豪邁奔放，清新飄逸，言「凌雲豪氣」、「搖
五嶽咲傲滄州」，展現不凡之氣。再看【紅芍藥】、【錦纏道】兩支曲子：

> 【紅芍藥】仙凡路祇隔些兒，紅塵內柳絮沾泥。玉洞內重門又長閉，
> 聽珠宮幾聲鶴唳。遙看石洞紫翠迷，夜燒丹月明雙翠。是廣寒宮暮

〔註4〕　裘璉：《四韻事・昆明池》，第四頁上。
〔註5〕　裘璉：《四韻事・昆明池》，第四頁下。
〔註6〕　裘璉：《四韻事・鑑湖隱》，第十七頁上。
〔註7〕　裘璉：《四韻事・鑑湖隱》，第二頁下。
〔註8〕　裘璉：《四韻事・鑑湖隱》，第二頁下。

舞霓裳，又一霎香送丹桂。〔註9〕（鑑湖隱）

【錦纏道】駕輕航，問湖邊。花堤椏塘，人在水雲鄉。扣舷時，長
歌一曲，滄浪看不盡，破平林，岫楓半黃，聽不了叫寒汀，朔雁南
翔。秋色佳哉！天下湖山勝鑑湖者多有，但恐世上閒人如老夫名絕
少。仙子在何方，漫說的羅浮雁宕，劉郎共阮郎，都不過桃花千嶂，
抵多少岸蓆露蒼蒼。〔註10〕（鑑湖隱）

當中頻用典故，從玉洞、廣寒宮言梅妃與貴妃，暗指不受君寵，再到劉晨、
阮肇之入天臺，喻出世歸隱之心。真可謂藻思典句，鑲綴自然。其眉評亦曰：

點染有情，具有典故。妙妙。〔註11〕

對此處之曲評價甚高。然裘璉並非完全以清麗為主，而是能夠因應內容，自
然切換，如《昆明池》第二折評其為，

華觀偉麗，過於佚樂，迺承安體也。用之嗣聖此事，妙在恰合。非
樂府三昧，不能作，亦不能曉。用詩詞成語不傷音律，臨川當退避
三舍。〔註12〕

認為裘璉於《昆明池》第二折處之曲文過於華麗，然而此處風格驟變，主要
是為了呼應皇宮內昆明池之富麗堂皇，不得不如此而以「承安體〔註13〕」為
之，實為恰合。如【北收江南】一曲：

【北收江南】呀！比得他遠山花堤椏幔城開，比得他石雙星孤月隱殘
灭，比得他駕乘春宴鎬唱汾杯美，明珠夜來羨，明珠夜來說甚麼，微
臣羞覯豫章材。〔註14〕（昆明池）（眉評：白中不念出沈詩曲，中及
借來形末巧搆）

當中文句藻麗對仗，如：「遠山花堤椏幔城開，石雙星孤月隱殘灭」兩句，而
「駕乘春宴鎬唱汾杯美，明珠夜來羨」兩句，更是揮霍佚樂、昇歌不斷。此
外，在寫景部分，可見於《旗亭館》總評：

娟媚處，如山花獻咲，幽宕處，如雁陣驚寒，葩艷處如晴霞結綺，
韻致處，如天風環珮，詞家之長，兼而有之。〔註15〕

〔註9〕　裘璉：《四韻事・鑑湖隱》，第六頁下、第七頁上。
〔註10〕　裘璉：《四韻事・鑑湖隱》，第十六頁下。
〔註11〕　裘璉：《四韻事・鑑湖隱》，第十六頁下。
〔註12〕　裘璉：《四韻事・昆明池》，第十一頁上。
〔註13〕　明朱權：《太和正音譜》：「承安體，華觀偉麗，過於佚樂。承安，金章宗正朔。」
〔註14〕　裘璉：《四韻事・昆明池》，第九頁下、第十頁上。
〔註15〕　裘璉：《四韻事・旗亭館》，第四頁下。

又其第一折折評：

> 曲白口氣逼真，白勝西樓，曲勝牡丹亭，蓋西樓白多刻畫，不若此
> 自然真切，牡丹亭曲過雕巧，不若此天然婉麗也。〔註16〕

可知其寫景刻劃自然、逼真歷歷，可清麗；可清冷；可典雅；可婉麗；可自
然，各家之風格，兼而有之，更勝《西樓記》及《牡丹亭》。又其於第二折折
評中言雪景，

> 一幅絕好雪景覺南宮北苑，亦止肖其形耳。〔註17〕

即是指【八聲甘州】兩支曲，一論東景；一言西景，筆觸細膩，有如親臨，

> 【八聲甘州】天低一片雲，正六花飄墜，撲面侵人寒，禽飛盡，人
> 家早閉柴門，梅花放來千樹春，昨夜影到窗前，疑是君，（生合）行
> 行靠深秋，好問東鄰。〔註18〕（旗亭館）

> 【前腔】（【八聲甘州】）如銀江山面面新，似蘆花原上，楓絮江濱，
> 朔風吹雁。偏是旅客先聞，我乘舟剡溪訪故人，他披氅神仙深閉門。
> （合）行行靠茅簷，好問西鄰。〔註19〕

先言窗外之景，雪花飄墜，千樹梅花，窗前夜影疑是君；後言江岸之景，一
片銀地，寒風吹雁，船行速度之急切，大景之中只聚焦於一小小館苑。眉評
其「雪景如畫」。前者論女子等待之情，後者言男子期待之心，情感真摯，最
是動人。又可見於【羅袍歌】、【黃鶯兒】兩支曲：

> 【仙呂過曲】【羅袍歌】堪嘆西園才彥與東鄰艷質，一樣迍邅。你王
> 粲登樓賦空傳，我雙鬟冷落桃花面春來。今年舊年相思相隔，吳天
> 楚天誰將婚簿填來矧。藍田玉漫生煙，刪來泣盡卞和冤，藍橋路，
> 莫問仙風波空載月明船。〔註20〕（旗亭館）

> 【商調過曲】【黃鶯兒】鬧約女青蓮會梨園，賽管弦，妹子你閉門何
> 事簾羞捲，芳容自憐，芳心自譴，聽哑耳笙歌偏向深深院。儘瓊筵
> 池塘錦繡樓閣畫神仙。〔註21〕（旗亭館）

描寫雙鬟對王之渙之傾慕及思念，「今年舊年相思相隔」、「芳容自憐，芳心自

〔註16〕裘璉：《四韻事·旗亭館》，第四頁下。
〔註17〕裘璉：《四韻事·旗亭館》，第十四頁下。
〔註18〕裘璉：《四韻事·旗亭館》，第五頁上下。
〔註19〕裘璉：《四韻事·旗亭館》，第五頁下。
〔註20〕裘璉：《四韻事·旗亭館》，第二頁下。
〔註21〕裘璉：《四韻事·旗亭館》，第三頁上。

讘」；又引用唐代李商隱《錦瑟》詩句，嘆「此情可待成追憶，只是當時已惘然」，句句悲苦，字字憂懷。故眉評曰其「既苦自家，又苦別人，眞正種情」、「曲到吳騷絕頂」而【黃鶯兒】一曲更是寄情於景，透過雙鬟獨坐深院，等待之情深切，正如其眉評所言「情景過眞」。

除此之外，裘璉於《旗亭館》中刻畫雙鬟、王之渙二人之情，可謂清艷而不露骨，正如《旗亭館》總評中云：

> 旗亭劇乃一十五家中之香區體，一十二科中之風花雪月也，不得以
> 煙花粉黛目之。〔註22〕

指出此劇乃風花雪月之雅事，非煙花粉黛之俗事。又其第三折折評：

> 關目之妙全在詩歌一段，安頓最難，此曲情景宛然，風流如昨，
> 其填詞風艷，展音清麗，元之子安，明之子一，可與三分樂府矣。
> 〔註23〕

此處填詞雖風艷，但展音清麗，不流於俗。可與元代范子安及明代王子一同並比。如【春鎖窗】、【學士解醒】兩曲爲男女相和，互訴衷情，

> 【春鎖窗】天如曙，晚似晴，昔風光金尊漫傾，況玉人相映，恍然
> 人在水壺境，羨佳人，曲奏陽春，羨樂事，杯啣中聖，也知聚散似
> 浮萍，此心無奈如醒。〔註24〕

> 【學士解醒】珍重多才阮步兵，涼州一曲知名曉，風楊椏簾羞揭，
> 夜雨梨花門自扃。怕到湖州人又老，再向天台花燭迎，相逢頃，怕
> 巫山隔斷，好夢難成。〔註25〕（旗亭館）

其中【春鎖窗】爲王之渙感慨聚散有時，求取功名爲當時世人所重，萬般無奈；【學士解醒】則是雙鬟對王之渙才華的賞識傾心，句句有情，又擔憂歷時久，人老珠黃，兩人緣分盡去，描繪出兩人之間濃厚情意及現實無奈。又【潑帽落東甌】描寫兩人情定後，

> 【潑帽落東甌】新豐店裡將婚定，快今宵便可卿卿，藍田日暖煙生
> 玉，春風荳蔻放新晴，顧信傾城。〔註26〕（旗亭館）

其內容與其他曲文相較，「快今宵便可卿卿」一句便顯風艷，然當中多以典故

〔註22〕裘璉：《四韻事・旗亭館》，第四頁下。
〔註23〕裘璉：《四韻事・旗亭館》，第十四頁下。
〔註24〕裘璉：《四韻事・旗亭館》，第十三頁上。
〔註25〕裘璉：《四韻事・旗亭館》，第十三頁上。
〔註26〕裘璉：《四韻事・旗亭館》，第十四頁上。

隱喻其感慨惘然之情的翻轉，仍有其典雅之風範。故其眉評云：「佳聲過西廂」。故就辭采而言，時人對其評價頗高，如〈馮家楨敘〉：

> 裘子殷玉，詩古文妙天下，尤酷好填詞，所著玉湖數種藏之家。今春又讀其四韻事，有豪情，有逸致，有奇氣，有濟世心，有出世想。繡口錦心，吐其香豔，有若大江東去者，有若楊柳樓頭者。昔人稱湯若士擅南，徐青藤擅北，至於四韻殆已兼之。〔註27〕

認為其《四韻事》一劇，在文采上有豪情，有逸致，有奇氣；在內容上，有濟世心，有出世想，堪稱佳作。然而曾師在《清代雜劇概論》當中則有不一樣的評斷，認為：

> 昆明池關目平板，毫無生趣，直寫一段文人掌故而已。鑑湖隱則嫌蕪雜，間亦落俗。旗亭館亦稍累贅，必欲使王之渙與雙鬟兩情相悅，得一夜風流，然即此收煞，尚有餘韻，倘別出一折，簡直就是狗尾了。……其每折所附之總評、析評，不免恭維過甚。〔註28〕

其所言之部分，以關目情節為主，而上述所言則多關文辭。總歸而論，裘氏之劇作，在文采上大抵以清豔為主，筆觸細膩，寫景自然；然在關目情節的鋪排上，因多承襲前人典故情節，未能後出轉精，確實較無亮點且多有缺漏。

而洪昇的曲文主要以清麗為主，曾師永義認為：

> 四劇俱清綺雅潔，風光旖旎，聲韻亦悠揚宛轉；〈衛茂猗〉一折亦間有澎湃語。然較之《長生殿》，究竟不如。〔註29〕

基本上洪昇《四嬋娟》之風格屬清綺雅潔，讀來悠揚宛轉亦有澎湃激昂，藝術性不低，但仍不如《長生殿》般絕倫。如：〈謝道韞〉中【芭蕉延壽】，

> 【芭蕉延壽】韻清微，高山流水，野猿嘶楚；雨湘雲，寒雁飛，清風明月，孤鶴唳，春融合，鶯亂啼。〔註30〕

風格清新脫俗，如沐於初春、迷於深山之中。又【混江龍】、【元和令】兩曲：

> 【混江龍】玉霏珠碾，近雕闌左右繞身旋。(胡麻替旦拂科，云)這幾點多飛在小姐鬢上。(正旦唱)不提防點疏疏半沾雲鬢，(胡麻云)

〔註27〕 裘璉：《四韻事・旗亭館》，第二頁下、第三頁上。

〔註28〕 曾永義：《清代雜劇概論》(臺北：聯經事業出版公司，1975年10月)，頁145、146。

〔註29〕 曾永義：《中國古典戲劇論集》(臺北：聯經出版事業公司，1982年8月)，頁151。

〔註30〕 洪昇：《四嬋娟・謝道韞》(收錄於鄭振鐸《清人雜劇二集》)，頁142。

這幾點落來倒像花鈿一般。（正旦云）又道是亂濛濛亂惹花鈿。（胡麻）你看！這雪落在別處十分潔白，只飛到小姐面上，卻一般般的都看不出了。（正旦唱）這雪呵！怕就是玉魄冰魂難鬥巧，早難道玉容粉面敢爭妍！（胡麻拈雪科，云）啊！怎這雪拈在手中就不見了？（正旦唱）謾道是春纖拈去水無痕。（胡麻云）你看，小姐衣上被雪兒飛滿，道像個繡的一般。（正旦唱）端的個羅衣點處花難辨，真個是，兩般嫵媚，一樣便娟。〔註31〕

【元和令】亂紛紛風內旋，白茫茫半空捲，颯剌剌多只在古松梢、
疏竹上、老梅邊、裝點出，謝家庭、風味遠。〔註32〕

其中【混江龍】為道韞與侍女在雪雨天中的對話，內容充滿風花雪月、女子情懷，深閨輕語，讀來清綺雅潔，字字本色。而【元和令】則是謝家宴飲之作，雖多了份世故味，卻仍未脫清麗典雅，更可看出洪昇之才氣及手法之細膩。又〈衛茂漪〉當中【脫布衫】一曲亦是，

【脫布衫】一行行繡閣奇葩，齊臻臻玉砌藍芽，裊婷婷躬身拜咱，
嬌怯怯勝常道罷。〔註33〕

描寫向衛夫人拜師學字之女弟子們的儀態，亭亭玉立、嬌嬌怯怯，乃小家碧玉之貌，亦可謂清麗。又〈管仲姬〉當中：

【梅花酒】共登臨，將烟景收，擴胸懷縱目凝眸。天闊雲悠，潤落
溪流。一片山含今古愁，前人世界後人收。想戲馬臺人在否？龍山
上再誰游？縱英雄不到頭，任智巧怎長留。眼中人好廝守，當前景
且追逐。好風光暫夷猶，急尋歡莫拖逗。休只等風起處纜方收，緊
浪裡把竿抽，日落後轉船頭。〔註34〕

其描寫趙孟頫夫婦重陽佳節共同乘舟遊賞，往來茗雪之間，其心境悠遊自適、雲淡風輕；其情纏綿縈繞，可謂「清雅」。又「風光旖旎」之處，則可見於〈李易安〉當中：

【小桃紅（么篇）】朱盤玉碗泛蘭漿，素手親呈上。疏竹微風送幽響，
試旗槍，沾唇沁齒爽。滌塵容俗狀，活詩啤酒腸，不覺的肌骨頓生

〔註31〕洪昇：《四嬋娟‧謝道韞》，頁139。
〔註32〕洪昇：《四嬋娟‧謝道韞》，頁140。
〔註33〕洪昇：《四嬋娟‧衛茂漪》，頁144。
〔註34〕洪昇：《四嬋娟‧管仲姬》，頁153。

涼。〔註35〕

　　【慶元貞】數聲蟬躁歇垂楊，一窗日影掛紅牆，好收拾圖書茗碗慢
　　消詳。（帶云）夫人，我和你且試蘭湯，換晚妝，展齊紈，向花下納
　　新涼。〔註36〕

其描寫李易安夫妻倆一同品茗，閒數歷來之佳偶。曲文中除了「清雅」外，
其「朱盤玉碗泛蘭漿，素手親呈上」、「收拾圖書茗碗慢消詳」、「換晚妝，展
齊紈，向花下納新涼」，道出夫妻間之恩愛、敬愛，畫面柔美、情深動人。

　　又尤侗之作大抵也是以清新典雅為主，其辭采可見於《桃花源》一劇，
最末據曹爾堪題詞：

　　吾友悔菴起而排之，以沉博絕麗之才，為嘻笑；為怒罵，雅俗錯陳，
　　畢寫情狀。此則元人之所秘者，後人不能學也。〔註37〕

可知尤侗之劇作不僅僅是借嘻笑怒罵之詼諧諷世寫情，同時也兼顧博通古今
與詞藻之艷麗，雅俗交錯，多樣富變化。如在《讀離騷》開場云：

　　（正末扮屈原上）【菩薩蠻】洞庭木落秋風嫋，平蕪極望愁香草。歲
　　晏孰華予，君門虎豹居，美人來又去。解佩空延佇，搔首問青天，
　　青天正醉眠。〔註38〕

據上欄眉批言其「咀屈宋之英華，振風雅之遺韻，選詞命意，穆然今古」，以
香草、美人典故，帶出屈子；而「解佩空延佇」，則是借《九歌‧大司命》之
「結桂枝兮延佇，羌愈思兮愁人」之句；「搔首問青天」，則是見於馮贄《雲
仙雜記》中記述李白登南峰感言：

　　此山最高，呼吸之氣想通天帝座矣，恨不攜謝朓驚人句來搔首問青
　　天耳。〔註39〕

前者點出對命定的無奈與無措；後者藉李白登高之感懷來表述自身心境，文
辭間既有《九歌》之「雅」，同時又有李白之「豪」。又【天下樂】中云：

　　【天下樂】呸！我如今西抹東塗，空手又差也不差，倒不如問自家
　　嘲客（鄔式金雜劇三集作「客」），賓戲都勾罷。墨花兒將刀尖刮，

〔註35〕洪昇：《四嬋娟‧李易安》，頁147。
〔註36〕洪昇：《四嬋娟‧李易安》，頁149。
〔註37〕尤侗：《西堂樂府‧桃花源》（收錄於鄭振鐸《清人雜劇初集》），第一頁上，（香港：龍門書店，1932年）。
〔註38〕尤侗：《西堂樂府‧讀離騷》，第一頁上。
〔註39〕馮贄：《雲仙雜記》（北京市：中華書局，2008年），頁202。

筆管兒當棒槌摑，只這一章書，把天公顯難煞。〔註40〕

此處上欄眉批言「化俗爲雅」，當中尤侗以「墨花兒將刀尖刮，筆管兒當棒槌摑」兩句話穿插曲中，對仗工整，瞬間化俗爲雅，足見尤氏文風主要仍好典雅。又《弔琵琶》，

> 【青哥兒】剛彈了離鸞離鸞小引，乎變做鳳求凰新本，往日個獨夜悵悵空寫悶，今夜裏月色如銀，南內無人，寶鼎香薰，翠幄生春，玉轉朱唇，鐵撥紅筋，底多少平陽歌舞，錦袍恩，這就是四絃媒，千金誰。〔註41〕（眉批：節奏自然）

文中描寫漢帝與昭君深夜談琴，節奏自然，旖旎婉轉，當中「月色如銀，南內無人，寶鼎香薰，翠幄生春，玉轉朱唇，鐵撥紅筋」，文句整齊劃一，文辭典雅清麗，點出幽幽情絲，曲意俱佳。此外，其《桃花源》劇中【蘇武持節】一曲：

> 【蘇武持節】（末）忽見故人相叩，又道上人相候問，白蓮社友可也添十九，棒也休，喝也休。不如傾倒杯中酒，與爾同消萬古愁。說話之間，望見廬山了。那咨少留，看廬山識我否。〔註42〕

曲文雅俗交疊，細膩描繪出白蓮社友相聚飲酒之情狀，並引用李白〈將進酒〉詩作，表明自身欲求豁達之心。又潘耒於《尤侍講艮齋傳》中云：

> 才既富贍，複多新警之思，體物言情，精切流麗，讀之使人心開目明。每一篇出，傳誦遍人口。賈人梓行之，勿能止也。〔註43〕

文中言其劇作不單單是思想富有新意，體物言情更是深刻，令人舒暢且耳目一新。論其詞藻音律，更是精妙絕麗，使人得以朗朗上口，故時有書商爲其梓行。而尤氏自身於《悔庵年譜》中亦多有其劇作演出之記載，足見其音律之諧美，絕非拮据聱牙之案頭劇：

> 予北劇最喜黑白衛……陳其年（維崧），分授家伶演之。〔註44〕

透過上述引文可知尤氏之作確實時有演出，可見潘耒言其達到「賈人梓行之，勿能止也」之勢，絕非聳人聽聞。

〔註40〕尤侗：《西堂樂府·讀離騷》，第四頁下。
〔註41〕尤侗：《西堂樂府·弔琵琶》，第三頁下。
〔註42〕尤侗：《西堂樂府·桃花源》，第八頁上。
〔註43〕潘耒：《尤侍講艮齋傳》（收錄於《遂初堂集·文集》，《續修四庫全書·集部》第1417冊），卷一八（上海：上海古籍出版社，2002年），第679頁。
〔註44〕尤侗：《悔庵年譜》，（《北京圖書館藏珍本年譜叢刊》七十四冊），第二十一頁上，（北京市：北京圖書館出版社，1999年）。

　　上述清麗典雅之曲，皆爲乾隆以前之作品，更可印證代表雋雅的崑曲，自明末開始衰退，戲曲漸漸由雅轉俗，雖然在康熙至乾隆期間曾有復興現象，然終曇花一現，爲後起之花部、亂彈所取代。正如昭槤《嘯亭雜錄·魏長生》中所載：

　　　　甲午夏入都，時京中盛行弋腔。〔註45〕

其中「甲午夏」即乾隆三十九年，足見自乾隆初期以來，弋陽腔大盛；至中葉魏長生入都，京劇亦起，崑曲幾爲京劇及各種地方戲曲所取代，也因此清代組劇自中葉以後曲文典雅者幾希！

二、好用典故，層層堆疊

　　典故的運用除了可以增加韻味和情趣，在表達上也可較委婉含蓄，避免平直，因此無論詩、詞、歌、賦皆無可避免。而清代組劇在典故的運用上，往往將其層層堆疊，以強化思想。如：鄭瑜《鸚鵡洲》中先論述屈原、宋玉、景差、唐勒、昭君、文姬、娥皇、女英……等人。後言曹操、劉表及黃祖等三國人物彼此之間之事。當中又以【青哥兒】一曲，盡數曹之美名；罵盡世上奸人一段爲全劇最有文采之處：

　　　　【青哥兒】我如今喚醒了痴人，痴人說夢。提起了矮人，矮人搬
　　　　美。他是個間生天上種。說不盡他蓋世豪雄、絕世明聰、治世純
　　　　忠、亂世奇功、名世宗工、應世靈通、濟世朦幢、救世參苓、澤
　　　　世神龍、儀世飛鴻、貫世長虹、警世豐霆、振世金鏞、威世彤弓、
　　　　下世盧沖、包世涵容、礪世磨礲、葦世璜琮、肩世栴松、鎮世衡
　　　　嵩，豈比那隨世橫縱、詐世謙恭、希世員融、效世雷同、欺世玄
　　　　空、逢世中庸、諧世彌縫、奉世奴傭、戀世醇釀、潰世疽癰、混
　　　　世魔公、醜世淫風、雪世機鋒、圉世樊籠、沒世愚侗、棄世盲聾、
　　　　刺世辛蜂、涉世沙蟲……〔註46〕

當中類疊句連續使用高達三十八句，讀來鏗鏘有力；其中以「豪雄」、「明聰」、「純忠」、「奇功」、「宗工」、「靈通」、「朦幢」、「參苓」、「神龍」、「飛鴻」、「盧沖」、「涵容」、等詞來形容曹操之英武聰慧；以「玄空」、「中庸」、「奴傭」、

〔註45〕昭槤：《嘯亭雜錄·魏長生》（北京：中華書局，1980年），頁237。
〔註46〕鄭瑜《郢中四雪·鸚鵡洲》（收錄於鄒式金：《雜劇新編》，卷十六）（順治十六年（一六五九）刊本），第十三頁上～下。

「疽癰」、「魔公」、「淫風」、「愚侗」、「盲聾」等詞來形容奸佞之深惡，凸顯出鄭瑜之才情橫溢。此外，鄭氏亦善以問答句來嘲諷世道。尤《黃鶴樓》全劇以【收江南】一曲，描繪呂純陽與柳樹精兩人問答，共論世間參參差差怪怪異異之事一段，來回共四十八個問題，最爲特殊，內容皆言萬物之正反兩面，齊言押韻，類疊而成，與《鸚鵡洲》中【青哥兒】一段手法一致，如：

> 富貴的玉甌寶鑄，貧賤的敝裘蒯緱。
>
> 得時的拋毬峻堆，失運的乘桴石尤。
>
> 報捷的杏稠桂遒，下第的花戞柳愁。
>
> 禦亂的角觡壯猷，奏凱的纓縷獻囚。
>
> 華麗的涑梨絳綢，樸素的土牏縕褠。
>
> 遊俠的馭鞦臂韝，本分的守囷待鯡。
>
> 掌選的糊籌喚儔，詰戎的建瓴請蒐。
>
> 掄材的薪櫨廣收，圖財的倡優眾咻。
>
> 好客的珍羞召庥，作家的乾餱白偷。
>
> 風顯的坐軯宿郵，微末的負篝控鞧。
>
> 拼命的決疣剖瘤，怕事的忍喉俯僂。
>
> 大力的降虬伏彪，悁怯的怕獶讓鰍。
>
> 隱逸的鳥啾鹿呦，奔馳的驢掦馬驟。
>
> 傳道的範疇易售，問奇的峋嶁且躊。
>
> 自新的鶒鷗好修，暴棄的貙貅逗遛。
>
> 可畏的養由發鏃，可惜的居州寡儔。
>
> 行醫的渤溲病寥，作巫的咿嘔鬼留。
>
> ……
>
> 服食的辟餿餌硫，燒丹的點勾化鏐。〔註47〕

當中以「富貴」、「貧賤」；「得時」、「失運」；「報捷」、「下第」；「禦亂」、「奏凱」；「華麗」、「樸素」；「遊俠」、「本分」；「掌選」、「詰戎」；「掄材」、「圖財」；「好客」、「作家」；「風顯」、「微末」；「拼命」、「怕事」；「大力」、「悁怯」；「隱逸」、「奔馳」；「傳道」、「問奇」；「自新」、「暴棄」；「可畏」、「可惜」；「向上」、「習下」；「局大」、「品小」；「最樂」、「極苦」；「自重」、「自輕」；「恃功」、「逃祿」；「除惱」、「陷賢」；「圖霸」、「僭王」；「終養」、「廬墓」；「知恩」、「負

<hr>

〔註47〕鄭瑜《郢中四雪‧黃鶴樓》，卷十六，第五頁下至第八頁上。

心」；「興利」、「開疆」；「癖書」、「慈教」；「相制」、「相忘」；「會睡」、「巴亮」；「抱穩」、「脫空」；「不保」、「一定」；「獨自」、「大家」；「義烈」、「風流」；「賈勇」、「固寵」；「失體」、「折本」；「可省」、「難罷」；「造化」、「悔氣」；「垂芳」、「逐臭」；「堅貞」、「苟且」；「好賭」、「喜嫖」；「貪味」、「拚死」；「延齡」、「療饑」；「自娛」、「吃苦」；「閒適」、「豫備」；「濱河」、「靠山」；「適野」、「入林」；「行醫」、「作巫」；「服食」、「燒丹」正反相對（除「好賭」、「喜嫖」外），從時運、戰亂、處事、性格、態度等各方面，來分析萬事萬物之一體兩面，也暗指明、清兩個政權的消長，以及處於世代交替下忠奸之差異。

而上舉兩段引文皆為「2、2」、「3、4」之「雙式音節」，讀來「平穩舒徐」，讓人感到平靜及從容不迫，頗有參透萬事萬物之寂然境界。其中《鸚鵡洲》中【青哥兒】一曲，句末為「雄」、「聰」、「忠」、「功」、「工」、「通」、「幢」、「芎」、「龍」、「鴻」、「虹」、「霳」、「鏞」、「弓」、「沖」、「容」、「礱」、「琮」……一直到最末的「籠」、「侗」、「聾」、「蜂」、「蟲」，皆押「東」、「冬」、「鐘」三韻部。另外，《黃鶴樓》中【青哥兒】一曲，句末為「緱」與「尤」；「愁」與「囚」；「餱」與「鮊」；「蔻」與「咻」；「偷」與「韝」；「儔」與「鰍」……一直到最末的「留」與「鏐」皆押「尤」、「侯」、「幽」三韻部，亦即《中原音韻》之「尤、侯」韻，皆使用同一韻攝到底，除此之外，兩劇中俱大量使用異體字或罕用字，顯見作者刻意賣弄才學之意。

嵇永仁《劉國師（青田）教習扯淡歌》，首段言自三皇五帝到堯舜禹湯紂以及姜太公釣魚之事皆是閒扯淡。次段言春秋諸子等事。第三段言秦滅六國。第四段言劉項之爭。第五段言王莽之事。第六段言三國之事。第七段言魏晉南北朝事。第八段言宋靖康之難、岳飛之事。第九段言南宋滅亡之事。透過【混江龍】、【倘秀才】、【滾繡球】、【么】、【天下樂】、【哪吒令】、【鵲踏枝】、【么】、【寄生草】、【么】整套【仙呂宮】套曲，剔除首支【點絳唇】外，共十支曲牌而成，從古至今層層堆疊，凸顯出朝代更迭乃必然常事。而《癡和尚街頭笑布袋》中，瘋和尚回應其所笑之事既非違背忠孝敗壞節義，也非貪酒戀花守財使氣之徒，也非奸盜詐偽讒蹈妒害之人，也非陰錯陽差顛三倒四之事。而是笑伏羲畫八卦惹是非、神農嘗藥言病根、堯舜禪讓湯武奪、比干盡忠遭挖心……等等，各種古人古事。同樣透過【新水令】、【駐馬聽】、【胡十八】、【沽美酒】、【慶東源】、【沉醉東風】、【雁兒落】、【攪箏琶】、【尾】一整套【雙調】套曲，九支曲牌組成。當中瘋癲笑罵，看盡世間男女，世事無

道，正如其【尾】中言：

> 【尾】俺呵！笑一陣無休歇，直笑到月明人靜者，到處裡結不上布
> 袋緣，百忙裡補不起地崩天缺。〔註48〕

其所笑之事皆無可奈何，正如同世人庸庸碌碌，自私爲己，故於街頭結不上
布袋緣，更補不起地崩天缺，一切皆徒然。《憤司馬夢裡罵閻羅》中司馬貌於
陰間歷數陽間不公不義之事，如【掛玉鉤】中，

> 【掛玉鉤】夷齊讓國卻反遭飢餓，盜跖食肝有結果，顏命夭彭壽多，
> 范丹窮苦石崇樂，岳少保忠良喪，秦太師依舊沒災禍。這都是你輪
> 迴錯，欠停妥，只恐怕辜負了地府君王座。〔註49〕

文中描寫杜默見到閻王，便直言於陽間所見爲非之人，如石崇、秦檜，至陰
曹卻未受懲罰，而良善之人，如齊夷、范丹，卻無好下場。

總歸而論，嵇永仁《續離騷》在創作上最大的特色即是各劇皆引用眾多
歷史典故，其中《劉國師教習扯淡歌》自三皇五帝論至南宋滅亡，當中使用
約高達三十八個典故；又《杜秀才痛哭泥神廟》引用杜默、項羽二典；《癡和
尚街頭笑布袋》於嘻笑怒罵中亦列舉了八個典故；《憤司馬夢裡罵閻羅》包含
司馬貌本身，共使用了約九個典故，四劇當中，總共將近六十個典故，皆依
時代順序，層層堆疊，數量之多，令人驚嘆。其中《癡和尚街頭笑布袋》中，
更是先以曲文爲啞謎，末再以說白來揭曉謎底，亦是特色之一。細觀嵇氏四
劇中所用之典故，皆與其所遭之冤獄及士不遇有所呼應，主題明確一致。

此外，廖燕在《醉畫圖》中描寫其於二十七松堂壁上繪製了四張圖，分
別爲〈杜默哭廟圖〉、〈馬周濯足圖〉、〈陳子昂碎琴圖〉、〈張元昊曳碑圖〉，
並命家僕取來，一一與畫中人物飲酒對話，當中廖氏先借杜默之落第言己之
不遇；再借馬周及陳子昂的受賞識來自詡；終以張元昊來呼應首劇落拓景
況，透過上述四人之典故來表達內心之不平及期望。而《續訴琵琶》當中言
詩伯前往驅逐窮鬼，窮鬼反辯，例舉歷代布衣卿相之人，哪一個不是因他從
旁幫襯而有富貴。又言李杜二人才學之高，卻也落第，中舉之人才學無人能
高過。又言楊子雲做〈逐貧賦〉，韓退之作〈送窮文〉，皆將其接回待爲上賓
來諷刺廖燕，單〈逐窮〉一齣，使用典故便高達十三個之多。洪昇〈李易安〉
一劇，內容言李易安夫妻之情恩愛，品茶對飲，閒數歷來之佳偶，先言美滿

〔註48〕嵇永仁：《續離騷・癡和尚街頭笑布袋》，第二十五頁下。
〔註49〕嵇永仁：《續離騷・憤司馬夢裡罵閻羅》，第三十頁下。

者有，春秋之弄玉簫史；再言漢代文君相如；東漢之孟光梁鴻。恩愛者有，唐代沈東美；曹魏高柔；魏晉苟粲。生死者有，倩女賈雲華；蕭玉桃花女之輩。離合者有，劉無雙、樂昌公主之輩。此外尚言楊妃、霍小玉、崔鶯鶯、西施、蔡（伯喈）女、王嬙……等眾多女子之婚姻事，全劇亦使用約十六個典故貫串而成。《秋聲譜》《武則天風流案卷》中元時節，如意妃子按例將諸情節可矜之犯付入輪迴發落。諸如：趙雲娘、錢雨娘、趙巫娘、李山娘、周巧娘、吳倩娘，有為相思而亡；有因夫貪淫而亡；有因受凌虐而亡；有因夫去孤單而亡；有因失節羞愧而亡；有因遭辱保節而亡，爾等皆犯行輕微，有可憫處，故轉輪迴，各偕匹偶。劇中透過六位女子生平典故來替所謂風流女子平反，同時也反映出在男權社會中對女性種種不公之要求。

　　透過以上各劇可知，清初至清中葉前期組劇作家多好用典故，且使用數量眾多，層層堆疊，以突顯主旨，為此時期特色之一。

三、新鮮諧俗，改賦為曲

　　綜上可知，清初至清中葉前期組劇作家，曲風以清新典雅為主，好用典故，此外，他們更好改辭賦或散文為套曲，為此時期組劇創作的重要特色之一，尤其是本就具有強烈音律和節奏，以及講究文彩和具歷史性的楚辭最受戲劇家們青睞。除了可達到新鮮諧俗的目的外，更可以此為外衣，將作者內心真正所欲表達想法包覆其中，一吐胸臆。如：鄭瑜《郢中四雪》及尤侗《西堂樂府》兩者皆以屈原之作為基礎，改賦為套曲。首先在鄭瑜《郢中四雪》中《汨羅江》一劇改〈離騷〉為套曲，採【雙調】，依序為【新水令】、【駐馬聽】、【沉醉東風】、【雁兒落】、【得勝令】、【喬木兒】、【滴滴金】、【折桂令】、【錦上花】、【么】、【步步嬌】、【落梅風】、【喬木香】、【攪箏琶】、【清江引】、【慶宣門】、【甜水令】、【桂仙子】、【喬木香】、【月上海棠】、【殿前歡】、【鴛鴦煞】共二十二支北曲，將 373 句，2490 字之〈離騷〉全部重組改編。正如同芝庵《唱論》中所言之「健捷激裊」，藉此宮調之特性展現出不同以往的表達方式，一改〈離騷〉悲壯淒涼的風格，借此陳述自身身處易代環境下對於改節入仕的無奈與接受之情，令人耳目一新。故鄒式金於上欄眉批道：

　　　　詞家尚新鮮諧俗，此以騷譜之，別是一絕。〔註50〕

鄭氏在此將離騷賦改編為套曲，雖整體內容看似是將原文重新排列組合，且

〔註50〕鄭瑜：《郢中四雪・汨羅江》，卷十七，第一頁上。

文句重疊處甚多，然〈離騷〉早已是里巷坊間耳熟能詳之作，舊酒新裝，除了「新鮮諧俗」外，更具有「掩飾」之效。如〈離騷〉中之一段爲：

> 帝高陽之苗裔兮，朕皇考曰伯庸；攝提貞于孟陬兮，惟庚寅吾以降；
> 皇覽揆余于初度兮，肇錫余以嘉名。〔註51〕

鄭瑜將其改爲：

> 【新水令】帝高陽傳譜裔承苗，伯庸公，朕惟皇考。攝提貞首建，
> 斗指孟陬郊，庚旦寅朝，覽初度錫嘉肇。〔註52〕

首先是曲中除去了《騷》體中的語助詞「兮」字，其中第一句中之「帝」爲襯字，同時將第二句之「7」攤破爲「3、4」，成爲「4、3」、「3、4」、「2、3」、「2、3」、「2、2」、「3、3」的「單式句」、「雙式句」穿插組合的音節形式，將原本長吁短嘆的慢節奏改成較富有節奏、變化性的小令，然內容意義未變，正可謂「新鮮諧俗」。一如清初尤侗《〈讀離騷〉自序》云：

> 近見西神鄭瑜著《汨羅江》一劇殊佳，但隱括《騷》經入曲，未
> 免聱牙之病，餘子寥寥自鄶無譏矣。予所作《讀離騷》，曾進御覽，
> 命教坊內人裝演供奉。此自先帝表忠微意，非洞簫玉笛之比也。
> 〔註53〕

又焦循《劇說》卷五中亦言道：

> 《汨羅江》則以《離騷》經作曲，讀原文一段，歌曲一段，立格甚
> 奇，得未曾有。〔註54〕

從尤氏之口吻中可知其對鄭瑜以《騷》經入曲之創作手法，表面上雖給予否定，稱其「未免聱牙之病」，且不值得評論；而焦循亦透過「立格甚奇，得未曾有」一句，批判鄭瑜在創作上好標新立異，破格出奇。據此觀之，鄭瑜之劇並無拮据聱牙之弊病。再看尤氏自言其所作之《讀離騷》，曾進御覽，後得以供教坊內人妝演，足見其對於鄭瑜之不滿應僅止於其音律部分過於輕快跳躍，不易歌唱，而非曲律。又如〈離騷〉中之一段爲：

> 女嬃之嬋媛兮，申申其詈予，曰鯀婞直以亡身兮，終然殀乎羽之野，

〔註51〕吳福助：《楚辭註繹》（台北：里仁書局，2007），頁3。

〔註52〕鄭瑜：《郢中四雪‧汨羅江》，卷十七，第五頁上。

〔註53〕尤侗：《〈讀離騷〉自序》（收錄於蔡毅《中國古典戲曲序跋彙編》）（山東：齊魯書社，1989年），頁934。

〔註54〕焦循：《劇說》，卷5（收錄於《中國古典戲曲論著集成》，第八冊）（中國戲劇出版社，1960年），頁186。

汝何博謇而好脩兮，紛獨有此姱節，薋菉葹以盈室兮，判獨離而不

服，衆不可戶說兮，孰云察余之中情，世並舉而好朋兮，夫何煢獨

而不予聽，依前聖以節中兮，喟憑心而歷茲，濟沅湘以南征兮，就

重華而陳詞……〔註55〕

鄭瑜將其改爲：

　　【么】女嬃申詈，余曰鯀直終殀，忍改節薋菉朋挑，喟憑心煢獨無

　　聊，就沅湘重華，陳詞縹緲。〔註56〕

借由〈離騷〉當中文句的重新編排，偷偷帶入「忍改節」之事，表達仕清乃
無可奈何之選，並非本心，卻無法爲人們所理解。此外，鄭瑜亦於《滕王閣》
一劇中將〈滕王閣序〉重新編改，譜成套曲，如：

　　豫章故郡，洪都新府。星分翼軫，地接衡廬。

　　【點絳唇】故郡南昌，洪都新府開屏障，翼軫分疆，地接衡廬向。

　　〔註57〕

其手法與《汨羅江》如出一轍，全套曲子由【仙呂】轉【雙調】，依序爲【點
絳唇】、【混江龍】、【油葫蘆】、【天下樂】、【村里牙鼓】、【元和令】、【勝葫蘆】、
【么】、【後庭花】、【青哥兒】、【煞尾】共十一支北曲，先言滕王閣之地靈人
傑、勝景恢宏，忽轉而感嘆人生無奈，儘管學識冠群，然節操堅定，感嘆時
運不濟。又知音難逢，宴席將散，離情依依，故作此序。看似改編〈滕王閣
序〉，實爲表達入清後生活中所面臨的種種困頓，不得已只得降清之無奈以
及諸般不順。而在音節形式上，【點絳唇】之本格爲「4745」，其音節形式爲
「2、2」、「2、2、3」、「2、2」、「2、3」爲單式音節和雙式音節的交互配搭，
遠較原〈滕王閣序〉中之「2、2」、「2、2」、「2、2」、「2、2」的平穩舒徐，
缺乏變化的形式要活潑許多，且此段主要在敘述滕王閣之風光，全用雙式
句，長吁短嘆，更顯無奈之情。如【勝葫蘆】與【後庭花】兩支曲：

　　【勝葫蘆】望長安，日下南溟地勢長，橫倚著天柱北辰傍，有誰悲，

　　失路關山難越狀，久矣帝閽不見，杳爾何年宣室，漠然的萍水盡他

　　鄉。〔註58〕

〔註55〕屈原《離騷》（收錄於《四部叢刊初編・集部・楚辭》），卷一，第十九頁下至
　　　　第二十一頁下，（臺北：商務印書館，1976年）
〔註56〕鄭瑜：《郢中四雪・汨羅江》，卷十七，第十頁上。
〔註57〕鄭瑜：《郢中四雪・滕王閣》，卷十八，第二頁上。
〔註58〕鄭瑜：《郢中四雪・滕王閣》，卷十八，第五頁下至第六頁上。

【後庭花】所賴君子達機芒，要窮且堅，老當益壯，白首貪泉潔，青雲迴轍，汪海雖賒，扶搖風壯，須稱東隅效孟嘗，肯逝桑榆哭阮狂，縱懷著報國腸，難免這窮途悵。〔註59〕

深刻道出漢人仕滿的窮困惆悵之境，可知鄭瑜引此二篇賦和序文改曲，意在藉屈原之不遇及楚之滅亡來感嘆明朝的覆亡，並透過改編曲文的方式來表達自身在入新朝後的無奈改節。而尤侗於《西堂樂府》當中亦使用了與鄭瑜相同的創作技巧，其在《讀離騷》中描寫屈原依楚國巫覡之託，編作《九歌》，依序以隊舞獻迎〈東皇太一〉、〈東君〉、〈雲中君〉、〈湘君〉、〈湘夫人〉、〈大司命〉、〈少司命〉、〈河伯〉、〈山鬼〉、〈國殤〉九位神靈和祭祀楚國戰士的英魂，採【般涉調】，依序透過【耍孩兒】、【五煞】、【四煞】、【三煞】、【二煞】、【一煞】、【收尾】七支曲子改編九歌而成。如：

〈雲中君〉

浴蘭湯兮沐芳，華采衣兮若英；靈連蜷兮既留，爛昭昭兮未央；謇將憺兮壽宮，與日月兮齊光；龍駕兮帝服，聊翱游兮周章；靈皇皇兮既降，飆遠舉兮雲中；覽冀州兮有餘，橫四海兮焉窮；思夫君兮太息，極勞心兮憧憧。

【五煞】那雲中君呵！靈既留，爛未央，浴蘭衣，采蓮蜷狀，金枝玉葉成華蓋，草芥魚鱗列錦章，夫君降，且從容雲中奔舉，聊遨遊日月齊光。〔註60〕

劇中將九位各主其司的神靈和戰士亡魂這些彼此不完全相關的人物拾掇出來，一同置入《九歌》之祭祀曲當中，成為一完整的祭神樂曲，與鄭氏之《汨羅江》相較是技高一籌的。至於尤侗在《讀離騷》【五煞】當中加入諸多增襯字，興許是如前述引文所記，為了教坊內人裝演，不致詰屈聱牙。其音節形式為「3、3」、「3、4」、「4、3」、「4、3」、「2、1」、「2、2」、「2、2」多以單式音節為主，尤以「靈既留，爛未央，浴蘭衣，采蓮蜷狀」四句，讀來輕靈曼妙，錯落有致。另外，尤氏又於第四折當中改編《招魂賦》透過【魔合羅】、【一轉】、【二轉】、【三轉】、【四轉】、【尾】六支曲子改編而成。如：

魂兮歸來！東方不可以託些。長人千仞，惟魂是索些。十日代出，

〔註59〕鄭瑜：《郢中四雪・滕王閣》，卷十八，第六頁下。
〔註60〕尤侗：《西堂樂府・讀離騷》，第八頁下。

流金鑠石些。彼皆習之，魂往必釋些。歸來兮！不可以託些。〔註61〕
（《招魂賦》）

【一轉】這東方呵！長人千仞，索高天十日災。流金鑠石何其慘。
悠悠弱水螭龍走。浩浩膠水霧雨霏，歸來些休耽著寂寥湯谷，管住
取網戶瑤堦。〔註62〕

其音節形式爲「22」、「33」、「223」、「223」、「21」、「22」、「22」，節奏富變
化性，亦使用不少增襯字。其旨意在於透過懷王告祭屈原，爲屈原彌補及平
反，於是乎此一鏗鏘有力之聲情配搭便是相當得宜的；同時亦藉由擬古，來
將自身與屈原對照，以屈原之受讒言與排擠而遭懷王流放，喻己於順治十三
年（1656 年）辭官歸隱之事，同時也是批判當時朝中奸佞之人。而上述兩
例皆與鄭瑜之《汨羅江》、《滕王閣》有異曲同工之妙，均是重組韻文爲套曲，
並藉以自喻。又《曲海總目提要》卷二十中載：

西陵丁澎題曰：離騷者，三百篇之變耳。左徒既放江潭，行吟澤畔。
故發爲辭章，以舒其憤懣，要不失風人忠厚之旨，猶夫三百篇之意
也。後人之擬者，蘭臺而下，惟長沙一賦，足稱千古知己，然未聞
塡詞及之也。塡詞之作，始于隋，至宋而盛，迨關、王輩出，則又
變爲雜劇。自風變爲雅；雅變爲頌；頌變爲賦爲詩，爲塡詞；爲雜
劇。而要其所歸，莫不以楚詞爲宗。尤子一旦譜爲新聲，以補詩歌
所未備，其猶有溯源復古之思乎。〔註63〕

從引文中可知丁氏對於歷來文體仍是以《楚辭》爲宗，後人擬賦，也僅有賈
誼之〈長沙賦〉勉強受其認可。又雖言詞之變革由隋始至宋而盛，直至關漢
卿、王實甫……等劇曲家出現後，才又變爲雜劇；文體則是由風變爲雅；雅
變爲頌；頌變爲賦；賦變爲詩；詩變爲詞；詞變爲雜劇，實爲同源。因此尤
侗與鄭瑜在劇中皆以楚辭中之《離騷》、《九歌》與《招魂賦》來改編爲套曲，
實乃溯源復古之情思耳。又丁澎之《讀離騷題詞》云：

嗟乎尤子，推此志也。美人可以喻君，椒蓀可以況已，翳春蘭兮秋菊，
采芳華其未央，豈僅施孟衣冠，流連於一觴一詠之間而已哉！〔註64〕

〔註61〕屈原《招魂賦》（收錄於《四部叢刊初編・集部・楚辭》），卷九，第三頁上，
（臺北：商務印書館，1976 年）。

〔註62〕尤侗：《西堂樂府・讀離騷》，第十八頁下。

〔註63〕黃文暘：《曲海總目提要》，頁 742。

〔註64〕尤侗：《西堂樂府・讀離騷・題詞》，第二頁下。

從丁氏評其「美人可以喻君，椒蓀可以況已」，即以「香草自譬」，可知尤侗
欲以屈原自況，又「豈僅施孟衣冠」亦點出其雖富才名，卻屢遭不第之無奈
與不甘。此外，尤氏於《桃花源》一劇當中同樣以擬古方式，將《歸去來辭》
採【仙呂宮】，依序以【點絳唇】、【混江龍】、【油葫蘆】、【天下樂】、【那吒
令】、【鵲踏枝】、【寄生草】、【賺煞】八支北曲重組而成。如：

　　歸去來兮，田園將蕪胡不歸！既自以心爲形役，奚惆悵而獨悲？

　　【點絳唇】歸去來兮，田園將廢身袍繫，惆悵奚悲，心自爲形役。

〔註65〕

其創作意圖不外乎是藉由擬古，來表述在對已而言猶如「伯樂」的順治皇帝
駕崩後，對於清廷已無可留戀，不如歸去的心態。此外，嵇永仁亦藉其《續
離騷》中之《劉國師（青田）教習扯淡歌》，來痛罵朝廷與世人之荒誕。劇
中將明初劉基之〈扯淡歌〉採【仙呂宮】，依序以【混江龍】、【倘秀才】、【滾
繡毬】、【么】、【天下樂】、【哪吒令】、【前腔】、【鵲踏枝】、【么】、【寄生草】、
【么】十一支北曲重組成套曲。如：

　　自從三皇五帝起，算來也是淨扯淡，堯舜禹湯並桀紂，文王武王周
　　公旦，渭水河邊姜太公，垂釣只用七尺線，扶立周朝八百秋，算來
　　也是淨扯淡。（〈扯淡歌〉）

　　【混江龍】從混沌流傳天下，三皇五帝大排衙，他只爲敦崇揖讓迴
　　避征伐，到得那夏鼎遷殷多反覆，文謨起武復騰挈，空勞攘營，京
　　姬旦釣渭姜牙。〔註66〕

嵇氏在此之改編，除與前述諸曲一樣使其更富節奏富變化性外，論及批判和
諷喻性，則是遠遠超過其他作品。此一現象不外乎因其親見明朝覆亡，爾後
入福建總督范承謨幕，又遭入獄三年含冤而亡，而此作即是在獄中完成，因
此滿腔悲憤謾罵，藉由朝代興衰之常態自我嘲諷；以秦檜直指明末朝中之奸
佞；末以文天祥志不屈膝死不怨表達心志。最末一段對白部分甚至將劉伯溫
〈扯淡歌〉完全抄錄：

　　我見世間扯淡歌，我也跟著去扯淡，早辰扯淡直到晚，天明起來又
　　扯淡。扯的錢財過北斗，臨死拿的那一件，冷了問我要衣穿，飢了

〔註65〕尤侗：《西堂樂府·桃花源》，第一頁下至第二頁上。
〔註66〕嵇永仁：《續離騷·劉國師（青田）教習扯淡歌》，第三頁下至第四頁上。

問我要吃飯。有人識破扯淡歌，每日拍手笑呵呵，遇著作樂且作樂，

得高歌處且高歌。古今興廢及奔波，一總編成扯淡歌。〔註67〕

此段雖是抄錄劉伯溫之作，然卻能恰如其分的反映出嵇氏當時瘋癲笑罵之心境，尤其是「臨死拿的那一件……」三句，暗示自身正處於牢獄當中，而「有人識破扯淡歌，每日拍手笑呵呵」二句，正是嵇氏作此劇之目的，望有人能夠看穿其欲傳達之意。

綜上所述，可略見清初戲曲家好以詩賦散文改編成曲文之因，不外乎身處兩代之交，在仕途上兩難的窘境以及對新朝的諸多不滿無法直接表述，故多以改編的方式為糖衣，將內心真正的想法包覆其中，以抒發不平。然此創作方式流行時間甚短，僅於順治至康熙初年期間。另外，廖燕《柴舟別集》當中亦有改文為曲的形式，而廖氏之作乃此創作形式之末流，而廖氏終其一生窮困潦倒，從未取得功名，故其在《訴琵琶》一劇中描寫自己因為飢餓無食，又無顏向友人乞討，遂將陶淵明之〈乞食詩〉之內容譜成琵琶新調，暗示此乃身不由己之舉。依序為【畫眉序】、【前腔】、【前腔】、【前腔】四支曲子：

饑來驅我去，不知竟何之。行行至斯里，叩門拙言辭。

主人解余意，遺贈豈虛來。談諧終日夕，觴至輒傾杯。

情欣新知歡，言詠遂賦詩。感子漂母惠，愧我非韓才。

銜戢知何謝，冥報以相貽。（陶淵明〈乞食詩〉）

【畫眉序】晉代有高流，好菊先生號五柳，奈寒齋寂寞韻事都收。苦昨日杯影蛇乾，嘆今朝詩腸雷吼，饑來驅我莫停留，信步忙尋親借。

【前腔】迢遞歷芳洲，行近鄰村隔溪瀏，望松林樹梢隱露書樓，故人在撫罷絲桐，見客至急迎肩負，別來無恙更綢繆，笑語雙雙攜手。

【前腔】忙與內人籌，脫珥經營急開酒，便山家野味勝過珍饈，忘賓主話正投機，任晝夜酒俱盈缶，況逢此地更清幽，不惜千杯堪受。

【前腔】酣醉欲扶頭，晚照暉暉射林藪，就辭歸便把歸去辭謳，再送送分袂山邊，還望望住藜溪口，此時有句可能酬，獨記吾朋情厚。

〔註68〕

〔註67〕嵇永仁：《續離騷·劉國師（青田）教習扯淡歌》，第十頁上～下。

〔註68〕廖燕：《柴舟別集·訴琵琶》，頁122～123。

廖氏身處於順康之際，社會動盪不安，年少（十九歲）便放棄仕途，建「二十七松堂」隱居，其以〈乞食詩〉入劇，一是欲表達己之品格如陶淵明般高潔；二是於劇中自言「謀生無計，幾日來米罈告匱，談文豈可療飢，酒盞俱空，嚼字哪堪軟飽，貧愁日甚一日，豐樂年復合年」，皆與陶氏遭遇相符，故引用之。特別的是，廖氏改寫〈乞食詩〉爲曲文的方式與前述鄭瑜、尤桐及稽永仁改動方式頗異。前三家主要是以重組形式改編賦或散文，內容字句大抵與原作交疊甚多；而廖氏則是僅存其意，字句上除了「饑來驅我」四字外，其餘皆無相同，可以說已是此風之末流。

第二節　清中葉後期

一、雅俗交替

　　清初至清中葉前期的組劇，如上所述，大抵仍承襲明末江、浙一帶文人、士大夫階層的清麗典雅之風；而乾隆時期，代表雅部的崑曲日漸衰落，代表花部的京腔、弋陽腔、梆子腔、囉囉腔、秦腔、皮黃腔⋯⋯等各種稱之爲亂彈的腔調劇種興起。初期仍是崑、弋之間的雅俗爭勝，到了乾隆四十三至四十四年左右（1778～1779 年），魏長生等人攜秦腔進京後，花部完全獲得了壓倒性的勝利。而崑曲多半流行於文人雅士之間，故其文詞多較爲典麗，一如清初組劇之風；花部諸劇則多流行於一般平民之中，文詞俚鄙、通俗。清中葉後期的組劇正逢此雅俗交替時期，因此將此時期的十四部（不含承應戲）組劇之雅俗大致歸納如下，其判定標準在「雅」的部分主要是就其詞藻、文字雕琢、曲律嚴謹、運用典故，以及內容是否以文人雅士，或才子佳人⋯⋯等風雅之事爲題材；至於在「俗」的部分，則是以文字淺白、俚俗語言的使用、內容題材是否貼近生活，或以中下階層人物爲描寫對象⋯⋯等等；此外，曲文和賓白的使用比例以及淨、丑腳色戲份的多寡，亦皆爲劇作雅俗的評斷標準。因此乾隆中葉以前諸作除了擅於典故的運用外，其描寫主題多以文人雅士爲主，多半較爲典雅。至於乾隆中葉以後，劇作家們轉以描繪中下階層人物，自然曲文偏向通俗。而《瓶笙館修簫譜》雖爲曲譜，內容題材皆雅緻，然全劇賓白過多，且過於口語化，實難登大雅之堂，諸如此類之作尚有《補天石傳奇》一劇。

表 5-1　清中葉後期組劇之雅俗概況

總 集 名	年 代	雅／俗
《四色石》	乾隆 22 年	雅
《玉田樂府》	乾隆 26 年以前	雅
《賞心幽品》	乾隆 43 年以前	雅
《廣陵勝跡》	乾隆 48 年以前	俗
《花間九奏》	乾隆至道光年間	雅
《寫心雜劇》	乾隆 54 年	俗
《香谷四種曲》	嘉慶	俗
《續青溪笑》	嘉慶	俗
《北涇草堂外集三種》	嘉慶	俗
《紅牙小譜》	嘉慶	雅
《後四聲猿》	嘉慶	雅
《瓶笙館修簫譜》	道光	俗
《補天石傳奇》	道光	俗
《小四夢》	道光	雅
《秋聲譜》	咸豐	雅

透過表格明顯可看出清中葉後期，組劇雅俗之間交替的狀況，大抵以乾隆中葉為轉變期，前期風格較為典雅，但與清初時期的組劇相較已大不如前；後期則更趨向俚俗，雖然清中葉後期的組劇作品絕大多數為文人案頭之作，然其雅俗風格多多少少仍受到花、雅之間的消長影響。首先就乾隆中葉以前來看，汪柱《賞心幽品四種》，文采典雅，頗具清初之風，如其在《楚正則採蘭紉佩》中【煞尾】一曲：

> 【煞尾】倘認俺戲將小草同珍寶，誰識得佩取幽馨自解嘲，應還把玩世佯狂來詆誚，或者寫入騷經後解釋，竟有一二知己傳為佳話，試寫向離騷自風情絕倒，問何日人到澧沅，如見我拈花笑。〔註69〕

當中汪氏擅用典故，以小草喻將靳尚、鄭袖等人；以幽蘭喻屈原。並嘲諷楚王將靳尚、鄭袖等低賤小草視如珍寶；反而將德如幽蘭的屈原放逐，實為昏君。此外，他在《蘇子瞻畫竹傳神》中【倘秀才】一曲：

〔註69〕汪柱：《賞心幽品・楚正則採蘭紉佩》，第十一頁下。

【倘秀才】想當初把渭畝胸中醞釀，不覺得臨素壁含毫技癢，寫出他勁
節虛心傲雪霜，寫出他影離披苔石靜，寫出他聲窸窣晚溪涼，説不盡通
靈筆仗。〔註70〕

擅長寫物描人，能生動的道出蘇軾見文老爺未能於寺壁繪出竹圖，不免技癢
難耐之貌。同時也透過「勁節虛心傲雪霜」、「影離披苔石靜」、「聲窸窣晚溪
涼」三句，點出蘇軾繪竹之細微入骨、品貌皆優。除上述之外，汪柱《賞心
幽品》亦透過花中四君子梅、蘭、竹、菊之典故來做貫串，因此作者於各劇
當中，皆以一曲來描繪劇中所代表之花。如《楚正則採蘭紉佩》論蘭：

【四塊玉】他他他看競秀遇蘅茅，論揚采羞蘩藻，也只是我醉人醒品難
消，便晨搴夕攬非阿好，兀的不結神交，兀的不成幽好，兀的不多珍重、
比玉瑤。〔註71〕

以遍地雜生之杜蘅、茅草、蘩草和蘭花相較，襯托蘭之獨生於幽谷深山，如
美玉般高雅脱俗，同時也表現出屈原之品德及其所處環境之艱困，嘆其不如
隱去。又《陶淵明玩菊傾樽》論菊：

【鴛鴦煞】他原是花間隱逸宜詩酒，有多少披瓜冒雨尋園囿，況是我
親種疏離點綴三秋。轉難道相對妄言眞成淡友，俺只願日給新篇笑吟
吟常開口，但不識醉倒山邱，有誰認管領黃花的是陶家某。〔註72〕

以「隱逸」園囿，不易尋覓來形容菊之特色及陶之性格。又《江采蘋愛梅錫
號》論梅：

【么】他也曾山中訪浩然，他也曾官舍依何遜，古今來不少甚慣吟人，
都為他聳詩肩一般兒瘦損，況妾原係女流，怎怪道抵春來憐花惜粉，數
花蘸終日戀雲根。〔註73〕

當中借孟浩然〈宴梅道士山房〉〔註74〕及何遜〈咏早梅〉〔註75〕之詩，道出
梅之早凋、欲隱之態，不單單襯托出劇中梅妃年華凋落，同時也隱喻自隱逸

〔註70〕　汪柱：《賞心幽品・蘇子瞻畫竹傳神》，第二十四頁下。
〔註71〕　汪柱：《賞心幽品・楚正則採蘭紉佩》，第九頁下。
〔註72〕　汪柱：《賞心幽品・陶淵明玩菊傾樽》，第十六頁下。
〔註73〕　汪柱：《賞心幽品・江采蘋愛梅錫號》，第二十一頁上。
〔註74〕　孟浩然：〈宴梅道士山房〉：「林臥愁春盡，搴帷覽物華。忽逢青鳥使，邀入赤
松家。金灶初開火，仙桃正發花。童顏若可駐，何惜醉流霞。」
〔註75〕　何遜：〈咏早梅〉：「兔園標物序，驚時最是梅。銜霜當路發，映雪擬寒開。枝
橫卻月觀，花繞凌風台。朝灑長門泣，夕駐臨邛杯。應知早飄落，故逐上春來。」

之心境。又《蘇子瞻畫竹傳神》論竹：

> 【滾繡毬】俺曾記猗猗的淇澳芳，細細的漢水香，今日個種禪關，長就了雨姿烟狀，待數呵怕數不來萬個篔簹，只見他戞清風碧玉鏘，只見他拂清雲翠葆翔，只見他陰迴廊蟲聲低唱，只見他護空階蘚跡生涼，只是與可既去。老夫呵！居然是造門獨坐希袁尹，哪裡更闢徑偕遊慕蔣郎。古人說的好，因過竹院逢僧話，又得浮生半日閒，卻早喜半日相伴。〔註76〕

當中汪氏大量用典，如：《詩經‧淇澳》〔註77〕、東坡〈文與可畫篔簹谷偃竹記〉及其中「漢川修竹賤如蓬，斤斧何曾赦籜龍。料得清貧讒太守，渭濱千畝在胸中」詩句和李涉〈登山〉〔註78〕詩，點出君子之德「如切如磋，如琢如磨」、「充耳琇瑩，會弁如星」、「如金如錫，如圭如璧」，又論竹之意蘊，同時透露出「然二百五十四，吾將買田而歸老焉」及「因過竹院逢僧話，又得浮生半日閒」的歸隱閒適心態，文辭典雅，情感細膩，意蘊深厚。又石韞玉《梅妃作賦》中之【仙呂】【步步嬌】、【山桃紅】【前腔】及《樂天開閣》中【大石引子】【東風第一枝】及兩支【大石引子】【東風第一枝】曲子可知：

> 【仙呂】【步步嬌】嘆瓊姿一樹瑤臺現，早向春風展，論好處是天然。無奈君心霎時更變。別有箇俏嬋娟似明珠一顆在心頭嵌。〔註79〕

> 【山桃紅】【前腔】果然海山盟斷，雲雨緣慳。為甚的寒爐畔死灰又燃，驀地裏綸綍再宣，赤緊的珍珠一船，因為他意思勤，惹得我魂夢牽，這樁兒消息窺難見也，悲喜無端，欲問天，想帝座如天遠，長門悄然。怎生得一片佳音到此間。〔註80〕

〔註76〕 汪柱：《賞心幽品‧蘇子瞻畫竹傳神》，第二十四頁上。

〔註77〕 《詩經‧淇澳》：瞻彼淇奧，綠竹猗猗，有匪君子，如切如磋，如琢如磨，瑟兮僩兮，赫兮咺兮，有匪君子，終不可諼兮。瞻彼淇奧，綠竹青青，有匪君子，充耳琇瑩，會弁如星，瑟兮僩兮，赫兮咺兮，有匪君子，終不可諼兮。瞻彼淇奧，綠竹如簀，有匪君子，如金如錫，如圭如璧，寬兮綽兮，猗重較兮，善戲謔兮，不為虐兮。

〔註78〕 李涉：〈登山〉：「終日昏昏醉夢間，忽聞春盡強登山；因過竹院逢僧話，又得浮生半日閒。」

〔註79〕 石韞玉：《花間九奏‧梅妃作賦》（收錄於鄭振鐸《清人雜劇初集》），頁287。

〔註80〕 石韞玉：《花間九奏‧梅妃作賦》，頁288。

【大石引子】【東風第一枝】（外扮白居易上）楊柳青歸，櫻桃紅綻，春光欲去，還留天容，老子婆娑一生，常住溫柔，吟詩醉酒，看看到六十平頭，世間萬事浮雲，聲名官職都休。〔註81〕

【念奴嬌序】【前腔換頭】生受幾年蓁養，媿庸姿劣貌，不堪侍奉衾裯，許我青春年少子，出去別尋嘉耦高厚，結草有心，啣環無術，此恩此德怎生酬。惟願祝香山一老，福壽雙修。〔註82〕（小蠻）

【念奴嬌序】【前腔換頭】希有幾年蓁養，似生身父母，怎生一旦相丟，驀聽尊前分付語，教人紅淚先流，垂宥我命弱如絲，心堅似鐵琵琶，誓不過別人舟，惟願侍香山一老，常共春秋。〔註83〕（樊素）

兩劇分別描寫梅妃自言初入宮十分恩寵，統領六宮。無奈楊玉環來後，遭冷落遷至上陽宮，又聽聞楊國忠、三國夫人貪權揮霍、顛倒朝綱，安祿山與楊妃母子相稱，出入無禁，不禁擔憂。突得聖上賜珍珠一串，心有所感，遂作賦一篇，託小黃門傳達；以及白居易年老之時，有感己老妾少，遂遣樊素、小蠻前來，欲將二人另配，小蠻應允，滿懷感恩；樊素不願離去，仍追隨白居易。令白居易欣慰與其能姻緣直到頭之事。劇中無論是描繪梅妃的悲苦幽怨或是樂天的年老感傷，皆是情感深切，令人涕零，同樣清初文風，典雅工整，幽怨婉麗。而曹錫黼《四色石‧庽同谷老杜興謌》當中【鵲踏枝】和【寄生草】二曲：

【鵲踏枝】一書生命偏微，海竄梁鴻，途哭阮籍，賦凌雲怎逢楊意，奏流水卻遇鍾期。〔註84〕

【寄生草】命寒途多舛，時乖運不齊，請纓無路，錯把終童擬長沙，竟屈難舒，誼將軍神勇難封，李郎官易老難逢帝，少甚麼孟嘗高潔浪還珠，則待做班超遠大聊投筆。〔註85〕

描寫杜甫因安祿山而被貶至西秦，寓居同谷。鄰人攜酒至爲杜洗塵共飲，其醉酒後作同谷歌，言自身之貧寒。曲中運用「李誼將軍」及「李白」典故，「賦凌雲怎逢楊意，奏流水卻遇鍾期」、「少甚麼孟嘗高潔浪還珠，則待做班超遠大

〔註81〕　石韞玉：《花間九奏‧樂天開閣》，頁293。
〔註82〕　石韞玉：《花間九奏‧樂天開閣》，頁294。
〔註83〕　石韞玉：《花間九奏‧樂天開閣》，頁294。
〔註84〕　曹錫黼：《四色石‧庽同谷老杜興謌》，第三十六頁上。
〔註85〕　曹錫黼：《四色石‧庽同谷老杜興謌》，第三十六頁上。

大聊投筆」、「誼將軍神勇難封，李郎官易老難逢帝」一句，文句對仗尚稱工整，情感眞摯，尚稱雅緻，然文采不高。正如同曾師所言：

> 序蘭亭、宴滕王、同谷歌三劇都用隱括的方法敷衍成篇。同谷歌較原作略嫌遜色，序蘭亭則自然有致，宴滕王尤能豪宕生姿。可是這樣的題材雖然雅雋，卻未能寫出作者個人的性情襟抱，所以成就不高。〔註86〕

其題材雖然雅雋，但缺乏個人特色及文采，成就不高。至於乾隆中葉時期的《廣陵勝跡》曲文更爲俚俗，且文多於曲，如《木蘭院詩籠處故里垂芳》當中【天下樂】一曲：

> 【天下樂】呀！猛見了淨宇虛堂畫壁中，朦也朦朧，墨影濃。（副淨忙稟介白）這這就是大老爺舊題詩句，小僧人恐怕飛塵污壞，把碧紗好好籠住的。（丑）那壁廂灰堆裡，還有好些遊人詩句，俺師父說不要理他，只當是放了些禿驢屁。（副淨）胡說。（外唱）卻原來炎涼態，單讓咱詩運通。（副淨）要像大老爺，纔算個詩運通。（丑）師父！你也會通得緊呢！（副淨）口禿口禿！（外笑介）和尚（副淨）大老爺（外指壁唱）可憐他，那時節索哭腸，多虧你到今朝施異籠。（副淨躬身介白）惶愧惶愧！……（副淨應揭紗介）（外唱）好待俺趁通時賈餘勇。〔註87〕

描寫大唐淮南節度使王播，出鎭揚州。思及昔年孤苦，曾乞食淮陰，今派至瓜洲，督工漕運，統轄不徇私。見大觀樓氣象萬千，如同仙境，因此思起當年寄食木蘭院中，重訪故居，不禁淒然，遂題詩壁上，云：「昔年獻賦……」又思及昔日亦曾於木蘭院壁題詩，便於院中一遊。見院僧，方報出自己便是昔日那位聞鐘乞食之客。院僧亦言當年之事，並指出王播當年之詩句，現以碧紗輕籠，王播不計前嫌，但於詩句下另續「二十年來塵拂面，如今始得碧紗籠」之句，以嘲諷寺僧之攀炎附勢，感嘆世人多見識短淺。當中參雜了大量的對白，曲文也通俗淺白，顯然已脫離了文人、士大夫階層舞文弄墨的習氣。

乾隆中葉以後，組劇在案頭作品當中，除了梁廷楠《小四夢》與嚴廷中《秋聲譜》（深受周德清誇讚）爲較典雅之作外，其餘皆屬俚俗之作。即便是

〔註86〕曾永義：《清代雜劇概論》，頁160。
〔註87〕周塤《廣陵勝跡・詩籠》，第二十六頁上～下。

以崑腔爲主的《瓶笙館修簫譜》亦是，唯戴德全《紅牙小譜》爲文人模仿民間小曲之作，故較爲典麗，正如黃斌〈藝不分滿漢，曲中兼雅俗——戴全德散曲創作賞析〉中言：

> 清代乾隆年間，時尚小曲盛行，文人模仿民間小曲之風亦大興。在這些時尚牌調小曲中，【西調】是較爲雅緻者，因此文人在模仿創作的時候，也注意到了這種雅俗之別。在惕庄《潯陽詩稿》卷三中，收【西調】之曲凡 16 首，內容或寫江南田園風光，或寫女性寂寞愁苦，或寫花間傷心樂事，或寫天涯游子愁思，但終歸還是以隱者閒適之樂爲主，不管表現何種情思，在模仿創作小曲時，皆突出地呈現出文人雅化的特色。〔註88〕

透過引文可知戴德全以【西調】創作《紅牙小譜》乃是因時代潮流，且以當時最爲流行的「女性寂寞愁苦」及「隱者閒適之樂」爲主題，而從其曲文中亦可明顯看出文人雅化的特色。如戴氏長於寫景抒情，在《輞川樂事》劇中【玉羅江疊】及【江頭金桂】兩支曲；前者爲王維唱，後者爲其妻唱：

> 【玉羅江疊】小門深巷巧安排，沒有塵埃卻有莓苔，自然瀟灑勝蓬萊，山也悠哉，水也悠哉，東風昨夜送春來，纔見梅開，又見桃開，十分相稱主人懷。詩是生涯，酒是生涯。〔註89〕（王維）

> 【江頭金桂】羨煞你東風庭院，對著這輕雲暖日天，消受些山明水秀，梅綻桃妍，賽蓬萊島上仙。你那裏酒賤詩賤，奴這裏錦梭繡剪，趁著這春明畫永，安排畫鳳描鸞，疏窗日影，好將針線拈，我叨陪眉案，肯把韶華輕賤，步芳園，閒情聽譜鶯花曲，畫閣平分山水綠。〔註90〕

> 【玉羅江疊】一生風月且隨緣，窮也悠然，達也悠然。日高三丈我猶眠，不是神仙，誰是神仙。綠楊深處畫鳴蟬，捲起湘簾，放出爐煙，荷花池館晚涼天，正好談禪，又好談元。〔註91〕（王維）

> 【江頭金桂】則看那京華熱宦，少甚麼紅塵車馬闐，怎能夠花邊繫舫，柳下聽蟬，晚涼時猶未閒。誰似你謝卻鴛班，迴避了朝衣輕汗，同向那

〔註88〕黃斌：〈藝不分滿漢，曲中兼雅俗——戴全德散曲創作賞析〉，《滿族研究》，第 2 期，總期 107，2012 年，頁 114。
〔註89〕戴德全：《紅牙小譜》（收錄於《傅惜華藏古典戲曲珍本叢刊》53 冊）（北京市：學苑出版社，2010 年），頁 74。
〔註90〕戴德全：《紅牙小譜·輞川樂事》，頁 74、75。
〔註91〕戴德全：《紅牙小譜·輞川樂事》，頁 76。

清涼池閣，寶鼎沉煙，荷亭夜深，清談人未眠，雙攜團扇，賞遍了暗香水殿，最堪歡。薰風入座都城曲，暑月懷水儼似仙。〔註92〕

【玉羅江疊】扶輿清氣屬吾曹，莫怪粗豪，莫笑風騷，美來名利也是徒勞，何處爲高，閒處爲高，一庭疏竹間芭蕉，風也瀟瀟，雨也瀟瀟，木樨香裏臥吹簫，且度今朝，莫管明朝。〔註93〕（王維）

【江頭金桂】恁道是秋懷蕭散，不被那名韁利鎖牽，鎮日價木樨香裏，帶醉高眠，把來朝塵世捐，也虧有負郭良田，更感荷蒼天垂眷，博得簡登場香稻，不愁朝斷炊煙，甫能題蕉問竹，教伊儘自閒，我深閨電勉，收起西風紈扇，最相關，庭前秋色雖堪賞，篋裏冬衣早著棉。〔註94〕

【玉羅江疊】于今揮手謝浮生，非不閒爭，是不閒爭，扁舟湖上放歌行，漁也知名，牧也知名，歸來風景逼清心，雪滿中庭，月滿中庭，一爐松火暖騰騰，看罷醫經，又看丹經。〔註95〕

【江頭金桂】曾記得天街雪滿，正值那金門更漏殘，疾忙把黃爐簇火，輕熨朝衫。曙光中瞻聖顏，今日裏解組歸田，再不去趨蹌金殿，省卻五更待漏，捱盡露冷霜寒，和你紙窗暖閣且共閒，粗衣淡飯，搏簡全家歡汁度殘年，家藏旨酒還堪薦，庭繞寒梅好共攀。〔註96〕（王維）

描寫王維辭官後與夫人至竹里館，一同欣賞良辰美景，並以琵琶彈奏其所作之春間樂事、夏間風景、秋間風景、冬間樂事。兩人相互約定白首偕老後，一同回房，閉戶安居。其曲文清麗典雅，對仗工整，曲律嚴謹。當中透過夫妻輪唱春、夏、秋、冬四季，兩兩相對，借由四季景物抒發心境及夫妻情懷。其中春日二曲透過春梅及桃花的詩情畫意，表達出夫妻歸園後之高潔及閒情，以詩、酒爲生涯；夏日二曲透過荷花之出淤泥而不染，表達其窮也悠然，達也悠然的隨緣心境，無論仕宦與否，節操不變；秋日二曲透過桂花「蟾宮折桂」的功名象徵，表達自身「木樨香裏臥吹簫」的心態，即便是功名富貴圍繞，亦賦歸田園，不爲所動；冬日二曲透過寒梅之傲骨，表達自身即使「一爐松火暖騰騰」，亦無法燃起對功名利祿之鬥志與熱誠，展現出堅忍不拔的

〔註92〕戴德全：《紅牙小譜・輞川樂事》，頁 77、78。
〔註93〕戴德全：《紅牙小譜・輞川樂事》，頁 78、79。
〔註94〕戴德全：《紅牙小譜・輞川樂事》，頁 79、80。
〔註95〕戴德全：《紅牙小譜・輞川樂事》，頁 81。
〔註96〕戴德全：《紅牙小譜・輞川樂事》，頁 82、83。

歸隱決心。

此外，其餘諸作如《寫心雜劇》、《香谷四種曲》、《續青溪笑》、《補天石傳奇》、《北涇草堂外集三種》，其曲文皆淺白如口語，完全走上通俗化。其中又以《寫心雜劇》、《香谷四種曲》、《續青溪笑》最具代表性。如《寫心雜劇》中的《遊梅遇仙》及《酬魂》兩劇：

> 【滾繡球】你不要小覷了這筐籠，千萬人遭他斷送，你潑貧兒怎懵懂，恁般的少禮無恭。（淨）你既做醫生，專使人延年不老的。（生）你就百年長命，也只在時火光中。笑你苦戀這殘羹冷飯，慘耐那密雨狂風，不想回頭歸正，還思體健身雄。（淨）富貴人要壽命延長，我窮漢就該早死的，好個勢利小人。（生）呆漢把性輕薄錯恁儂，俺豈慕勢趨榮。（淨）看水秀花明，我跛了腿怎生遊玩？（生）看太湖後浪推前浪，看梅花一片西飛一片東，你何處去追蹤。〔註97〕

> 【收江南】噯！你陷在火坑中，他把水來淹，救出你這臭皮囊，免燒做一道煙。（眾）可憐藥死不能復生了。（外）早難道不服藥的便保得壽無邊？（眾）這等說，我們也是命該如此，只求大師超訓一番，我們就罷了。（外）可喜的脫卻了生死形骸，一任你為佛也為仙，索強如受苦人間幾百年。〔註98〕

上述兩段引文中的曲文和對白皆十分淺顯，看似毫無差異，前者描寫鐵拐李借屍托生為一跛腳貌醜之人，聞徐爔治病有奇效，前往會之。此時徐爔攜藥前往元墓賞梅，遇見鐵拐李，與其相互爭論人生百態，言世人之病皆導因功名權位，其藥乃治心病，勸人忘卻虛名罷。待鐵拐李駕鶴歸去，徐爔方知路遇神仙。後者描寫徐爔自言學歧黃之術未成，卻傳名於外，四十年中所看之病患，不少誤治，殺人之罪難解，故尋普照禪師前往替諸魂超渡。後禪師助徐爔與病魂相見，病魂們見徐爔皆怒而向其索命，直至禪師開悟眾魂，此乃命中註定，即使不遭藥死，陽壽亦盡。爾後超渡眾魂，徐爔亦棄舊業，追隨禪師出家。二劇內容充滿嘲諷，皆言人間多苦難，不如了卻塵俗。又《簾外秋光》一劇：

> 【解三醒】偕計吏長安日近，正花開十里紅深，又誰料雲衢再蹶霜蹄駿，偏遲我曲江春。彼時適逢四庫全書繕寫，需人挑選入館，因此逗留京

〔註97〕徐爔《寫心雜劇・遊梅遇仙》，第四頁上～下。
〔註98〕徐爔《寫心雜劇・酬魂》，第六頁上～下。

　邸者數年。卻正值書徵祕閣收遺冊，也只得竽濫齊庭廁校文，編摹竣，

　錄微勞詮敘，百里符分。〔註99〕

內容描寫汪應培任閱卷官之事，曲文平鋪直敘，描寫作者因朝廷需繕寫四庫全書人手，故至長安選才，又恰巧遇到徵收遺冊，只得充當編錄，從頭到尾皆無文飾雕琢，平易近人。又《續青溪笑・打茶圍》當中的曲文則是更加俚俗，

　【香柳娘】沒來由浪蕩，沒來由浪蕩，曲巷愛經過，日日思量著那

　人家熟識，那人家熟識，偷把眼兒睃，笑把茶兒嗑。道連聲驚動，

　道連聲驚動，何必費張羅，無事還來坐。〔註100〕

　（笑介）我們出了他家的門，叫做游魚暫脫金鈎，釣擺尾搖頭說再

　來。哈哈哈。

　（小生副淨上做相見以傘撞傘介）（末丑）這般大晴天，你二位掮了

　傘往哪裡去？

　（小生副淨笑介）大家不必說了，彼此心照罷。

　（副淨丑作醜態介）噯喲喲！茶嗑多了，漲殺哉。

　（老旦掮傘柄上）（眾作見介）呀！你是某家阿媽，掮這傘柄做甚麼？

　（老旦）是有一位客，掮傘到我家，臨去時只掮了傘蓋走了，把個

　傘柄兒丟在我家……〔註101〕

內容趙梧湀、錢弗館兩人閒來無事至釣魚巷打茶圍，途中亦遇到許多人欲前往，彼此歡笑心照不宣之市井生活樣貌，完全的口語化，非但毫無文飾，更有粗鄙之氣，尤其是描繪恩客前往曲巷覷眼偷瞄、路遇熟人的面囧情態活脫生動。總歸而論，透過上述可知清中葉後期組劇的風格在受到雅、俗推移的影響下，文辭也漸漸的由雅而轉俗，甚至口語化，成為此時期組劇的一大特色。

二、擅於描繪中下階層人物

　　承上所述，清中葉後期組劇轉而通俗化後，其在人物描寫上亦開始由上

〔註99〕汪應培《南枝鶯轉・簾外秋光》，頁132、133。

〔註100〕蓉鷗漫叟《續青溪笑・打茶圍》，第十三頁下。

〔註101〕蓉鷗漫叟《續青溪笑・打茶圍》，第十四頁上～下。

層社會轉入中下階層人物，其原因除了受到雅、俗推移外，當時組劇作家多
爲仕途不順之落拓文人也是造成此風格的原因之一，他們無法參與上層政治
的決策與交流，只得轉而關注與自身周遭息息相關的市井小民生活，或自我
表述以抒懷。此處大抵可以分爲青樓歌妓、市井生活及自我寫照三種中下階
層型態。首先在青樓歌妓部分有嚴廷中《秋聲賦・沈媚娘秋愍情話》一劇，描
寫揚州名妓沈媚娘，幼時隨母北避至山東，後年華漸增，媚娘門前冷落，心
生感傷之事。某日商金錫慕名前往訪媚娘，媚娘彈奏琵琶，歷數過往，懷念
江南輕風明月，悠閒多情之美好風光，不若北地酒客，多是匆匆行李，草草
鴛鴦；梁廷楠《小四夢・圓香夢》描寫李含煙、莊才子之情愛事，主要劇情
爲莊生中舉將入京會試，青樓女子李氏爲其備下筵席送行。莊生誓約一年半
載歸後將娶李氏。李氏方言其兄將帶其歸潮州，並爲莊生守身。臨別李氏爲
莊生高歌一曲。而莊生因思念李氏故落第。即刻前往潮州尋李氏，夜中感嘆
李氏未曾遙寄書信，後李魂前往托夢，並贈莊連環香墜，並要求莊生爲其作
傳。莊生遇靈徹法師爲其作法，令莊、李二人相會，然李氏此時已跟隨王母
左右，因此無法相會，僅能替其超渡。直至七夕之日，二友與莊生相聚，共
尋李魂，後李氏前往會莊生，並點破之。其中又以蓉歐漫叟《續青溪笑》最
具代表性，當中有單純描寫歌妓生活者，如：《勸美》、《隱仙庵喧闐遊桂苑》、
《一柄扇妙姬珍舊蹟》、《九轉詞逸叟醒群芳》諸劇；或是恩客心態者，如：《釣
魚人彳亍打茶圍》；亦有描寫青樓經營者，如：《王壽卿被褐驚寒》一劇，描
寫王壽卿少時遇人不淑，散盡家財，無力支撐經營月榭河亭。同時更有描寫
與青樓相關的各種行業之人，如：《賣花奴同途說豔》描寫販賣首飾花鈿的小
貨販吳小郎與替姑娘梳妝之董大娘；或是如《葉香畹開堂教戲》當中，描寫
葉香畹年華已過，遂改爲開堂教戲之事。當中包含各種形形色色人物，皆以
下層百姓爲描寫對象，與清初時期風格差異甚多。

　　再看描寫平民百姓生活的部分，可見於《北涇草堂外集三種・紫姑神》
一劇，描寫魏子胥妻曹姑，其夫於城中另娶小妾，只得無奈接納。紫姑聰明
伶俐，無奈父母雙亡，鄰婦將她以一百兩銀子賣給了魏家做小妾。紫姑進門
當日，曹姑便威嚇子胥，從今往後對紫姑動也不可一動，看也不可一看，否
則便挖出眼睛。同時命紫姑前往東廂邊小屋居住，永不許與夫君見面。紫姑
嫁至魏家後，遭受百般凌虐，身體日益衰弱，一日無奈至極，只得向空對月
拜禱求死。不久紫姑暈倒，卻爲家僕救起，後仍不治。帝君得知派功曹前往，

尋問之中，紫姑只嘆命苦，既不怨懟大姊，也不埋怨丈夫，只求來世勿作嬌美之物。功曹感嘆，遂上報帝君，封其爲紫姑神，掌管人間妻妾不平之事。正月十五，正是紫姑亡命之日，聽聞眾人將其生平之事翻作歌謠傳唱，不覺心亂如麻，兀自將身亡之處重新打理一番，恰巧碰見一小妾受正妻凌辱，遂奪去正妻雙眼，以告誡世人之事。以及《紅牙小譜‧新調思春》描寫大小了環爲二姑娘唱小曲兒解其夫君出外遠行之愁悶心緒。而各劇當中，又以《廣陵勝跡傳奇》一劇，在描繪百姓生活樣貌方面最爲突出，透過其開場之集曲可確知，其劇皆言廣陵地區之古人或名勝古蹟軼事，

> 【南呂集曲】【八寶粧】（副末上）【梧桐樹頭】鳳鱗應世昌，珠璧聯
> 天象。一統萬年，是處歌衢壤。【香柳娘尾】人遊在揚，熙春共賞。
> 【五更轉中】樓臺十里晴波漾，舊日名區，增新萬丈。【大迓鼓中】
> 正應往事播詞場。【黃鶯兒中】密按宮商，雅弄笙簧，徵文考事無虛
> 誑。【僥僥令尾】兒女舊情緣，非所長。【簇御林尾】也無彈刺，那
> 得瀆冠裳。【中哀第五】廣陵紀勝蹟，詞成八寶粧。〔註102〕

其中又以《芍藥圍花瑞奇分枝兆相》描寫後漢杜姜，幼年失怙，清修不嫁，得道神通，被地方官誤以爲妖，後每每救助鄉里，被封爲聖母，立廟東陵，並有一青鳥相隨。凡鄉人被盜之物，青鳥都能尋獲。后土娘娘感念其澤被鄉里，故封其爲瓊花觀主，統領二十四花品。其中有一紅葉黃腰者，非有名賢入相時不開花。適今有韓琦，只因范仲淹等人相繼罷官，疏救不報，遂出守揚州。到任以來，受民愛戴。因大旱，爲民請命降甘霖。故此花姨、聖母皆至，並製金帶圍花以獻瑞。後依韓琦、王安石、王岐公、陳秀公四人分作四種名花，前往郡圃中開放。韓琦遂邀請王安石、王珪、陳升之一同前往郡圃賞花。只見此四花無蟲兒接近，正如君子般，不與小人同流合汙，遂將此四花名爲花間四友。後四人集唐詩以讚花卉，並分折四花，建四并堂，以留勝賞。以及《枯樹園桃醫感合境寧康》描寫吳韋氏其夫韋岱，爲軍伍，征戍未還，只遺吳韋氏一人在家養母，適逢水旱飢荒，婆婆重病難醫，只得割股事親，又誤聽逃爲桃，便前往尋桃，向桃樹枯拜得桃。後倭兵至，卻無法傷及韋氏，聞其言孝親及仙桃之事，感爲奇孝，命此爲孝婦之家，不得侵犯，免除一州災禍，得旌表。和《邗溝廟神鏡懸孝忠照朗》描寫趙甲、孫丙前往錢

〔註102〕周墳《廣陵勝跡傳奇》（收錄於《傅惜華藏古典戲曲珍本叢刊》第 50 冊），第
一頁上，（北京市：學苑出版社，2010 年）。

乙家中清談，錢乙言家中無錢，欲往邗溝廟中借錢，趙甲、孫丙、錢乙、李丁四人便共同前往祈夢，乞求指點迷津。趙甲願作揚州太守；錢乙願求借十萬貫；孫丙願登仙；李丁願腰纏十萬貫，騎鶴上揚州，邗溝大王皆引其入夢，末點化眾人宜忠孝兩全，便可得富貴神仙之夢。三劇最具代表性，當中雖雜入神仙道化情節，但主要人物皆為廣陵地區中下階層小人物的日常生活或家庭瑣事。

最後是自我寫照的部分，以汪應培和徐爔二人為代表，兩人仕途皆非通達，其中徐爔雖為袁枚門生，然終其一生未得功名，至於汪應培僅任知縣，因此二人作品中皆以回歸自我、抒發心懷為主。如：《香谷四種曲·不垂楊》描寫菊潭地區楊貞女原已有婚配陶家，父楊坤卻因陶家家道中落，將其改聘。楊女不願，父親百般勸說無用。不料父親竟因將與陶家毀婚斷離而訴訟，楊女無奈只得取白綾自盡，幸為楊母發現救下。擔憂之下，母親與鄰人商議，決意將女兒送至陶家。陶父與楊坤對簿公堂，楊坤一口咬定兩家當日並無婚聘，然陶父卻將楊女不從改聘後自盡並前往自家之事托出。縣官聽聞遂判楊女與陶家之婚約仍在，擇日迎娶，楊父歲贈陶家十千錢。香夫人聽聞此事，感念楊女之忠貞，便為楊女添箱，使之倍增光彩之事。《驛庭槐影》及《催生帖》描寫媳婦孫繡夢中遇一仙姬，手持丹桂贈之，說是明年吉兆，醒來後望夫能夠科場得意，又得知有喜，實為吉兆，不久之後孫繡便有孕，家中歡宴。婆婆思及媳婦丹桂之夢，有道是桂子蘭孫，一心望得男丁之事。又徐爔《寫心雜劇》當中十八劇內容與《香谷四種曲》相較更具一致性，皆為描寫作者之日常生活瑣事。如：《遊湖》描寫徐爔攜善歌樂侍女四人，一同泛舟西湖，命眾女將其所作之詞〈鏡光緣〉吹唱一番，又將楊鐵崖〈西湖竹枝詞〉譜曲，以流傳後世。後眾人飲酒，酣然而歸。

（淨）曉得高掛輕帆，稱好是個風，西湖裡個佳景，沒看不是個
　　窮，看到岳王墳上，輕輕是個草，功名兩字，總成是個空。〔註103〕
《述夢》描寫夢中判官拘提自身，遊歷陰間，得知父母因德高望重皆已位列仙班，後又得知自身原於仙府承應為持瓶童子，本名種緣，卻因撓動春情，故降生人間，因陽壽未盡，徐爔雖不願離開陰界，終仍為夢神將其遣返。

（生）總歡娛都只是水中月和鏡中花，空哄得人憔悴，心猿意馬，

〔註103〕徐爔《寫心雜劇·遊湖》，第五頁下。

悟徹歸根，何處一坯黃土無他。既今逃來別境千峰下，豈肯再飛入尋
常百姓家。〔註104〕

《醒鏡》描寫徐爔於清江見人掘出一枚古鏡，十分喜愛便將其買回，並訪名
手開面重磨。又喚小妾月娘前來一同照鏡，鏡中之人皆老態畢露，令人感慨，
徐爔便換上僧衣欲改頭換面，於鏡前玩鬧許久，最終將古鏡贈與小妾做粧
鏡。《癡祝》描寫徐爔兩位侍妾對談，提到老爺日日禮佛參禪，似已著魔瘋
癲。四月十四日純陽壽誕，徐爔言純陽祖師召己幫忙，堅持著侍女服裝前往
廟中燒香。途中眾人諷刺笑其癡，徐爔亦瘋癲訕笑世人為名利物質所困，後
向純陽借錢，不料竟被當成偷兒，遂丟錢歸家。

　　（生哭介）愧剎我胸中點墨從無有，儀容力竭形同狗，那些兒籌畫
　　出人頭。〔註105〕

　　（生哭介）奈花容月貌苦難留，轉眼間都做了帶肉骷髏，正配著俺癡
　　鬼腌臢合被頭。〔註106〕

《蝨談》描寫徐爔遊山玩景身染蝨子歸家，遭眾妾嫌棄，今打理畢後，故意
不歸內房，待小妾們自行前來賠禮。而蝨鬼為徐爔丟至香爐受炮烙之行，便
往颿風大王處告發，颿風大王准蝨鬼們自行與徐爔計較。後蝨鬼與徐爔相互
爭執，徐爔諷蝨鬼卑賤；蝨鬼諷徐爔無緣參透，最末徐爔為蝨鬼點悟，欲淨
身供蝨鬼飽餐，惜蝨鬼好汙穢拒之，回房後便將此事告與小妾。

　　（生）蝨哥哥，我昨日洗得乾乾淨淨，請到身上來，再吃一飽去罷。

　　（二丑）虎愛山，龍戀水，物各有性，咱們最喜的汙穢洗淨了，誰
　　要吃你，既已知罪，咱們就饒你去了。〔註107〕

《青樓濟困》描寫京城名妓媚娘因王蘭生而脫青樓，媚娘銀錢盡脫，勸王生
赴京應試，今已五年，近日王生家中遭火難，徐爔擔憂媚娘與家中幼子，便
攜錢鈔前往探望。見媚娘母子倆飢寒交迫，徐爔便給予一百錢鈔，並去信王
生催其速歸，媚娘感激不已。

　　我種緣子楓江人也，生長望族，寔學可漸，略有虛名，私心自愧。

　　幸夙靜未遠，讀道書如觀故本，元機尚近，誦佛經猶瞻舊相，處世

〔註104〕徐爔《寫心雜劇・述夢》，第三頁下。
〔註105〕徐爔《寫心雜劇・癡祝》，第三頁上。
〔註106〕徐爔《寫心雜劇・癡祝》，第四頁上。
〔註107〕徐爔《寫心雜劇・蝨談》，第五頁下、第六頁上。

勞勞。只是散財之事多，聚物之事少，終朝碌碌，但覺爲人之計長，

自爲之計短，看破此身幻影，死生全不關心……〔註108〕

《湖山小隱》描寫范成大入仙籍，苦尋不著道侶。後徐爔至石湖遇著范成大，兩人相談，范見徐爔年少卻看空人世欲收爲弟子，兩人遂同轉至畫眉泉處……

小生姓徐，自號榆村，家傍松陵，宿占五湖風月，質緣魯鈍，深慚

一脈書香，付功名於流水，等富貴於浮雲。偶習歧黃，以消歲月，

那些患病的人，皆錯認我有長生之藥，都來下問。反使我半世奔馳，

焦勞異常。因此欲覓幽棲之處，藏名隱姓，以樂餘年。〔註109〕

《祭牙》描寫徐爔年方六十，牙齒幾近落光，遂於十月十三誕生之日祭牙，一一細數舊日歌於醉紅樓之事。不料小妾們竟將犬牙與徐爔之牙相合，令徐生惱怒，只得一同祭奠，傷感貴賤之間竟毫無分別。

（生斟酒介）咳！我想吃肉講理的齒與嚼糞咬人的牙，竟無貴賤可

分，同爲腐土，好不傷感人也。〔註110〕

《月夜談禪》描寫中秋節徐爔四妾約其至豐草亭中賞月品酒，並尋問徐爔何以參禪遁世，不若以往風流，徐爔告知眾妾，一切皆如夢幻泡影，勸眾人一同修心歸道。除此之外，其餘各劇風格皆與上述類似，以描寫自身及周遭小人物之間的日常相處，十分貼近大眾生活，故最具代表性。

總歸而論，上述各劇當中人物皆爲地方百姓、青樓歌妓或自家家人、奴僕，完全跳脫上層達官貴人的身分，轉以小人物描寫爲主軸，爲乾隆後期以來最主要的組劇劇作風格之一。

餘　論

清末組劇之風格大抵與乾隆後期無所差異，多以淺白、俚俗爲主，即便是大經學家俞樾亦是。此外，再加上組劇至清末已爲強弩之末了，文人不再熱衷於此，作品數量甚少，故於此不再多做論述。

〔註108〕徐爔《寫心雜劇・青樓濟困》，第一頁上下。
〔註109〕徐爔《寫心雜劇・湖山小隱》，第二頁上下。
〔註110〕徐爔《寫心雜劇・祭牙》，第四頁下。

餘　論

一、結　論

　　清代爲組劇的完成時期，無論質、量皆勝過前代。據筆者所收錄，共有四十三部總集；包含二百三十一劇，其中完整者有一百四十三劇，亡佚者有八十八劇。回顧組劇的源頭，最初的雛型階段始於元雜劇時期，雖未完全符合「組劇爲戲曲作家刻意創作之合集形式，具有共通主題性，並冠以一個總名」之定義，但已可見「組」的概念；明代成化、弘治間沈采的《四節記》爲目前所見最早的「四劇一組組劇」，歷經諸多變革，沒於民國初年新文化運動前後，歷經元、明、清、民國四代，也可算是淵遠流長了。

（一）清代組劇之主題特色

　　「組劇」爲「戲曲作家刻意創作之合集形式」，其組成數量未有一定限制，基本上以四劇形式最爲普遍。在「組」的共性上，又可分爲（1）故事地點相同（2）人物特質相同（3）故事類型相同（4）思想理念相同（5）取材出處相同（6）類群組合相同六大類型。

　　除此之外，清代組劇開始出現「內容連貫性組劇」，初始於清初《四奇觀》，直至清中葉（康熙年間）方眞正開始大量出現。而在劇目題材類型上，則是保有歷史、家庭、道釋、抒懷、仕隱、風情戀愛、社會七類，其中又以「歷史劇」、「社會劇」爲多，突破了明清以來「十部傳奇九相思」的型態。另外，在「特殊類型」的組劇部分還有「內廷承應戲組劇」，主要以乾隆年間最爲興盛，嘉慶、道光次之，其類型可分爲祝壽及高宗南巡之作兩類。其

內容大抵一致，不外乎描寫仙翁壽辰、太平慶豐年及眾仙、百姓向帝王后妃祝壽之類，多是阿諛奉承、歌功頌德之作，僅少數作品具有警世性。至於「接續前賢性劇作」亦是「特殊類型」的組劇，其中以「四聲猿主題」的《續四聲猿》和《後四聲猿》為最具有接續前賢性劇作之代表性，直接承繼了明代徐渭《四聲猿》不平則鳴的理念與宗旨。而桂馥《後四聲猿》更是此類主題之集大成者，無論體製與詞采皆勝過前人，但因過於文士化的結果，卻也喪失了最初猿啼哀鳴、嘔心瀝血的深刻情感，實為可惜。

（二）清代組劇各階段之特色展現

筆者根據清代組劇之結構體製，將其分為清初、清中葉前期、清中葉後期及清末四個階段，其中又以清初及清中葉前期的體製最為規律，皆為四劇一組的形式。

首先，清初文人多半遭受到麥秀黍離之痛，但在異族高壓懷柔的政策下，只能無奈接受，轉而面臨出仕或出世的艱難抉擇。故清初組劇中，便有一半劇作中充滿亡國之怨，及對仕途不順的無奈。此外，劇作家們亦深受明末蘇州派作家影響，劇作結構嚴密，注重排場、音律，尚能搬演於舞台，曲風多清新典雅，情感真摯，往往能反映社會現實、表達不平之鳴，尤好以歷史典故來藉他人之酒杯，澆胸中之塊壘，深刻表露出當時文人在面對異族統治下的兩難境遇及無所歸屬之感。此外，翻案劇至清代蔚為風尚，乃因清代文人在完全從亡國悲仇中跳脫出來後，方察覺到千年以來維繫社會運作的封建體制早已殘破不堪，儒家長期以來所尊崇的倫理道德衰微、崩壞，於是有志之士開始再度宣揚忠孝節義之道，也因此清代組劇以「歷史劇」和「社會劇」的主題最多，尤其強調「愛國」，同時也出現了許多以翻案與歷史補恨的組劇；除此之外，時人「尚奇、尚善、尚美」的審美觀亦是促成此一現象的原因之一。此時期的「翻案劇」除尤侗《讀離騷》較具神話色彩外，其餘大抵未過度脫離史實，多能遵循歷史軌跡。而清初組劇的藝術性較高，無論是風格特色或藝術手法上都頗具特色。如：鄭瑜《郢中四雪》好使用類疊句及正反兩面問答來加強語氣和昇高情緒，並大量使用異體字或罕用字來刻意賣弄才學。大抵上除了尤侗詞藻艷麗，雅俗交錯；嵇永仁用筆豪爽外，其他劇作家之風格多為清麗典雅。同時，此時期作家更好改寫辭賦或散文為套曲，尤其是楚辭最受青睞，為清初組劇之一大特色，並深深影響了其後廖燕之作。此外，各劇皆好引用眾多歷史典故，層層堆疊，以強化所欲表達之思想與主旨

亦是其風格特色之一。而此時期劇壇之風氣與清初相較已多有改變，康、雍時期，雖然帝王皆醉心於宮廷戲曲，編制了不少節慶劇本。然自康熙以來的文字獄，受牽連遭誅者眾多，在如此鉅變的環境下，此時期的劇作家自然不敢像明末清初時期般抒懷憂憤。其作品轉而怒罵對社會及科舉制度之不公、朝廷奸佞當道，且多以嘻笑怒罵之筆觸來呈現出內心之不平。如廖燕〈醉畫圖〉、〈續訴琵琶〉中痛斥主司雙目紅紗障、腦烘烘；張韜《續四聲猿》承襲徐渭《四聲猿》物不得其平則鳴的創作理念，抒發胸中無限牢騷，如其在〈霸亭廟〉當中，除了謾罵主司者的迂腐淺陋，更揭露奸佞小人竊才、抄襲、逢迎之弊病，令人不恥；車江英《遊赤壁》當中假藉蘇軾之口，嚴厲抨擊朝中奸佞，字字凌利。而康、雍年間對於女性的認知和觀點開始有所改變，如：洪昇《四嬋娟》，不僅注重女性的才學，同時也兼顧女子對真情的追求，此一觀念對於往後劇作家們在對於女性的描寫塑造上有了很大的啓發。另外，清代組劇當中亦是於此時開始出現自我抒發情懷之作，如廖燕《柴舟別集》，爲清代組劇中最早出現的「自述劇」，其承襲明末「獨抒性靈，不拘格套」的思想，反對擬古，主張「筆代舌，墨代淚，字代語言，而箋紙代影照」，提出「以我告我」的書寫手法，深深影響了之後徐爔《寫心雜劇》、蓉鷗漫叟《青溪笑》、《續青溪笑》和汪應培《香谷四種曲》。又此時期的另一項特色爲連貫性之組劇的出現，如：廖燕《柴舟別集》及《四大慶》，開始以類似章回小說的形式創作戲曲，深深影響往後的《南枝鶯囀》、《寫心雜劇》、《吉祥戲九種》及《人獸鑒》。而此時期也是「翻案劇」的過渡期，如車江英《四名家傳奇摘齣》當中替韓柳歐蘇四人彌補憾事，使之圓滿，與清初翻案劇相較，多出了「補恨」的元素，爲清代「翻案補恨劇」之先聲，直接影響了往後陳棟《苧蘿夢》、周樂天《補天石傳奇》、梁廷楠《江梅夢》。至於清中葉前期因崑、弋之間的雅俗爭勝，花部漸漸開始取代雅部，故藝術性不若清初，辭采亦大不如前，但風格大抵仍承襲清初，總歸而言，清中葉前期可謂清代組劇之「樞紐」位置，既承襲清初曲風（如：改賦（文）爲曲、清麗典雅、好用典故），同時也對不同的特殊文體（如：「自述劇」、「連貫性組劇」、「翻案補恨劇」）及思想有所創新。

而清中葉後期魏長生等人攜秦腔進京後，花部完全獲得了壓倒性的勝利，故此時期文風轉向俚鄙、通俗，且缺乏個人特色及文采，成就不高，僅桂馥《後四聲猿》對仗工整、合律、辭藻絢麗以及戴全德《紅牙小譜》因本

為文人案頭作品，故清麗典雅，對仗工整，曲律嚴謹，為此時期少數亮點。
另外乾隆中葉以來，文字獄更盛以往，使得警世之作寥寥無幾，一直到嘉慶
年間，文字獄結束，劇作家們才再度開始於作品中抒發心志，反映當下生活。
而此時期組劇的創作類型大大承襲了前期，包含「自述劇」、「連貫性組劇」
及「翻案補恨劇」。首先在「自述劇」部分，此時期作品不同以往瘋癲笑罵，
真正轉而回歸自我，描寫真實生活樣貌。如：汪應培《香谷四種曲》當中感
懷當地楊貞女事蹟、描寫其任受卷官及媳婦懷孕生子之生活瑣事；又徐爔《寫
心雜劇》之特色包含具有自傳性質、劇情真實與虛構交錯、依序描寫生活中
極小之瑣事，其內容全為一些無關朝政、社會之雞毛蒜皮的小事，僅記錄心
中有所觸、所感之事，為清代組劇中「自述劇」之代表作。在「連貫性組劇」
部分，此時期之創作又較前期架構更為完整，具時序性。如：《吉祥戲九種》
描寫眾仙為王母及皇帝祝壽；《香谷四種曲》描寫作者媳婦孫繡有喜之前因後
果，故事依照時序相互連貫，前後呼應；《寫心雜劇》皆依照時序描寫作者生
活點滴及生命歷程。無論從哪方面來看，皆較前代劇作更為完整進步且引人
入勝。而「翻案補恨劇」部分，延續了前期的翻案之風，然其翻新之處，往
往悖離史實，標新立異，意在彌補古人不平之恨，使讀者感到痛快淋漓、達
意快心。此外，在異族高壓下，士人為求生存、居高位，於是歌功頌德的承
應戲大肆氾濫，內容皆為眾神祝壽、歌功頌德、點綴太平之類，了無新意，
亦無文采可言，但卻是此時期組劇中一特殊風格。總歸而論，清中葉後期是
為組劇最為多元的時代。

　　至於清末為大變革時代，舊有體制規範近乎崩壞；內容轉以呈述、反映
現實為主。思想上亦呈現出新舊之間相互推移的現象。如：許善長《靈媧石》
當中對於「女德」觀念的轉變，認為女子並非只有女工針黹，若透過學習，
便可在武略方面有所抱負，能夠洞悉國政，直言忠諫。然而另一方面，在女
權高漲的年代，維護舊傳統的反彈之聲亦在所難免，如：《伯瀛持刀》、《奚
妻鼓琴》、《俠女記傳奇》及《烈女記傳奇》便依然重視女子貞節及三從四德、
以夫為天的傳統觀念。而在文采方面，此時期已屬強弩之末，文人不再熱衷
於此，作品皆以淺白、俚俗為主，即便是大經學家俞樾亦是，足見組劇至清
末確實已式微。

　　最末，筆者將整體組劇以體製和內容風格為基準，分為（1）孕育期（元

代）。（2）初始期（明中葉至末年）。（3）成熟期（清初順治、康熙、雍正年間）。
（4）轉變期（自乾隆至道光年間）。（5）衰落期（自咸豐年間至民國初年）五
個階段來歸納呈現，與上述相互呼應，更加突顯出「清代組劇」在整個「組劇」
發展脈絡中的主要性與重要性。由此可見，清代實爲組劇集大成之年代，而組
劇之形成及變革則是多方面的受到統治者政策、文壇風氣、社會動盪、西方思
潮……等影響，使其內容相當多元富變化性；此外，「組劇」雖爲戲曲當中的
一小部分，然而無論是就清代戲曲之整體風格特色或是雅俗推移的現象，由此
皆可以小見大、見微知著，彼此相互參照；同時，組劇亦是南雜劇及短劇盛行
的主要推手之一，故其在戲曲史上定具有一定價值與意義。

二、民國初年組劇之餘響

（一）民國初年之組劇

　　清末民初時期可說是組劇之尾聲，其創作內容幾乎全是強烈反映時政或
是大聲疾呼全國人民團結抗日，平舖直白，毫無雕飾，如《四聲雷雜劇》及
《人獸鑒傳奇》。此一現象不外乎是受到當時內憂外患的局勢以及晚清戲曲改
良運動之影響。清朝自光緒二十年（1894年）甲午戰爭（1894～1895年）戰
敗後，簽下喪權辱國的馬關條約，有志之士開始深深體悟到改革的必要性，
於是誕生了爲期百日的維新運動，雖未成功，卻也爲日後的各項改革運動埋
下了種子。緊接著光緒二十五年（1899年）又發生了義和團事件（1899年～
1900年）而導致了八國聯軍之役（1900年），再度簽下了辛丑條約，使國家
遭到列強的鯨吞蠶食。因此清末無論在小說、戲曲、散文、思想……等各領
域之文學作品皆開始注重、關心、反映時事，再次喚醒文人經世濟民的社會
責任。而晚清戲曲之改良運動便是在這樣內憂外患的社會背景下展開，一直
到辛亥革命（1911年）成功爲止。如阿英在《晚清戲曲叢鈔‧傳奇雜劇卷》
及〈覺醒的戲劇界——辛亥革命文談之六〉中言：

> 當時中國處於危急存亡之秋，清廷腐朽，列強侵略，各國甚至提倡
> 瓜分，日本也公然叫囂吞併，動魄驚心，有朝不保暮之勢。於是愛
> 國之士，奔走呼號，鼓吹革命，提倡民主，反對侵略，即在戲曲領
> 域內，亦形成了宏大潮流，終於促進了辛亥革命的成功。〔註1〕

〔註1〕　阿英：《晚清戲曲叢鈔‧傳奇雜劇卷》（北京：中華書局，1962年），頁1。

戲劇運動的旗幟是鮮明的：「改革惡俗，開通民智，提倡民族主義，
喚起國家思想」。強調的是：「以霓裳羽衣之曲，演玉樹銅駝之史。
凡揚州十日之屠，嘉定萬家之慘，以及虜酋醜類之悗淫，烈士遺
民之忠藎，皆繪聲寫影，傾筐倒篋而出之。華夷之辨既明，報復
之謀斯起，其影響捷矣」。目的是要借「清歌妙舞，招還祖國之魂」。
〔註2〕

上文中阿英所言「危急存亡之秋」、「各國甚至提倡瓜分」、「日本也公然叫囂
吞併」、「提倡民族主義」即光緒年間所簽之辛丑合約；往後的日本侵華；直
到孫文革命成功這段期間。當中提到了戲曲在民間提倡民主思想、民族主義
的潮流，強調「以霓裳羽衣之曲，演玉樹銅駝之史」透過戲曲來傳播反清思
潮，借「清歌妙舞，招還祖國之魂」，對於近代革命，可謂功勳卓著。又箸夫
於〈開智普及之法首以改良戲本為先〉一文中特別提到了當時戲曲演出的狀
況：

況中國文字繁難，學界不興，下流社會，能識字閱報者，千不獲一，
故欲風氣之廣開，教育之普及，非改良戲本不可。善乎粵東程子儀
之新撰曲本，以改良乎！其法議招青年子弟數十人，每日於教戲之
外，間讀淺近諸書，並灌以普通知識，激以愛國熱誠，務使人格不
以優伶自賤。複於暇日煉以兵式體操，將來學成，赴各村演劇，初
到時操衣革履，高唱愛國之歌，和以軍樂，列隊而行，繞村一周，
然後登臺。先用科諢，將是日所演戲本宗旨、事實，演說大勢，使
觀者了然於胸。而曲中所發揮之理論，可藉此輾轉流傳，以喚起國
民之精神。〔註3〕

當中除了提倡教育外，更是大大讚揚廣東程子儀所改良之戲曲，其於1904年
與陳少白、李紀堂在廣州河南海幢寺創辦「采南歌」戲班，如同箸夫所言，
他招集青年弟子，除了教戲也教學，學成後於各村演出，演出前先高唱愛國
歌曲並和以軍樂，列隊而行，繞村一周，然後登臺，藉演出來喚起國民之精
神。演出前先透過較為通俗易懂的科諢敷衍大意，再唱曲，以達雅俗共賞，
不分階層皆能廣為流傳之效。又天僇生於《劇場之教育》言：

〔註2〕 阿英：〈覺醒的戲劇界——辛亥革命文談之六〉，原載於1961年11月22日《人
民日報》。
〔註3〕 箸夫：〈開智普及之法首以改良戲本為先〉，原載《芝罘報》，第七期。

> 吾以爲今日欲救吾國，當以輸入國家思想爲第一義。欲輸入國家思
> 想，當以廣興教育爲第一義。然教育興矣，其效力之所及者，僅在
> 於中上社會，而下等社會無聞焉。欲無老無幼，無上無下，人人能
> 有國家思想，而受其感化力者，舍戲劇末由。蓋戲劇者，學校之補
> 助品也。〔註4〕

文中再度強調了搬演戲曲之重點在於淺白具娛樂性，能夠流播於下等社會、
婦女老幼，較之僅存於中上社會的學校教育更能感化全體國民的思想，有
如學校教育之補助品。因此此時期有許多的戲曲創作都是以宋元、明清之
際的愛國英雄爲題材，以圖激發時人憂國憂民和愛國反清思想。諸如：《愛
國魂》、《指南夢》寫南宋文天祥的從容就義；《黃天蕩》寫宋梁紅玉於黃天
蕩大敗金兵的英勇；《陸沉痛》寫明末史可法的殉節；《海國英雄記》寫南
明鄭成功的反清復明意志；《風洞山》寫明末戰敗卻不屈殉國的瞿式耜
兵……等等，都是藉由歷史人物來激起人民的滿腔熱血。除此之外亦有《軒
亭冤》、《六月霜》、《秋海棠》、《軒亭血》、《軒亭秋》、《碧血碑》。有《蒼蠅
擊》、《皖江血》、《開國奇冤》、《向道隆》……等劇，是以當時的政治社會
現況爲題材，眞實呈現清朝末年革命志士的革命犧牲。而在組劇方面，則
是有許善長《靈媧石》當中《無鹽拊膝》、《莊姪伏幟》、《魏負上書》諸劇，
描寫女子巾幗不讓鬚眉，奮勇力諫，以圖改革，使國家強盛。綜上所論，
可以說此時期的戲曲創作雖是具有目的的，但確實也繁花似錦。

　　但好景不常，在晚清戲曲改良運動結束後，傳統戲曲的命運卻遭逢巨變。
雖然對內革命軍推翻了滿清政府，但對外列強的侵略仍未終止，尤其是在第
一次世界大戰結束後，北洋政府竟於巴黎和會中，同意列強把德國在山東的
權益轉讓給日本，出賣國家利益，遂產生了五四運動，並進一步推助了新文
學運動的發展。而在新文學運動中，提倡白話文學，大量引進西方文化、文
學和理論，使得傳統文學中的詩詞、古文、戲曲全盤遭到否定，受到嚴重的
打壓及改變。諸如蔣觀雲於《中國之演劇界》中言：

> 欲保存劇界，必以有益人心爲主，而欲有益人心，必有以悲劇爲主。
> 　國劇刷新，非今日劇界所當從事哉。〔註5〕

而戲曲的產生最主要便是以滑稽詼諧、插科打諢、嬉笑怒罵來娛樂市民大眾，

〔註4〕　天僇生：〈劇場之教育〉，原載《月月小說》，第 2 卷，第 1 期，頁 57。
〔註5〕　蔣觀雲：《中國之演劇界》載於《新民叢報》，第 17 期，1904 年，頁 52。

內容自然是以喜劇之大團圓爲主。但在西方思潮下，卻一改舊習，認爲只有悲劇才足以撼動、有益於人心，所以興起主張改革戲曲詼諧風格之說。而居於新文學運動之首的陳獨秀（三愛）亦於《論戲曲》中言：

> 戲曲者，普天下人類所最樂睹、最樂聞者也，易入人之腦蒂，易觸人之感情。故不入戲園則已耳，苟其入之，則人之思想權未有不握於演戲曲者之手矣。〔註6〕

指出戲曲爲一般大眾最樂於接受之文學，其移人之深，足以左右人們思想，所以必須要有所變革，同時條列出戲曲之優劣，將傳統戲曲中諸多特色刪盡，如：

> （一）宜多新編有益風化之戲。以吾儕中國昔時……大英雄之事蹟，排成新戲，做得忠孝義烈，唱得激昂慷，於世道人心極有益。

> （二）採用西法。戲中有演說，最可長人之見識，或演光學、電學各種戲法，則又可練習格致之學。

> （三）不可演神仙鬼怪之戲。鬼神一語，原屬渺茫，煽惑愚民，爲害不淺。庚子之義和拳，卽是學戲中天兵、天將。……此等鬼怪事，大不合情理，宜急改良。

> （四）不可演淫戲。……有謂戲曲爲淫靡，優俳爲賤業，職是之故，青年婦女觀男優演淫戲，已不能堪，何況女優亦現身說法，演其醜態，不知羞恥，而易人入其腦，使其情欲不能自禁，故是等戲決宜禁止。

> （五）除富貴功名之俗套。吾儕國人，自生至死，只知己之富貴功名，至於國家之治亂，有用之科學，皆勿知之。此所以人才缺乏，而國家衰弱。〔註7〕

首先第一條便是要有益風化，主要要以忠孝節烈爲主題，如其所言之《吃人肉》、《長板坡》、《九更天》、《換子》、《替死》、《刺梁》、《魚藏劍》，也是最符合當時社會所需的原則。第二條是採用西法，引進西方舞台的光學、電學，雖然聲光效果十足，卻是完全摧毀了中國傳統戲曲的簡樸與意象，場景的推移、時光的流轉不再是透過演員的轉身、走位來呈現，而是被具體聲光

〔註6〕 阿英：《晚清文學叢鈔》小說戲曲研究卷，原載《新小說》，第 2 卷，第 2 期；《安徽俗話報》，第十一期，1904 年，頁 52～55。

〔註7〕 同上。

效果所取代。第三條爲不可演神仙鬼怪之戲，然戲曲之內容中有不少上承自
魏晉志怪小說或唐傳奇，諸如：《搜神記》、《離魂記》、《杜子春》、《枕中記》、
《南柯太守記》、《柳毅傳》⋯⋯等作品，在《牡丹亭》、《倩女離魂》之離魂
故事；《龍女聽琴》、《杜子春》、《南柯記》⋯⋯等戲曲作品當中都可見到其
影子。若論不可搬演神怪之戲，那麼戲曲中有多少曠世巨作將被捨棄，其中
還包含湯顯祖之作。第四條爲不可演淫戲，然而「十部傳奇九相思」，男女
情愛、名士歌妓往往是戲曲當中最常見的題材，若將其所舉之如《月華緣》、
《蕩湖船》、《小上墳》、《雙搖會》、《海潮珠》、《打櫻桃》、《下情書》、《送銀
燈》、《翠屏山》、《烏龍院》、《縫褡》、《廟會》、《拾玉鐲》、《珍珠衫》之類禁
之，豈不近乎全盤否定。最末爲除富貴功名之俗套，自古文人讀書便是爲求
功名，元代社會劇作家們又往往懷才不遇，只能寄情於文學，因此此類題材
亦爲戲曲之大宗，如何禁得？綜合以上五條，陳獨秀不單單破壞了戲曲的藝
術之美，也將其豐富多元的內容完全扼殺。因此民國初年之組劇，如顧佛影
《四聲雷雜劇》、盧前《飲虹五種》、王季烈《人獸鑑傳奇》皆爲描寫社會現
況，以求弭平戰亂，至於神仙鬼怪、情愛纏綿、富貴功名之主題，則是完全
摒棄。

　　但民國初年的戲曲創作並沒有在這樣艱困的環境中被擊垮，仍有不少劇
作家秉持理念和原則在創作戲曲，如：顧隨之《苦水作劇三種》當中的《垂
老禪僧再出家》、《祝英台身化蝶》、《馬郎婦坐化金沙灘》，便包含了神怪和情
愛的元素。而此一現象亦正如左鵬君於〈最後的吶喊和堅守──論抗日戰爭
時期的傳奇雜劇〉一文中所說：

> 這最後階段的傳奇雜劇主要表現出兩種傾向，一方面繼續對傳統的
> 相對固定的傳奇雜劇體制進行改造和突破，以求實現更大的創作自
> 由，促使原有體制規範進一步消解；另一方面，也是更具有戲曲史
> 和文化史意味的一個方面，就是出現了更多的自覺遵循舊有體制、
> 堅決謹守原有戲曲規矩的作品。〔註8〕

雖然改革的聲浪喧天，然而仍有少數劇作家自覺遵循舊有體制、堅決謹守原
有戲曲規矩的在創作。但不可否認的，此階段的劇作確實多半是以忠孝節烈
爲主題，如許善長《靈媧石》當中《伯瀛持刀》、《忠妾覆酒》、《奚妻鼓琴》
三劇，描寫女子對丈夫、主母忠貞不二；醉筠外史《味蘭簃傳奇》當中《烈

〔註8〕　左鵬君：〈最後的吶喊和堅守──論抗日戰爭時期的傳奇雜劇〉，頁46。

女記傳奇》、《俠女記傳奇》二劇分別描寫俠烈女子自縊保全節操，或以李娃忠貞果敢的性格爲榜樣，以上各劇對女子貞節及犧牲奉獻依然相當看重，足見清末民初時期，雖然女子地位已大爲提升，但眞正要達到男女平權，確實還有相當長的一段路程要走，這也是不可抹滅之事實。

而組劇至民國初年已是尾聲，目前筆者所見僅顧佛影《四聲雷雜劇》、盧前《飲虹五種》、王季烈《人獸鑑傳奇》三種，此後便完全進入報刊連載及現代劇場的時代而消失無蹤。而此時期的戲曲主要以反映清末民初眞實現況及宣揚思想理念爲主。以下將針對上述三劇做探討：

1、顧佛影《四聲雷雜劇》

（1）《四聲雷雜劇》成書時間

關於《四聲雷雜劇》之成書時間，可見作者自序之署名爲「民國二十九年七月上海顧佛影」。可知此劇之成書時間爲民國二十九年七月。

（2）《四聲雷雜劇》內容概述

《四聲雷雜劇》由《還朝別》、《鴆忠記》、《新牛女》、《二十鞭》四劇組成。

首先《還朝別》描寫易辛人，中華民國籍，生於西蜀，因祖國難容，只得流亡至日本，攜日本妻及三子居於千葉縣。時值中日關係緊張，日本對中國人監控嚴密。某日，綠漪兄到訪，告知中國政府決議抗戰到底，並密令流亡客歸國投效，易生爲避免生變，欲不告而別，卻爲日本妻發現，無奈替其備筵相別。《鴆忠記》描寫吳子威將軍門下干啓勤，跟隨將軍，現下將軍倒台，一蹶不振，眾人皆窮困。日本將軍坂西占華北，欲藉領袖人物來攏絡人心。干啓勤便收受利益，居中牽線。吳子威佯裝重病，坂西前往探視，提出大東亞共榮之策，吳子威不應，只言須日本退兵便得和平。坂西怒離，留下兩粒毒藥，迫干啓勤予吳子威服下，吳子威不願爲漢奸，遂服藥慷慨捐軀。《新牛女》描寫月老、鐵拐李、嫦娥、董雙成與天帝開會，言當世正逢魔劫，準備長期抗戰，並派人前往告知牛郎、織女此事。又命月老任生育獎勵督察專員；鐵拐李任傷兵醫院院長；嫦娥任兒童保育院主任；董雙成任抗戰宣傳部歌舞團團長；牛郎任農業局長；織女任國立紡織廠廠長，眾仙各司其事，共同抗戰。《二十鞭》描寫東北義勇軍與僞滿州國同時成立，專門於中東鐵路附近破壞敵人交通，屢建奇功。今日俘虜五百多名日本官兵，正待哈爾濱日軍總部

前往交涉，交換俘虜。義人范士白為日人迫為特務，將前往交涉俘虜，於俘虜中見豬坂大佐，思及舊日荼毒百姓之恨，便與義勇軍司令馮超設計痛毆大佐二十鞭以洩憤。

四劇皆言與日軍有關事，反映社會現況。

2、盧前《飲虹五種》

（1）《飲虹五種》成書時間

關於《飲虹五種》之成書時間，可見於《傅惜華藏古典戲曲珍本叢刊》劇前標示為「民國二十年　渭南嚴氏刻《渭南嚴氏孝義家塾叢書》本」及「辛未孟四月」；又書前序末題名為「丁卯十月，長州同學兄吳梅書於廣州東山寓齋」，可知其成書時間為民國十六年十月；而其刊刻時間則為民國二十年四月。

（2）《飲虹五種》內容概述

由《琵琶賺》、《茱萸會》、《無為州》、《仇宛娘》、《燕子僧》五劇組成。其中《琵琶賺》本事出於楊雲史《檀青引》詩傳。描寫蔣檀青為咸豐年間宮中樂部，回憶四十年前入宮時的美好，不料英國將圓明園付之一炬，使其淪落江湖，只恨當時朝廷中一干權臣，只貪圖享樂，不顧家國興亡所致。今至維揚地方日晚，先至二十四橋邊投宿，睡夢中又再度夢見火燒圓明園當日的景象，醒來後感嘆當世人多雖醒猶夢，為求生活只得攜上琵琶，繼續沿門叫唱。《茱萸會》為作者自述，描寫常府老萬，重陽佳節思及過往繁華，感慨萬分，又將老爺夫人過往對六爺之恩情訴說，六爺方醒悟報恩。《無為州》本事出於馮熙《蔣紹由先生傳》。描寫無為州亭吏，供職二十餘年，家中仍一貧如洗，言及縣官王日昌、李文秀二人狐假虎威，橫征暴賦，昨聽聞桐城蔣（紹由）知縣青天老爺將調至無為州，實為百姓之福。蔣知縣就任以來，清廉為政，一片昇平。其逝後，當地仕紳集議為之建祠立祀，奏報朝廷，請國史館立傳。《仇宛娘》描寫吳其仁至歐洲遊學十載歸國，並替好友楊柳孫攜家書一封，欲交與其未婚妻仇宛娘，告知楊生已於瑞士和約瑟結婚暫不歸國之事。而宛娘此時早已於楊家侍奉，聽聞此事欲尋短見，吳生便言此乃出外留學之常事，勸其好自珍重。《燕子僧》描寫蘇玄瑛難除情念往尋遣凡師兄論道，遣凡師兄勸其收拾情場，立成正果。

此五劇皆為作者因「禮教廢，人倫絕」，故欲以此為針砭而作。

3、王季烈《人獸鑒傳奇》

（1）《人獸鑒傳奇》成書時間

關於《人獸鑒傳奇》之成書時間，可見其序前有「中華民國三十八年四月　上海嚴惠慶謹序」，可知其成書時間為民國三十八年四月。

（2）《人獸鑒傳奇》內容概述

由《原人》、《著書》、《解慍》、《說法》、《救世》、《去私》、《勸善》、《大同》八劇組成。皆言宗教或儒、道思想，以求弭平爭亂，世界大同。

其中《原人》描寫陳仲子為戰國時人，見人類相互殘殺，白骨成丘。一日忽得一夢，夢見於流沙異境，殺氣騰騰，愁雲慘霧，不見人影，只見無數怪物，忽有四位服裝不同之神人前來，乃是老子、宣尼、釋迦、耶穌四人。言萬物初始及演化，初人為善，繼科學興宗教替，爭戰遂起，欲免除世界末日，須將《人獸鑒》素書一卷細細參讀參悟後，方可避免。《著書》描寫戰國尹喜仕於楚，辭富居貧，安居樂道。此時周德衰，欲著書立說，以警世人，又恐真理未明，終至誤人。聞得尚無為之老子將遠遊異地，過流沙，道經於此，自言述而不作，故後人借其言假託神道，誤及後世。如今七國爭雄，兵禍連年。便告誡尹喜道法無為清靜儉約謙沖，天下宜分不宜合，國宜小不宜大等各種道理，並著道德經五千言，傳於尹喜，留待後世明君。《解慍》描寫顏淵隨孔子周遊列國，留於陳蔡之間，會吳伐陳楚，楚子使人來聘夫子，夫子獻良計，使陳蔡不得安，遂將顏淵一行人圍於曠野，孔子卻絃歌不輟。後面色不慍與弟子相言仁義禮法，治國之道，宰我聞畢，便以三寸之舌使陳蔡悅服歡洽，強調孔子周遊之意，在於息戰止侵，即解圍。《說法》描寫胡僧攝摩騰言震旦與他國交兵，導致人類自相殘殺，故其四海遊歷宣揚佛法。永平十年，皇帝夢金人飛空而至，占卜後決議請蔡愔等人至天竺尋訪佛法。攝摩騰、竺法蘭、安世高、支讖四人遂應蔡愔之邀，前往東土弘法。行前，釋迦牟尼告誡眾僧須勸人心懷慈悲及存善念。《救世》描寫耶穌先言基督教之沿革，後擔憂因科學日益發達，創世紀諸神話無人肯信。又言中國近代諸事，乃民智不開，思安排外所致，為避免末日到來，決議與利瑪竇、湯若望等傳教士一同修改教規，符合中國儒釋道三家學說，宣揚平等博愛思想，勿信唯物。《去私》描寫老漢汪彥感世事多難，五十年來內憂外患，層出不窮，只能四海為家，故填曲【北正宮九轉貨郎兒】一套，並借梨園之口，將近代諸事

細數，並點出當今混亂無非道德喪亡，私慾太深所致。《勸善》描寫仲冕自言欲勸人爲善，故作勸善小說六則，改爲新曲，望能達移風易俗之效。以趙丐娛親、楊公卻饋、王令雪冤、徐翁釋係、鄭女完貞、文生全節六劇，於自家搬演，宴請眾人，宣揚忠孝仁義、廉恥貞節。《大同》描寫釋迦牟尼見今世戰惡不斷，百姓無所逃避。人們往往偏於物質、機械，好玄理，致良知盡失無善，便欲聯合老聃、仲尼、耶穌，將四教合一，使普天之人好善惡惡，全無國籍、宗教之隔閡，以達大同之治，天下爲公，戰爭得以永息。

　　上述八劇，正如其《人獸鑑序》中所言：

> 居今之世，爲善而已。爲善當具實力，不易幾也，惟有勸善而已矣！……嘗大聲疾呼，作原人一篇，譜諸法曲，又著人獸鑑一卷，今春來書，請作弁言。余爲孟子言：人之所以異於禽獸者，幾希！庶民擊之，君子存之，引舜禹湯文周公爲證，聖門未易近也。惟取法乎上，僅得其中，亦可勉爲君子人爾。……〔註9〕

工季烈作此劇之目的惟有勸善而已，同時探以先秦古籍及外來佛家、基督思想，望人們能夠因此感化向善，弭平戰亂，以達大同之治。

（二）民初組劇之思想內涵

　　民國初年北洋軍閥主政，眾軍閥各領一方，政治爭鬥不斷，終於1919年的5月4日爆發五四愛國運動，而此一混亂局面，一直要到1928年國民政府建立後方稍趨緩。然仍難脫內亂外患不斷的命運，對內有共產黨互鬥；對外有日本侵略，無論政局及民生皆處於動亂不安的狀態。雖然此時期內外紛亂不堪，但也因此在文化思想上更能夠交融，不少知識分子希冀改革，開始接受西方思潮，新文化運動亦在此背景下展開。自此以後，西方文學大量湧入中國，戲曲除了成爲直接反映時事的媒介外，更淪爲宣揚西方思潮的工具，如《四聲雷》及《人獸鑑》便是。以下將就此來論述民國初年組劇之思想特色。

1、反映時事

　　首先在反映時事部分，主要可見於《四聲雷》當中，顧佛影在《還朝別》一劇當中以1937年對日抗戰全面爆發爲背景，描寫旅日華僑心聲，如其《自

〔註9〕 唐蔚芝、王君九編著：《茹經勸善小說人獸鑑傳奇譜合刊本》（上海：正俗曲社出版，1949年4月，石印本），頁3。

序》中所言：

> 四月既邁，蜀霧敵霽，敵人謂之轟炸節。余寓樂山，未能遠市，旦
> 夕聞響，即扶老攜幼，竄伏林莽間，與毒蚊酷日冷蛩寒露周旋。往
> 往相顧慘笑，不復作人間想。而物價漲如怒潮，樂山擔米百金，在
> 州省最為貴。余簡樸如漢文帝，仍不能自給。則庖去魚腥，兒絕餅
> 餌，夜不燭，習無禪之定，蓋平生所未有也。然余雖處此危疑愁困
> 之中，而猶能引商刻羽，調糜弄翰，乃至遊神高妙，宛轉諧謔，以
> 為此孤媚寂賞之文若干篇。〔註10〕

當時顧佛影本人在四川樂山，而此時的重慶已成為抗日之大後方，從文中可
知當地遭日軍轟炸，物價飛漲，糧食幾乎無法自給，一片愁雲慘霧。故他在
劇中描述易辛人見國家有難，將從日本回國一同抗日，

> 媽媽爸爸要往哪裡去？（旦）回中國去。（丑）為什麼不帶我們同去？
> （生）爸去打仗呵。（丑）爸要打誰？（生）打日本人。（丑）媽媽
> 就是日本人，為什麼不打她？（生）媽媽不打爸爸，爸爸也不打媽
> 媽，別個日本人要打中國人，所以爸爸回去打他們。（丑）幾時回來
> 呢？（生）你看去打中國人的日本人都回來了的時候爸爸也就快回
> 來了。（丑）孩兒也跟著爸爸打日本人去。（生撫丑頭）好孩子，你
> 還小啦，去不得的。以後要隨著母親好好念書，少出去玩耍，生怕
> 日本孩子要欺負你哩。〔註11〕

劇中除了道出旅日僑民的愛國情操外，也透過易辛人日籍妻子的身分，和小
孩稚嫩的發問聲中，描繪出戰爭的無奈與殘酷。此外，據左鵬軍先生於 2016
年 4 月 22、23 日《曾永義先生學術成就與薪傳國際學術研討會》當中所發表
之〈顧佛影雜劇的本事人物與情趣意旨〉中提到：

> 劇後〈郭沫若先生來函〉云……可知此劇所寫即郭沫若故事。……
> 顯然，顧佛影撰寫《還朝別》一劇具有明顯的紀實色彩，以之與有
> 關人物史實相參觀，可以看到劇中所寫內容具有一定的史料史實價
> 值。〔註12〕

《還朝別》一劇中之主人翁確有其人，故顧氏之作正如筆者所言，為反映史

〔註10〕 顧佛影：《四聲雷雜劇》（成都：中西書局，1943 年），頁 1。
〔註11〕 顧佛影：《四聲雷雜劇》，頁 7、8。
〔註12〕 《曾永義先生學術成就與薪傳國際學術研討會》會議論文集，頁 288。

實之戲曲作品。此外《鳰忠記》亦是描寫日軍進佔北平之事，

> 自我皇軍佔領北平，大小漢奸在我褲子襠裡一鑽出鑽進，都想謀個
> 一官半職。可是我一橋這些東西，全是無恥之徒，早已聲名狼藉，
> 只配給皇軍擦皮鞋，若要收拾人心，必須另找領袖人物。〔註13〕

文中除了點明劇中時間、地點外，更痛罵國難當前，舉國抗日，卻有一群無
恥漢奸，出賣祖國以求自保。同時，顧氏亦於劇中褒揚吳子威面對敵軍的招
降，不卑不亢，堅決愛國立場，

> （淨）話雖這般說，像將軍這樣一位英雄，當此世變，似乎應該還
> 有一番大大的作為，豈可自甘埋沒？……敝國政府渴望和平，所以
> 命本司令再三敦勸將軍出山，消弭戰禍，奠定東亞新秩序，使我兩
> 國人民得共享共存共榮之樂，不知將軍意下究竟如何？……（老生）
> 我笑長官的話實在有些費解。貴國若要和平，何不先行撤兵，向我
> 政府請和，若辦不到，又何必找我吳子威呢？〔註14〕

此段歷史背景即為 1938 年，日本號召建立「大東亞新秩序」時期，其目的
在以大日本、東亞及東南亞「共存共榮的新秩序」為目標。又據左鵬軍之考
證：

> 《鳰忠記雜劇》中主要人物吳子威的原型當為吳佩孚，劇中主要情
> 節亦是根據吳佩孚面對日本侵略者威逼利誘、堅決不投降、堅守民
> 族大義、保持操守氣節的故事寫成。劇中的日本華北駐屯軍司令坂
> 西，則是日本陸軍中將坂西利八郎。〔註15〕

可見《鳰忠記》亦是反映現實之作，且完全是接續著《還朝別》繼續描寫日
軍侵華的後續史實。又《新牛女》當中以神佛抗戰方式呈現，實則依然描寫
日軍轟炸重慶之時，大後方的種種生活樣貌，

> （生）請問老先生現居何職？（末）生育獎勵督察專員。（生）好新
> 鮮的台銜。（末）原來你不知道本天國自抗戰以來，人口逐漸減少，
> 這是一個非常嚴重的問題，所以政府竭力提倡結婚，獎勵生育，命
> 老夫主持其事。〔註16〕

〔註13〕 顧佛影：《四聲雷雜劇》，頁 12。
〔註14〕 顧佛影：《四聲雷雜劇》，頁 15。
〔註15〕 《曾永義先生學術成就與薪傳國際學術研討會》會議論文集，頁 290。
〔註16〕 顧佛影：《四聲雷雜劇》，頁 25。

鄙意政府應該趕緊把幾種重要農政品統制起來，按照人口平均分
配，以免奸商囤積，民不聊生，影響到抗戰大局。〔註17〕

（旦）紡織工業正和其他工業一樣，應該使其集體化機械化才有進
步。不過現在非常時期，大工廠的建設有種種障礙，只好暫時提倡
家庭手工紡織業以資補救。因此我近來專心研究，發明了兩種新式
機械，一種是手工紡紗機，一種是手工繰絲機，都比舊式的簡單靈
便。〔註18〕

文中以月老任生育獎勵督察專員，以織女掌管紡織工業，創作手法新穎奇異，
卻也能清楚描繪出當時重慶臨時政府的種種政策，包含提倡結婚，獎勵生育、
統制農政品、提倡家庭手工紡織業……等等。而據顧氏〈後記〉中所載：

此似玩笑劇，然亦不無微旨。七七紡紗機為穆藕初先生所創製，七
七繰絲機為江蘇省立蠶絲專科學校所發明，均屬戰時生產利器，方
經生產促進會努力推行，本劇特為宣傳。此外更有數端可申說者：
第一，為農產品統制問題，關於此事，時賢每多爭論，其實今日物
價飛漲，明明奸商囤積為其主因，欲加取締，除由國家徹底統制外
更無他策。至於如何實施統制，誠非數言能盡；要之凡事苟具決心，
既無不可克服之困難。敵人兵甲之利數倍於我，尚且抗戰七年，可
期必勝；況此區區內政問題耶！其次為獎勵生育與保養兒童，此二
者實相關聯，可以合論。夫戰時人口激減，本所不免，縱使國民生
殖率一如平日，猶慮難以彌補，而觀於我國目前情形，益可寒心，
陷區同胞無論已；即在後方，物價高漲，生活不安，青年男女莫不
視結婚為畏途。已婚者亦惟竭力節制生育，以免貽累。此在智識階
級為猶甚。循是以往，不出三十年，優種且絕，又遑論抗戰百年乎。
但政府獎勵生育，亦非空穴所能奏效，而兒童保育院之設立必期其
普遍而完善，此本劇著者之微義也。〔註19〕

劇中之「七七紡紗機」為穆藕初先生所創製，「七七繰絲機」為江蘇省立蠶絲
專科學校所發明，均屬戰時生產利器，本劇特為宣傳，所以《新牛女》一劇
實為替國民政府政策推廣之用，為民國初年戲曲之主要特色。又其《二十鞭》

〔註17〕　顧佛影：《四聲雷雜劇》，頁 27。
〔註18〕　顧佛影：《四聲雷雜劇》，頁 28。
〔註19〕　顧佛影：《四聲雷雜劇》，頁 29、30。

一劇，則是描寫日本於 1932～1945 年期間所成立之「僞滿州國」時期，

> 可恨那日本人的統治滿洲簡直慘無天日，不論華人俄人歐洲人一概
> 加以迫害，有錢的沒收財產，沒錢的勒做苦工，煙管賭場妓院到處
> 林立，姦淫搶劫綁票層出不窮。〔註20〕

> （末引入室）你看這裡所有東西全是日本人的。收音機家具茶具食
> 具食物罐頭全是我們從日本人手裡得來的禮物。我們的大多數兵士
> 都穿著日軍制服，不過換了符號。我們所用的步槍機關槍手榴彈還
> 有兩尊山砲許多馬也是日本的。我們很想要一架飛機，但是沒有捉
> 到，雖然有兩尊日本的高射砲打下來了五隻飛機，但是損壞太過，
> 不能用哩。〔註21〕

當中眞實描述日本統治滿州的慘無人道，迫害所有非日人，舉凡沒收財產，
逼做苦工外，社會治安敗壞不堪，煙管賭場妓院到處林立，姦淫搶劫綁票層
出不窮。再反觀此時期的東北義勇軍，未接收到任何補給，除了生活用品皆
搶自日人外，竟連制服都是由日軍軍服所改製，局勢相當不利。

綜觀上述四劇，皆爲抗戰時期可歌可泣之事，正如于右任跋語云：

> 右顧佛影先生抗戰四種曲，所寫皆仁人志士，可謂可歌可泣之事，
> 足爲民間良好讀物。曲文亦本色當行，可供歌場饗演。聞作者昔居
> 上海，以吟詠著作自娛，生活本極悠閒，國難復西上，從事文化工
> 作，其重文學愛國之精神更足感人也。〔註22〕

顧佛影此劇最爲可貴之處乃在於其愛國之精神，亦是當時戲曲創作之共通主
旨。因此民國初年尚有盧前作《飲虹五種》雜劇，其中《琵琶賺》回憶八國
聯軍之事，

> 說也可憐，記四十年前，隨俺入宮的時候，那是甚麼光景，到今日
> 俺落魄江湖，大内亦非復當年景象。可惡那英吉利國的番奴，把圓
> 明園付之一炬，強權世界哪裏還有甚麼公理可言，只恨當日在朝一
> 班委靡不振的庸夫，一箇箇不顧國家興亡，只貪自己的安樂，思之
> 可恨也。〔註23〕

〔註20〕顧佛影：《四聲雷雜劇》，頁 32。
〔註21〕顧佛影：《四聲雷雜劇》，頁 33。
〔註22〕顧佛影：《四聲雷雜劇》，頁 39。
〔註23〕盧前：《飲虹五種》（收錄於《傅惜華藏古典戲曲珍本叢刊》116 冊），第四頁
　　　　上下（北京市：學苑出版社，2010 年），頁 25、26。

痛罵委靡不振的官吏們，箇箇不顧國家興亡，只貪自己的安樂，導致亡國。又《無爲州》亦是描寫清末民初之亂象，

> 如今教老夫但折腰也則罷了，一箇箇州縣官虎威狐假，口兒裏的喝，手兒裏的鞭，教俺每如何當得起，從前俺每那二位大老爺，一箇叫王日昌，日昌日昌，百姓都喫糠；還有一箇叫做李文秀，文秀文秀，多福多壽，做官纔一年，百姓箇箇瘦。唉！慢說甚麼開封府的包龍圖，連他的孫子現在恐怕都尋不出了。〔註24〕

> 【收江南】你鞠躬盡瘁抱沉疴，在無爲七月似南柯，只深恩遺德愛民多，我每都戀他，我每都戀他，問從今何處更唱太平歌。〔註25〕

內容充滿感時傷世，不知太平之日何時到來。而《仇宛娘》則是反映另一社會面相，

> 孫柳孫柳，原來您是箇負心的漢子，俺只當天下多情無過於你，誰知今日如此待我。咳！也罷！奴家也不想活在人世，咱們同到閻羅殿上拚他一拚去。（末）小姐不必如此，如今到西洋去的朋友，停妻再娶，不止柳孫一人，請您好自珍重，再做計較罷。〔註26〕

描寫當時留學生接納西方思想，全然無視儒家傳統禮教人倫，拋棄糟糠之妻，於西方世界另娶嬌妻。因此作者於《序》文中道：

> 余按諸折中，《琵琶賺》感嘆滄桑之際，《無爲州》記述循良之績，於家國政俗，隱寓悲謂，已非率爾操觚之作。若《仇宛娘》一劇，尤足爲末流鍼砭，蓋禮教廢而人倫絕。夫婦之離合，不獨可覘世風之變，而人情之淳澆，即國家興亡所繫焉。曲雖小藝，實誠國風，而可忽視之乎？〔註27〕

其作《飲虹五種》雜劇，乃是效諸於《詩》中國風之精神，反映地方色彩，倡良善風俗，勸當世之人不可忽略世風之變，若禮教廢，人倫絕，則離國之將亡不遠矣。又王季烈《人獸鑑・救世》中亦言清末義和團之事：

> 後來至中國傳教者每欲借政治勢力，以盛行其教，致當地奸民以入教爲護符，教士誤聽奸民一面之詞，官吏畏教士本國政府之權力，

〔註24〕盧前：《飲虹五種》，第十六頁上下，頁53、54。
〔註25〕盧前：《飲虹五種》，第十九頁下，頁60。
〔註26〕盧前：《飲虹五種》，第二十四頁下，頁72。
〔註27〕盧前：《飲虹五種》，第一頁上，頁3。

> 於民教兩造之詞訟判斷，不能公平，馴致民教相仇成焚教堂，戕教
> 士之舉。如十九世紀末，義和團之亂，雖由中國民智不開，妄思排
> 外所致，而教士亦有過焉。〔註28〕

劇中詳述傳教士借政治勢力以傳教，卻往往受奸民朦蔽，荼害良民，使民眾
憤而焚燒教堂、戕害教士，導致義和團之亂。當中王季烈十分客觀的分析整
個事件經過的是非，認為義和團和八國聯軍之事，中外雙方皆有錯誤之處，
如：教士妄加干涉民間爭議訴訟，以勢壓人；而中國人民民智未開，妄思排
外，亦是衝突之引線。然即便如此，列強各國以此為藉口出兵清廷，火燒圓
明園，四處打劫、破壞，亦非可取之行為。故張慧在《王季烈研究》中提出：

> 綜觀《人獸鑑》傳奇，藝術性雖然並不高，作者的政治見解也未必
> 可取，但卻從一個角度記錄了苦難的時代，抒發了民族悲情，具有
> 一種悲天憫人的人文主義關懷，表現出處於大動亂時代的傳統知識
> 份子的憤慈與無奈，也堪稱「曲史」一種。〔註29〕

他對於王季烈的政治見解不全然表示贊同，但卻不否定其劇作所具有的歷史
價值。此一觀點恰恰合乎此時期的多數戲曲作品，戲曲作品本質上便是以娛
樂大眾為主，創作上不免虛實交替，高潮迭起，摻雜入個人思想亦在所難免，
然民初戲曲紀實的特色與功勞，卻不能因此而抹煞。

2、西方思潮

　　清末民初，西學東進，隨著留學生的返國，西方思想蔚為潮流，此時期
組劇當中又以王季烈《人獸鑑》傳奇所展現的最為透徹、真實，如其於《說
法》中描述攝摩騰、竺法蘭、安世高、支讖四人遂應蔡愔之邀，前往東土弘
法。行前，釋迦牟尼告誡眾僧須勸人心懷慈悲及存善念。又於《救世》中描
寫：

> 俺耶穌基督是也，本是猶太人，主張博愛平等，不滿於猶太教，虐
> 待平民，因以天民先覺自仕，到處演說。〔註30〕
> 吾主立教之本意原是與子言孝，與父言慈，與諸侯言恤民，與人民
> 言守法，不偏不倚，相親相愛，是謂之平等，是謂之博愛。〔註31〕

〔註28〕唐蔚芝、王君九編著：《茹經勸善小說人獸鑑傳奇譜合刊本》，頁40、41。
〔註29〕張慧：《王季烈研究》，蘇州大學碩論2009年5月，頁54。
〔註30〕唐蔚芝、王君九編著：《茹經勸善小說人獸鑑傳奇譜合刊本》，頁35。
〔註31〕唐蔚芝、王君九編著：《茹經勸善小說人獸鑑傳奇譜合刊本》，頁37。

當中處處倡導心懷慈悲、心存善念，又透過耶穌基督之口來發揚西方平等博
愛的精神理念。

此外，王氏更在《著書》一劇中提及老子小國寡民思想，

> 我聞至治之世，民甘其食，美其服，安其居，樂其俗，重死而不遠
> 徙，雖有舟車，無所用之；雖有甲兵，無所陳之。鄰國相望，雞犬
> 之聲相聞，老死不相往來則天下安矣。〔註32〕

主張鄰國相望，老死不相往來，居民各自甘其食，美其服，安其居，樂其俗，
則天下安矣。又於《解慍》中倡導孔子之大道，

> 孔子之周遊列國期，用於時，為息戰爭，止侵伐。孔子之道行，則
> 大國不德併吞小國，小國不必猜忌大國，大小相維，強弱相安，而
> 天下和平矣。〔註33〕

強調各國之間，大國不該併吞小國，小國無須猜忌大國，如此強弱相安，則
天下太平矣！最末再於《大同》一齣中正式提出《禮記・禮運・大同篇》之
主張：

> 我佛慈悲，擬聯合老耽、仲尼、耶穌，先將此四大宗教之經典融合
> 為一體，采集眾長，去其門徒，崇奉一先生之言，入主出奴，互相
> 攻擊庶幾，普天下之人，好善惡惡，歸於一致，無國籍之分別，無
> 宗教之隔閡，同進於大同之治，天下為公，戰爭永息。〔註34〕

> （淨）俺想公教主旨，以尼父之志未逮之大同學說為最善，其言曰：
> 大道之行也，天下為公，選賢與能，講信修睦。故人不獨親其親，
> 不獨子其子，使老有所終，壯有所用，幼有所長，鰥、寡、孤、獨、
> 廢疾者皆有所養，男有分，女有歸。貨惡其棄於地也，不必藏於己；
> 力惡其不出於身也，不必為己。是故謀閉而不興，盜竊亂賊而不作，
> 故外戶而不閉，是謂大同。世界各國苟能共趨於大同之治，則戰爭
> 自然永息，至其餘細目，則就現在各教，共同所垂為行善者遵守之，
> 為惡事者戒除之，亦可免戰端，而漸進於大同之域矣。〔註35〕

〔註32〕唐蔚芝、王君九編著：《茹經勸善小說人獸鑑傳奇譜合刊本》，頁9。
〔註33〕唐蔚芝、王君九編著：《茹經勸善小說人獸鑑傳奇譜合刊本》，頁22、23。
〔註34〕唐蔚芝、王君九編著：《茹經勸善小說人獸鑑傳奇譜合刊本》，頁78。
〔註35〕唐蔚芝、王君九編著：《茹經勸善小說人獸鑑傳奇譜合刊本》，頁82。

> （外）方纔與如來佛略談公教大綱，以禮運大同之治爲主旨，至於
> 條目甚多，尚須細酌，先擬應勸應戒者各四條，請救世主參酌應勸
> 者，曰仁愛，曰忠恕，曰節儉，曰溫柔；應戒者，曰貪得，曰嗔怒，
> 曰善戰，曰妄言。〔註36〕

文中結合釋迦牟尼、老耽、仲尼、耶穌四大宗教之經典，解消國籍、宗教之
隔閡，均推崇《禮記・禮運・大同篇》之學說爲主旨，訂立應勸應戒者各四
條，而「天下爲公」四字，顯然是爲當時孫中山的主要政治理念作宣傳。

　　除此之外，當時科學興起，槍砲彈藥的製造勢必被視爲禍端亂源，因此
當時社會也出現了反唯物思想的聲音，如在《原人》一齣中，王氏言萬物初
始及演化，初人爲善，繼科學興宗教替，爭戰遂起，欲免除世界末日，須將
《人獸鑑》素書一卷細細參讀參悟後，方可避免。而其中主要內容除上述平
等博愛、大同世界之理念外，尚有反唯物思想。如：《救世》及《大同》兩齣
中：

> 自達爾文倡天演論，謂生存競爭，適者生存之後，唯物論之勢日張，
> 信仰宗教之心日衰，以致爾詐我虞。〔註37〕

> 今日人之墮落，非由各宗教家立論之不周至，而由於世人之不信宗
> 教，所以不信宗教，則由於科學發達，人人過信唯物論。人生於世，
> 只圖目前肉體之快樂，而不計將來心地之光明，以致無惡不作，人
> 獸無別。〔註38〕

認爲唯物論中「生存競爭，適者生存」之道，乃是造成世界戰亂的最初源頭，
人們因爲競爭，各個爾虞我詐，再加上科學的發達，軍武的強大，致戰亂蜂
起。而唯物起宗教衰，道德約束逐漸消逝，使人獸無別，因此王季烈在此主
張唯有屏除唯物才可弭平災禍戰亂，使人民歸於良善。

　　總歸而論，民初時期的組劇，處於言論自由年代，不再受到文字獄等各
種刑法限制，因此劇作家對於清末民初各種社會現象均能忠實呈現，爲其特
色之一。而此時期東西文化思想相互交融，所以各種西方思潮的宣揚以及批
判則是民初組劇的另一特色。

〔註36〕唐蔚芝、王君九編著：《茹經勸善小說人獸鑑傳奇譜合刊本》，頁83、84。
〔註37〕唐蔚芝、王君九編著：《茹經勸善小說人獸鑑傳奇譜合刊本》，頁36。
〔註38〕唐蔚芝、王君九編著：《茹經勸善小說人獸鑑傳奇譜合刊本》，頁84。

參考書目

一、古　籍

1. （漢）《戰國策》（收錄於《四部備要・史部》）（臺北市：臺灣中華書局，1972 年）。

2. （漢）王逸《楚辭章句》（收錄於《四部叢刊初編・集部・楚辭》），卷九，第三頁上（臺北：商務印書館，1976 年）。

3. （唐）馮贄《雲仙雜記》（北京市：中華書局，2008 年）。

4. （宋）沈括《夢溪筆談》（臺北：台灣商務印書館，1968 年）。

5. （宋）歐陽修：《歐陽文忠集》（收錄於《四部叢刊・歐陽文忠集》）（臺北：商務印書館，1976 年）。

6. （元）鍾嗣成撰《錄鬼簿》（收錄於《中國古典戲曲論著集成》第二冊）（北京市：中國戲劇，1959 年）。

7. （元）辛文房《唐才子傳》（北京：中華書局，1991 年）。

8. 楊家駱主編《全元雜劇初編》（台北：世界書局，1962 年）。

9. 楊家駱主編《全元雜劇二編》（台北：世界書局，1962 年）。

10. 楊家駱主編《全元雜劇三編》（台北：世界書局，1962 年）。

11. 楊家駱主編《全元雜劇外編》（台北：世界書局，1963 年）。

12. （明）朱權《太和正音譜》（收錄於《中國古典戲曲論著集成》第三冊）（北京市：中國戲劇，1959 年）。

13. （明）沈泰輯《盛明雜劇初集》（收錄於《續修四庫全書》）（上海：上海古籍出版社，2002 年）。

14. （明）沈德符《顧曲雜言》（《中國古典戲曲論著集成》第四集）（北京：中國戲劇出版社，1959 年）。

15. （明）臧懋循《元曲選》（北京：中華書局，1991 年）。

16. （明）趙琦美輯《脈望館鈔校本古今雜劇》（收錄於《古本戲曲叢刊四集》76 冊）上海：商務印書館，1958 年）。

17. （明）馮夢龍《醒世恆言》，（台北：鼎文出版社，1978 年）。

18. （明）陸深《金台紀聞》（臺北：新興書局，1974 年 7 月）。

19. （明）馮繼科纂修、韋應詔補遺、胡子器編次《嘉靖建陽縣志》（收錄於《天一閣藏明代方志選刊》）（上海：上海古籍出版社，1982 年）。

20. （明）陸容《菽園雜記》（北京：中華書局，1985 年）。

21. （明）沈自晉《南詞新譜》（收錄於《善本戲曲叢刊》第三輯）（臺北：學生書局，1984 年 8 月）。

22. （明）李詡《戒庵老人漫筆》（北京：中華書局，1982 年）。

23. （明）馮夢龍《喻世明言》（台北：鼎文出版社，1980 年）。

24. （明）呂天成《曲品》（收錄於《中國古典戲曲論著集成》第六冊）（北京：中國戲劇出版社，1959 年）。

25. （明）祁彪佳：《遠山堂曲品》（收錄於《中國古典戲曲論著集成》第六集）（北京：中國戲劇出版社，1982 年 11 月）。

26. （明）孟稱舜《古今名劇合選》（收錄於《續修四庫全書》）（上海：上海古籍出版社，2002 年）。

27. （清）李漁《閒情偶寄》（收錄於《李漁全集》）（杭州，浙江古籍出版社，1992 年 10 月）。

28. （清）鄒式金《雜劇新編》（美國哈佛大學漢和圖書館藏原刻本）。另有（北京：中國戲劇出版社，1958 年，清武進董氏誦芬室刻本）。

29. （清）黃蛟起《西神叢語》（收錄於《叢書集成續編》第 228 冊）（上海：上海書店，1994 年）。

30. （清）葉承宗《濼函》（清順治十七年葉承祧友聲堂刻本）（北京市：北京出版社，2000 年）。

31. （清）龍文彬《明會要》（臺北：世界書局，1960 年）。

32. （清）裘姚崇編《慈谿裘蔗村太史年譜》（收錄於《北京圖書館藏珍本年譜叢刊》第 86 冊）（北京：北京圖書館出版社，1999 年版）。

33. （清）尤侗《悔庵年譜》（《北京圖書館藏珍本年譜叢刊》七十四冊）（北京市：北京圖書館出版社，1999 年）。

34. （清）朱佐朝、朱素臣、朱良卿等四人合撰《四奇觀》（收錄於《北京大學圖書館藏程硯秋玉霜簃珍本戲曲叢刊》，第九冊，雍正年高岱瞻鈔本）（北京：國家圖書館出版社，2014 年）。

35. （清）嵇永仁《抱犢山房集》（收錄於《欽定四庫全書・別集類六・國朝

提要》)（臺北：台灣商務印書館，1986 年）。

36. （清）廖燕《廖燕全集》（上海：上海古籍出版社，2005 年）。

37. （清）廖燕《二十七松堂集》（收錄於《廖燕全集》）（上海：上海古籍出版社，2005 年）。

38. （清）顧炎武《亭林文集》（上海：上海古籍出版社，2003 年）。

39. （清）黃兆森《四才子》，清康熙年間刊本（現藏於台大圖書館）。

40. （清）徐本、三泰纂；劉統勳續纂《大清律例》（收錄於《欽定四庫全書》）（香港：迪志文化出版公司，2007 年）。

41. （清）潘耒《尤侍講艮齋傳》（收錄於《遂初堂集・文集》，《續修四庫全書・集部》第 1417 冊）（上海：上海古籍出版社，2002 年）。

42. （清）馮金伯《墨香居畫識》（收錄於《清代傳記叢刊》）（臺北：明文書局，1985 年）。

43. （清）李調元《劇話》（收錄於《中國文學百科全書資料彙編》）（台北，鼎文書局，1974 年 2 月）。

44. （清）袁枚《隨園詩話補遺》卷三（收錄於《隨園詩話》）（台北：漢京文化事業有限公司，1984 年）。

45. （清）袁枚《小倉山房尺牘》（收錄於《袁枚全書》）（江蘇：江蘇古籍社，1993 年）。

46. （清）袁枚《小倉山房詩文集》（上海：上海古籍出版社，1988 年）。

47. （清）朱素臣等四人《四大慶》（收錄於《古本戲曲叢刊》（五集），分別為泰縣梅氏綴玉軒鈔本／中國藝術研究院戲曲研究所藏舊鈔本）（北京市：學苑出版社，2010 年）。（另又收錄於《北京大學圖書館藏程硯秋玉霜簃珍本戲曲叢刊》，第九冊、《古本戲曲叢刊》，五集、《全明傳奇續編本》，第五十冊）。

48. （清）無名氏《華封三祝》（收錄於《傅惜華藏古典戲曲珍本叢刊》，第 118 冊）（北京市：學苑出版社，2010 年）。

49. （清）吳城、厲鶚《迎鑾新曲》（收錄於《傅惜華藏古典戲曲珍本叢刊》）（北京市：學苑出版社，2010 年）（另又收錄於《叢書集成續編》，第 210 冊，光緒二十一年錢塘丁氏嘉惠堂刊本、《武林掌故叢編》，第 22 集）。

50. （清）楊潮觀《吟風閣雜劇》（上海：上海古籍出版社，1983 年）。

51. （清）焦循《劇說》（收錄於《中國古典戲曲論著集成》第八冊）（中國戲劇出版社，1959 年）、（上海：古典文學出版社，1957 年）。

52. （清）汪柱《賞心幽品》（收錄於《砥石齋二種曲・附刻》，清乾隆間松月軒刻本）。

53. （清）昭槤《嘯亭續錄》（收錄於《欽定四庫全書》）（臺北：台灣商務印

書館，1986 年）。

54. （清）黃文暘《曲海總目提要》（收錄於俞為民、孫蓉蓉編：《歷代曲話彙編：新編中國古典戲曲論著集成・清代編》）（合肥，黃山書社，2008 年8 月）。

55. （清）徐爔《寫心雜劇》（收錄於《中國古代雜劇文獻輯錄》第九冊，夢生堂本）（北京：全國圖書館文獻縮微複製中心，2006 年 5 月）。

56. （清）童誥等輯《欽定全唐文》（上海市：上海古籍出版社，2002 年）。

57. （清）李文藻撰《乾隆歷城縣志》（收錄於《中國基本古籍庫》，乾隆三十八年刻本）（合肥市：黃山書社，2008 年）。

58. （清）無名氏《萬國麟儀八種》（收錄於《傅惜華藏古典戲曲珍本叢刊》，第 124 冊，清內府精抄本）（北京市：學苑出版社，2010 年）。

59. （清）方世舉箋《昌黎詩集箋注》，清乾隆二十三年盧見曾雅雨堂刻本。

60. （清）龔嘉儁《寧波府志・文苑志》（臺北：成文出版有限公司，1915 年，清道光二十六年刻本）。

61. （清）舒位著、曹光甫點校《瓶水齋詩集》（上海：上海古籍出版社1991 年 3 月）。

62. （清）李慈銘《桃花聖解盦樂府》（收錄於《傅惜華藏古典戲曲珍本叢刊》，第 104 冊，清鐘駿文崇實齋刻本）（北京市：學苑出版社，2010 年）（另又收錄於阿英《晚清文學叢抄・傳奇雜劇卷》附卷）。

63. 錢泰吉纂修（道光）《海昌備志》（道光二十六年（1846））。

64. （清）同治《龍泉縣誌》（收錄於《中國方志叢書・華中地方》）（臺北：成文書局，1989 年，據清同治十二年刊本影印）。

65. （清）宗源瀚修；周學濬纂《同治湖州府志》（北京市：北京愛如生數字化技術研究中心，2011 年）。

66. （清）蔣啓勛修；汪士鐸纂《同治續纂江寧府志》（北京市：北京愛如生數字化技術研究中心，2011 年）。

67. （清）蔡澄《雞窗叢話》（收錄於《筆記小說大觀》第 39 編第 6 冊）（臺北：新興書局，1986 年）。

68. （清）龔顯曾《亦園脞牘》，廈門圖書館藏光緒七年明州重刻本。

69. （清）許傅霈等原纂；朱錫恩等續纂《海寧州志稿》（臺北：成文出版社，1983 年 3 月）。

70. （清）李桓《國朝耆獻類徵》（江蘇：廣陵古籍刻印社，1990 年）。

71. （清）崑岡《欽定大清會典・事例》（臺北：新文豐出版社，1976 年，據清光緒二十五年（1899）刻本影印）。

72. （清）盧前《飲虹五種》（收錄於《傅惜華藏古典戲曲珍本叢刊》，第 116

冊，民國二十年渭南嚴氏刻《渭南嚴氏孝義家塾叢書》本）（北京市：學苑出版社，2010 年）。

73. （清）徐世昌編《清詩匯》（台北：世界書局出版社，1961 年）。

74. （清）陳康祺《郎潛紀聞二筆》（北京：中華書局，1997 年）。

75. （清）梁廷楠《曲話》（收錄於《中國文學百科全書資料彙編》）（台北，鼎文書局，1974 年 2 月）。

76. （清）李元度《國朝先正事略》（收錄於《清代傳記叢刊》）（臺北：明文書局，1985 年）。

77. （清）王季烈《人獸鑑傳奇》（收錄於唐蔚芝、王君九編著《茹經勸善小說人獸鑑傳奇譜合刊本》）（上海：正俗曲社出版，1949 年 4 月，石印本）。

78. （清）王鍾翰輯《清史列傳》（北京：中華書局，1997 年 11 月）。

79. （清）趙爾巽等《清史稿》（北京：中華書局，1977 年）。

80. （清）徐珂《清稗類鈔》（北京：中華書局，1984 年）。

81. （清）顧光旭《梁溪詩鈔》，清宣統三年（1911）侯學愈重刊本。

82. （清）鄭振鐸《清人雜劇初集》（香港：龍門書店，1969 年）。

83. （清）鄭振鐸《清人雜劇二集》（香港：龍門書店，1969 年）。

84. （民）章太炎《俞先生傳》（收錄於《章太炎全集》）（上海：上海人民出版社，2014 年）。

85. （民）章太炎《檢論》（台北：廣文書局，1970 年）。

86. （民）顧佛影《四聲雷雜劇》（成都：中西書局，1943 年）。

87. （民）王槐榮等修；許實纂《民國宜良縣志》（南京市：鳳凰出版社，2009 年）。

88. （民）阿英《晚清戲曲叢鈔‧傳奇雜劇卷》（北京：中華書局，1962 年）。

89. （民）梁啓超《中國近三百年學術史》（台北：里仁書局，1995 年）。

90. （民）羅錦堂《中國戲曲總目彙編》（香港：萬有書局，1966 年）。

91. 王文章主編《傅惜華藏古典戲曲珍本叢刊》（北京市：學苑出版社，2010 年）。

92. 徐徵等主編《全元曲》（石家莊：河北教育出版社，1998 年）。

93. 新文豐出版公司編輯部編《叢書集成續編》（臺北：新文豐書局，1989 年）。

94. 姜亞沙、經莉、陳湛綺主編《中國古代雜劇文獻輯錄》（北京：全國圖書館文獻縮微複製中心，2006 年 5 月）。

95. 北京大學圖書館編《北京大學藏程硯秋玉霜簃戲曲珍本叢刊》（北京：國家圖書館出版社，2014 年 3 月）。

96. 北京大學圖書館編《不登大雅文庫珍本戲曲叢刊》（北京：學苑出版社，2003 年）。

二、專　書

1. 中國國家圖書館《中國國家圖書館藏清宮昇平署檔案集成》（北京：中華書局，2000 年）。

2. 中國戲曲志編輯委員會《中國戲曲志浙江卷》（北京：中國 ISBN 中心，1997 年）。

3. 王利器《元明清三代禁毀小說戲曲史料》（上海：上海古籍出版社，1981 年）。

4. 王長安《徐渭三辨》（北京：中國戲劇出版社，1995 年 10 月）。

5. 王璦玲《晚明清初戲曲之審美構思與其藝術呈現》（臺北：中研院文哲所，2005 年）。

6. 天津人民出版社、百川書局出版部主編《中國文學大辭典》，第五冊（臺北：百川書局，1994 年）。

7. 北京大學圖書館、首都圖書館聯合編輯《明清抄本孤本戲曲叢刊》（北京：線裝書局，1996 年）。

8. 左鵬軍《晚清民國傳奇雜劇文獻與史實研究》（北京：人民文學出版社，2011 年 3 月）。

9. 朱穎輝輯校《孟稱舜集》（北京：中華書局，2005 年）。

10. 余嘉錫《世說新語箋疏》（北京：中華書局，1983 年）。

11. 李永賢《廖燕研究》（四川：巴蜀書社出版，2006 年 6 月）。

12. 李開先著；卜鍵箋校《李開先全集》（北京：文化藝術出版社，2004 年）。

13. 李福清《海外孤本晚明戲劇選集三種》（上海：上海古籍，1993 年）。

14. 李修生主編《古本戲曲劇目提要》（北京：文化藝術出版社，1997 年）。

15. 吳福助《楚辭註繹》（台北：里仁書局，2007）。

16. 沈惠如《尤侗西堂樂府研究》（台北縣永和市：花木蘭文化出版社，2007 年）。

17. 青木正兒著，王古魯譯《中國近世戲曲史》（台北：台灣商務印書館，1965 年）。

18. 周妙中《清代戲曲史》（鄭州：中州古籍出版社，1987 年 12 月）。

19. 周貽白《中國戲劇發展史》（台北：僶勉出版社，1975 年）。

20. 邵曾祺《元明北雜劇總目考略》（河南：中州古籍出版社，1985 年）。

21. 阿英《晚清戲曲小說目》（上海：古典文學出版社，1957 年）。

22. 故宮博物院藏《昇平署月令承應戲》（北平：北平故宮博物院，1936 年）。

23. 省立中山圖書館等編《清付稿抄本》（廣州：廣東人民出版社，2007 年 4 月）。

24. 胡文楷著《歷代婦女著作考》（上海：上海商務印書館，1957 年）。

25. 施淑儀輯《清代閨閣詩人徵略》（收錄於陳家駱主編：《歷代詩史長篇第十九種──清代閨閣詩人徵略》）（台北：鼎文書局，1971 年）。

26. 俞爲民、孫蓉蓉編《歷代曲話彙編》（安徽：黃山書社，2006〜2010 年）。

27. 徐坤《尤侗研究》（上海：上海文化出版社，2008 年）。

28. 徐澂《俞曲園先生年譜》（收錄於《民國叢書》第三編）（上海：上海書店，1940 年）。

29. 孫雅芬《桂馥研究》（北京：人民出版社，2010 年 9 月）。

30. 莊一拂《古典戲曲存目匯考》（上海：上海古籍出版社，1982 年）。

31. 章培恆《洪昇年譜研究》（上海：上海古籍出版社，1979 年 2 月）。

32. 陳東原《中國婦女生活史》（臺北：商務印書館，1937 年初版）。

33. 陳萬鼐《洪昇研究》（臺北：臺灣學生書局，1970 年 4 月）。

34. 郭英德《明清傳奇史》（南京：江蘇古籍出版社，2001 年 5 月）。

35. 張秀民《中國印刷史》（北京：中國書籍出版社，1998 年）。

36. 黃仕忠、（日）金文京、（日）喬秀岩編《日本所藏稀見中國戲曲文獻叢刊》（桂林：廣西師範大學出版社，2006 年）。

37. 黃仕忠《天理圖書館所藏中國古代戲曲目錄》

38. 游宗蓉《明代組劇研究》（台北：國家出版社，2011 年）。

39. 傅惜華《元代雜劇全目》（北京：作家出版社，1957 年 12 月）。

40. 傅惜華《清代雜劇全目》（北京：人民文學出版社，1981 年）。

41. 曾永義《中國古典戲劇論集》（臺北：聯經出版事業公司，1982 年 8 月）

42. 曾永義《明雜劇概論》（台北：學海出版社，1999 年）。

43. 曾永義《戲曲源流新論》（台北：立緒文化事業有限公司，2000 年）。

44. 曾永義《洪昇及其長生殿》（臺北：國家出版社，2009 年）。

45. 葉長海、張福海《中國戲劇史》（上海：上海古籍出版社，2005 年）。

46. 鄧長風《明清戲曲家考略》（上海：上海古籍出版社，1994 年）。

47. 蔡毅《中國古典戲曲序跋彙編》（山東：齊魯書社，1989 年）。

48. 蔡孟珍《近代曲學二家研究：吳梅、王季烈》（臺北：臺灣學生書局，1992 年 9 月）。

49. 劉孟秋《汝甯知府周塤》（見中國人民政治協商會議遂川縣委員會文史資

料研究委員會編《遂川文史》第七輯，1997 年）。

50. 劉蔭柏《洪昇研究》（廣州：花山文藝出版社，1997 年）。

51. 盧前《明清戲曲史》（臺北：商務印書館，1994 年）。

52. 鄭振鐸《中國文學史》（長春：吉林人民出版社，2013 年 3 月）。

53. 霍松林、申士堯主編《中國古代戲曲名著鑑賞辭典》（北京：中國廣播電
視出版社，1992 年）。

三、期刊論文

1. 王永恩〈明末清初戲曲作品中的才女形象初探〉，《戲劇藝術》，第 3 期，
2006 年。

2. 王永健〈才女和愛情的贊歌──略談洪昇的《四嬋娟》雜劇〉，《蘇州大
學學報》（哲學社會科學版），第 2 期，1983 年。

3. 王良成〈明代的翻案劇及其審美風尚述論〉，《藝術百家》，第 1 期，總第
94 期，2007 年。

4. 王良成〈明代的翻案劇及其創作動因初探〉，《南京師範大學文學院學
報》，第 4 期，2006 年 12 月。

5. 王煜〈清初哲人廖燕〉，《新亞學報》，第 19 期，1999 年 6 月。

6. 王漢民、郭曉彤〈乾隆南巡視域下的江南文人承應戲〉，《浙江藝術職業
學院學報》，第 13 卷第 1 期，2015 年。

7. 王傳明〈那堪哀猿又四聲──試論桂馥《后四聲猿》的抒情方式〉，《青
年文學家》，第 20 期，2009 年。

8. 王曉靖〈論古代戲曲批判科舉制度的藝術特徵〉，《連雲港職業技術學院
學報（綜合版）》，第 1 期，2004 年。

9. 王璦玲〈亂離與歸屬Ａ清初文人劇作家之意識變遷與跨界想像〉，《文與
哲》，第 14 期，2009 年。

10. 天僇生〈劇場之教育〉，原載《月月小說》，第 2 卷，第 1 期。

11. 石豔梅、丁海珠〈明代佚本戲劇《泰和記》考釋〉，《吉林廣播電視大學
學報》，第 12 期，2011 年。

12. 任月瑞〈論洪昇四嬋娟中的女性形象〉，《名作欣賞》，第 9 期，2015 年。

13. 朱文廣、賈慶軍〈《扯淡歌》中的民眾意識傾向和民眾歷史觀〉，《天中學
刊》，第 26 卷，第 1 期，2011 年 2 月。

14. 朱萬曙〈明清兩代包公戲略論〉，《戲曲研究》，第 52 輯。

15. 左鵬軍〈最後的吶喊和堅守──論抗日戰爭時期的傳奇雜劇〉，《文學遺
產》，第 2 期，2009 年。

16. 李祥林〈性別問題與戲曲創作〉，《黃梅戲藝術》，第 1 期，2003 年。

17. 李惠綿〈汪道昆「大雅堂樂府」在明雜劇史上的意義〉，《幼獅學誌》，20 卷 4 期，1989 年 10 月。

18. 李黎〈明清短劇淵源探析〉《戲劇藝術》，第 6 期，2009 年。

19. 李勝利、王漢民〈清周塤劇作考〉，《藝術百家》，第 1 期，2012 年。

20. 杜桂萍〈桂馥及其《後四聲猿》〉，《求是學刊》，第 2 期，1989 年。

21. 杜桂萍〈才子情結與尤侗的雜劇創作〉，《學習與探索》，第 4 期，2004 年 4 月。

22. 杜桂萍〈寫心之旨、自傳之意、小品之格──徐爔寫心雜劇的轉型特征及其戲曲史意義〉，《南京師大學報》（社會科學版），第 6 期，2006 年 11 月。

23. 杜桂萍〈戲曲家徐爔生平及創作新考〉，《蘇州大學學報》（哲學社會科學版），2007 年 5 月。

24. 杜桂萍〈鬼佛仙儒渾作戲哭歌笑罵漫成聲──論嵇永仁續離騷雜劇〉，《黑龍江社會科學》，第 5 期，總期 122 期，2010 年。

25. 杜桂萍〈詩性人格與桂馥《后四聲猿》雜劇〉，《齊魯學刊》，第 1 期，總期 220 期，2011 年。

26. 沈惠如〈尤侗「西堂樂府」的演出紀錄〉，《中華文化復興月刊》，21：2，1988 年 2 月。

27. 沈惠如〈談尤侗的戲曲觀〉，台北：《中華文化復興月刊》，22 卷 1 期，1989 年。

28. 沈惠如〈「四聲猿」、「續四聲猿」與「後四聲猿」研究〉，《德育學報》，第 5 期，1990 年。

29. 阿英〈覺醒的戲劇界──辛亥革命文談之六〉，原載於 1961 年 11 月 22 日《人民日報》。

30. 肖阿如、王昊〈論舒位的詠劇詩〉，《古籍研究》，第 2 期，2015 年。

31. 何光濤〈清初戲曲家鄭瑜生平及其著述獻疑〉，《古籍整理研究學刊》，第 5 期，2013 年 9 月。

32. 何光濤〈清代戲曲家靜齋居士考〉，《中華戲曲》，第 1 期，2014 年。

33. 官桂銓〈關於舒位雜劇《瓶笙館修簫譜》與《琵琶賺》〉，《文獻》，第 4 期，1987 年。

34. 林逢源〈民間小戲題材及其特色〉，《兩岸小戲學術研討會論文集》（臺北：國立傳統藝術中心籌備處，2001 年）。

35. 林葉青〈承應戲中的白眉──論西江祝嘏〉，《藝術百家》，第 2 期，1998 年。

36. 易怡玲《徐渭之曲學及劇作研究》,《師大國文研究集刊》,1989 年。

37. 高玉海〈傳統戲曲翻案與明清小說續書〉,《浙江師範大學學報》,第 2 期,2007 年。

38. 高益榮〈稱心而出、如題所止——從四嬋娟看洪昇的女性意識及其晚年的創作心理〉,《陝西師範大學學報》(哲學社會科學版),第 41 卷,第 5 期,2012 年 9 月。

39. 徐大軍〈明清戲曲創作中的「擬劇本」現象〉,《藝術百家》,第 1 期,2008 年。

40. 徐沁君〈《四嬋娟》校記〉,《揚州大學學報》(人文社會科學版),第 4 期,1993 年。

41. 徐坤〈論尤侗的戲曲寄託觀念〉,《陰山學刊》,第 18 卷,第 1 期,2005 年 2 月。徐照華〈由四嬋娟論洪昇的婦女觀與婚姻觀〉,《文史學報》,第 26 期,1996 年。

42. 孫俊士〈論朱佐朝劇作的時代主題〉,《中華戲曲》,第 31 期,2004 年 12 月。

43. 孫雅芬〈桂馥後四聲猿與清代中期雜劇〉,《貴州大學學報》(社會科學版),第 26 卷,第 5 期,2008 年 9 月。

44. 浦漢明〈漫唱心曲譜嬋娟——洪昇雜劇《四嬋娟》評介〉,《青海社會科學》,第 5 期,1988 年。

45. 浦漢明〈從《四嬋娟》看洪昇的真情觀〉,《文學遺產》,第 2 期,1989 年。

46. 張全恭〈明代的南雜劇〉,《嶺南學報》,第 6 卷第 1 期,1937 年 5 月。

47. 張芳〈嵇永仁雜劇續離騷對徐渭四聲猿的繼承與創新〉,《四川戲劇》,第 2 期,總期 134 期,2010 年。

48. 張政偉〈以經為法:廖燕文學觀的另一個面向〉,《靜宜中文學報》,第 1 期,2012 年 6 月。

49. 張筱梅〈論清代的寫心雜劇〉,《藝術百家》,第 4 期,2001 年。

50. 許祥麟〈擬劇本:未走通的文體演變之路——兼評廖燕《柴舟別集》雜劇四種〉,《文學評論》,第 6 期,1998 年。

51. 郭延禮〈明清女性文學的繁榮及其主要特徵〉,《文學遺產》,第 6 期,2002 年。

52. 曹嵐〈清初戲曲家嵇永仁生平初探〉,《甘肅聯合大學學報》(社會科學版),第 27 卷,第 2 期,2011 年 3 月。

53. 陳少欽〈試論王實甫《西廂記》的獨特地位〉,《中國古代、近代文學研究》,1986 年 1 月。

54. 陳芳〈清宮月令承應戲初探〉,《中國學術年刊》,第 28 期,2006 年 3 月春季號。

55. 陸林〈清初戲曲家嵇永仁事跡探微〉,《戲曲藝術》,第 2 期,2015 年。

56. 陸勇強〈清代曲家叢考四題〉,《暨南學報》(哲學社會科學版),第 4 期,2006 年。

57. 戚世雋〈明代雜劇界說〉,《文藝研究》,第 01 期,2000 年。

58. 曾永義〈洪昇生平資料考〉,《幼獅學誌》,第 5 卷第 2 期,1966 年 12 月。

59. 曾永義〈戲曲劇目之題材內容概論〉,《文與哲》,第二十七期,2015 年 12 月。

60. 游宗蓉〈明代組劇初探——以組劇界定與內涵分析爲討論核心〉,《東華人文學報》,第 5 期,2003 年 7 月。

61. 黃斌藝〈不分滿漢曲中兼雅俗——戴全德散曲創作賞析〉,《滿族研究》,第 2 期,2012 年。

62. 傅湘龍〈追憶、困擾、突圍——從四嬋娟看明末清初文人的婚姻理想〉,《華南理工大學學報》(社會科學版),第 12 卷,第 5 期,2010 年 10 月。

63. 喬寬寬〈廖燕雜劇創作論略〉,《韶關學院學報》(社會科學版),第 34 卷,第 3 期,2013 年 3 月。

64. 黃勝江〈清中葉文人曲家劇作考略三題〉,《戲曲研究》,第 91 輯。

65. 黃義樞〈《味蘭礒傳奇》作者考辨〉,《戲曲研究》,第 1 期,2010 年。

66. 趙義山〈小四夢中的壓卷之作——斷緣夢〉,《佛山科學技術學院學報》(社會科學版),第 20 卷,第 1 期,2002 年 1 月。

67. 趙興勤〈曲家戴全德小考〉,《藝術百家》,第 4 期,2001 年。

68. 楊振良〈近代曲學大師王季烈年譜〉,《國際人文年刊》,第 2 期,1993 年。

69. 箸夫〈開智普及之法首以改良戲本爲先〉,原載《芝罘報》,第 7 期。

70. 廖柏榕〈論洪昇《四嬋娟》的創造特色〉,《東吳中文研究集刊》,第 13 期,2006 年 6 月。

71. 蔡升奕〈廖燕與李復修交往考〉,《韶關學院學報》(社會科學版),第 31 卷,第 4 期,2010 年 4 月。

72. 鄭振鐸《雜劇的轉變》,原載《小說月報》,第 21 卷第 1 號,1930 年。

73. 劉蔭柏〈梁廷楠劇作淺探〉,《戲曲研究》,第 41 輯,1998 年 5 月。

74. 蔣國江《清代戲曲家周塤生平及創作考論》,江西省藝術研究院《影劇新作》,第 2 期,2014 年。

75. 蔣觀雲《中國之演劇界》載於《新民叢報》,第 17 期,1904 年。

四、學位論文

1. 丁昌援《尤侗之生平暨作品》（臺北：政治大學中文研究所碩士論文，1978年6月）。

2. 文志華《尤侗事蹟征略》（廣西：廣西師範大學碩論，2004年）。

3. 王君《葉承宗濼涵研究》（南京：南京師範大學碩論，2011年）。

4. 毋丹《裘璉研究》（浙江：浙江大學碩論，2012年）。

5. 吳昶和《清乾隆間劇壇暨劇學研究》（臺北：國立台灣師範大學中國文學研究所博士論文，1990年）。

6. 李梅《嵇永仁及其戲曲創作研究》（上海：華東師範大學碩論，2007年）。

7. 易怡玲《徐渭之曲學及劇作研究》（臺北：國立台灣師範大學中國文學研究所碩士論文，1989年）。

8. 金雯《孟稱舜節義鴛鴦塚嬌紅記研究》（嘉義：嘉義大學中國文學系碩士論文，2010年）。

9. 孫燁《陳棟戲曲作品及戲曲理論研究》（南京：南京師範大學，碩士論文，2014年）。

10. 張毅巍《桂馥年譜》（哈爾濱：哈爾濱師範大學碩士論文，2011年）。

11. 陳佳音《尤侗及其五種雜劇研究》（臺北：國立中興大學中國文學系碩士在職專班論文，2001年）。

12. 陳嫣《明代組劇簡論》（北京：北京大學中國文學研究所碩士論文，2008年5月）。

13. 張慧《王季烈研究》（蘇州：蘇州大學碩士論文，2009年5月）。

14. 楊溢《裘璉戲曲研究》（上海：華東師範大學碩論，2013年）。

15. 鄭素惠：《補天石傳奇研究》（臺北：文化大學碩士論文，2010年六月）。

16. 韓莉《論尤侗及其戲曲創作》（蘭州：西北師範大學碩論，2007年）。

17. 魏娜《廖燕及其文學創作研究》（蘭州：西北師範大學碩論，2012年）。

18. 闞會雁《舒位研究》（河南：河南師範大學碩士論文，2011年）。

19. 瞿慧《明嘉靖至萬曆時期雜劇研究》（四川：重慶工商大學中國古代文學研究所碩士論文，2011年4月）。